Bernhard Sumser
Hilfe, meine Frau beißt!

Hilfe! Meine Frau Beißt!

BERNHARD SUMSER

Umschlaggestaltung/Kapitelgrafik: Bernhard Sumser
Lektorat/Korrektorat/Buchsatz: Lisa Reim-Benke

Druck und Vertrieb im Auftrag des Autors: Buchschmiede von Dataform Media GmbH, Wien
www.buchschmiede.at – Folge deinem Buchgefühl!

Besuche uns online

ISBN:
978-3-99165-492-6 (Paperback)
978-3-99165-485-8 (Hardcover)
978-3-99165-491-9 (E-Book)

PRINTED IN AUSTRIA

WORTE VOM AUTOR

Dieser Text hat mich durch Höhen und Tiefen begleitet. Letztlich habe ich mich entschieden: Ich möchte Kunst machen und keinen Vorgaben entsprechen. Ich schreibe, weil es mir Spaß macht, und nicht für die Industrie. Ich liebe es, verrückte Geschichten zu erfinden (die ich als Unsinn bezeichne). Wenn ich meinen Lesern damit eine interessante Zeit bereite, bin ich glücklich.

Zu Beginn hatte ich nur einen ausgedachten Witz niedergeschrieben (den Dialog des Buchrückens). Diese Inspiration war die Knospe einer Idee, die zu einer Erzählung aufblühte. Anders als bei meinem ersten Buch »Chancenlos: Von Anfang an« habe ich diesmal den Fokus auf die Ich-Erzählperspektive gelegt. Generell habe ich mich bemüht, eine leicht lesbare Geschichte zu erschaffen. Weniger Metaphern und mehr Handlung. Wie schon zuvor, war mir beim Schreiben der Humor sehr wichtig. Erst wenn ich selbst über meinen geschriebenen Blödsinn lachen konnte, fand ich den Inhalt gut genug. Trotzdem wird diese Erzählung blutig sein. Blut ist schließlich die Lebensquelle der Vampire und der Grund für ihre Mystik. ^_^

Wieder ein großes Dankeschön an meine Lektorin und gute Seele Lisa Reim-Benke. Ohne ihr wäre die Blume der Fantasie nie zu ihrer vollen Pracht gelangt. Besonders, weil sie mir stets mit Rat und Tat zur Seite steht, bin ich ihr sehr dankbar. Außerdem möchte ich noch meiner Familie und meinen Freunden für die tatkräftige Unterstützung (bei meiner Übersiedelung) danken. Auch dir, lieber Leser, möchte ich danken. Vielen Dank für deinen Vertrauensvorschuss und Interesse an dieser Erzählung.

Ich wünsche viel Spaß beim Lesen! (╲ (>vv<) ╱)

Der nachfolgende Text dient nur der Unterhaltung und ist reine Fantasie.

HINWEIS

Dies ist mein persönliches Tagebuch. Es beinhaltet meine Gedanken, Gefühle und Erlebnisse. Sollte ich es verlieren, würde ich mich freuen, es wieder zurückzubekommen. Du kannst gerne hineinschreiben, wie es wieder zu mir gelangt ist.

Der Anreisetag

Wie lebt deine Familie?«
»Sehr zurückgezogen.«
»Also bescheiden?«
»Na ja. Sie wohnen in einem etwas größeren Haus.«
»Wenn sie damit nicht prahlen, ist das nicht schlimm.«
»Keine Sorge, das tun sie nicht.«

Wir fuhren später los, als wir ursprünglich geplant hatten. Obwohl wir in der Früh starteten, verspäteten wir uns wegen eines Staus. Zu Mittag erreichten wir die Landesgrenze und machten eine große Pause. Die Sonne ging unter, als wir schließlich von der Hauptstraße abfuhren. Seitdem folgten wir einem breiten Feldweg.

»Bei der nächsten Kreuzung links abbiegen!«

Das Navi hatte schon einen ausgeprägten Sinn für Humor. Ich hatte seit einer Stunde keine Kreuzung mehr gesehen. Dafür mehrere Bauern, Pferdewägen und Pfade, die offenbar Straßen sein sollten. Als wir in einen Wald fuhren, versicherte ich mich mit der Karte, dass wir dem richtigen Weg folgten. Das Auto war neu, und ich hatte die Navigationsapp vor der Abfahrt aktualisiert. Deshalb wollte ich sicherstellen, dass wir auf keinen Abhang oder Ähnliches zusteuerten. Während der Fahrt hatte ich Tatiana von den Funktionalitäten des Bordcomputers erzählt. Noch bevor ich ihr den autonomen Fahrassistenten erklären konnte, schlief sie ein. Ich konnte ihre Müdigkeit nachvollziehen, da sie am Vortag Nachtschicht gehabt hatte. Sie arbeitete in einem Labor und forschte irgendetwas Medizinisches. Genauer hatte ich mich nie erkundigt, da ich davon ohnehin nichts verstand. Ich war froh darüber, dass es Experten wie sie gab, die das im Gegensatz zu mir begriffen. Natürlich hörte ich ihr zu, wenn sie darüber sprach, allerdings konnte ich ihre Begeisterung für Blut, nicht sonderlich teilen.

In meinem Kopf drehte sich alles um Artikel und Termine. Ich war Journalist – zumindest laut meinem Arbeitsvertrag. Eigentlich schrieb ich nur Berichte über Themen, die mir mein Vorgesetzter gab. Freies Schreiben war mir untersagt. Deshalb begann ich vor einigen Jahren mir Notizen über Erlebnisse zu machen, die außerhalb der Arbeit stattfanden. Anfangs war es nur Gekritzel, aber mit der Zeit wurde daraus ein richtiges Tagebuch. Frei zu schreiben, entspannte mich und half mir, Stress abzubauen. Die Form war mir hierbei egal, denn darauf musste ich in der Arbeit achtgeben. Weil die Leser morgens ihre Zeitung haben wollten, saß ich meistens bis spät in die Nacht in der Redaktion. Wegen der neuen Arbeitsgesetze waren Sechzig-Stunden-Wochen keine Seltenheit mehr. Nicht, dass ich dadurch mehr Gehalt oder Anerkennung erhalten hätte. Nein, stattdessen durfte ich noch mehr Überstunden machen, und sogar den Sekretär spielen.

Da Tatiana ebenso durchgehend Spätschicht hatte, trafen wir uns meistens nach der Arbeit. Wir gingen gemeinsam in Parks, ins Kino, romantisch essen oder machten es uns zuhause gemütlich. Wie jeder wusste, hatten die meisten Geschäfte um elf Uhr abends Sperrstunde, deshalb standen wir mehr als nur einmal vor geschlossenen Türen. Es war nicht einfach, aber wir machten das Beste daraus. Darum kamen uns der Besuch bei ihren Eltern und unser gemeinsamer Urlaub sehr gelegen. Wir beide benötigten Abstand von der Arbeit und Zeit für uns.

Sie sah selbst mit geschlossenen Augen bezaubernd aus. Ihr langes schwarzes Haar fiel über die Rüschen ihrer viktorianischen Bluse. Der straffe bordeauxfarbene Stoff schloss elegant mit Chiffonärmeln ab und passte perfekt zu ihrem asymmetrischen Rock.

»In hundert Metern haben Sie Ihr Ziel erreicht!«

»Wir sind da!«, rief Tatiana plötzlich und schnellte nach oben.

Ich erschreckte mich dermaßen, dass ich fast aus dem Sitz sprang. Nur der Gurt verhinderte einen unsanften Zusammenstoß mit dem Fenster. Die letzten Bäume huschten an uns vorbei. Wir fuhren aus dem Wald und sahen die Abenddämmerung. Freudig fasste Tatiana an meinen Oberarm und zeigte auf das schwarze Tor vor uns. Es stand offen und eine gepflasterte Straße führte hinein.

»Sind wir hier sicher richtig?«

»Ja, das ist mein Zuhause.«

»Das ist kein Haus … das ist ein Schloss!«

Ich kannte solche Vorgärten nur von Schulausflügen. Barockgärten oder französische Gärten wurden sie genannt. Wiesen wurden von dichten Hecken unterteilt. Rote Blumen verschiedener Farbtöne zierten den Rasen. Viele Schotterwege führten durch die Anlage und zur Straße. Die Natur wirkte gezähmt, und alles sah sehr gepflegt aus. Ich war mir sicher, dass man aus der Vogelperspektive ein gleichförmiges Muster erkennen konnte. Die Faszination ließ mich nicht los, als wir über das Areal zum Vorplatz des Schlosses fuhren. Über eine lange Kurve, die auf der anderen Seite zu einer Schleife wurde, gelangten wir näher heran. Ein weißgelbes Gebäude erstreckte sich vor uns in einer Größe, die jedes andere Haus in den Schatten stellte. Es besaß fünf … nein, acht Stockwerke. Stufenweise wuchs es in die Höhe und über mich hinaus. Sogar Türme ragten in der Mitte in den Himmel. Ich hatte schon einige Schlösser gesehen, aber noch nie so etwas Einschüchterndes. Obwohl es eine majestätische Form besaß, löste es in mir großes Unbehagen aus. Das Gefühl konnte aber auch daher rühren, weil ich nervös war, Tatianas Eltern kennenzulernen. Oder die blutroten

Symbole am Eingang hatten Schuld daran. Sie befanden sich auf verzierten Säulen, die einen imposanten Balkon stützten.

»Sind das … Hieroglyphen?«

»Nein, aber die Zeichen sind mir auch neu.«

»Sieht aus wie eine Geheimsprache.«

»Cassiel, der Schatzjäger.«

»Hä?«

»Mutig nähert er sich dem verschollenen Schloss. Die Schattenwesen beobachten jeden seiner Schritte. Wird er den verfluchten Eingang finden?«

»Sehr witzig.«

Sie lachte. »Du machst dir zu viele Gedanken. Das ist nur Dekoration.«

Ihr Humor lockerte meine Anspannung etwas auf. Ich konzentrierte mich wieder auf das Schloss. Unter dem Balkon befand sich etwas, was ich aufgrund der Größe nicht als Haustür bezeichnen konnte. Vor ihr gab es eine kleine Fläche, die zu einer breiten Stufe führte.

»Dort drinnen leben deine Eltern?« Ich konnte es noch immer nicht glauben.

»Ja …«, reagierte Tatiana zurückhaltend.

Es schien sie zu stören, dass sie mir kein normales Haus zeigen konnte. Sie wusste, dass ich ein bescheidener Mensch war und Prunk ablehnte. Wir hatten mehrmals Diskussionen über meine praktische Wohnung geführt, die ihr viel zu klein war. Aber genau diese einfache Lebensweise faszinierte sie an mir. Oftmals sagte sie, dass sie auch gern ein so einfaches Leben führen würde. Jetzt erst verstand ich, was sie damit meinte. Entstammte sie dem Adel? Prinzessinnen gab es dieser Tage viele, aber nur wenige waren tatsächlich eine. Wie musste ich mich verhalten? Ich kannte nicht die Bräuche des Adels und hatte sie nie gelernt, da ich in einem Waisenhaus aufgewachsen war. Hoffentlich tat ich nichts Falsches.

»Dort kannst du stehenbleiben«, sagte sie und zeigte neben die Stufen auf die linke Seite.

Der Platz war so groß, dass ich mich sogar in der Mitte hätte hinstellen können, ohne den Verkehr zu blockieren. Wie konnte sich ihre Familie so ein Anwesen leisten? Ich hatte mit einem einfachen Landhaus gerechnet, nicht mit so was. Zwar wollte ich über alles ihre Eltern kennenlernen, aber das Gebäude überforderte mich. Ich hatte Respekt vor dem Zusammentreffen und machte mir Sorgen, es zu vermasseln.

»Hoffentlich sind das keine Snobs«, grübelte ich.

Ich kam mit solchen Persönlichkeiten nicht zurecht. Das lag nicht daran, dass ich andere um ihren Besitz beneidete, sondern viel mehr an ihrem Wesen. Reichtum verdarb oftmals den Charakter und entfremdete die Menschen. Er verleitete zu Gier und rechtfertigte asoziales Handeln durch Erfolg. Dies führte zu einer eigenen Gesellschaft, die andere materialistisch werteten. Zu solchen Menschen hielt ich lieber Abstand. Zwar würde ich sie für Tatiana ertragen, aber auch still unter ihrem Verhalten leiden.

»Du schaffst das schon.« Tatiana gab mir neuen Mut mit einem Kuss.

Sie wusste, dass mich die Situation nervös machte. Ihr Gespür für mein Befinden war fast unmenschlich. Ich atmete tief durch und zog den Schlüssel ab. Wir stiegen aus und holten unsere Koffer aus dem Auto.

»Einmal für Farbenfreudige«, sagte ich und stellte Tatiana ihren schwarzen Koffer hin, »und einmal für Bescheidene.«

»Dein Koffer ist orange«, kommentierte sie und lachte.

»War im Angebot.« Ich zuckte mit den Schultern.

»Vermutlich hatte das einen Grund.«

Ich hatte mir den Koffer erst vor einem Tag gekauft. Mir war es egal, welche Farbe er besaß, Hauptsache er erfüllte seinen Zweck. Seine grün-weißen Streifenmuster auf dem orangen Hintergrund erinnerten an eine Erste-Hilfe Box – wären nicht die roten Rollräder gewesen. Er war kleiner als Tatianas Koffer, aber erfüllte alle Anforderungen, die ich hatte. Auf einem Flughafen wäre er bei der Gepäckabholung sofort aufgefallen.

»So einen Koffer hat bestimmt niemand«, erwähnte ich und war stolz auf meinen praktischen Fund.

»Weil niemand so einen haben will«, scherzte Tatiana.

☆

Die braune Tür des Gebäudes besaß das Vierfache meiner Größe. Sie war übersät mit den goldenen Mustern und Symbolen, die ich zuvor an den Säulen bemerkt hatte. Ich hielt auf den Stufen inne und bestaunte das aufwändige Kunstwerk vor mir. Es erinnerte mich an ein Wappen, besaß aber fledermausartige Flügel. In der Mitte erkannte ich die Silhouette eines Schlosses, das im Vordergrund eines aufgehenden Vollmonds stand. Kein Weg führte an ihm vorbei, da dieser in nur eine Richtung bis zur unteren Schildspitze verlief. Darunter befanden sich schwarze Strukturen, die so aussahen, als wollten gruselige Hände nach Tatiana greifen. Ich hielt die Luft an, während sie unbekümmert voranschritt. Je näher sie der Tür kam, desto mehr fragte ich mich, ob dahinter der Tod auf uns lauerte. Dieses Gefühl wurde durch einen Schädel begünstigt, der neben dem Eingang auf einem Podest lag.

»Wer stellt sich so was Schreckliches vor die Haustür?«, hätte ich fast laut gesagt.

Er befand sich in einer nach hinten geneigten Haltung auf einem roten Polster mit goldenen Kordeln. Obwohl er keine Augen besaß, kam es mir so vor, als ob er jede Person anstarrte, die vor die Tür trat – so auch Tatiana. Wollten ihre Eltern damit unerwünschten Besuch fernhalten? Ich befürchtete immer mehr, mit ihnen nicht klarzukommen. Tatiana schien die Umgebung aber nicht zu stören. Sie stellte sich vor den Totenkopf, bückte sich nach unten und lächelte ihn an. Dann legte sie die Hand auf das unvollständige Skelett und … streichelte es?

»Tatiana!«, rief plötzliche eine geisterhafte Stimme. »Ich habe dich vermisst!«

Befand sich in den Augen eine Kamera?

»Hallo, Hohlkopf. Tut mir leid, ich kam leider nicht früher dazu, euch zu besuchen. Kannst du uns ankündigen?«

»Besuch!«, schrie die Gegensprechanlage und lachte gruselig. »Und Frischblut!«

War das eine künstliche Intelligenz mit Sprachsteuerung? Warum hatten sich ihre Eltern so etwas Schreckliches installiert? Die Abendsonne brannte mir in den Nacken und ich hoffte, dass es nicht zum letzten Mal war. Kurz darauf klackte es und der Zugang öffnete sich mit einem ächzenden Knarren. Ein Mann mit langen schwarzen Haaren und spitzen Gesichtszügen trat ins Licht.

»Tatiana! Meine Tochter!«, rief er freudig und breitete die Arme aus.

»Papa!« Tatiana umarmte ihn.

Trotz nach unten geneigtem Kopf war ihr Vater größer als sie. Er trug einen schwarzen Mantel mit einem hohen Stehkragen. Darunter erkannte ich eine schwarze Hose und ein altmodisches Hemd. Um seinem Hals hing eine blutrote Krawatte, nach der Tatiana nach der Umarmung griff. Sein Aussehen erinnerte mich stark an ihren Kleidungsstil.

»Seit wann trägst du so was?«

»Seit einer Minute«, scherzte er.

Ich wartete auf der letzten Stufe und gab ihnen Zeit für die Begrüßung. Seine Augen wurden von einer schwarzen Sonnenbrille verdeckt. Er machte einen gelassenen Eindruck. Ich atmete erleichtert auf und ging auf sie zu.

»Wer ist das?«, fragte er und musterte mich.

Mein auffälliger Kleidungsstil schien ihm zu missfallen. Ich sah aus wie der Stammgast eines Organic House Festivals … oder dessen Musiker. Mein blaues T-Shirt war ein künstlerisches Meisterwerk auf dem goldene Sonnenmotive abgebildet waren, die von aztekischen Mustern umkreist wurden. Um meinen Hals hing ein Stoffband mit einem Herzanhänger aus Wacholderholz. Angeblich sollte der Schmuck böse Geister abwehren, stattdessen dachte ich zu jenem Zeitpunkt, dass er sie anzog – obwohl ich eigentlich nicht an so einen Schwachsinn glaubte. Ansonsten trug ich noch eine kurze weiße Hose und gelbe Laufschuhe, welche das Fahren bequemer machten. Keine besondere Kleidung jedenfalls, aber speziell genug, dass Tatianas Vater beim Betrachten kurz erschauderte. Der Grund für meinen lockeren Kleidungsstil war der, dass ich mich bei unserer Fahrtpause bekleckert hatte und mein Hemd gegen ein Freizeitshirt auswechseln musste. Leider hatte die Tomatensoße auch die Anzughose erwischt, sodass Tatiana mich bat, die ebenfalls zu wechseln.

»Nicht, dass meine Familie wegen den roten Flecken auf falsche Gedanken kommt«, meinte sie.

Was das auch immer heißen sollte. Ich zog mein Gewand an, das ich für die Freizeit mitgenommen hatte. Jedenfalls war unser Urlaub nur für eine Woche geplant. Deshalb hatte ich keine förmliche Ersatzkleidung mit. Tatiana meinte ohnehin, dass wir uns im Urlaub entspannen sollten – dafür war er schließlich da. Weg von der Knechtschaft der Arbeit und unseren Geist für neue Erfahrungen öffnen. Zusätzlich teilte sie mir mit, dass das Zuhause ihrer Eltern ein geschützter Ort sei. Ein Platz, an dem jeder er selbst sein konnte.

»Mein Freund, Cassiel«, antwortete sie ihrem Vater.

»Cassiel?«, wiederholte er mit leichtem Zorn in der Stimme.

Jedenfalls hatte sie mir das Amulett geschenkt, welches ihr Vater entsetzt anstarrte. So zeigten wir unsere Zuneigung gegenüber dem anderen. Nicht mit teurem Luxus, sondern mit Gesten von Bedeutung. Oftmals ging es uns nur darum, den anderen zum Lachen oder Nachdenken zu bringen. Manchmal aber wollten wir seine Meinung hören. Wir führten eine Partnerschaft auf Augenhöhe – im wahrsten Sinne des Wortes.

»Hat dir Mama nicht von ihm erzählt?«

»Nein.«

Ihr Vater wusste nicht, wie er auf mich reagieren sollte. Meine Zurückhaltung machte es nicht besser. Ungewöhnlicher als mein Kleidungsstil war nur mein Haarschnitt. Vor zwei Tagen war ich bei der Frisörin meines Vertrauens gewesen. Diese machte eine schwierige Phase durch und hatte sich der Spiritualität zugewandt. Vintage sei voll im Trend, sagte sie mir und zeigte mir repräsentativ ihre neue Kleidung. Ich nickte freundlich und bemühte mich, nicht einzuschlafen. Leider war ich von der Arbeit so müde, dass es doch passierte – ich schloss die Augen. Wie eine Fee tanzte sie um mich herum und sang mit ihrer lieblichen Stimme über das, was sie bedrückte. Nach vielen Minuten wachte ich auf und sah das Ergebnis. Meine glatten roten Haare waren oben zu einer lockigen Dauerwelle geworden. Die Seiten hatte sie so kurz rasiert, dass sie sich ganz glatt anfühlten. Ich schwankte zwischen Entsetzen und Faszination. Stolz zeigte sie mir ihre Arbeit und den feinen Schnitt. Sie wirkte so glücklich und unbeschwert. Wie konnte ich ihr diese Freude nehmen? Nach mehreren Blicken in den Spiegel fand ich sogar, dass mir die Frisur ausgesprochen gut stand. Sie war ungewohnt, aber besaß eine noble Form, die nicht dem Verständnis der Gesellschaft entsprach, da sie ihr voraus war. Wie auch meinem, denn ich wollte immer die gleiche langweilige Frisur – das hatte sich nun geändert. Der Bart gab dem Schnitt sogar noch das gewisse Etwas. Natürlich verstanden meine Kollegen nichts davon und machten sich darüber lustig. Tatiana hingegen hatte meine Frisur sofort auf dem ersten Blick gefallen. Sie verglich sie mit jener eines Musikers.

»Cassiel, darf ich vorstellen. Das ist mein Vater, Vlad Dracula.«

Er trug den Namen eines verstorbenen Grafen? Oder war das eine humorvolle Anspielung auf eine legendäre Romanfigur? *Dracula, der Sohn des Drachen*. Das Buch, welches ich derzeit las und von Tatiana geschenkt bekommen habe. Wie auch immer! Meine Beine zitterten, selbst ohne die Bedeutung zu kennen. Vlad reagierte kein Stück.

»Freut mich, Sie kennen zu lernen, Sir.«

»Sir?«, wiederholte Tatiana verdutzt.

Ich wusste nicht, wie ich mich verhalten sollte. Stand stramm und überlegte, zu salutieren. Wie ging das nochmal? Machte man das mit der rechten oder linken Hand? In der Zwischenzeit wechselte Vlads Mimik von Entsetzen zu Abscheu. Und als er den Koffer bemerkte, schien er sogar die Zähne zu fletschen. Ich bereute mein kürzliches Schnäppchen. Eine düstere Aura strömte von ihm aus und ließ mich erschaudern.

»Cassiel! Freut mich, dass ihr es geschafft habt!«, rief hinter ihm eine Frauenstimme.

Die Stimme kam mir bekannt vor. Vlad und Tatiana wichen zur Seite. Eine schwarzhaarige Frau kam zum Vorschein, die ein blutrotes Kleid und eine schwarze Sonnenbrille trug.

»Cassiel, warum schaust du so ernst? Ich bin es, Fiona.«

»Wer?«

»Wir haben kurz miteinander telefoniert. Erinnerst du dich nicht?«

Ich durchsuchte mein Gedächtnis und fiel sofort in die erste Erinnerungslücke.

»Ähm …«, ahmte ich unbewusst ein Wartesignal nach.

»Als mich Tatiana letzte Woche wegen einem Familienrezept fragte.«

»Letzte Woche …«

Im Raum meines Kopfes herrschte Chaos. Unwichtige Informationen verschwanden so schnell, wie verloren geglaubte auftauchten. Boxen wertvoller Erinnerungen wurden behutsam geöffnet und ausgeleert. Wäre mein Gehirn ein Universum gewesen, entstanden zu jenem Zeitpunkt dutzende Schwarze Löcher.

»Du hast an dem Tag dein neues Auto abgeholt.«

Ein neuer Stern entstand in der Leere meines Kopfes und brachte Licht ins Dunkel.

»Ach, Fiona!«, antwortete ich glücklich über den Hinweis.

Das war der Name von Tatianas bezaubernder Mutter. Ich kannte nur ihre Stimme, aber wusste nicht, wie sie aussah. Weil sie eine Sonnenbrille trug, sah ich ohnehin nur einen Teil ihres Gesichts.

»Bitte, kommt doch herein!« Sie vollzog eine einladende Geste.

Zögerlich betrat ich das Schloss und rollte meinen Koffer hinterher.

Es gab so viele Fragen, die ich stellen wollte, aber eine wiederholte sich ununterbrochen: Warum trugen Tatianas Eltern im Gebäude Sonnenbrillen? Ich wusste von ihrer geerbten Veranlagung. Eine seltene Hautkrankheit, bei der Tageslicht eine Überreaktion der Haut verursachte. Aber war die bei ihren Eltern so viel schlimmer? Wenn wir unterwegs waren, trug Tatiana nie eine Brille. Okay, wir waren ständig nachts unterwegs – außer einmal; an einem Feiertag. Sie hatte ihre Sonnencreme vergessen und wurde nach einer halben Minute richtig rot. So eine Farbe bekam ich nur, wenn ich im Sommer eine Stunde ungeschützt in der Mittagssonne lag. Wir sind sofort heim, damit sie sich eincremen konnte. Kurz darauf verschwand die Rötung wieder. Bei mir hätte das bestimmt eine Woche gedauert. Am nächsten Tag war der Sonnenbrand komplett verschwunden. Beim nächsten Ausflug fragte ich sie, ob ich ihre Creme verwenden dürfe. Nach mehreren Tagen der Benutzung stellte ich fest, dass ich immer blasser wurde. Ich sah aus wie eine wandelnde Leiche! Deshalb hatte ich schnell wieder damit aufgehört. Erging es ihren Eltern genauso? Ich versuchte festzustellen, ob Fiona Sonnencreme trug, da drehte sie sich auf einmal zu mir um.

»Du kommst gerade rechtzeitig zum Abendessen. Wir haben schon einen ziemlichen Hunger.«

☆

Tatiana und ich hatten kaum das Schloss betreten, da kam ich aus dem Staunen nicht mehr heraus. Das Vorzimmer – wenn man es so nennen konnte – bestand aus einem Raum mit mehreren weiß-goldenen Säulen. Zwischen ihnen befanden sich schwarze Türen oder Wege, die in Abzweigungen verschwanden. Am Boden zeigte sich ein Fliesenmuster, das rotweiße Kreuze darstellte, welche von weißen Blumen umkreist wurden. Geradeaus gab es einen langen Gang, der an einer goldenen Tür endete. Seitlich davon führten breite Stufen in die obere Etage. Überall standen schwarze Rüstungen, die Hellebarden hielten. Die Decke bestand aus einem Fresko, das fünf schwarze Ritter darstellte, die vor einem Drachen knieten.

»Bitte kommt weiter«, sagte Fiona und ging die Stufen nach oben. »Ich zeige euch zuerst eure Zimmer, damit ihr das Gepäck abladen könnt.«

»Eure?«, fragte Tatiana nach.

»Dein Vater hat darauf bestanden, dass ihr getrennt schlaft. Ich konnte es ihm nicht ausreden.«

Also wusste Vlad doch von meinem Erscheinen? Wieso hatte er sich dann so komisch verhalten? Und wo war er überhaupt? Er war doch vorhin noch hinter mir gewesen? Ich drehte mich, konnte ihn aber nicht finden.

»Deshalb habe ich euch jeweils ein Zimmer hergerichtet.«

Die Treppe machte eine Kurve.

»Zumindest habe ich für euch aushandeln können, dass eure Zimmer nebeneinanderliegen.«

Wir erreichten das Obergeschoss. Ich sah einen langen Gang entlang, in dem sich unzählige dunkelbraune Türen befanden. Am Boden erstreckte sich ein roter Teppich mit goldverzierten Rändern. Zu dessen Seiten standen wieder viele schwarze Ritterrüstungen.

»Zuerst wollte er sogar, dass ihr jeweils am anderen Ende des Schlosses schlaft.«

»Am Ende des Schlosses?«, wiederholte ich verwirrt.

»Unser Schlafzimmer liegt in der Mitte des Gangs, musst du wissen.«

Ich verstand noch immer nicht, worauf sie hinauswollte, und antwortete mit einem ahnungslosen Gesicht.

»Weil ihr nebeneinander die Zimmer habt, könnt ihr euch heimlich hinausschleichen, ohne dass er es merkt.«

Warum sollte ich mich hinausschleichen? Ich stand auf der Leitung.

»Und dann könnt ihr in das Zimmer des anderen gehen und das machen, was ihr auch zu Hause macht.«

»Ah!«, stieß ich aus, da ich verstand, worauf sie hinauswollte: Tatiana konnte mir von ihrem Tag erzählen, und ich sofort einschlafen. Anschließend konnte sie sauer auf mich sein, dass ich ihr nicht zugehört hatte.

»So! Das wäre dein Zimmer, Tatiana.« Fiona öffnete eine dunkelbraune Tür.

»Mein altes Kinderzimmer ...«

Ihr altes Kinderzimmer? Ich wurde neugierig. Wie sah das aus? Vorsichtig lehnte ich mich an den Türrahmen, um einen Blick durch den offenen Zugang zu werfen.

Ich sah ein einfaches Doppelbett, einen Kasten und einen schwarzen Sarg. Schrecklich! Das war ein Kinderzimmer? Was machte ein Sarg darin?

»Ich habe dir ein Bett hineinstellen lassen, weil ich nicht wusste, wo du lieber schläfst.«

Wo sie lieber schläft? Wo sollte sie sonst schlafen, wenn nicht im Bett? Auf dem Boden?

»Deine alten Spielsachen habe ich nicht weggeräumt. Vlad wollte, dass du das entscheidest. Er hängt noch daran.«

Spielsachen? Welche Spielsachen? Ich riskierte einen zweiten Blick. Auf dem Sarg lagen eine Peitsche, Eisenketten und ein Ziegenstofftier, das mich an einen furchtbaren Kinofilm erinnerte. Schrecklich! Das war kein Spielzeug, sondern ein Folterwerkzeug! Wo waren die Figuren, Plastikpferde oder Autos? Sachen, mit denen Kinder normalerweise spielten?

»So, dann zeige ich jetzt Cassiel sein Zimmer. Du kannst dein Gepäck währenddessen auspacken.«

Was würde mich erwarten? Ich folgte Fiona den Gang entlang zur nächsten Tür. Soweit ich erkannte, sahen sie alle gleich aus. Am Ende des Flurs befand sich ein großes gotisches Fenster mit verchromten Metallgittern. Zwei lange dunkelrote Vorhänge hingen an den Seiten hinab.

»Da wären wir. Das hier ist dein Zimmer, Cassiel.«

Fiona schwenkte die Holztür nach innen. Ich hoffte, ein Bett vorzufinden.

»Wow!«

Das Zimmer war anders als Tatianas an der linken Wand mit zwei Schränken ausgestattet. Daneben hing ein Gemälde, das ein Porträt von Vlad zeigte. Gegenüber befand sich ein großes Himmelbett mit rotgoldenen Behängen. Die Stoffe waren an den fast deckenhohen Holzsäulen des Bettgestells fixiert. Auf der Matratze lagen viele weiße Laken, die einen heimeligen Eindruck vermittelten. Neben dem Bett befanden sich zwei Nachtkästchen aus Kirschbaumholz. Zwischen dem hinteren Kästchen und dem Fenster stand ein großer ovaler Spiegel, der einen goldenen Rahmen mit Blumenmuster besaß. In der Mitte des Raums hing ein goldener Kronleuchter.

Das war ein Gästezimmer? Für mich sah es aus wie das Zimmer eines Königs! Ich kam aus dem Staunen nicht mehr heraus. Die Metallverzierung der braunen Schränke stachen mir sofort ins Auge. War das echtes Gold? Nein, das konnte nicht sein. Wahrscheinlich verwechselte ich es mit Messing. Wer würde schon ein Zimmer mit echtem Gold auskleiden? Besonders in einem so großen Gebäude mitten im Nirgendwo. Jeder Einbrecher hätte leichtes Spiel, etwas zu entwenden, wenn es keine Wächter oder dergleichen gab. Über diese Gedanken kam ich gleich zu meiner nächsten Fragen: Wer kümmerte sich um all dies? Ich hatte noch keine anderen Leute außer ihren Eltern gesehen. Sie konnten das alles doch unmöglich allein pflegen! Das Schloss war so groß, dass es Wochen dauern musste, es zu putzen. Und schloss man endlich damit ab, musste man erneut beginnen. Diese Vermutung rechnete den Arbeitsaufwand des riesigen Gartens nicht mit ein. Das war alles so unglaublich. Mein Gesicht war wie eingefroren. Mit offenem Mund starrte ich in das Zimmer.

»Tatiana hatte recht. Du bist leicht zu begeistern.« Fiona lachte. »Ich kann verstehen, warum sie dich ausgewählt hat.«

»Sie hat mich ausgewählt?«

»Ach, du weißt das noch nicht? Interessant ...«

»Für was hat sie mich ausgewählt?«

Fiona schwieg kurz, bevor sie mir antwortete: »Als ihr erster Freund, den sie uns vorstellt.«

Ihr erster Freund? Sie hatte mir nie von Freunden berichtet. Aber auch nichts über ihre Kindheit. Wir unterhielten uns meist über andere Themen. Der Besuch ihrer Eltern war die erste Gelegenheit für mich, mehr über ihre Vergangenheit zu erfahren.

»Die Schränke sind leer. Du kannst deine Kleidung gern darin aufhängen.«

»Danke.«

»Ich lasse dich mal auspacken. Wenn du damit fertig bist, gebe ich eine kleine Führung durch das Schloss. Danach gibt es Abendessen.«

☆

Ich hockte vor meinem Koffer und überlegte, welche Sachen ich in den Schrank legen wollte. Die Gewissheit, alles an einem Ort zu haben, beruhigte mich. Würde ich einzelne Dinge woanders hinlegen, sorgte ich mich bei der Abreise, etwas zu vergessen. Das bedeutete, dass ich nochmals herkommen musste – aber wollte ich das? Obwohl ich Fionas Gastfreundschaft schätzte, machte mich etwas nervös; ich wusste nur nicht, was. Bis auf das Kennenlernen von Tatianas Vater hatte ich nichts Besorgniserregendes erlebt. Trotzdem spürte ich, dass irgendetwas nicht stimmte. Bildete ich mir das ein? Hatte mich die Fahrt so sehr mitgenommen? Nach einer Antwort suchend stand ich auf und ging durch das Zimmer. Mein Fokus fiel sofort auf das goldumrahmte Gemälde an der Wand.

»Vlad Dracula bei Friedensverhandlungen, März 1692«, las ich die kursive Beschriftung des Kunstwerks vor. »1692? Das kann nicht stimmen!«

Der Künstler hatte sich offenbar verschrieben. Oder handelte es sich um einen Scherz? Ich sah mir das Bild genauer an. Es zeigte eine düstere Gestalt neben einer kleinen Mauer. Die goldenen Ränder seiner schwarzen Uniform waren dezent mit dunkelgelber Farbe betont. Hinter ihm wurde ein zunehmender Vollmond von einigen Wolken verdeckt. Der Großteil des Hintergrunds war Grau und Blau gehalten. Die kalte Farbwahl brachte mich zum Erschaudern. Nur die Augen des Porträts stachen aus der Trübnis heraus. Sie schienen rot zu leuchten. Ich bekam das Gefühl ... dass sie mich anstarrten? Wie gebannt griff ich mit einer Hand nach dem Bilderrahmen.

Plötzlich flog mir das Gemälde entgegen! Es passierte so schnell, dass es mich nach hinten schleuderte. Gleich danach landete ich mit dem Rücken auf dem Bett. Meine Augen waren vor Schock weit offen, und mein Puls raste.

»Das dort oben ist Stuck«, erklärte Tatiana plötzlich von der Seite.

Sie stand in der offenen Tür und beobachtete, wie ich die Decke anstarrte.

»Was?«, drang das Entsetzen aus meinem Mund.

»Die Formen dort oben«, antwortete sie und zeigte in die Ecke, »nennt man so.«

Ich sah auf und erblickte die plastischen Ausformungen über ihr. Vereinfacht gesagt, waren es Muster, die aus der Decke standen. Viele alte Gebäude besaßen so etwas, aber ich schenkte diesem Detail keine Beachtung.

»Das Gemälde ...«, stammelte ich und wollte ihr schildern, was geschehen war.

»Das ist ein Porträt von Papa«, erklärte sie und drehte sich um. »Komm, Mama möchte die Führung durch das Schloss starten. Du kannst dich später ausruhen.«

Wie konnte sie so ruhig sein? Hatte sie nicht gesehen, was passiert war? Ich sprang aus dem Bett und suchte das Gemälde. Schon nach wenigen Augenblicken, fand ich es. Das Kunstwerk hing an der Wand. Ich wischte mir die Verwunderung aus dem Gesicht. Hatte ich mir das eingebildet? Spielte mir mein Verstand einen Streich? Ich sah das Porträt genauer an und kam ihm näher. Hatte es vorhin schon schwarze Augen gehabt?

»Cassiel?«, rief Tatiana aus dem Flur. »Kommst du? Sonst wird es zu spät fürs Abendessen.«

Sie musste ebenfalls Hunger haben. Mein Magen knurrte schon, seit Fiona mir das Zimmer gezeigt hatte. Vielleicht war das der Grund, warum ich mich so seltsam verhielt? Konnte Hunger zu Wahrnehmungsstörungen führen? Wie bei einem Bergsteiger, der an Höhenwahn litt? Oder befand sich das Schloss auf solchen Höhenmetern, dass dieses Phänomen eintreten konnte? Wie auch immer! Ich musste mich zusammenreißen. Wenn ich mich wie ein Irrer aufführte, dann half mir das nicht weiter. Besonders würde das nicht meine Beziehung zu Tatianas Eltern verbessern. Ich schloss die Augen und atmete tief durch.

»Resilienz«, murmelte ich und verließ das Zimmer.

Im Flur warteten schon Tatiana und Fiona auf mich. Ich schloss die Tür und gesellte mich zu ihnen.

»Wunderbar! Starten wir die kleine Führung«, verlautbarte Fiona und entfernte sich ein paar Schritte. »Da es hier in diesem Flur viele Türen gibt, kann es verwirrend sein, das richtige Zimmer zu finden. Deshalb empfehle ich, nach den Stufen die Türen abzuzählen. Dein Zimmer, Cassiel, hat die Nummer neun und befindet sich links. Tatianas Zimmer ist gleich daneben und hat die Nummer acht. Vlads und mein Schlafzimmer befindet sich auf der anderen Seite des Flurs, hier hinten. Es hat die Nummer zehn. Grundsätzlich machst du nichts falsch, wenn du dich auf der linken Seite hältst.«

»Falsch?«, fragte ich überrascht nach.

»Nur eine Tür auf der rechten Seite ist für dich relevant. Das hat die Nummer fünfzehn«, erklärte Fiona und ging in die Richtung. »Ach! Bevor ich es vergesse. Diese Tür ist für dich unter allen Umständen tabu.« Sie zeigte auf die Nummer dreizehn.

»Weil sie sich auf der rechten Seite befindet?«

»Ja, und weil es Vlads Privatgemach ist.«
»Ein Privatgemach?«
»Sagen wir so, es ist Vlads privater Raum. Er würde es nicht dulden, wenn jemand ohne seine Einwilligung ihn betritt.«
Was sich darin wohl befand? »Ich habe verstanden. Ich werde den Raum nicht betreten.«
»Sehr gut. Dort hinten ist die Tür zur Toilette. Wie schon erwähnt, hat das die Nummer fünfzehn. Das ist leicht zu merken, da es das letzte Zimmer vor der Abbiegung des Flurs ist. Gegenüber befindet sich das Badezimmer. Und das bringt mich gleich zu meiner Frage.«
»Eine Frage?«, erkundigte sich Tatiana sofort, um ein mögliches Verhör von mir abzuwenden.
»Ja, an dich. Was sagst du zu meiner neuesten Kreation?«
»Deine neueste Kreation?«
»Ja, die von dem Paket.«
»Welches Paket?«
»Sag bloß, du hast es nicht erhalten? Ich habe es vorige Woche losgeschickt.«
»Ich habe leider nichts bekommen.«
»Das ärgert mich jetzt. Ich werde dem Paketboten später einen Besuch abstatten.«
»Hat der nicht schon Feierabend?«, fragte ich nach und wollte Fiona darauf hinweisen, keinen unnötigen Weg auf sich zu nehmen.
»Keine Sorge. Ich weiß, wo er wohnt«, antwortete sie mir und lächelte mich zuversichtlich an. »Ich bekomme das schon.«
Waren sie befreundet? Selbst wenn. Er hatte das Paket doch bestimmt nicht zu Hause herumliegen? Oder wohnte er unmittelbar neben der Poststelle?
»Kommt mit. Ich zeige es euch.« Fiona öffnete die Badezimmertür.
Ich staunte, als sie das Licht einschaltete. Die Einrichtung funkelte mir in goldenen und weißen Farben entgegen. Kristalle glitzerten in jeder Ecke. Waren das Diamanten? In

der Mitte des Zimmers stand eine goldene Badewanne. Daneben befanden sich zwei Tongefäße und ein geflochtener Korb. In der Ecke stand eine Dampfdusche mit Whirlpool-Funktion. Die Fliesen der Wände und des Bodens besaßen eine pastellbraune Marmorierung. Das Waschbecken bestand aus Glas. Wie auch die Schränke daneben, die sich aus undurchsichtigen Scheiben zusammensetzten. Ergänzt wurde der Raum durch ein großes gotisches Fenster. Befand ich mich noch auf der Erde? Das Badezimmer sah aus wie ein Raum in einem himmlischen Palast!

»Das hier ist meine neueste Kräuterseife«, erklärte Fiona und zeigte ein Stück in ihrer offenen Handfläche.

»Die ist ja richtig gut geworden!«, äußerte Tatiana ihre Faszination. »Nicht so wie die vorige Seife, die sich in der Schale verteilt hat.«

»Ja, diesmal habe ich ein anderes Rezept ausprobiert. Was sagst du dazu, Cassiel?«

»Sieht richtig professionell aus. Wie von einem Seifengeschäft.« Ehrlich gesagt, kannte ich mich mit Seifen nicht aus. Hätte ich preisgeben sollen, dass ich sonst nur die billigste Flüssigseife einkaufte?

»Was sind das für schwarze Blüten?«, fragte Tatiana neugierig und zeigte auf das Seifenstück.

»Das sind Rosenblütenblätter. Die hier sind Gemeiner Frauenmantel, Gewöhnliche Schafgarbe und große Brennnessel. Ach, und Wiesensalbei ist auch noch drinnen. Den habe ich von einer Haushexe bekommen. Bei unserer letzten Hildakraut-Party.«

»Einer Hexe?«, wiederholte ich erstaunt.

»Oh, ich habe mich versprochen. Ich meinte eine Apothekerin.«

Fiona gab mir das Stück in die Hand und deutete, dass ich daran riechen sollte. Ich hielt mir die Seife an die Nase und zog den blumigen Duft ein.

»Wie findest du den Geruch, Cassiel?«

»Riecht wie in einem Blumengeschäft. Sehr sanft.«

Ich reichte die Seife weiter und Tatiana roch an ihr.

»Man muss mit der Zungenspitze die Seife berühren. Das habe ich vorige Woche gelernt. So kann man feststellen, ob sie fertig ist.«

»Mit der Zungenspitze?«, fragte ich nach, ob sie das ernst meinte.

Tatiana gab mir die Seife in die Hand. Es war offensichtlich, dass sie den Geschmack nicht im Mund haben wollte. Warum aber, glaubte sie, dass ich das wollte?

»Ja, probiere es. Die ist frisch. Danach können wir sie abwaschen.«

Widerwillig sah ich das Seifenstück an, bevor ich mich überwand. Mit zugekniffenen Augen streckte ich die Zunge der Seife entgegen. Meine Hand führte langsam das Seifenstück zu meinem Mund. Auf einmal tauchte eine Fremde an der Tür hinter Tatiana auf. Ich erschreckte mich wegen ihres schnellen Erscheinens. Ihre weiße Schürze erinnerte an ein Dienstmädchen. Ihre blasse Haut wurde nur durch ihre blonden Haare und blauen Augen farblich betont. Sie machte eine höfliche Verbeugung und wandte sich Fiona zu.

»Herrin, das Abendessen ist fertig.«

Herrin? Sprach man hier so seinen Arbeitgeber an? Zumindest wusste ich jetzt, dass Fiona und Vlad nicht allein lebten. Fiona lächelte mich an und streckte mir einen Arm entgegen. Hocherfreut legte ich das Seifenstück in ihre Hand. Sie drehte sich um und legte es in die Schale zurück. Anschließend wandte sie sich uns zu.

»Wunderbar! Dann lasst uns speisen.«

☆

Endlich war das Abendessen fertig! Ich hatte schon einen ziemlichen Hunger. Tatiana und Fiona schien es nicht anders zu ergehen.

»Die übrigen Räume schauen wir uns später an«, verkündete Fiona und verließ das Badezimmer. »Kommt mit.«

Wir folgten dem Dienstmädchen und erreichten die Stufen. Mein Magen knurrte durchgehend. Was es wohl zum Essen gab? Hoffentlich nichts Ausgefallenes. Mit Delikatessen und dergleichen konnte ich nicht viel anfangen. Im Erdgeschoss angekommen, bogen wir nach links ab. Als wir den Flur entlanggingen, stieg mir der Duft der Küche in die Nase. Ich versuchte, die Speisen anhand des Geruchs zu bestimmen. Wegen mangelnder Erfahrung konnte ich nur deuten, dass es nach Essen roch. Kaum zwei Türen weiter betraten wir einen großen Saal. In der Mitte stand ein langer Tisch. Darauf lagen Teller, Besteck und Gläser für fünf Personen. Darunter spannte sich eine rote Tischdecke, unter der ich nur die schwarzen Tischbeine erkennen konnte. Sie besaßen die gleiche Farbe wie die Stühle, die mit einer roten Sitzfläche ausgestattet waren.

Im Boden der weiß-gold karierten Fließen spiegelte sich etwas Rotes. Ich sah auf und erblickte einen Stoff derselben Farbe. War das ein … Banner? Die Wände waren voll davon! Mit denselben Symbolen, die ich schon am Eingang gesehen hatte, mit dem Schloss, welches vor einem aufgehenden Vollmond stand. War dies das Wappen der Familie? Zwischen den Bannern hingen Ritterschilde und überkreuzte Schwerter. Auf den Schilden war dasselbe Zeichen abgebildet. Ich war dermaßen fasziniert, dass ich mich fast im Kreis drehte. Ganz hinten, am Ende des Raums entdeckte ich weitere Stoffe. Zuerst hielt ich sie für Vorhänge, bis ich das fehlende Fenster bemerkte. Auch sie besaßen das goldbestickte Symbol, das von vielen Falten verdeckt wurde. Vor ihnen standen jeweils zwei goldene Ritterrüstungen, die ein Langschwert gen Boden hielten. Zwischen ihnen befanden sich zwei rotgoldene Throne. Auf einer Seite der Wand gab es große gotische Fensterscheiben, in denen sich das Licht der brennenden Kerzenständer spiegelte. Es gab kein Tageslicht mehr, das den Raum erhellen konnte.

»Beeindruckt?«

Ich wollte Fiona antworten, da bemerkte ich meinen offenen Mund. Die Sichtung war zu viel für mich.

»Oder hungrig?«

Überall standen Hausdiener und starrten mich an. Sie blickten kalt und ernst in meine Richtung. Ich tat mich schwer, ihre Gesinnung einzuschätzen. Hatten sie Ehrfurcht? Oder war es Angst? Nein, sie betrachteten mich wie ... wie ein Opfer. Ich kam mir vor wie ein Kaninchen, das von Raubtieren eingekreist wurde. Wurde der Raum wärmer? Ich zog an dem Halskragen meines T-Shirts und fühlte mich leicht deplatziert. Am liebsten hätte ich mir einen Helm von einer Ritterrüstung geschnappt und ihn mir über den Kopf gestülpt.

»Ich ... das ...« Mein Gehirn schien nicht mehr fähig, einen logischen Satz zu bilden. Was hatte Tatiana nochmals gemeint? Sie konnte bei ihren Eltern sie selbst sein? Meinte sie damit die Tochter von Monarchen?

»Also beeindruckt«, erklärte Fiona und lächelte mich an. »Mach dir keine Sorgen über Tischbräuche und dergleichen. Wir nehmen das nicht so streng hier. Manieren reichen vollkommen aus.«

Schweigend nickte ich ihr zu und wartete darauf, was Tatiana und sie taten. Ich bereute es, kein Hemd und keine Anzugshose zu tragen. Alle trugen förmliche Kleidung, außer mir. Die Hausdiener mussten mich für einen Hippie halten, der sich verlaufen hatte. Vielleicht blickten sie deshalb so kaltherzig?

Tatiana stand schon bei einem Stuhl, als sie auf den Platz daneben deutete. Erleichtert folgte ich ihrer Geste und setzte mich hin. Ich handelte so schnell, dass mich der Hausdiener daneben schockiert ansah.

»Das ist kein Problem. Cassiel ist unser Gast«, erklärte Fiona ruhig und bewegte die Hand.

Der Hausdiener atmete erleichtert auf. Es war die erste menschliche Geste, die ich bei einem von ihnen wahrnahm.

»Trotzdem, Cassiel. Dort solltest du dich nicht hinsetzen«, sagte Fiona, als ihr ein anderer Hausdiener den Stuhl an die Kniekehlen schob und sie Platz nahm.

»Wieso?«, fragte ich und machte mich bereit aufzustehen.

»Weil das mein Platz ist«, antwortete Vlad plötzlich mit strengen Worten. »Der Herrscher sitzt zwischen seiner Gemahlin und seiner Tochter. Das ist Tradition.«

»Tradition?«

»Es gibt drei Arten von Menschen. Jene, die herrschen, jene, die folgen, und jene, die nerven.«

Hatte Vlad keine Freunde?

»Zu welchen gehörst du?«

Sofort sprang ich auf und gab den Platz frei. Ich hätte es ohnehin getan, aber Vlad hatte mich überrascht. Wenn es Tradition war, wieso hatte mir Tatiana diesen Platz zugewiesen? Das hätte sie doch wissen müssen? Ich setzte mich an ihre andere Seite. Diesmal ließ ich den Hausdiener den Stuhl unter mein Gesäß schieben. Ich hatte mir für die kurze Zeit schon genug Missgeschicke erlaubt. Ich nahm mir vor, nur noch überlegt zu handeln und keine Fehler mehr zu machen. Selbst wenn mir Tatiana einmal gesagt hatte, dass Unvollkommenheit menschliche Schönheit sei.

»Papa, die Tradition hast du dir ausgedacht«, kritisierte sie und sah ihn ernst an.

»Trotzdem. Ich mag zwischen euch sitzen«, murrte er zurück. »Das habe ich deiner Mutter gesagt.«

Fiona beugte sich vor und sah an ihm und Tatiana vorbei. »Cassiel, du musst Vlad verzeihen. Er neigt zu solchen Scherzen. Nimm ihn bitte nicht zu ernst.«

»Keine Sorge. Es ist nichts passiert«, reagierte ich ausgeglichen.

»Noch nicht«, antwortete Vlad. »Der Abend ist noch jung.«

Ein Diener beugte sich an meiner Seite vorbei und stellte mir einen goldenen Kelch mit roter Flüssigkeit hin. Eigentlich ekelte ich mich vor Rotwein, aber ein kleiner Schluck würde mich locker machen. Ich nahm das Glas in die Hand und nippte daran. Mein Gesicht verzog sich, als würde ich eine halbe Zitrone auslutschen. Der Wein schmeckte absolut ekelhaft!

»Das ist meins, Cassiel«, rief Tatiana und nahm mir den Kelch aus der Hand.

»Eindeutig!«, krächzte ich und wischte mir mit einer Serviette über die Lippen.

»Unser Gast bekommt keinen Kelch«, informierte Fiona einen Diener und wandte sich an mich. »Ich habe in Erinnerung, dass du keinen Wein magst. Möchtest du stattdessen einen Champagner?«

»Eigentlich trinke ich keinen Alkohol ...«

»Wirklich? Dann habe ich ihn ganz umsonst einfliegen lassen?«

»Mutter ...«

»Es ist meine Schuld. Ich hätte dich vorher fragen müssen, was Cassiel trinkt.«

»Aber ich kann heute eine Ausnahme machen. Ein wenig Alkohol wird mich schon nicht umbringen.«

»Bist du dir sicher? Ich will dich zu nichts zwingen.«

»Ja, es ist okay. Ein Glas kann ich trinken.«

»Freut mich. Diener!«

Ein anderer Hausdiener kam zu meinem Platz und lehnte sich an mir vorbei. In der Hand hielt er eine dunkelbraune Flasche, umwickelt von einem rotgoldenen Serviettentuch.

»Das ist ein Champagner, Perrier-Jouët, Jahrgang 1825«, klärte der Bedienstete auf und schenkte ein.

Der Champagner war älter als ich! Durfte man ein so hochwertiges Getränk mit einfachem Abendessen verzehren? Wir bekamen doch normales Essen, oder?

Ein anderer Hausdiener lehnte sich an Fiona vorbei und stellte ihr einen goldenen Kelch auf den Tisch. Dann kam ein weiterer und stellte einen bei Vlad ab. Dieselbe rote Flüssigkeit schwamm in den Gefäßen, die ich zuvor probiert hatte.

»Ich mag betrunkene Menschen. Sie sind zum Anbeißen süß«, sagte Vlad plötzlich und brachte Fiona zum Lachen.

»Wie ich schon sagte, er ist ein Witzbold«, erklärte sie mir erneut. »Deshalb habe ich mich in ihn verliebt.«

»Und ich dachte, es lag an meiner Größe.«

»Ach, Vlad. Ohne Charakter hat Größe keinen Wert. Das habe ich dir doch schon oft gesagt.«

»Ich frage mich, wie ein bescheidener und schweigsamer Mann wie ich eine so großartige Frau …«

»Moment! Bescheiden?«, unterbrach Tatiana lachend. »Papa, du bist überhaupt nicht bescheiden! Wenn du wissen willst, wie ein bescheidener Mann lebt, dann solltest du Cassiel zu Hause besuchen!«

O mein Gott! Das hatte sie nicht gesagt? Ich schluckte den Champagner herunter, während Fiona und sie lachten. Die beiden amüsierten sich prächtig, als Vlad bedrohlich schwieg.

»Ja, vielleicht sollte ich das«, verkündete er plötzlich und warf mir einen einschüchternden Blick zu.

Ich schluckte erneut. Sollte ich lachen? Er tat es nicht. Ich wandte den Blick ab und sah nach vorne. Auf die Schwärze, die vor mir lag und das Tageslicht vertrieben hatte. Dabei bemerkte ich, dass gegenüber von mir ein weiteres Gedeck lag. Wer dort wohl sitzen würde? Und warum saß die Person als einzige auf der anderen Seite? Was hatte diese Sitzordnung für einen Sinn? Ich wurde so neugierig, dass ich fragen musste.

»Warum sitzen wir eigentlich alle Richtung Fenster?«

Tatiana und ihre Eltern schauten mich schweigend an. Dann sah Vlad nach vorne und lächelte.

»Endlich!«, ächzte er und riss sich die Sonnenbrille vom Gesicht. »Endlich ist die verdammte Sonne untergegangen!«

»Jetzt jammere nicht so. Die neuen Scheiben machen es erträglich«, erwiderte Fiona und nahm ebenfalls ihre Brille ab.

»Trotzdem mag ich das Licht nicht. Es sticht mir in den Augen.«

»Du meinst, es sticht dir ins Auge«, erwiderte sie lachend.

»Das ohnehin. Es war das Erste, das mir nach dem Verlassen des Sargs aufgefallen ist.«

»Des Sargs?«, wiederholte ich.

»So nennt Papa sein Bett«, erklärte mir Tatiana.

»Wieso das?«

»Weil er darin wie ein Toter schläft.«

»Hä?«

»Dann lasst uns anstoßen«, rief Fiona und erhob ihr Glas. »Auf einen schönen Urlaub!«

Ich hob ebenfalls mein Glas und sah zu ihr hinüber. Angesichts des Sitzplatzes fiel es mir schwer, ihr in die Augen zu sehen. Stattdessen blickte ich in Vlads genervtes Gesicht – das mich verwunderte. Anders als Tatiana besaß er keine bernsteinfarbenen Augen. Nein, seine waren hellblau und schienen … sie schienen zu leuchten? Ich musste mich irren. Das konnte nicht sein. Das lag bestimmt am Licht! Ich lehnte mich in seine Richtung und konzentrierte meinen Blick. Unerwartet beugte sich Tatiana zwischen uns und sah in mein angestrengtes Gesicht.

»Schönen Urlaub«, wünschte sie mir und stieß an mein Glas an.

Ihr Kelch gab nur einen blechernen Laut von sich, während mein Glas hilfeschreiend klirrte. Ich beugte mich an ihr vorbei, um auch Fiona einen schönen Urlaub zu wünschen. Spielte mir mein Bewusstsein einen Streich? Auch ihre Augen leuchteten! Nicht blau, sondern in rotorangen Farben. Zusätzlich konnte ich erstmalig ihr gesamtes Gesicht erkennen. Auch sie hatte liebliche Gesichtszüge. Ihre Schönheit stand der von Tatiana in nichts nach. Hätte ich es nicht besser gewusst, dann hätte ich sie für Schwestern gehalten. Deshalb trugen sie und Vlad eine Brille! Sie wollten sich vor der Sonne schützen! Erst letztens las ich, wie schädlich dessen Licht für unsere Haut sein konnte. Von Krankheiten bis starken Alterserscheinungen wurde alles aufgezählt. Wahrscheinlich schmierte sie sich ebenfalls täglich mit einer Creme ein.

Anti-Aging Cremes sind ja unglaublich effektiv!, dachte ich mir unverschämt.

Ich wiederholte die Glückwünsche und trank einen Schluck. Ein bemerkenswerter Geschmack nach Trüffeln verteilte sich in meinem Mund. Die anderen taten es mir gleich und setzten nicht so schnell ab. Ich wartete, bis Tatiana getrunken hatte und den Kelch auf dem Tisch abstellte. Erneut sah ich zu ihnen hinüber, um mich zu vergewissern.

»Tatiana?«, flüsterte ich.

»Ja?«, antwortete sie mir sanft und lächelte in meine Richtung. Ihre Augen leuchteten! Sie strahlte mich förmlich an; so kraftvoll und glücklich. Es musste am Licht liegen. Es gab sonst keine andere Erklärung. Das waren bestimmt Reflexionen der Kerzen. Erleichtert atmete ich auf.

»Ähm … hab's vergessen.«

☆

»Trink aus, Cassiel! Es ist noch genug da«, rief mir Fiona von der Seite zu.

Wie viele Champagnerflaschen hatte sie bitte gekauft? Sie hatte schon den dritten Kelch geleert, und ich war beim zweiten Glas – glaubte ich. Das Problem war, ich wusste es nicht. Sobald ich ein paar Schlucke getrunken hatte, winkte sie einen Hausdiener herbei, der daraufhin nachfüllte. So gesehen konnte ich nicht austrinken. Und abgesehen davon warteten wir noch immer auf das Essen. Zumindest hatte mein Magen aufgehört zu knurren. Langsam beschlich mich das Gefühl, sie wollte mich betrunken machen. Immerhin entspannte mich der Champagner etwas.

»Ich glaube, wir haben lange genug gewartet«, verkündete Fiona plötzlich und gab einem Hausdiener ein Zeichen. »Wir können anfangen!«

Der Mann nickte zustimmend und verließ das Zimmer. Einige Minuten später kam er mitsamt dem Küchenchef wieder in den Raum. Er hielt eine große Metallplatte, über die sich eine Essensglocke stülpte. Ich wurde neugierig, was sich darunter befand.

»Bitte passen Sie auf, die Platte ist heiß«, warnte der Hausdiener und stellte das Geschirr vor mir ab.

»Ich hoffe, die Mahlzeit mundet Ihnen, Monsieur«, sprach der Küchenchef mit französischem Akzent. »Für dieses Gericht habe ich extra ein Kochbuch der Menschen gekauft.«

»Ein Kochbuch der Menschen?«

»Er wollte sagen, ein Kochbuch, das man versteht«, erklärte mir Tatiana. »Die heutigen Rezeptangaben versteht doch kein Mensch.«

Der Hausdiener zog die Glocke ab und der Dampf wich heraus. Ich wedelte ihn mir mit der Hand vom Gesicht, damit ich das Gericht sehen konnte.

»Ich präsentiere Wildente in Honigweinsoße mit Trüffelspätzle, Gartengemüse und Rotkraut.«

Fasziniert betrachtete ich die Speise. Rundum das Gericht lagen viele Orangenscheiben und aufgeschnittener Porree. Mir floss das Wasser im Mund zusammen.

»Die Ente wurde frisch im Vorbeiflug gefangen. Ich hoffe, sie mundet Ihnen.«

»Im Vorbeiflug gefangen?«, wiederholte ich verwundert.

»Er meinte erlegt«, korrigierte Tatiana und ergänzte: »Er ist Franzose und kann unsere Sprache nicht so gut.«

»Oui, Madame. Die Ente wurde im Flug gepflückt.«

Der Küchenchef machte eine Verneigung und verließ den Raum. Ich konnte es kaum erwarten, das Gericht auszuprobieren – bis mir etwas auffiel. Obwohl das Zimmer mit Dienern gefüllt war, brachten sie nur mir etwas zu essen. Oder sollten die Gerichte von allen verzehrt werden? Aber wie kamen dann Fiona und Vlad aus ihrer Sitzposition an die Speise heran? Unsere Sitzordnung fand ich doch mehr als ungünstig. Vier Plätze, die Richtung Fenster schauten, und zusätzlich ein leerer Platz, auf den ich schaute. Oder war der leere Platz ursprünglich für mich gedacht gewesen? Aber dann hätte ich mir den Platz doch nicht aussuchen dürfen? Fiona hatte zuvor von jemandem gesprochen. Irgendjemand sollte noch zu uns stoßen. Aber half mir das weiter? Die Platte befand sich noch immer vor meiner Nase, weit entfernt von Tatianas Eltern. Sollte ich sie in die Mitte des Tisches schieben? Wurde das von mir erwartet? Langsam näherte ich mich mit einer Hand der Platte. Meine Finger kamen ihr so nah, dass ich sie mir verbrannte.

»Vorsicht, Cassiel«, schrie Tatiana auf, »die ist heiß!«

Erschrocken zog ich die Hand zurück und weinte innerlich.

»Ich wollte sie in die Mitte des Tisches schieben. Deine Eltern kommen sonst nicht an sie heran.«

»Ist schon gut, Cassiel. Wir sind nicht hungrig. Das Gericht ist für euch«, antwortete Fiona erheitert.

Sie sind nicht hungrig? Hatte sie bei der Begrüßung nicht etwas anderes gesagt? Sagte sie nicht, dass sie schon einen großen Hunger hätten? Zumindest Tatiana wollte etwas essen, denn sie hatte schon das Besteck in der Hand.

»Wie viel willst du?«, fragte sie und legte mir zwei Fleischstücke auf den Teller.

»Das reicht schon, danke«, antwortete ich bescheidener als mein Magen.

In meinem Inneren rumorte es; mein Verstand eskalierte. Aß Tatiana auch nichts? Hoffentlich nicht! Ich wollte nicht der Einzige sein. Besonders nicht bei all dem Besteck. Ich wusste nicht mal, welche der zehn Gabeln ich nehmen sollte. Gestresst versuchte ich, die Logik des Gedecks zu verstehen. Ich blickte auf eine unlösbare Aufgabe.

»Das Besteck liegt falsch«, äußerte sich Tatiana.

»Was?«, stieß Fiona schockiert aus.

»Das Besteck liegt falsch.«

»Wie meinst du das?«

»Es sollte links und rechts vom Teller liegen, nicht oberhalb. Zumindest wenn es keine Nachspeise gibt. Außerdem liegt bei Cassiel eine Schere.«

»Dabei habe ich extra gesagt, dass ihr achtgeben sollt, alles richtig zu machen«, schimpfte Fiona und suchte nach dem ängstlichsten Gesicht. »Wer hat das verbrochen?«

Schweigend sahen sich die Diener gegenseitig an. Ihre Blickkontakte wirkten wie Beschuldigungen. Fiona winkte mit der Hand. Scheppernd setzte sich eine der goldenen Rüstungen neben dem Thron in Bewegung. Der Ritter benötigte nur eine Armbewegung, um die Klinge des Langschwerts auf der Schulterplatte abzulegen.

»Da ist wer drinnen?«, stieß ich schockiert aus und zeigte auf den Blechernen.

Mit klappernden Lauten stapfte er an mir vorbei. Bei Fiona angekommen, beugte er sich, soweit es seine Rüstung erlaubte, zu ihr nach unten.

»Finde den Schuldigen und sperr ihn in den Kerker.«

Der Ritter nickte zustimmend und verließ den Raum. Sie besaßen einen Kerker? Dort wollte ich auf keinen Fall landen! Ich traute mich nicht mehr zu sprechen. Den Bediensteten schien es nicht anders zu ergehen. Zitternd glotzten sie in alle Richtungen. Auf einmal polterte und krachte es außerhalb des Zimmers. Wir drehten uns zu den scheppernden Schritten des Ritters, der jemanden an der Tür vorbeischleifte.

»Das ist die französische Kreativität!«, schrie der Koch, als er an einem Fuß nachgezogen wurde. »Vive la révolution!«

»Ich hoffe, dass euch das Gericht reicht. Bedauerlicherweise hat die Küche heute wegen Ruhezeiten vorzeitig geschlossen«, informierte Fiona ruhig.

Was sagte sie da? Wir konnten doch sehen, wie der Ritter den Koch abführte!

Schockiert sah ich Tatiana an, die sich seelenruhig etwas zu essen nahm. War das normal für sie? War das in ihrer Kindheit öfter passiert?

»Das ist bedauerlich, aber Ruhezeiten müssen eingehalten werden. Die Menge reicht uns bestimmt.«

Meinte sie das ernst?

»Ah! Sie ist da!«, rief Fiona freudig und stand auf.

»Bist du dir sicher?«, fragte Vlad genervt. »Ich habe sie nicht bemerkt.«

»Ja, ich habe gesehen, wie sie im Garten gelandet ist.«

Jemand war gelandet? Im Garten? Ein Flugzeug konnte doch unmöglich dort landen? Eher noch ein Helikopter. Aber ich hatte keine Motorgeräusche gehört.

☆

Tatiana und ich aßen gerade unsere Portionen auf, als eine rothaarige Frau den Raum betrat. Sie trug eine schwarze Hose und eine gleichfarbige enge Jacke. Den Stücken mangelte es an viktorianischem Einfluss, den sie mit zeitgemäßen Aspekten wettmachte. Ihre Kleidung schien durchnässt.

»Du bist spät.«

»Tut mir leid Mutter, es gab Komplikationen.«

»Konntest du erledigen, worum ich dich gebeten hatte?«

»Ja, sie werden uns keine Probleme mehr bereiten. Dafür habe ich gesorgt.«

Wie meinte sie das? War ich bei der Mafia gelandet?

»Sehr gut. Cassiel, darf ich vorstellen, das ist unsere jüngste Tochter, Emilia.«

Ich stand auf, um ihr die Hand zu reichen. Die Ähnlichkeit mit ihrer Schwester war verblüffend. Wie Tatiana besaß sie bernsteinfarbene Augen und liebliche Gesichtszüge. Sie hätte ihre Zwillingsschwester sein können. Nur ihr Kleidungsstil unterschied sich erheblich vom Rest der Familie. Ihre schwarze Kleidung erinnerte mich an eine Geheimagentin.

»Hallo, Emili…a?«

Sie ging einfach an mir vorbei! Als ob ich aus Luft bestände! Verstieß ich mit meiner Begrüßung gegen eine Regel? Selbst wenn! Es gab andere Formen der Begrüßung. Eine wortlose Geste hätte sie doch machen dürfen?

»Was macht dieses Frischblut hier?«

»Frischblut?«, stammelte ich.

»Emilia, benimm dich«, reagierte Fiona mit strengen Worten.

»Ja, Mutter«, gab sie nach und ging um den Tisch herum.

Sie setzte sich auf den Platz gegenüber von meinem und zeigte auf Tatianas Kelch. Sofort verschwand ein Hausdiener schnellen Schritts aus dem Raum. Ich blickte ihm kurz nach und setzte mich anschließend wieder auf meinen Platz. Dann sah ich versöhnlich zu Emilia hinüber. Sie starrte mich an! Wie ein hungriges Raubtier, das seine Beute beäugte. Ihre kalte Aura war noch schlimmer als die der Hausdiener zu Beginn. Das fing gar nicht gut an. Ich musste ihr zeigen, dass ich kein ungehobelter Klotz war. Aber wie sollte ich das anstellen? Während ich überlegte, kam der Hausdiener zurück. In einer Hand trug er einen goldenen Kelch, der wie Tatianas aussah. Er lehnte sich an Emilia vorbei und stellte das Getränk ab. Anschließend verbeugte er sich und hetzte aus dem Raum. Das war es! Damit konnte ich ein Gespräch beginnen!

»Warum trinkt ihr aus Goldkelchen?«, fragte ich und sah Emilia an.

»Gibt dem Blut den gewissen Kick«, antwortete sie und trank einen Schluck.

Kurz darauf leuchteten ihre Augen rotorange. Musste wieder an der Raumbeleuchtung liegen. Die war schon sehr besonders. Genauso wie Emilia. Denn sie scherzte genauso, wie Tatiana es öfter tat. Das lag den Schwestern offenbar im Blut.

»Emilia!«, mahnte sie Fiona laut.

»Das war ein Witz. Entschuldigung. Ich meinte die Medizin.«

Ich wusste, dass sie kein Blut meinte. Tatiana bezeichnete ihre Medizin ebenfalls so, um einen Spaß zu machen. Obendrein zu ihrer Hautkrankheit litt die Familie an erblich bedingter Blutarmut. Deshalb musste sie regelmäßig eine Medizin einnehmen, die wie Blut aussah. Das ergab für mich vollkommen Sinn. Zuhause trank Tatiana ihre Medizin direkt aus dem gekauften Glas und nicht aus einem Kelch. Jedoch leuchteten ihre Augen danach nicht so wie an diesem Abend. Sie wurde davon auch nicht so rot im Gesicht, das vor Lebensfreude nur so strahlte. Generell wirkte sie, als wäre sie in einen Jungbrunnen gefallen. Das traf auch auf den Rest der Familie zu. Lag das am Gefäß? Half es so sehr gegen ihre Krankheit? Ich musste Fiona später fragen, ob sie uns einen Kelch für Tatiana mitgeben konnte.

»Abartig.«

Wie ein trotziges Kind vermied Emilia plötzlich den Augenkontakt mit mir. Stattdessen sah sie ihre ältere Schwester an.

Die Stimmung hatte sich nicht gebessert. Fiona leerte schon den fünften Kelch. Durfte man so viel Medizin überhaupt trinken?

»Tatiana! Ich muss unverzüglich mit dir sprechen!«, verkündete Emilia plötzlich und sprang auf.

Überrascht sah ich zu, wie sie aus dem Zimmer stampfte. Fiona wischte sich mit einer Serviette den Mund ab und folgte ihr. Ich ahnte, was als Nächstes kommen würde. Tatiana blickte zu mir hinüber und wartete auf meine Bestätigung, nach ihrer Schwester sehen zu dürfen. Zuversichtlich machte ich eine eindeutige Geste.

»Bitte, lass mich nicht mit deinem Vater allein!«, schrie ich mit stummen Worten.

Tatiana nickte kurz, stand auf und verließ den Raum. Nein! Wie konnte sie meine Signale übersehen? Sie wusste doch sonst immer, was ich empfand! Der Abend konnte nicht mehr schlimmer werden. Zögerlich stach ich mit der Gabel in das Fleisch und schnitt mir ein Stück herunter. Anschließend schob ich das Gemüse darauf und führte das Essen zu meinem Mund. Langsam kaute ich und trank einen Schluck von dem Champagner. Ich versuchte, möglichst nicht aufzufallen und mich leise zu verhalten. Obwohl ich schon erheitert war, wurde ich das ungute Gefühl nicht los, beobachtet zu werden. Vlad starrte mich die ganze Zeit von der Seite an.

»Zumindest eine meiner Töchter hat Geschmack«, erwähnte er aus heiterem Himmel.

War das ein Kompliment? Welche Tochter meinte er?

»Cassiel, also?«

»Ja … ähm, Sir?«

»Mit vollem Mund spricht man nicht.«

»Entschuldigung.«

»Und setz dich gerade hin.«

Wie sollte ich ihn dann ansehen? Angespannt starrte ich aufs Fenster und wartete. Ich wartete so lange, bis ich hinuntergeschluckt hatte. Währenddessen befand ich mich im Zentrum der Aufmerksamkeit. Das peinliche Schweigen wurde mir immer unangenehmer. Ich musste etwas sagen und Vlads Sympathie gewinnen. In meinem Kopf herrschte höchste Alarmstufe. Ich wollte retten, was zu retten ging.

»Ein nettes … ähm … Schloss haben Sie, Sir.«

Über dieses Thema konnten wir bestimmt ein angenehmes Gespräch führen. Angesichts seines Kleidungsstils schien er sich wie Tatiana für alte Kunst zu interessieren. Von irgendwem musste sie diese Neigung ja haben. Damit konnte ich sein Gemüt bestimmt etwas beruhigen. Als Nächstes würde ich ihm dann von meinem letzten Artikel über historische Bauwerke erzählen. Siegessicher strahlte ich in eine geistig erhellende Zukunft.

»Ich weiß nicht, was das zwischen dir und meiner Tochter ist«, begann er auf einmal, »aber wenn du ihr das Herz brichst, reiße ich dir deines heraus und verspeise es.«

Ein Blitz erhellte den Himmel. Schatten zeichneten sich am Fenster ab. Der Lichtblick verschwand vor meinen Augen. Die Hälfte ihrer Familie hasste mich. Ich war geliefert!

Oder war das ein Witz? Vlad schien bekannt für seine derben Späße. Sollte ich darüber lachen? Wenn ja, dann musste ich mich schnell entscheiden, sonst wirkte es nicht mehr natürlich. Aber warum zitterten die Hausdiener dann? Einem fiel sogar ein Blech aus der Hand! Ich konnte Vlads furchterregendes Gesicht sogar in der Fensterscheibe sehen! Wieder blitzte es, und dann … wurde der Raum unnatürlich düster. Ich hatte das Gefühl, wie bei einem Verhör auf einem Stuhl zu sitzen. Nur mein Platz war beleuchtet und rundherum tiefste Schwärze. Ich legte das Besteck ab und erstarrte. Der Tisch verschwand vor meinen Augen! Befand ich mich noch im Schloss? Meine Umgebung fühlte sich unwirklich an. Die Diener und Vlad fehlten. Es gab nur noch mich, den, der verhört wurde. War ich betrunken? Wurde ich ohnmächtig? Ich hoffte auf Gelächter, stattdessen erlebte ich düstere Stille. Wer würde schon darüber lachen, wenn der zukünftige Schwiegervater ihm mit Mord drohte? Mir war der Appetit jedenfalls vergangen. Wo auch immer das Essen hin verschwunden war.

Plötzlich fing er lauthals an zu lachen. Mein Bewusstsein kehrte in den Raum zurück. Die Diener blickten entsetzt. Mein Atem stockte und mein Körper zitterte. Unnatürlich langsam fing ich an zu lachen. Ich lachte um mein Leben.

»So! Wir sind fertig«, verkündete Fiona, als sie das Zimmer betrat.

Womit waren sie fertig? Was hatten sie die ganze Zeit gemacht?

»Wo ist Emilia?« Vlad warf Fiona einen strengen Blick zu.

»Sie hat sich für den heutigen Abend entschuldigt.«

Die Schreckensnacht

»Es gibt keine Geister.«

Angespannt lag ich in dem Gästebett und verkroch mich unter der Bettdecke. Schatten krochen durch mein Zimmer. Blitze erzeugten die gruseligsten Schemen. Pfeifende Töne und sägende Geräusche drangen in meine Ohren. Wölfe heulten immer wieder auf und verstummten mit einem Winseln. Laute Donnerschläge erschütterten die Wälder.

»Es gibt keine Geister. Wo habe ich nur dieses verdammte Amulett hingelegt?«

Die Nacht war schrecklicher als das Abendessen. Draußen tobte ein heftiges Unwetter. Eines, wie ich es noch nie erlebt hatte. Ich machte mir fast in die Hose. Wie zuvor, als Vlad den Witz gemacht hatte, der wie eine Drohung klang. Seitdem hatte ich das Gefühl, dass ich beobachtet wurde. Schlimmer machte es nur sein Porträt, das gegenüber von meinem Bett hing. Die roten Augen leuchteten mir beängstigend entgegen. Waren die zuvor nicht schwarz gewesen? Egal, ich hatte so viel getrunken, dass deren Farbe mein geringstes Problem war. Ich musste dringend auf die Toilette, traute mich aber nicht aus dem Zimmer. Wie es Tatiana wohl erging? Sie fürchtete sich doch so leicht. Ich musste nach ihr sehen. Ich nahm all meinen Mut zusammen und stieg aus dem Bett. Ein Blitz zeichnete meine Silhouette als Schatten auf den Boden. Langsam schlich ich durchs Zimmer und öffnete die Tür. Entsetzliche Schreie hallten durch den Gang. Ich knallte die Tür augenblicklich wieder zu.

»Es gibt keine Geister«, murmelte ich zu mir selbst und atmete durch.

Vorsichtig wagte ich einen zweiten Versuch. Diesmal war es ruhig – fast unheimlich ruhig. Leise bewegte ich mich aus dem Zimmer. Tatianas Schlafbereich lag direkt neben meinem. Es war für mich nur ein kleiner Umweg. Langsam schlich ich den Flur entlang. Schatten sprangen über den roten Teppich auf die Wände. Ich suchte nach ihrem Ursprung und erblickte den Vollmond. Sein Licht strahlte durch die gotischen Fenster. Tosende Winde wischten die Wolken von seinem Gesicht. Nervös drehte ich mich um und folgte dem Flur. Das Licht brachte die schwarzen Ritterrüstungen zum Glänzen. Die Stacheln ihrer Platten ließen mich erschaudern. Zähneknirschend passierte ich die Harnische. Schließlich stand ich vor Tatianas Tür.

»Tatiana?«, flüsterte ich gegen das Holz. »Bist du wach?«

Nur der Donner antwortete mir. Unmöglich hatte sie mich bei dem Lärm hören können. Ich wartete kurz ab und klopfte leise an.

»Tatiana? Darf ich reinkommen?«

Die Umwelt sowie Tatiana schwiegen. Ich wollte zumindest sehen, ob es ihr gut ging. Behutsam drückte ich die Türklinke nach unten, um einen Blick in ihr Zimmer zu werfen.

Abgesperrt? Sie sperrte doch sonst nie ab. Hatte Vlad damit zu tun? Ich presste mein Ohr an das Holz.

»Sie schnarcht!«, stieß ich entsetzt aus.

Wie konnte sie unter diesen Umständen schlafen? Kannte sie solch schreckliche Unwetter von früher? Zumindest wusste ich wegen des Schnarchens, dass es ihr gut ging. Erleichtert drehte ich mich um und lief in die schwarze Ritterrüstung. Ich riss die Augen auf, als ich mit dem Gesicht gegen die Brustplatte knallte. Mein Mund gab dem Metall einen ordentlichen Schmatzer. Die Rüstung erklang mit dem dumpfen Ton meiner Zähne.

»Aua«, jammerte ich, als ich mir die Nase zurechtbog.

War die Rüstung vorher schon so nah gewesen? Ihre düstere Form überschattete meine Bedenken. Weinerlich schritt ich an ihr vorbei und den Flur entlang. Meine Augen folgten dem roten Teppich, der in die Richtung der Toilette führte. Ich hatte soeben mein Zimmer passiert, als ich beunruhigt stehen blieb. War die Tür vorher schon offen gewesen? Ich starrte auf jenen Zugang, den mir Fiona verboten hatte zu durchschreiten. Vlads Privatgemach stand beängstigend weit offen. Aus ihm drang Rauch beschienen von rotem Licht.

Meine Blase drängte mich immer weiter in die Richtung. Ich überlegte, ob es sicherer wäre, mir in die Hose zu machen. Fiona hatte mir gesagt, ich dürfte Vlads Gemach nicht betreten. Aber hatte sie mir verboten hineinzusehen? Beim Vorbeigehen könnte ich leicht einen Blick hineinwerfen. Was mich wohl erwarten würde? Bestimmt nichts Gutes! Ich verdrängte die Ideen aus meinem Kopf und schritt mutig den Flur entlang.

Ich war nicht so weit gekommen, um mir kurz vorm Ziel in die Hose zu machen! Auch würde ich nicht meinen Hals wegen meiner Neugierde riskieren. Nein, ich war kein dummer Nebencharakter in einem Horrorfilm! Ich war der zitternde Beweis, dass man auch als ein Niemand überleben konnte.

»Was ist in dem Zimmer?«

»Keine Ahnung.«

»Willst du es nicht wissen?«

»Nein.«

»Schau nur kurz hinein.«

»Wozu sollte ich?«

»Damit du ein Geheimnis erfährst.«

»Interessiert mich nicht.«

»Vielleicht kannst du die Tür morgen nicht mehr öffnen.«

»Wieso?«

»Das wirst du erfahren, wenn du hineinblickst.«

»Auf den Trick falle ich nicht rein.«

»Du wirst es nicht bereuen.«

»Mit wem spreche ich da eigentlich?«

Gelächter verstummte in unbekannter Ferne. Offenbar litt ich schon an Halluzinationen und führte Selbstgespräche. Mich interessierte nicht, was sich in dem Zimmer befand. Was ich auch vorfinden würde, es würde mir nur Ärger bereiten. Probleme, von denen ich schon genug hatte. Verängstigt stand ich im Flur und starrte auf die offene Tür. Ich stand kurz davor, einer gefährlichen Verlockung zu erliegen. Das gotische Fenster blitzte mir wie Fotografen auf einer Ziellinie entgegen. Jeder Blitz warf ein Raster aus Schatten auf den Boden. Ich kam mir vor wie auf einem riesigen Schachbrett, bei dem jeder Zug mein letzter sein konnte. Wie konnte ich problemlos vorbeikommen? Das einzige Badezimmer, von dem ich wusste, befand sich nur ein paar Schritte weiter. Es war unmöglich für mich, dorthin zu gelangen, ohne den Zugang des verbotenen Raums zu passieren. Ich kannte nur noch einen Weg: Augen zu und durch. Hoffentlich würde mich Vlad nicht sehen.

Zitternd rutschte ich mit den Hausschuhen über den weichen Teppich. Mit vorgestreckten Armen tastete ich mich hilflos voran. Schon nach wenigen Schritten stoppte ich ungewollt.

»Was ist das?«, fragte ich, während meine Finger eine ungewöhnliche Form spürten.

Plötzlich kam mir ein schockierender Gedanke: War ich auf Vlad gestoßen? Sofort zog ich die Arme heran. Gleich kam eine zweite, noch viel schlimmere Befürchtung in mir auf:

»Habe ich das verbotene Zimmer betreten?«

Wegen meiner geschlossenen Augen, der pfeifenden Laute und meines angeheiterten Zustands fiel mir die Orientierung schwer. Hatte ich mich aus Versehen im Halbkreis bewegt? Schnell überlegte ich, wie ich auf die Situation reagieren konnte. Doch mich hatte noch niemand angesprochen. Wäre ich gegen Vlad gelaufen, dann hätte er bestimmt etwas gesagt – oder?

☆

»Entschuldigung Sir! Ich musste auf die Toilette und habe gesehen, dass die Tür offen ist. Fiona hat mir verboten, den Raum zu betreten. Deshalb wollte ich mit geschlossenen Augen vorbeigehen. Aus Versehen bin ich dann hier gelandet!«

Keine Antwort erfolgte. War es schon zu spät?

»Wenn es Ihnen nichts ausmacht, gehe ich jetzt auf die Toilette«, stammelte ich und setzte mich rückwärts in Bewegung.

Noch immer erfolgte keine Reaktion. Ich wurde neugierig, aber hielt die Augen geschlossen. Behutsam ging ich rückwärts, während mein Herz raste. Nach fünf Schritten beschloss ich, mich zu verbeugen und nochmals zu entschuldigen: »Der Vorfall tut mir wirklich sehr leid. Ich hoffe, dass sich das nicht auf unsere Beziehung auswirkt. Ich liebe Ihre Tochter über alles!«

Ich drehte mich um und öffnete die Augen. Ein riesiger Schatten breitete sich vor mir aus. Ängstlich sah ich dem Unbekannten entgegen.

»Sie sind nicht Vlad Dracula?«, fragte ich, während meine Lippen bebten.

Plötzlich blitzte es. Ein schwarzer Ritter leuchtete vor mir auf. Ich sah nach unten. Blutroter Rauch umhüllte meine Beine. Er kroch in die Rüstung des Ritters und qualmte beim Helm wieder heraus. Gleichfarbige Augen leuchteten mich hinter dem Visier an. Sie schienen meinen Blick festzuhalten. Die Angst lähmte mich – für einen Moment.

Ohne wegzusehen, wich ich zurück. Ich fühlte mich dem Tod nah. Als ob eine eisige Hand nach mir griff. Schon nach wenigen Sekunden stoppte ich. Mein Rücken war gegen etwas gestoßen. Zitternd drehte ich mich um.

»Hast du Menschlein nicht zugehört?«, sprach der Schatten vor mir. »Dieser Raum ist für dich gesperrt!«

Ich kannte die Stimme; sie gehörte Vlad Dracula. Seine Hand drängte mich nach hinten. Ich hatte unbeabsichtigt eine Schwelle übertreten.

»Es tut mir leid! Ich wollte auf die Toilette. Ein Diener hat mich erschreckt«, stammelte ich um mein Leben.

»Welcher Diener?«, fragte Vlad kalt und sah an mir vorbei.

»Dieser Diener.« Ich drehte mich um und zeigte auf die aufgestellte Ritterrüstung.

»Das ist kein Diener, sondern ein Teil meiner Sammlung.«

»Ich könnte schwören, dass ich Augen erkennen konn…«

Ein Schrei hallte aus dem verbotenen Zimmer. Schnell wurde er zu einem Wimmern, das anschließend verstummte. Schockiert drehte ich mich um und sah an Vlad vorbei. Seine übermenschliche Gestalt behinderte meinen Blick. Ich konnte nur den Türrahmen sehen.

»Ratten«, erklärte er und erzwang ein kurzes unnatürliches Lachen. »Lästige Biester. Kriechen überall herum, wo sie nichts zu suchen haben.«

»Das klang eher wie ein Men…«, antwortete ich, ohne zu überlegen.

»Unsinn! Das sind nur die verdammten Leitungsrohre, die quietschen«, fuhr mir Vlad augenblicklich ins Wort.

»Dann ist's ja gut«, stammelte ich, als ob ich ihm glaubte – und begriff, das Falsche gesagt zu haben.

»Was ist an kaputten Rohren gut?«, konfrontierte mich Vlad mit meiner Unbedachtheit.

»Na ja … also …« – ich überlegte mir eine gute Ausrede – »ich kenne mich aus mit dem Rohreverlegen.«

Er sah mich finster an und beugte sich zu meinem Gesicht herunter.

»Ich habe darüber einen Artikel geschrieben …«, faselte ich meine Dummheit heraus. »… Tatiana hat mir dabei geholfen.«

Ich glaubte zu erkennen, wie seine Augen vor Zorn aufleuchteten. Augenblicklich erinnerten sie mich an jene des schwarzen Ritters. Die Todesangst überkam mich und lähmte meinen Verstand.

»Wenn Sie Hilfe brauchen, müssen Sie es nur sagen!«, schrie ich und lief Richtung Toilette.

Ich machte mir fast in die Hose, als ein Donnern hinter mir erklang. Dunkler Rauch verdeckte den Boden und begrub meine Beine. Ich lief wie auf einer Gewitterwolke, die mich langsam verschlang. Panisch riss ich die Toilettentür auf und drehte mich in den Raum. Noch in der Drehung sah ich das Ende des Flurs in tiefster Finsternis verschwinden. Im gleichen Zug fasste meine andere Hand die innere Klinke. Hektisch zog ich die Tür zu und sperrte mich ein.

☆

Ich befand mich länger auf der Toilette, als ich benötigt hätte. Während meines Aufenthalts hatte ich viele Geräusche gehört. Schreie, Schluchzen, Heulen, Wimmern, Lachen … Ich wollte nicht mehr daran denken. Darum traute ich mir erst nach einer Stunde zu, sie zu verlassen. Ich wollte ins Badezimmer, um mir die Hände zu waschen. Dafür musste ich den Flur queren, der mir Angst machte. Behutsam zog ich den Eisenschlüssel ab und spähte durch den Schließzylinder. Im Tunnelblick sah ich die gegenüberliegende Tür.

»Das Badezimmer!«

Leise steckte ich den Schlüssel wieder in den Zylinder. Im Handumdrehen sperrte ich die Tür auf. Vorsichtig öffnete ich sie und schaute durch den Spalt. Der Flur bestand aus grauen und blauen Farben. Die Laute waren verstummt. Ich steckte den Kopf heraus, um mehr zu erkennen. Die Bedrohung und das Unwetter schienen verzogen. Der Himmel war sternenklar, und ein großer Vollmond schlummerte in der Nacht. Der Flur erschien mir wie bei meiner Ankunft. Es gab keine Spur der Finsternis oder von Vlad. Erleichtert atmete ich auf und machte einen Schritt nach draußen. Hatte ich mir das vorhin eingebildet? Hatte ich so viel getrunken? Vielleicht war ich schon so berauscht, dass ich es nicht merkte? Fiona hatte mir so oft nachschenken lassen, dass es möglich sein konnte.

Ich drehte mich um und schloss leise die Tür hinter mir. Auf Zehenspitzen querte ich den Flur und versuchte, meine Nerven zu beruhigen. Mein Herz raste so schnell wie das eines gejagten Tiers.

»Nur die Ruhe. Dir kann nichts passieren«, flüsterte ich mir neuen Mut zu, obwohl ich nicht an meine Worte glaubte.

Auf zittrigen Beinen wackelte ich voran. Zuerst steuerte ich auf die Badezimmertür zu. Nach einem Schritt wurden aber daraus zwei. Irgendwie schlüpfte sie aus dem angesteuerten Exemplar heraus. So wie bei Zellteilung – ein faszinierender Prozess.

Verblüfft blieb ich stehen und beobachtete ihre rasche Vermehrung, die zu weiteren Türen führte. Als ich mich wieder in Bewegung setzte, liefen sie vor mir davon.

»Keine Angst.«

Ich näherte mich ihnen behutsam, als ob ich mich an schüchterne Rehkitze anpirschte. Mehrmals strebte ich danach, eine zu berühren, griff aber ins Leere. Nur eine Tür war mutig genug, dass sie nicht vor mir davonlief. Sie zitterte ein wenig. Vielleicht war sie vor Furcht erstarrt? Oder war sie neugierig auf mich? Nach wenigen Schritten hatte ich sie erreicht und griff nach ihrer Klinke. Ich drückte sie nach unten und betrat das Zimmer.

»Ist das dunkel hier!«

Vorsichtig tastete ich mich voran, suchte nach dem Lichtschalter und stolperte über etwas. Die Umgebung schepperte und mein Körper krachte hinunter. Irgendetwas Festes drückte sich in meinen Bauch. Ich hing halb in der Luft; meine Füße berührten zwar noch den Boden, aber mein Oberkörper schwebte auf einer runden Fläche. Ich tastete nach unten und fand einen komischen Stein.

»Was ist das?«

Er war fast rund und hatte viele kleine Spitzen. Am Ende ragte ein langer kurzer Teil heraus. Parallel dazu verlief ein schmales dünnes Ding über seine Seite. Ich fuhr an ihm entlang und spürte einen Ring. Ungefähr so groß wie der, an dem meine Schlüssel hingen. Er erinnerte mich an meinen Verlobungsring, den ich für Tatiana gekauft hatte. Nach winziger Überlegung beschloss ich, mit dem Stein aufzustehen und erneut nach dem Lichtschalter zu suchen. Ächzend drückte ich mich in einen wackeligen Stand. Wieder wischte ich über die Wand und stieß auf ein dünnes Metallrohr.

»Ist das eine Werkstatt?«

Ich drückte es zur Seite und erwischte unbeabsichtigt einen Schalter. Mechanische Töne drangen aus der Dunkelheit an meine Ohren, und der Raum wurde erhellt, als sich große Rollläden öffneten. Kleine Haufen stacheliger Schatten offenbarten sich mir. Unbeabsichtigt rutschte ich mit der Hand ab und erwischte einen weiteren Schalter. Das Licht ging an, und ich konnte endlich sehen, wo ich mich befand.

»Eine Waffenkammer!«

Der Raum war gefüllt mit einer Sammlung von Kriegsmaterial aus jedem Zeitabschnitt. Zu meiner Seite lagen umgeworfene Gewehre auf teilweise gestapelten Boxen. Ich musste sie mit meinem Körper verstreut haben. Nur ein Scharfschützengewehr stand unter dem Lichtschalter auf seinem Kolben. Es lehnte an einem braunen Schrank mit Glastüren, durch die ich Patronen erblickte. An seiner Holzwand hingen Pistolen unterschiedlichster Modelle und Farben. In der Ecke stand ein Fass, aus dem verschiedenlange Speere herausstanden. Daneben hingen rotschwarze Schwerter und Schilder. Seitlich ihrer Halterungen stand ein Nussbaumtisch. Auf ihm lagen ein zerlegtes Gewehr und mehrere aufgeschlagene Waffenprospekte. Gleich danach hing ein schwarzgoldener Harnisch auf einer Modebüste. Ihr rotgoldener Umhang fiel auf eine graue Kiste, die an der Stelle stand, wo ich Stiefel vermutet hätte. Sie war gefüllt mit Amuletten und diversen Schriftrollen. Vor ihr lagen Taschen unter umgeworfenen Boxen, aus denen Gewehrläufe, Armbrüste, Pfeile und Bögen herausstanden. An der gegenüberliegenden Wand befand sich ein kleiner silbergrauer Tisch. Auf ihm standen ein Mikroskop und ein Behältnis mit Ampullen. Die Hälfte von ihnen war gefüllt mit roter Flüssigkeit. In der Mitte des Zimmers befand sich ein offener Sarg mit rotem Futter. In ihm lagen mehrere Polster und ein langer Kriegshammer. Und ganz hinten neben den halboffenen Rollläden prangte ein rotes Banner, das mich an den Speisesaal erinnerte. Aber das Gefährlichste, das ich zu sehen bekam, hing an meinem Finger.

»Handgranate«, wimmerte ich den Sprengstoff an, während er vor meinem Gesicht baumelte.

Ich zog mir den Ring schneller ab als ein Heiratsschwindler auf Opfersuche. Zitternd legte ich die Granate auf den unordentlichen Haufen und verließ den Raum.

Zwanzig wackelige Schritte später stand ich vor der Badezimmertür. Meine Hände schwitzten, als ich nach der Klinke griff. Ein lautes Quietschen ertönte, während ich das Metall nach unten drückte. Mein Gesicht verzog sich mit jedem Laut. Immer wieder sah ich mich um. Der Flur hatte sich nicht verändert, und die Umgebung wirkte nach wie vor sicher. Meine Befürchtungen traten nicht ein, und mein Herzschlag beruhigte sich. Schließlich öffnete ich die Tür.

»Geschafft!«, stieß ich meine Freude leise aus.

Das Mondlicht drang über das große Fenster ein und färbte das Zimmer in ein graues Blau. Der Himmelskörper war nicht zu sehen, aber sein Licht reflektierte an den gegenüberliegenden Wänden. Ich musste keinen lauten Lichtschalter benutzen, um mich zurechtzufinden. Endlich konnte ich mir die Hände waschen, und danach zu Bett gehen. Der Gedanke an die kuscheligen Stoffe verleitete mich zum Gähnen. Mein Körper kam zur Ruhe, und ich merkte, wie ich schnell müde wurde. Die Erlebnisse in der Nacht hatten mich schon ziemlich erschöpft. Ich tat mich schwer, die Augen noch länger offen zu halten. Mit letzter Kraft schleifte ich meinen geschundenen Körper Richtung Waschbecken. Jeder Schritt fiel mir schwerer als der nächste. Wiederholt schlossen sich meine Augen und fielen letztlich ganz zu. Ich stand mitten im Zimmer, spürte aber eine sonderbare Entspannung. Eine Befreiung aller Sorgen, die mich verfolgten. Jeder Atemzug fühlte sich so an, als ob ich mit dem Universum verschmolz. Die Wirklichkeit schien nicht mehr als eine Illusion. Als der Gedanke eines kosmischen Gehirns. Wollte es mir etwas sagen? Wie konnte es ohne Mund sprechen? Konnte es nicht. Ich hörte nur ein dumpfes Dröhnen. Einen Lärm, der sich wiederholt unterbrach. Sollte ich ihm zuhören? Ihm zu lauschen, machte mich müde … so unfassbar müde …

»Was machst du? Lass ihn runter! Nein, du wirst den Freund unserer Tochter nicht aussaugen!«

☆

Ich erwachte in meinem Bett und starrte auf die helle Zimmerdecke. Der Stuck warf verschiedene Schattenmuster auf sie. Verträumt folgte ich den geschwungenen Mustern um den Kronleuchter und erschrak. Ich war in meinem Bett! Schnell riss ich die Augen auf und fuhr hoch. Wie konnte das sein? War ich nicht zuvor noch im Badezimmer gewesen? Oder hatte ich das nur geträumt? Aber es fühlte sich so unglaublich real an. Hatte ich einen Alptraum gehabt? Mein Puls raste, aber meine Hände … waren trocken? Verwirrt roch ich an ihnen. Ein blumiger Duft zog in meine Nase. Er erinnerte mich an Fionas Seifenkreation. Wie konnte das sein? Ich hatte beim Zähneputzen Flüssigseife benutzt; nicht ihre. War ich noch betrunken? Es gab nur eine Möglichkeit, das herauszufinden. Ich verpasste mir eine Ohrfeige. Augenblicklich spürte ich den Schmerz.

»Aua«, jammerte ich und rieb mir die Backe.

Ich war nüchterner, als ich dachte – und wollte. Wieso konnte ich mich nicht an den Rückweg erinnern? Meine erleichterte Blase bestätigte mir, dass ich auf der Toilette gewesen war. Und was war mit der Waffenkammer? Ein Streich! Das musste es sein! Einer, wie man ihn auf Videoplattformen sehen konnte. Alle waren eingeweiht, bis auf die betroffene Person. Im verbotenen Raum lagerten sie die Mittel dafür. Es gab keine andere Erklärung. Die Lage war perfekt dafür. Wir befanden uns in Transsilvanien, und in einem mystischen Schloss. Tatianas Familie vermied das Sonnenlicht. Ihr Verhalten war zu verdächtig. Und der Name sowieso. Tatianas Nachname lautete Tepes, nicht Dracula. Wieso sollte der Name ihres Vaters anders sein? Der Streich war zu offensichtlich. Fast hätten sie mich drangekriegt! Das hätte mir Tatiana bestimmt ewig unter die Nase gerieben. Aber ich hatte es durchschaut! Tatianas Eltern besaßen offensichtlich die Mittel, dass sie so etwas inszenieren konnten. Sie alle hatten offenbar eine Vorliebe für Vampirgeschichten. Ich lachte kurz über meine Dummheit. Beim Frühstück musste ich möglichst gefasst wirken. Ich freute mich schon, ihre Gesichter zu sehen, wenn ich ihnen erzählte, dass ich ihr Spiel durchschaut hatte. Mein Mund verzog sich zu einem Grinsen. Ich drehte mich auf die Seite. Gleich morgen früh würde ich nach dem Effektgerät im Flur suchen. Damit konnte ich sie perfekt überführen. Zufrieden schloss ich die Augen und kuschelte mich in das Kissen.

Ich erschauderte, als etwas Kaltes über meinen Rücken schlängelte. Es drang über den Fuß zwischen meine Waden. Sofort schrie ich auf und sprang aus dem Bett. In der Bewegung drehte ich mich um und riss die Bettdecke davon. Ein Blitz schoss in den Baum neben meinem Fenster. Dem Donner folgte mein Schrecken. Das Licht erhellte den Raum und brachte etwas Abscheuliches zum Vorschein. Einen Schatten mit astartigen Armen, die sich in meine Richtung streckten. Sie kamen aus meinem Bett! Eine düstere Silhouette kroch daraus hervor. Ein Monster! Seine rotleuchtenden Augen starrten mich an. Es … wollte nach mir greifen! War das tatsächlich ein Effekt? Die Furcht überkam mich. Ich konnte nicht mehr denken. Mein Körper zitterte wie unter Strom. Reflexartig drehte ich mich um und lief schreiend zur Tür. Die Arme des Schattens folgten mir nach. Panisch riss ich die Tür auf und entkam aus dem Zimmer. Ich dachte nicht mehr daran, hinter mir abzuschließen. Ich wollte nur noch Tatiana wecken und mit ihr aus dem

Schloss fliehen. Wenige Schreckmomente später erreichte ich ihr Zimmer. Verzweifelt drückte ich die Klinke nach unten. Die Tür war noch immer abgesperrt! Ich fühlte mich im Dunkeln alleingelassen. Beobachtet von vielen roten Augen, die um mich leuchteten. Sogleich presste ich das Ohr an das Holz. Tatiana schnarchte nicht mehr! Hatte das Monster sie erwischt?

»Tatiana? Hörst du mich? Geht es dir gut? Wir müssen von hier fliehen!«, flüsterte ich laut in den Türrahmen. Ich klopfte dagegen. »Tatiana! Bitte mach auf!«

Sie reagierte noch immer nicht. Entsetzt eilte ich an den schwarzen Ritterrüstungen vorbei. Ich musste die Tür aufbekommen! Koste es, was es wolle! Ich dachte nach, ob ich bei der Hausführung irgendwo Schlüssel gesehen hatte. Als ich mich erinnerte, kam mir eine andere Idee.

»Das Auto! Genau! Ich habe noch mein Werkzeug im Kofferraum! Damit kann ich die Tür aufbrechen!«

Entschlossen stürmte ich den Flur entlang. Er erschien mir ewig lang. Wie ein schlechter Witz, der nicht enden wollte. Meine Bewegungen wurden von einer Vielzahl rotleuchtender Augen verfolgt. Schließlich erreichte ich die Stufen; und stoppte abrupt. Mich überkam ein seltsames Gefühl. Eine Ahnung, dass in der Dunkelheit vor mir die Gefahr lauerte. Etwas beobachtete mich. Nicht nur die roten Augen, sondern etwas Anderes. Etwas Neues. Ewas Gefährliches. Etwas, das mich vor Furcht erstarren ließ. Die Stufen führten in die Finsternis. War es die Ungewissheit, die mich erzittern ließ? Nein, an die hatte ich mich schon gewöhnt. Konnten es meine hohen Erwartungen sein? Die Leistung, die ich von mir selbst forderte. Mein Zwang, in schwierigen Situationen die Kontrolle zu behalten. War ich selbst der Grund, weil ich mich selbstkritisch beobachtete? Ich mir keinen Fehler verzieh? Hatte ich Angst, zu versagen oder enttäuscht zu werden? Nein, das fühlte sich alles anders an. Das vor mir, fühlte sich … existent an. Das war keine Einbildung! Etwas lauerte in den Schatten. Ich suchte in der Dunkelheit nach einer erhellenden Antwort und entdeckte zwei grünleuchtende Augen. Aus der Finsternis beobachteten sie mein nachdenkliches Zögern. Was war das? Es befand sich kurz vor dem Aufstieg in den ersten Stock. Am letzten Plateau der Stufen. Es schien sich zu bewegen. Plötzlich eilte es auf mich zu. War das ein anderer Ritter? Weshalb leuchteten seine Augen? Es wurde schneller. So schnell, wie kein Mensch vermochte zu sprinten. Es sprang auf mich zu! Seine Form wuchs aus den Schatten. Wie glattes Metall, das sich von schwarzem Teer löste. Es nahm menschenähnliche Züge an.

»Ist das ein Schweif?«

Auf einmal stürmten mehrere schwarze Ritter an mir vorbei. Ihre Masse drängte mich nach hinten. Kurz darauf klirrte und krachte es. Ein lautes Fauchen erklang. Die schwarzen Ritterrüstungen verschmolzen mit der Dunkelheit. Ich konnte nicht mehr sehen, was geschah. Es passierte alles so unfassbar schnell, dass ich nur noch reagierte. Die Stöße der Ritter hatten meine Starre gelöst. Ich drehte mich um und drängte zwischen einer endlos erscheinenden Armee hindurch. Viel mehr Ritter drangen durch die Gänge, als zuvor im Flur gestanden hatten. Bewaffnet mit Schwertern, Streitkolben, Hellebarden, Schilden, die rot leuchteten. Wo kamen die alle her? Es waren so viele, dass ich die Türen nicht mehr sehen konnte. Sie leiteten mich zwischen ihnen hindurch. Währenddessen klirrte und donnerte es hinter mir. Fand auf den Stufen ein Kampf statt? Ich gelangte zur Abbiegung im Flur. Ich warf einen Blick durchs Fenster und sah Schatten durch den Himmel fliegen. Was war das? Der Schrecken hatte mich so sehr abgelenkt, dass ich über meine Füße stolperte. Ich kroch weiter und versuchte aufzustehen. Die Ritter wichen mir aus, als ob ich ihr König wäre. Trotzdem kam ich nur schwer wieder auf die Beine.

»Dort! Eine freie Stelle!«

Zwei schwarze Ritter standen seitlich an einer offenen Tür. Die anderen marschierten an ihnen vorbei. Bewachten sie etwas? Egal, ich musste hinein – es gab keine andere Möglichkeit.

Ich bewegte mich zwischen ihnen hindurch. In die ungewisse Finsternis. In einen Raum ohne Fenster.

»Ist das eine Abstellkammer?«

Bevor ich meine Vermutung bestätigen konnte, flog die Tür hinter mir zu.

☆

»Geh auf!«, jammerte ich den verschlossenen Eingang an.

Zuvor hatte ich die Tür beschimpft – ich wusste nicht, was besser war. Zumindest half mir das, meine Emotionen zu verarbeiten. Schnell hatte ich mich mit meinem Schicksal abgefunden. Es gab kein Entkommen; ich war gefangen. Krach von scheppterndem Metall drang durch die Tür. Um mich herum lag Dunkelheit. Sie lud mich zum Schlafen ein. Stattdessen tastete ich mich durch den Raum. An einem Regal entlang zu mehreren Getreidesäcken, auf die ich mich setzte. Lärm erklang, als tobte eine Schlacht. Waren die Ritter und der Angreifer, den ich gesehen hatte, Schauspieler? Inszenierte Vlad das alles wegen mir? War das einer seiner Streiche? Oder handelte es sich tatsächlich um Vamp… nein, ich wollte nicht daran denken. Der Gedanke war so absurd. Niemals handelte es sich um Vampire. Es wurde für mich immer offensichtlicher, dass Vlad mich mit faulen Tricks aus dem Schloss vertreiben wollte. Vielleicht wollte er mich sogar so sehr verängstigen, dass ich mich von Tatiana trennte? Ich nahm mir vor, zukünftig die Logik über mein Handeln zu stellen. Genervt legte ich mich hin und schloss die Augen.

»Geister existieren nicht!«

»Doch, tun sie.«

»Tun sie nicht!«

»Doch, tun wir. Sieh mich an.«

»Wer hat das gesagt?«, fragte ich und öffnete die Augen.

Über mir schwebte ein freundliches Gesicht. Sein grünes Licht erhellte nicht den Raum, aber seine Erscheinung.

»Wieder so ein Effekt«, murmelte ich müde.

»Was ist ein Effekt?«

»Du bist einer. Irgendwo ist ein Projektor, der das Hologramm erzeugt. Sehr durchschaubar.«

»Ich bin kein Effekt.«

»Was sonst?«

»Ich bin ein Geist!«

Plötzlich zog sich das Gesicht der Erscheinung in die Länge. Schlangenartige Arme wuchsen aus dem grünen Körper. Die spitzen Enden spalteten sich auf und wurden zu scharfen Krallen. Rastlos schnappten sie durch die Luft; drohten mich zu zerfetzen. Gleichzeitig drang grüner Rauch aus dem Körper. Aus Poren, so groß wie Fäuste, die nach jedem Schlag zerplatzten. Wie eine Giftwolke flog die geisterhafte Erscheinung auf mich zu. Sie öffnete den Mund und zeigte scharfe Zähne. Sie gierten nach Frischfleisch und wurden so groß, dass sie mir den Kopf abbeißen konnten. Es brachte mich zum Gähnen.

»Ja, ja. Jetzt lass mich schlafen.«

»Hast du keine Angst?«

»Warum sollte ich?«

»Weil ich ein Geist bi…«

»Ist dir nicht bewusst, wie lächerlich diese Vorstellung ist?«

»Hä?«

»Absolut lächerlich. Du möchtest berühren, bist aber nicht greifbar. Wie kannst du überhaupt sprechen?«

Die Erscheinung veränderte sich langsam wieder in das Gesicht zurück. Es machte eine erstaunte Mimik.

»Ich spreche mit deiner Seel…«

»Kannst du nicht. Deshalb bist du nicht mehr als eine Projektion, und irgendwo sind Lautsprecher.«

»Aber ich bin keine Proje…«

Ich wurde sauer und konfrontierte den Schauspieler direkt. »Weißt du eigentlich, wie spät es ist?«

»Kurz nach …«

»Eben! Und um diese Uhrzeit fällt dir nur ein, andere Leute um den Schlaf zu bringen?«

»Ich ...«

»Hast du kein Leben?«

»Was?«

»Ach, stimmt. Ich vergaß. Du bist tot!«

»Hä?«

»Möchtest du zumindest, dass ich das glaube. Aber es gibt ein Problem. Tote bewegen sich nicht. Sie erscheinen auch nicht mitten in der Nacht, um jemandem auf die Nerven zu gehen.«

»Sie ...«

»Also sag mir, bist du tot oder bist du am Leben?«

»Ich ... ich weiß nicht.«

»Du weißt es nicht, aber erwartest, dass ich dir glaube?«

»Mir glauben ... ich ... du ... du hast keine Angst vor mir?«

»Nein.«

»Aber vor dem Schatten bist du vorhin davongelaufen!«

Das war die Verbindung, nach der ich gesucht hatte. Alles ließ sich logisch erklären, wenn man die Zusammenhänge verstand. Hinter dem Schatten in meinem Zimmer und dem Gespenst steckte vermutlich dieselbe Person. Es wurde Zeit, den Spieß umzudrehen.

»Woher weißt du das?«

»Ich habe dich beobachtet.«

Vermutlich waren Kameras in meinem Zimmer angebracht. Wenn nicht sogar im gesamten Schloss. Irgendwie mussten die Draculas Einbrecher fernhalten.

»Ach, hast du das?«

»Ja, du bist ein ziemlicher Angsthase.«

Der Schauspieler versuchte, mich offensichtlich zu provozieren. Auf diesen billigen Trick fiel ich nicht herein.

»Sagt ein unechter Geist.«

»Ich bin echt! Schau, ich kann sogar durch Wände fliegen!«

»Ja, wunderbar, das kann eine Projektion auch. Kannst du noch etwas anderes?«

Das Hologramm schwieg. Mit dieser Frage hatte der Schauspieler offenbar nicht gerechnet.

»Wärst du im verbotenen Zimmer gewesen, dann würdest du mir glauben.«

»Hältst du mich wirklich für so dumm, dass ich auf eine Täuschung hereinfalle?«

»Nein, aber für zu blöd, um zu begreifen, wenn es keine ist.«

Nach dieser Antwort reichte es mir, und ich wollte das Gespräch beenden.

»Sicher. Weil du mich auch so gut kennst.«

»Ich kenne dich besser, als du denkst, Cassiel.«

»Behauptet eine namenlose Erscheinung.«

Die Projektion antwortete mit einem lauten Kreischen. Die Lautsprecher waren offenbar kaputt. Vlad sollte die dringend austauschen. War eigentlich noch jemand von der Familie in sein Spiel involviert?

»... ist mein Name.«

»Ich nenne dich einfach Quälgeist. Und jetzt lass mich in Ruhe.«

Mir reichte es schon allmählich mit dem Hokuspokus. Ich war in den Urlaub gefahren, um mich zu entspannen. Nicht, um ungemütlich im Dunkeln zu sitzen und gegen eine Wand zu reden. Das konnte ich auch in der Arbeit.

»Ich bin ein Freigeist.«

»Wie auch immer. Jetzt lass mich schlafen.«

DIE MORGENSTUNDE

Der Tag war angebrochen und Lärm weckte mich auf. Nach meiner Flucht hatte ich die restliche Nacht in der Abstellkammer verbracht. Auf mehreren Getreidesäcken, um genau zu sein. Irgendwann hörte ich das Klicken der Tür. Es veranlasste mich aufzustehen und durch den Raum zu hetzen. Ich wollte wissen, wer sie entsperrt hatte. Statt einer Person, erblickte ich einen leeren Flur.

So schnell konnte doch niemand verschwinden? Die Ritterrüstungen waren unauffindbar. Vermutlich hatten die Schauspieler alles weggeräumt. Ich musste mich beeilen, wenn ich sie überführen wollte. Mit einem Stoß schwenkte ich die Tür weiter auf. Das Licht des Flurs drang in die Abstellkammer. Es beleuchtete nicht den gesamten Raum, aber bot genug Helligkeit, um den Inhalt zu erkennen. Ich konnte mich endlich auf die Suche begeben.

»Hier irgendwo müsste er sein.«

Ich suchte in den Ecken nach dem Projektor oder einer Öffnung. Kletterte sogar auf die Regale, um die Wand näher zu begutachten. Drückte, klopfte dagegen und wischte mit der Handfläche darüber.

Keine der Stellen besaß eine geheime Öffnung. Ich suchte nach den Lautsprechern. Öffnete jede Kiste und schob sie zur Seite. Untersuchte mehrere geflochtene Körbe … doch ich fand nichts. Hatte ich etwas übersehen? Oder hatten sie es geschafft, die Spuren zu beseitigen, während ich schlief? Nach einer kurzen Überlegung kam ich zu der Erkenntnis, dass ich das auf jeden Fall bemerkt hätte. Mein Schlaf war alles andere als angenehm gewesen. Außerdem schmerzte und knackste mein Körper mit jeder Bewegung. Trotz meiner Hartnäckigkeit blieb meine Suche erfolglos. Jagte ich ein Phantom?

Ich gab meine Nachforschungen auf – vorerst. Geschlaucht streckte und dehnte ich mich. Erschöpft verließ ich die Abstellkammer und trottete Richtung Badezimmer. Kurz sah ich durch das gotische Fenster und sonnte mich in dem einfallenden Licht. Dabei drehte ich mich langsam in die Richtung der Stufen. Alle Türen waren geschlossen – auch meine. Die Ritterrüstungen fehlten. Mein Plan, einen Blick durch ihr Visier zu werfen, hatte sich damit erledigt.

»Was soll's.«

Ich versuchte, meine Handlungsunfähigkeit zu akzeptieren. Trotzdem konnte ich nicht verbergen, dass sie mich nervte. Müde öffnete ich die Tür des Badezimmers. Mein erster Weg führte direkt zum Waschbecken. Als ich in den Spiegel sah, glaubte ich einem Untoten zu begegnen. Ich hatte Augenringe wie nach meinem Artikel über Schlafstörungen. Dieses Gesicht … ich kannte es von früher. Aus der Zeit, bevor ich Tatiana kennengelernt hatte. Bevor sie mich täglich daran erinnerte, dass es noch ein Leben abseits von Verpflichtungen gab. Damals kannte ich nichts anderes als das Büro. Die Nächte wurden für mich zu Tagen, an denen ich nicht über meinen verlorenen Schlaf nachdachte. Ich neigte dazu, mich zu überarbeiten. Alles nur, um vielleicht anerkannt zu werden. Wie naiv ich doch gewesen war. Unter diesen Umständen grenzte meine Begegnung mit ihr fast an ein Wunder. Ihr Interesse an meiner Person und nicht nur an meinem Erscheinungsbild. Denn ich sah zu dieser Zeit schrecklich aus – genauso wie jetzt. Mit so einem Gesicht würde ich bestimmt keinen guten Eindruck machen und ihre Familie von meiner Aufrichtigkeit überzeugen. Sofort drehte ich den Wasserhahn auf und wusch mir mit kaltem Wasser das Gesicht. Nach einer Minute drehte ich ihn wieder zu und betrachtete mich erneut im Spiegel. Mein Kopf war so rot wie eine frühreife Himbeere. Ich sah schon besser aus, war aber trotzdem noch hundemüde. Vorsichtig schlich ich mich aus dem Badezimmer und den Flur entlang. Die Tür zum verbotenen Zimmer war glücklicherweise geschlossen. Die Schreie waren verstummt und ich fragte mich, ob sie tatsächlich von Ratten stammten. Gleich darauf wurde mir bewusst, dass mich das nichts anging. Ich war nur zu Gast und hatte kein Recht, Familiengeheimnisse zu lüften oder Nachforschungen anzustellen. Zwar war Vlads Gastfreundschaft fraglich, aber Fiona hatte mich herzlich empfangen. Nur ihr und Tatiana verdankte ich es, dass er mich nach dem Betreten des Schlosses in Ruhe gelassen hatte. Er schien Fionas Wünsche zu respektieren, denn er verhielt sich in ihrer Gegenwart sehr zurückhaltend. Ganz anders als in den Momenten, wenn ich mit ihm kurz allein war und sein Wesen abscheulich wurde. Ich hoffte, ihm nicht über den Weg zu laufen, ohne dass Fiona oder Tatiana in der Nähe waren. Wenn ich mich beeilte, konnte ich vielleicht sogar noch eine Weile im Bett schlummern.

Langsam öffnete ich die Tür zu meinem Zimmer und spähte hinein. Ich entdeckte das Chaos, welches ich hinterlassen hatte. Mein Koffer lag offen am Boden, und einige Kleidungsstücke waren im Zimmer verstreut. Außer der Einrichtung sah nur das Himmelbett so aus, wie ich es hinterlassen hatte. Bis auf den rotgoldenen Behang, der auf der Fensterseite geschlossen war. Ich musste ihn bei meiner Flucht gelöst haben. Der vordere, zu mir zugewandte Teil stand wie gewohnt offen. Die seitlichen Stoffe waren an die hohen Füße des Himmelbetts gebunden. Im Bett lag ein Stapel Laken, von denen ich getürmt war. Die Morgensonne schien durch das Fenster und erhellte das Zimmer. Leise betrat ich den Raum und machte die Tür hinter mir zu. Ächzend bückte ich mich nach den Kleidungsstücken. Meine Gelenke schmerzten, als ich sie abputzte und in den Koffer zurücklegte. Mein Körper protestierte bei jeder Bewegung. Wie sollte ich in dieser Verfassung einen ganzen Tag überstehen? Ich musste mich schleunigst erholen. Die Kleidung konnte ich später noch immer im Schrank aufhängen. Gezielt schleppte ich mich zum Bett und legte mich hinein. Der geschlossene Behang hauchte einen sanften Schatten über mich. Dank dem samtigen Stoff und der gedämpften Helligkeit fielen mir schnell die Augen zu. Schon nach wenigen Atemzügen schlief ich ein … und wachte gleich danach wieder auf.

Dieselbe Kälte! Ich spürte dieselbe Kälte wie in der Nacht! Sie überkam mich vollkommen. Als ob ich in einen zugefrorenen See gestürzt wäre. Sie streifte über meine Beine bis … schockiert riss ich die Augen auf. Panisch zog ich die Bettdecke nach oben und drehte mich um. Endlich konnte ich die Ursache erkennen.

☆

»Warum bist du in der Nacht weggelaufen?«, fragte mich Tatiana. »Ich wollte mich doch nur ein wenig bei dir aufwärmen und mit dir kuscheln.«

Enttäuschung erklang mit ihrer Stimme. Mit offenem Mund konnte ich ihr nicht erklären, was meine Mimik nicht schon verriet. Dieses Monster in der Nacht … dieser Schatten, dessen astartige Arme nach mir greifen wollten … das war sie gewesen!

»Dachtest du, ich wäre ein Gespenst?«, fragte sie schmunzelnd. »Du hast doch gesagt, dass du nicht an so etwas glaubst.«

»Unsinn«, antwortete ich und unterdrückte meine Angst, »das sind nur Märchen. So ein Schwachsinn existiert nicht.«

»Warum bist du dann weggelaufen?«

»Ich musste dringend auf die Toilette.«

»Und deshalb hast du beim Hinauslaufen geschrien?«

»Ja, es tat schon echt weh.«

Meine schlagfertige Antwort spiegelte in gewisser Weise die Wahrheit wider. Wenn auch nicht der Blasendrang der Grund meines Aufschreis gewesen war, so hatte mich meine Erinnerung daran inspiriert. Tatiana durchschaute mich sofort.

»Ah ja. Wo warst du dann davor? Du warst nicht in deinem Zimmer.«

Sollte ich ihr sagen, dass ich ihren Vater getroffen hatte?

»Los, sag schon«, drängte sie mich und legte die Hand auf meine Brust.

Die bekannte Kälte strömte in meine Nervenbahnen. Mein Körper reagierte mit einem leichten Zucken. Warum war sie nur so kalt? Allmählich wärmte mein stark durchbluteter Körper den ihrigen. Mein Herz machte Überstunden – im doppelten Sinne. Tatianas blumiger Duft stieg mir in die Nase und vernebelte meinen Verstand. Rastlos wanderten ihre Finger über meine Brust. Meine Augenlider wurden immer schwerer.

»Nicht einschlafen«, neckte sie mich, »du schuldest mir noch eine Antwort.«

Konnte ich ihr von dem Vorfall erzählen? Im Gegensatz zu mir war sie sehr abergläubisch. Ich wollte ihr keine Sorgen bereiten. Außerdem wusste ich selbst nicht, was überhaupt passiert war. Wenn ich ihr von meinem seltsamen Traum erzählte, würde sie bestimmt falsche Rückschlüsse ziehen. Vielleicht würde sie erkennen, dass mich ihr Vater nicht mochte. Das wäre bestimmt nicht hilfreich für unsere Beziehung. Außerdem wollte ich mich unbedingt mit ihrer Familie anfreunden. Besonders wollte … nein, musste ich Vlads Sympathie gewinnen. Sonst konnte ich nicht um seine Erlaubnis bitten, um ihre Hand anhalten zu dürfen.

»Du weißt, dass ich bemerke, wenn du über etwas nachdenkst? Deine Stirn runzelt sich immer, wenn du das tust«, sagte sie und lächelte mich an.

»Ich war Schlafwandeln.«

»Was? Seit wann machst du das denn?«

»Ja, ich wollte es dir nicht sagen, aber das passiert, wenn ich woanders schlafe.«

»Aber du hast schon oft bei mir geschlafen und bist noch nie herumgelaufen.«

»Es äußert sich nur in anderen Ländern.«

»Aber wir waren doch schon im Urlaub in …«

»Bitte sprich nicht mehr darüber. Es ist mir peinlich das zuzugeben«, log ich und wandte mich ab.

»Ich glaub dir kein Wort. Du warst bestimmt im Badezimmer …«

»Tatiana, du hast mich durchschaut.« Mit weiten Augen sah ich sie an und äußerte meine Gedanken: »Ich konnte nicht anders, als es nochmals zu betreten. Dieser Raum ist eine himmlische Zuflucht für erschöpfte Reisende. Ein Ort, an dem unbewusste Wünsche erfüllt werden. An dem Poseidon zum ersten Mal Amphitrite traf. Und wo selbst böse Menschen einen Sinneswandel erfahren.«

»Du hast dich dort bestimmt versteckt und hattest wegen dem Gewitter Angst.«

»Hatte ich nicht! Ich habe vor gar nichts Angst.«

»Du weißt doch, dass du mir nichts vormachen kannst.«

»Ach, ist das so?«

»Ja, immerhin kann ich deine Gedanken lesen.«

»Warum hast du mich dann gefragt?«

»Aus Höflichkeit.«

»Dann sag mir, an was ich gerade denke.«

Wie ist Tatiana aus dem verschlossenen Zimmer gekommen?

»Viel zu langweilig«, sagte sie und verdrehte die Augen. »Lass uns etwas anderes machen …«

»Hey, Moment! Warte!«

»Wieso?«

»Ich will das nicht im Haus deiner Eltern machen.«

»Keine Sorge, wir sind im Schloss meiner Eltern.«

»Das meinte ich nicht.«

»Was ist denn los?«

»Dein Vater … er macht mir Angst.«

Aufgerichtet starrte ich die schwarzen Augen seines Porträts an. Ein kalter Schauer lief mir über den Rücken, als Tatiana sich an mich schmiegte.

»Ich dachte, du hast keine Angst?«

»Siehst du, ich hatte recht.«

»Womit?«

»Du kannst doch keine Gedanken lesen.«

»Wenn du nicht denkst, kann ich nichts von dir erfahren.«

»Sehr witzig …«

»Zumindest noch nicht.«

»Ich verstehe. Du kannst deine Fähigkeit nur in bestimmten Situationen anwenden. Zum Beispiel bei Brettspielen.«

»Nein, ich habe dich ohne schmutzige Tricks besiegt.«

»Dafür hast du aber ziemlich oft gewonnen.«

»Du warst auch wirklich schlecht.«

»Danke …«

»Meine Felswesen sind einfach über dich drübergerollt.«

»Musst du noch Salz in die Wunde streuen?«

Wehleidig erinnerte ich mich an die vernichtende Niederlage. Ich hatte mir für die Gefährten schon eine eigene Vorgeschichte erdacht. Ihrer grauen Erscheinung mit einem Pinsel Farbe verliehen. Den kleinen Figuren der Abenteurer, die sich auf die Suche nach der Vierten Welt machten. Dann kam die vernichtende vier und zersprengte meine Gruppe. Sogleich forderte ich Tatiana auf, erneut zu würfeln. Doch schneller als ich ihrer brutalen Taktik entgegentreten konnte, zog sie mir meine beste Karte aus der Hand. Wie vorbereitet kombinierte sie die Farben und startete die Beschwörung eines Wunderwerks. Geschwind legte ich einen Neutralisierungszauber aus, den sie mit ihrem eigenen abwehrte. Danach äußerte sie ihre Beschwörung, zog eine Karte und würfelte mit dem Tetraeder. Vor meinem entsetzten Gesicht platzierte sie lächelnd zwölf Felswesen um meine Figuren. Vier als Bonus, weil sie deren Fraktion spielte. Zwei, weil ich mich in ihrem Gebiet befand. Nochmals vier für die gewürfelte Zahl. Und zwei wegen der gezogenen Karte. Machtlos sah ich zu, wie die Giganten meine Abenteurer angriffen. Verzweifelt würfelte ich um ihr Überleben, aber ihr Schicksal war längst besiegelt. Die armen Gefährten …

Koan, Jess, Asta … Niemals wäre es unter fairen Bedingungen zu diesem Drama gekommen. Ihre Opfer werden nie vergessen werden. Ich gedachte ihnen still.

»Es kam mir so vor, als hättest du gar nicht gekämpft.«

»Du hast gut reden. Im Gegensatz zu mir kanntest du *Chancenlos* schon.«

»Die Bücher zu lesen, gibt keinen Vorteil.«

»Wieso hast du mich dann dreimal besiegt?«

»Aus Spaß.«

»So meinte ich das nicht!«

»Jedenfalls habe ich nicht deine Gedanken gelesen.«

»Ja, bestimmt …«

»Ich bin noch zu unerfahren, als dass ich deine Gedanken lesen könnte.«

»Jetzt auf einmal …«

Wir genossen es, uns gegenseitig zu necken, und grinsten uns die ganze Zeit an. Langsam kamen sich unsere Gesichter näher.

»Lass uns lieber etwas anderes machen.«

»Schlafen?«

»Nein, ich meinte etwas Aktiveres.«

»Eine Kissenschlacht?«

»Du machst es mir heute echt nicht leicht.«

»Sonst wäre dir doch langweilig.«

Ihre Körpersprache antwortete mir eindeutig. Mit schräg geneigtem Kopf sah sie mir über eine angehobene Braue in die Augen. Ein leichtes Schmunzeln bildete sich auf ihren Lippen. Ja, das war eindeutig ihr Hast-du-das-wirklich-gesagt-Blick.

»Ich mach mal die Behänge zu, damit du dich nicht fürchtest.«

»Vor wem?«

»Meinem Vater.«

Ich musste kurz schlucken.

»Keine Sorge, Papa schläft bestimmt noch.«

»Woher willst du das wissen?«

»Er und Mama hatten gestern eine Meinungsverschiedenheit, was Gastfreundschaft anbelangt.«

»Wieso sollte er deshalb noch schlafen?«

»Mama kann sehr überzeugend sein, wenn sich jemand nicht benimmt.«

»Stimmt. Das habe ich beim Abendessen gemerkt.«

Ich gedachte dem französischen Koch. Wie es ihm wohl ging?

Plötzlich ertönte ein helles Klopfen, das uns erstarren ließ. Schockiert sahen wir uns gegenseitig an.

»Tatiana, mein Kind, bist du wach?«

»Das ist er!«, flüsterte ich aufgebracht.

»Pst! Sei still. Er hört dich sonst.«

»Darf ich reinkommen?«

»Er will zu dir! Das ist mein Ende!«

Bevor ich den Satz beendet hatte, verschwand Tatiana hinter dem geschlossenen Behang. Als ich die Stoffe zur Seite schob, war sie wie vom Erdboden verschluckt. Verblüfft starrte ich auf das offene Zimmerfenster.

☆

Sofort sprang ich aus dem Bett und eilte zum Fenster. Hektisch lehnte ich mich nach draußen und suchte den Bereich nach ihr ab. Ich entdeckte den Eichenbaum, der vor meinem Fenster wurzelte. Der nächtliche Blitz hatte seine Spuren an ihm hinterlassen. Ein gewaltiger Riss zog sich durch seinen Stamm. Rinde war abgesplittert und lag verstreut im Gras. Die übrigen dicken Äste waren zu weit entfernt, als dass jemand auf sie hätte klettern können. Auch die Wand bot keine Möglichkeit, sich an ihr festzuhalten. Verglichen mit einem normalen Wohngebäude befanden wir uns im vierten Stock. Der Abstand von einem Fenstersims zum anderen war enorm. Unüberwindbar für einen Menschen. Abgesehen von den Gefahren, denen man sich bei dem Wagnis aussetzte. Aber egal in welcher Richtung ich suchte, ich fand keine Spur von Tatiana. Wo war sie nur hin? War sie abgestürzt? Ich fürchtete mich davor, ganz nach unten zu sehen.

»Ja, ich bin wach, Vater. Du kannst reinkommen«, hörte ich sie plötzlich antworten.

Ich war erleichtert, ihre Stimme zu hören. Die Morgensonne schien mir ins Gesicht, als ich dem Gespräch lauschte. Ich hatte Glück, dass die leichte Brise ihre Worte zu mir trug. Aber wo kamen sie her? Es hörte sich an, als stammten sie aus … ihrem Zimmer?

»Tatiana, mein Kind. Bitte, sag doch Papa zu mir.«

»Nein, ich bin sauer auf dich.«

»Ich habe mich doch schon entschuldigt. Das von gestern Abend tut mir leid.«

»Sag das nicht mir, sondern ihm.«

Bei wem sollte er sich entschuldigen? Vielleicht bei mir? Aber ich hatte ihr nicht von seinem furchtbaren Witz erzählt. Oder meinte sie wegen des Vorfalls in der Nacht? Aber davon konnte sie unmöglich wissen. Sonst hätte sie mich nicht gefragt, wo ich gewesen bin. Ein Mysterium, das ich selbst lösen wollte. Genauso wie viele andere Fragen, auf die ich keine Antwort besaß. Seit ich das Schloss betreten hatte, stieß ich von einem Rätsel zum nächsten. Hätte mir ein Blick in das verbotene Zimmer geholfen, sie zu lösen? Wieso dachte ich schon wieder daran? Es hätte mir bestimmt nichts genutzt, es zu betreten. Außerdem gab es im Moment wichtigere Themen zu klären. Wie hatte Tatiana so schnell in ihr Zimmer gelangen können?

Gedankenversunken ging ich zum Kleiderschrank. Er stand an der Wand, die unsere beiden Zimmer trennte. Ich tastete ihn ab, öffnete sämtliche Türen und Läden. Suchte nach einem Schalter oder einer Erklärung. Wegen meiner Recherchen wusste ich, dass manche Schlösser Geheimtüren besaßen. Im Falle eines Angriffs konnten die Bewohner über sie fliehen oder nach draußen gelangen.

»Irgendwo muss es einen Knopf geben«, murmelte ich und schloss die Türen.

Verbissen stellte ich mich neben den Schrank und spähte dahinter. Der Boden war staubig, aber es gab keine Anzeichen dafür, dass das Möbelstück weit verrückt worden war. Auch die Wand enthielt keine ungewöhnlichen Furchen oder Spuren, die auf eine Geheimtür oder einen Durchgang hindeuteten.

Ächzend schloss ich die offenen Schranktüren und Läden wieder. Erschöpft zog ich den Behang zur Seite und setzte ich mich kurz aufs Bett. Nachdenklich starrte ich die Wand an. Nach zwei Atemzügen stand ich wieder auf und stellte mich vor sie. Mehrmals klopfte ich an verschiedenen Stellen und lauschte den verursachten Tönen. Meiner Überlegung nach musste eine verschiebbare Wand leichter als eine massive sein. Deshalb konnte sie einen anderen Laut von sich geben. Leider war dies nur eine Theorie – die Praxis sah anders aus. Egal, an welcher Stelle ich dagegen schlug, die Mauer gab immer denselben dumpfen Laut von sich. Ich fuhr mir durchs Gesicht und dachte nach. Würde eine Geheimtür sich so leicht zu erkennen geben? Angreifer wären bestimmt ebenfalls auf die Idee gekommen, durch Klopfgeräusche den Eingang zu finden. Geheimgänge gab es seit Tausenden von Jahren. Selbst die Erbauer der Pyramiden nutzten sie schon, um die Grabkammern vor Räubern zu schützen.

Misstrauisch drückte ich gegen die Wand und versuchte, sie zu verschieben. Ein Krachen erklang, und es kam mir so vor, als würde sie nachgeben. Tatsächlich stammte der Laut von meinem Körper, der unter dem Kraftakt nachgab. Keuchend hockte ich am Boden und dachte abermals nach. Tatiana hatte bei ihrem Verschwinden den Behang vor Vlads Porträt geschlossen.

»Hat es damit zu tun?«

Wieder stand ich auf – kämpferischer als zuvor – und begegnete meiner Furcht. Vlads Porträt hing unmittelbar vor mir und starrte mich mit schwarzen Augen an. Langsam griff ich nach dem Rahmen und hob es von der Befestigung herunter. Ich traute mich kaum es anzufassen und zitterte regelrecht. Vorsicht schwenkte ich es zur Seite, um einen Blick dahinter zu werfen. Ich entdeckte die weiße Wand, einen Nagel und ein miesgelauntes Gesicht.

»Was machst du mit meinem Porträt?«

Vlad hatte, ohne zu klopfen, meine Tür geöffnet. Sichtlich missbilligte er mein Herumstöbern. Behutsam hing ich meine Erklärungssuche an den Nagel. Ich war so dumm und ärgerte mich über mein Verhalten. Mein Fehler wurde mir erst zu diesem Zeitpunkt bewusst. Das Öffnen einer Geheimtür hätte ich bestimmt gehört. Wie sollte ich Vlad erklären, was ich getan hatte?

»Ich dachte … ähm … ich hätte eine Ratte gesehen«, antwortete ich zögerlich, während ich das Bild ausrichtete.

»Dann solltest du dich nicht umdrehen.«

Saß hinter mir eine Ratte? Oder war das ein Test? Wollte Vlad wissen, wie weit mich meine Neugierde trieb? Langsam neigte ich den Kopf und versuchte, im Augenwinkel etwas zu erkennen. Leider konnte ich ihn nicht weit genug drehen. Mein Sichtfeld reichte nur bis zum Koffer und einen Teil des Betts. Schließlich hielt ich es nicht mehr aus und drehte mich um.

»Da ist ein Spiegel?«, sagte ich verwirrt, und betrachtete mich.

Was hatte das zu bedeuten? Gleich darauf wandte ich mich wieder zu Vlad. Er war verschwunden.

☆

»Hast du gut geschlafen?«, fragte mich Fiona am Frühstückstisch.

Sie schenkte mir Kaffee ein und stellte anschließend den Zucker hin. Neben ihr saßen Tatiana und ihre jüngere Schwester Emilia. Wir befanden uns im selben Raum, in dem wir zu Abend gegessen hatten. Im Gegensatz zu gestern waren wir fast die Einzigen im Zimmer. Sogar die zwei goldenen Ritter neben den Thronen fehlten. Nur ein Hausdiener stand bei Fiona und wartete still auf ihre Anweisungen.

Die Frage, wie Tatiana es geschafft hatte, in ihr Zimmer zu gelangen, quälte mich noch immer. Zwar wollte ich sie gleich nach Vlads Verschwinden zur Rede stellen, aber ich hatte sie nicht mehr angetroffen. Der Sarg stand offen und in ihrem

Bett lag ihr tragbarer kabelloser Lautsprecher, über den sie oft mit ihrem Smartphone Musik abspielte. Sonst war ihr Zimmer, bis auf ihren schwarzen Koffer, leer, und ich konnte sie nirgends finden. Urplötzlich erschien während meiner Nachforschung eine Hausdienerin und meinte, ich sollte mich für das Frühstück vorbereiten. Nachdem ich mich umgezogen hatte, begab ich mich nach unten. Was hatte Tatiana nach Vlads Besuch nur gemacht?

»Cassiel?«

Ich hatte mich in Gedanken verloren. Alle starrten mich an. Fiona hatte offenbar bemerkt, dass ich geistig abwesend war. Sie lächelte mich an und wiederholte ihre Frage.

»Hast du gut geschlafen, Cassiel?«

»Ja, danke. Das Bett war echt angenehm«, log ich und dachte an die ungemütlichen Getreidesäcke.

Fionas ruhiges Gemüt wirkte sich auf ihre elegante Erscheinung aus. Ihre mütterliche Art gab mir Geborgenheit. Anders als das düstere Wesen ihres Ehemannes, von dem eine bedrohliche Schwingung ausging. Diesmal saß mir Vlad gegenüber und sah mich finster an. Hinsichtlich des Schreckenspotentials kam Emilia klar nach ihrem Vater. Die gesamte Familie saß auf der anderen Seite des Tisches. Wer machte nur diese merkwürdige Sitzordnung?

»Freut mich«, antwortete Fiona und trank einen Schluck von ihren Kaffee. »Wir stehen normalerweise nicht so zeitig auf, aber heute ist ein besonderer Tag.«

»Ein besonderer Tag?«

»Ja, heute eröffnet die Blutique«, antwortete Tatiana aufgeregt.

»Was ist eine Blutique?«, fragte ich im selben Atemzug, bei dem ich überlegte, ob ich die Antwort wirklich hören wollte.

»Die Blutique ist ein Geschäft für neo-viktorianische Mode mit Biss«, erklärte Fiona.

Sie reichte mir eine Broschüre, deren Größe mich an jene meiner Lieblingspizzeria erinnerte. Neugierig klappte ich das Prospekt auf.

»Neueröffnung«, las ich den fetten Schriftzug, der mit roten Buchstaben abgebildet war.

Der Hintergrund bestand aus blauen Farben, die ein Einkaufszentrum andeuteten. Rote und orange Stellen hoben Details wie Reklamen oder Kleidung der Besucher hervor. Der Stil erinnerte leicht an Kubismus, und die Menschen besaßen keine erkennbaren Gesichter. Ihre fehlende Mimik spiegelte sich in meinem Entsetzen wider. Die ruhige Farbharmonie wurde von einem Element erheblich beeinflusst. Es stach wie bei einem Aufklapp-Bilderbuch heraus. Ein schwarzes Gebäude mit goldenen Rändern und roten Fenstern: die Blutique.

»Das ist …«, stammelte ich und starrte auf das unheilvolle Element.

Ringsum befanden sich Papiergräber, auf denen Kreuze standen.

»Was hat so ein Gebäude in einem Einkaufszentrum verloren?«, dachte ich so laut, dass ich es beinahe ausschrie.

»Man könnte auch vampirianisch dazusagen«, witzelte Tatiana. »Die Blutique verkauft nachhaltige Kleidung. Alte Stoffe werden von Schneidern erneuert. Es ist der einzigartige Versuch, den Stil an die breite Öffentlichkeit zu bringen.«

»Ah ja«, antwortete ich zögerlich.

Ich wollte mir nicht vorstellen, wo die Kleidung herkam. Ob es sich um Kleidung von Menschen handelte, die Opfer von Vampiren geworden waren. Der Name würde jedenfalls perfekt dazu passen. Auch wenn ich wusste, dass es keine Vampire gab. Die Fantasie daran erheiterte meinen Tag und brachte Abwechslung. Bislang hatte Tatiana das Vampirthema immer nur sporadisch erwähnt. Oftmals machte ich mich dann lustig darüber, ohne es böse zu meinen. Aber in letzter Zeit schien sie regelrecht besessen davon zu sein. In ihren Worten schwang Ernst mit. Glaubten sie und ihre Familie wirklich daran? Nein, das war bestimmt ein Trick. Alles war viel zu authentisch, als dass es echt sein konnte. Viel zu vorbereitet. Die Schauspieler in der Nacht. Die regelmäßigen Anspielungen seit unserer Ankunft. Darauf würde ich nicht hereinfallen.

»Um Mitternacht gibt es eine Eröffnungsfeier«, erwähnte Tatiana beiläufig und zeigte auf die Broschüre in meiner Hand. »Dann gibt es aber keine Kleidung mehr zum Kaufen.«

Woher wusste sie so viel darüber? Hatte sie unseren Urlaub vielleicht sogar deshalb geplant?

»Sehr gut, dort kann sich Emilia endlich geschmackvolle Kleidung kaufen«, merkte Vlad an und trank einen Schluck von seinem Kaffee.

»Papa!«, schrie Emilia, sprang protestierend auf und stützte sich mit den Händen am Tisch ab. So hatte ich sie noch nicht erlebt. Ihr Verhalten zeigte Scham und Verletzlichkeit. Nach gestern Abend hatte ich sie für eine eiskalte Killerin gehalten. Hatte Vlad einen wunden Punkt erwischt?

»Du bist die einzige meiner Töchter, die in Fetzen herumläuft.«

»Diese Fetzen, wie du sie nennst, sind der heutige Trend.«

»Abscheulich.«

»Es ist die beste Kleidung, um unter Menschen nicht aufzufallen.«

»Weshalb solltest du das nicht wollen? Du bist meine Tochter, eine Dracula!«

»Papa, die Zeit den Menschen Angst einzujagen, ist vorbei.«

»Die guten alten Zeiten … wie ich sie vermisse.«

»Wieso hegst du auf einmal so einen Groll gegen Menschen?«

»Ich hege keinen Groll gegen Menschen. Für mich sind sie wie Ratten. Sie sind meine Lebensquelle, nicht mehr und nicht weniger.«

Was meinte er mit Lebensquelle? Was war das überhaupt für eine seltsame Konversation? Und warum hatten sie alle etwas gegen Ratten?

»Vlad ist bestimmt noch sauer, weil der Herausgeber sein Gesuch auf Richtigstellung ignoriert hat«, erklärte Fiona lachend.

»Menschen haben doch keinen Geschmack! Sie bestreiten Tatsachen, die sie nicht verstehen, und glauben jeden Schund!«

»Welcher Herausgeber hat ihn abgelehnt? Vielleicht kann ich etwas machen«, bot ich ihm meine Hilfe an.

Sobald die Familie wissen würde, welcher Arbeit ich nachging, war ihre Erwartung bestimmt, hoch nützlich zu sein. Hoffentlich hatte ich nicht zu viel versprochen.

»Stimmt! Cassiel ist Journalist! Du solltest dir von ihm helfen lassen«, überzeugte Tatiana ihren Vater.

Genervt warf Vlad die letzte Ausgabe eines wissenschaftlichen Magazins auf den Tisch. Ich nahm es zu mir und schaute auf das Cover.

»SONNE«, las ich den Verlag vor, der sich damit befasste, alle Weltthemen zu begründen. Das Kürzel stand für *Selbstlos Offen Neutral Nachhaltig Ehrlich*. Also alles, wofür die Berichterstattung und das Handeln des Herausgebers nicht stand. Das hinderte ihn aber nicht daran, sich trotzdem so darzustellen.

Ich öffnete die Seiten, zwischen denen ein schwarzes Lesezeichen steckte. Mir offenbarte sich ein Artikel über Vlad Dracula. Ich erinnerte mich an den Inhalt, denn er stammte von mir! Aufgrund vieler anderer Themen hatte ich das komplett verdrängt! Vor drei Wochen gelangte ein Leserbrief in die Redaktion. Aufgrund der geschwollenen Schreibart dachte ich, er stammte von einer romantischen Pensionistin. Der Text war mit Feder und Tinte in einer Schriftart verfasst, die mich an Kurrent erinnerte. An der Stelle des Absenders oder der Unterschrift befand sich ein rotes Wachssiegel. Der einzig lesbare Text war der Empfänger; der Herausgeber, bei dem ich arbeitete. Bei der Adresse handelte es ich um ein Stück Papier, das säuberlich auf den Briefumschlag geklebt worden war. Es stammte aus dem Magazin und war daraus ausgeschnitten worden. Das fiel mir aber erst bei genauerer Betrachtung auf. Genauso wie der Umstand, dass es sich bei dem Brief nicht um Lob, sondern um Kritik handelte. Inhaltlich beanstandete der Verfasser die genannte übetriebene Anzahl an Pfählungen, die mangelnde Ernsthaftigkeit des Autors gegenüber Vampiren und die verschwiegenen Taten der Kirche.

Ich schluckte, während ich meinen Artikel überflog. Viele Sätze waren rot durchgestrichen, ausgebessert oder mit unfreundlichen Kommentaren versehen worden. Wegen der herben Beschwerde hatte ich erneut den kirchlichen Historiker kontaktiert, der mir bei meiner Recherche weitergeholfen hatte. Dieser versicherte mir die wissenschaftliche Korrektheit des Artikels. Sofort gab ich diese Information an den Chefredakteur weiter, der mich dafür kritisierte, meine Zeit verschwendet zu haben. Er wies mich an, die Einsendung zu ignorieren.

»Seit einem Monat schleppst du schon das Magazin mit dir herum. Meinst du, dadurch wird sich etwas ändern?«, fragte ihn Emilia konsequent.

»Dein Papa ist halt sehr stur«, machte sich Fiona über Vlad lustig.

»Wenn ich den Autor erwische, reiße ich ihm den Kopf ab.«

Ich schluckte und zitterte. Zum Glück verlangte mein Arbeitgeber nicht, den Verfasser anzugeben.

»Bei welchem Herausgeber arbeitest du nochmal, Cassiel?«, fragte mich Tatiana überraschend.

Wollte sie mich fertigmachen? Unmöglich konnte ich sagen, dass ich bei *SONNE* arbeitete!

»So… So… SOS«, log ich wimmernd aus den ersten Buchstaben zusammen, die mir spontan einfielen.

»Oder vielleicht sollte ich dem Herausgeber direkt einen Besuch abstatten«, fasste Vlad einen für mich gefährlichen Entschluss.

Das Weiß in seinen Augen färbte sich Rot. War ihm eine Ader geplatzt?

»Bitte achte auf deinen Blutdruck«, mahnte ihn Fiona. »Von deiner Ausdrucksweise ganz zu schweigen. Wir haben Gäste, falls es dir noch nicht aufgefallen ist.«

»Ich weiß. Du erinnerst mich ständig daran.«

»Dann benimm dich bitte.«

Er antwortete mit einem trotzigen Schnauben.

☆

Wir saßen noch immer am Frühstückstisch, waren aber mit dem Essen fertig. Inzwischen hatte sich Vlad beruhigt und sich in sein Zimmer zurückgezogen. Ich hatte mich einen Sitz weiter hinübergesetzt und saß gegenüber von Tatiana. Die Themen hatten sich in eine für mich angenehmere Richtung entwickelt. Zuletzt hatten wir über Sehenswürdigkeiten und Wanderwege gesprochen. Ich konnte mich endlich etwas entspannen.

»Ach, übrigens. Tatiana, das ist für dich.« Fiona machte eine Handbewegung. Ein Diener kam herein und überreichte einen kleinen Karton.

»Ein Paket?«

»Ja, von dem habe ich dir gestern erzählt. Meine neueste Seifenkreation«, verkündete Fiona stolz.

»Du hast es wirklich bekommen?«, fragte ich überrascht. »Hatte es der Postbote mit nach Hause getragen?«

»Nein, es wurde schon von der Poststelle an das Logistikzentrum weitergesendet.«

»Wow! Er ist extra mit dir dorthin gefahren? Ist es so nah?«

»Ungefähr zwei Stunden von seinem Zuhause entfernt.«

»Dann wart ihr die halbe Nacht unterwegs?«

»Nein, wir sind geflogen. So waren wir recht schnell.«

»Geflogen?«

»Ja, ins Nachbarland.«

»Das ist aber ein übereifriger Postbote …«

»Du glaubst nicht, wozu Menschen im Stande sind, wenn sie richtig motiviert werden.«

Ich musste lachen – als Einziger. War das kein Witz? Langsam hörte ich auf, damit es nicht zu peinlich wurde.

»Ich habe nach dem Frühstück eine Aufgabe für dich«, teilte mir Fiona mit.

»Eine Aufgabe?«

»Ja, heute Vormittag kommt ein weiterer Besucher vorbei. Es handelt sich um einen geschäftlichen Termin. Vlad kennt die

Details. Ich möchte dich bitten, aufzupassen, damit er keine Dummheiten macht.«

Ich sollte auf Vlad aufpassen? Wie sollte ich das anstellen? Ich traute mich nicht mal, ihm ins Gesicht zu sehen!

»Bist du nicht besser dafür geeignet?«, fragte ich höflich in der Hoffnung, das Übel abzuwenden.

»Ich werde mit Tatiana und Emilia zur Blutique fahren.«

»Wie lange werdet ihr weg sein?«

»Vermutlich zwei Stunden …«

Ich wurde nervös und schwitzte.

»… oder noch länger. Falls wir zu Mittag nicht zurück sind, könnt ihr ohne uns essen.«

Sie wollten mich mit Vlad allein lassen? Das musste ich unbedingt verhindern!

»Können wir nicht gemeinsam fahren und den Termin des Besuchers verschieben? Ich würde die Blutique auch gerne sehen.«

Natürlich war das eine Lüge. Das war das letzte Gebäude, in das ich gehen wollte.

»Leider nein. Die Besprechung ist sehr wichtig. Sie kann nicht abgesagt oder verschoben werden.«

»Und die Fahrt zur Blutique?«

»Ist ebenfalls wichtig. Die Termine haben sich leider überschnitten. Normalerweise würde ich dich nicht darum bitten, aber es geht nicht anders.«

»Tatiana kann nicht hierbleiben?«

»Leider nein. Es geht um eine Familienangelegenheit, bei der meine Töchter anwesend sein müssen.«

»Was ist los, Cassiel? Hast du Angst vor Papa?«, stichelte Emilia.

»Ich? Nein, ich habe keine Angst. Ich … ich will nur den Grund verstehen.«

»Du hast vorhin selbst gemerkt, wie wütend Vlad seit dem Artikel ist. Seit Monaten schleppt er das Magazin mit sich herum. Wenn er einmal in Rage ist, kann ihn kein Diener mehr stoppen. Deshalb habe ich dich gebeten, ihn im Auge zu behalten.«

Ich sollte ihn stoppen? Er würde mich in Stücke reißen! Fiona verlangte von mir, mein Leben zu riskieren. Familie oder nicht, das konnte ich nicht geschehen lassen. Dank ihr und Tatiana hatte sich Vlad mir gegenüber halbwegs benommen. Nicht auszudenken, was passierte, wenn ich mit ihm längere Zeit allein wäre. Das musste ich unter allen Umständen verhindern! Nur wie? Ich überlegte, ob ich irgendetwas zu Hause vergessen hatte. Irgendeinen Gegenstand, den ich unbedingt besorgen musste, und den kein Haushalt üblicherweise hatte. So konnte ich argumentieren, ab einer gewissen Zeit mit dem Auto wegfahren zu müssen.

»Wir würden außerdem gern mit deinem Auto fahren«, sagte Tatiana und lächelte mich erwartungsvoll an.

»Nein!«, schrie mich mein Verstand verzweifelt an. »Tu das nicht!«

Hatte sich Tatiana gegen mich verschworen? Besaßen ihre Eltern kein eigenes Auto?

»Ich möchte Mama und Emilia gerne den Fahrassistenten zeigen. Den kennen sie noch nicht«, argumentierte sie und fasste nach meiner Hand.

Woher kam ihre plötzliche Faszination für das System? Hatte sie während der Autofahrt nicht geschlafen? Zu jenem Zeitpunkt, als ich von dessen Funktionalitäten schwärmte? Zugegeben es benötigte keine Erklärung, um zu verstehen, dass es fortschrittlich war. Die Marke Alucar D stand für Eleganz und Innovation. Ein Fahrgast merkte es allein daran, dass es ihn beim Einsteigen begrüßte. Dazu scannte es das Gesicht und suchte in einer Datenbank nach dem passenden Profil. Konnte es den Gast nicht identifizieren, so wurde dieser gebeten, seinen Namen zu nennen. Diese Informationen wurden dann in der Datenbank des Herstellers für die nächste Fahrt gespeichert. Stieg derselbe Fahrgast nochmals ein, wurde der Sitz automatisch an seine Bedürfnisse und Körpergröße angepasst. Währenddessen fragte der Fahrassistent schon nach der Zieladresse. Sobald alle Fahrgäste festgegurtet waren, ging die

Fahrt los. Eigentlich fuhr das Auto autonom, aber die Gesetze verlangten, dass der Fahrer regelmäßig das Lenkrad benutzte. Ich verstand, warum Tatiana ihnen das Auto zeigen wollte. Meine Augen funkelten voller Begeisterung, während mir alle Funktionalitäten durch den Kopf gingen.

»Ein- und Ausparkassistent, Kurvenbremsassistent, Totwinkelassistent, Geschwindigkeitslimitassistent, Stauvermeidungsassistent ...«

»Das scheint ein wirklich fortschrittliches Auto zu sein«, äußerte Fiona plötzlich und strahlte mich an.

Hatte ich etwa laut gedacht?

»Es wäre nett von dir, wenn wir es uns ausborgen dürften«, drängte Emilia.

Hinsichtlich ihrer bösen Mimik nahm ich ihr nicht ab, dass ihre Worte aufrichtig waren.

»Also, wirst du es tun?«

Schweigend warteten alle auf meine Antwort. Ich konnte Emilias schadenfreudiges Grinsen nicht übersehen. Je länger mich Fiona anlächelte, desto unruhiger wurde ich.

»Okay, ich mach's.«

Tatiana strahlte glücklich – ich weinte innerlich. War ich wahnsinnig geworden? Mein Gesichtsausdruck flehte danach, nicht allein gelassen zu werden. Ich wollte unbedingt mit und so weit wie möglich von Vlad entfernt sein. Wenn es nicht anders ging, dann sogar in dieses Einkaufszentrum. Ich hasste solche Orte eigentlich, aber alles war besser, als mit ihm allein zu sein. Ich würde sogar artig in einem Wartezimmer warten. Es musste nicht mal eine Sofalandschaft sein. Selbst ein Hocker wie solche in Schuhgeschäften wäre mir recht gewesen. Egal, ob ich darauf strandete, wie einer der vielen Männer, die in Einkaufszentren darauf hofften, dass ihrer Frau das Geld ausging.

»Ihr seid noch hier?«, fragte Vlad plötzlich hinter mir.

Er war wie ein Meteoriteneinschlag unerwartet aufgetaucht. Ich zuckte zusammen und hatte just einen Geistesblitz.

»Keine Sorge. Wir fahren gleich los.«

»Ähm … aber möchte Vlad das Auto nicht ebenfalls fahren?«, fragte ich in die Runde.

Wenn ich gut genug argumentierte, dann konnte ich das Übel hinter mir zurücklassen. Wenn Vlad mit ihnen wegfuhr, konnte ich den Besucher allein empfangen. Egal, was er von der Familie wollte, in jenem Panikmoment traute ich mir zu, alles zu schaffen.

»Autos langweilen mich«, gab er murrend von sich, »Kutschen mag ich mehr.«

»Kutschen?«

»Oder fliegen und Menschen jag…«

»Er meint, dass er gern selbst fliegt oder fährt«, unterbrach Fiona, bevor Vlad zu Ende gesprochen hatte. »Du hast doch nicht vergessen, was wir gestern Abend besprochen haben?«

Mir kam es so vor, als ob er kurz gezittert hätte. Fiona sah ihn mit einem Gesichtsausdruck an, den ich von Tatiana kannte. Sie machte ihn nur dann, wenn ich etwas getan hatte, das sie nicht akzeptierte. Eine furchterregende Vorstellung. Hatte Vlad Angst vor Fiona?

»Gut«, verkündete Emilia, bevor ich eine Lösung hatte, »nachdem wir das jetzt entschieden haben, suche ich den Schuldigen, der mein Zimmer verwüstet hat.«

Ich schluckte, als ich mich an die Waffenkammer erinnerte.

☆

»Viel Spaß!«, rief Emilia und winkte mir zu.

Sie stand hinter dem Auto und war kurz davor, sich auf den Beifahrersitz zu setzen. Ich merkte ihr an, wie sehr sie darunter litt, sich das Lachen verkneifen zu müssen. Ihre verführerische Schönheit konnte nicht mehr ihre Gehässigkeit verbergen. Mehrere Stunden musste ich mit Vlad allein verbringen. Warum tat mir Fiona das an?

»Du schaffst das«, ermutigte mich Tatiana.

Sie umarmte mich fest und sah mir tief in die Augen. Ich stieß ihr fast mit der Stirn den schwarzen Hut vom Kopf. Nahm sie

Abschied von mir? Weshalb hatte ich das Gefühl, mich auf eine Schlacht vorzubereiten?

»Wenn du Hilfe benötigst, ruf mich oder Tatiana an«, gab mir Fiona die letzten Anweisungen.

War das ein Test, ob Vlad mich akzeptierte? Fiona hatte ihm gesagt, dass er auf mich hören sollte. Ob er das auch tat, würde sich demnächst zeigen. Er stand bei der Eingangstür und murrte schon die ganze Zeit unzufrieden herum. Wenn etwas nicht nach seinem Willen geschah, dann warf sich gleich ein Schatten auf sein Gemüt. In letzter Zeit schien das sehr häufig zu passieren. Zumindest kam er mir alles andere als entspannt oder glücklich vor.

Fiona schloss ihren schwarzen Schirm und stieg als Zweites ein. Die Familie sah aus, als würde sie zu einer Beerdigung fahren. Hätte ich ihren familiären Stand zueinander nicht gekannt, dann hätte ich sie für trauernde Schwestern gehalten. Kein Wunder, dass sie neue Kleidung wollten. Sie alle trugen schwarzes Gewand, das sich nur im Stil unterschied. Ich hatte als einziger ein T-Shirt an, dessen gelbe Farbe dem sonnigen Tag entsprach. Im Kontrast dazu kleidete Tatiana ein farbloser Hut mit breiter Krempe. Den hatte ich ihr zum Geburtstag geschenkt, damit ihr die Sonne nicht schadete. Außerdem trug sie ein Kleid, dessen Knöpfe sich an der Taille befanden. Der restliche Stoff reichte faltenfrei bis zu ihren Oberschenkeln und endete in ein paar Kräuselungen. Sie hatte dieses dünne Teil schon öfter an heißen Sommernächten angezogen. Eigentlich hätte ich ihren Rücken und ihre Arme sehen müssen, wären diese nicht von einem Mantel verdeckt worden. Dasselbe schwarze Kleidungsstück, welches auch Fiona umhüllte. Bei ihr war es geschlossen und verbarg ein petrolblaues Kleid. An den Beinen war der Stoff nach vorne hin offen. Deshalb drang er nur an den Seiten, unter dem Abschluss des Mantels, hervor. Anders als die beiden passte Emilia nicht so recht ins Bild der Trauergesellschaft. Ihre schwarze Lederhose und die Stiefel, die bis knapp unter ihre Knie reichten, fielen sofort auf. Zuvor hatte sie noch einen goldbraunen Mantel getragen, den sie im Auto abgelegt hatte. Darum konnte ich ihre straffe Oberbekleidung erkennen, die bis zu ihren Handgelenken reichte. Ihre Augen wurden von einer dunklen Sonnenbrille verdeckt. Sie erinnerte mich an den Bösewicht einer Superheldengeschichte.

Schließlich stieg Tatiana ein und setzte sich auf den Fahrersitz. Fröhlich winkte sie mir durch die Seitenscheibe zu. Alle Gläser des Autos besaßen einen vollumfänglichen Schutz vor Sonnenstrahlen. Deshalb musste die Familie keinen Sonnenbrand fürchten. Außerdem hatten sie sich zuvor mit einer Schutzcreme eingeschmiert. Nur Vlad weigerte sich und hatte gemeint, der Tag sei zum Schlafen gedacht. Aufgrund meiner Müdigkeit konnte ich ihm nur zustimmen.

»Bis später!«, rief Tatiana durch den kleinen Spalt des heruntergelassenen Seitenfensters.

Staub wirbelte auf, als sich die Autoreifen in Bewegung setzten. Wehleidig winkte ich ihr zum Abschied nach. Ich wollte nicht daran denken, was mich als Nächstes erwartete. Nach wenigen Atemzügen waren sie verschwunden.

»Glaub nicht, dass das etwas ändert,«, äußerte Vlad plötzlich.

Während ich mich zu ihm drehte, knallte er die Eingangstür zu. Er benötigte offenbar Zeit für sich – selbstlos gab ich sie ihm.

☆

Der Morgen war außergewöhnlich ruhig. Ich stand schon eine ganze Weile vor der Eingangstür und überlegte, wie ich zu Vlad durchdringen konnte. Wortwörtlich, denn er hatte mich ausgesperrt! Böses Gelächter drang in meine Ohren, als ich an der Türklinke hing. Das konnte nicht sein Ernst sein? Am liebsten wäre ich weggegangen und hätte ihn vergessen. Aber ich hatte Fiona versprochen aufzupassen. Ich wollte mein Wort unbedingt halten. Ganz egal, was es mich kostete.

»Soll ich ihr Bescheid geben?«, fragte ich mich, ob der Vorfall schon erwähnenswert war.

Nachdenklich betrachtete ich den Eingangsbereich und überlegte, was ich tun sollte. Würde ich Fiona oder Tatiana jetzt schon anrufen, dann würde es ihnen bestimmt den Tag vermiesen. Abgesehen davon, würde das kein positives Licht auf das Verhältnis zwischen mir und Vlad werfen. Wäre dies ein Test seiner Akzeptanz, so würde ich ihn nicht bestehen. Dieses Ergebnis wollte ich unter allen Umständen vermeiden.

Im Moment hatte er sich nur eingesperrt. Das störte mich nicht sonderlich. Eigentlich freute es mich sogar, endlich meine Ruhe vor ihm zu haben. Fiona meinte vor der Abfahrt, dass er sich in letzter Zeit in Magie übte. Vermutlich damit er mich nochmals erschrecken konnte. Aber wie schlimm konnten seine Taschenspielertricks schon sein? Er konnte wohl kaum den Weltuntergang heraufbeschwören.

»Endlich ist meine Frau aus dem Haus!«, schrie er so laut, dass mir die Haare zu Berge standen. »Der Zauber ewiger Finsternis wird diese verdammte Sonne verschwinden lassen!«

»Leidet er unter Wahnvorstellungen?«

Wie schon in der Nacht, handelte es sich bestimmt wieder um faulen Zauber. Beinahe hätte ich meine Feststellung zuvor ausgeplaudert. Das wäre äußerst unklug von mir gewesen. Noch wusste ich nicht, wer involviert war. Äußerte ich meine Annahme zu früh, vertat ich die Chance, alle zu entlarven. Ich musste vorsichtig an die Sache herangehen. Mitspielen und so tun, als ob ich von nichts wusste. Geduldig abwarten, und im entscheidenden Moment zuschlagen. Um dieses Ziel zu erreichen, musste ich alles tun, worum ich gebeten wurde. Auch wenn mich das vor verschlossene Türen brachte. Ich kannte die Situation schon von meiner Arbeit. Ich würde einen anderen Weg finden. Ganz egal welchen. Deshalb sorgte ich mich nicht darum, was Vlad trieb. Er konnte herumwüten, so viel er wollte. Den Scherbenhaufen würde ich später wegräumen. Am wichtigsten war, mich auf meine Aufgabe zu konzentrieren. Der Besucher war noch nicht erschienen, und ich hatte noch nicht versagt. Trotzdem bekam ich das Gefühl, nach dem Rechten sehen zu müssen. Irgendetwas Seltsames ging im Inneren des Schlosses vor sich. Die Zeichen dafür standen alarmierend gut.

»Wieso leuchtet die Schrift?«

Ich überlegte, was die Symbole an den Säulen bedeuten konnten. Derartige Zeichen waren mir noch nie untergekommen. Sie sahen aus wie Hieroglyphen, aber bestanden nur aus Strichen und Kreisen. Wollten sie mich warnen, oder wollten sie mir helfen?

»Egal.«

Ich sollte meinen nächsten Schritt genau planen. Im besten Fall könnte ich damit sämtliche Probleme auf einmal lösen. Es gab keine Garantie dafür, dass Vlad die Tür für den Besucher öffnete. Ebenso wenig, dass es einer der Hausdiener tat, wenn er es ihnen verbat oder es verhinderte. Deshalb musste ich mir Zutritt zum Schloss verschaffen. Nur so konnte ich sicherstellen, dass der Besucher ankommen konnte. Aber zuvor musste ich mich ausruhen. Die Aufregung in der Früh hatte mich Kraft gekostet. Mein Körper war erschöpft, und das Denken fiel mir schwer. In diesem Zustand konnte ich keine Leistung erbringen. Außerdem neigte ich dazu, Fehler zu begehen.

Müde schleppte ich mich zum Parterre – dem niedrig bepflanzten Gelände vor dem Schloss. Ich kannte diesen Begriff aus einem Artikel über Gartenkunst. Die Rasenfläche war mit wunderschönen Blumenrabatten bepflanzt. Ihre farbenreiche Pracht zog mich wie magisch an. Ich roch den süßen Duft von Rosen, Tulpen und Lilien. Erst beim Betreten des Rasens bemerkte ich ihre Unterteilung. Die Blumen waren thematisch nach ihrer Art und Farbe platziert. Verwendete Fiona sie für ihre Seifenkreationen? Ich schritt eine Blumenreihe entlang, bis ich zu einer Grasfläche gelangte. Die Stelle schien mir geeignet zu sein. Ich setzte mich hin und betrachtete die Gegend. Aus der Position hatte ich eine gute Sicht auf den Schlosseingang. Ich konnte sicherstellen, dass ich den Besucher nicht verpasste. Außerdem konnte ich schnell reagieren, wenn ein Diener die Tür öffnete.

Das Sitzen und Starren machte mich schnell träge. Die Schwerkraft rang meinen Körper zu Boden. Ich glitt wie von selbst über meine angewinkelten Arme nach hinten. Mit offenen Augen betrachtete ich den Himmel. Er war wolkenlos und stumm.

»Wo sind die Vögel?«

Ihre Abwesenheit war höchst ungewöhnlich. Besonders da sich das Schloss an einem Wald befand. Lag die Stille an dem Unwetter von letzter Nacht? Das Donnern und Krachen hatte ich bis in die Abstellkammer gehört. Spielte das eine Rolle? Ich durfte mich nicht ablenken lassen. Meine Aufgabe hatte höchste Priorität. Die Abwesenheit der Waldbewohner war nebensächlich. Sie würden schon wiederkommen. Aber selbst wenn nicht half mir das nicht ins Schloss. Es musste noch andere Möglichkeiten geben. Andere Zugänge, durch die man ins Innere gelangen konnte. Fionas Führung durchs Schloss war relativ kurz gewesen. Nach dem Essen zeigte sie mir nur noch ein paar Räume und die Küche. Eventuell konnte ich von der Rückseite hineinkommen. Gab es hinter dem Schloss einen Garten? Das Nachdenken machte mich schläfrig.

☆

Langsam stand ich auf. In der kurzen Pause hatte ich mich nur wenig erholen können. Hauptsächlich brachte mich meine Motivation wieder auf die Beine. Entschlossen begab ich mich auf die Suche nach einem anderen Zugang. Auf wackeligen Füßen schritt ich über das Parterre. Fast stieg ich aus Versehen auf ein paar junge Lilien. Ich fing mich noch im letzten Moment ab und schlenderte vorsichtig über den Vorplatz, die Schlosswand entlang bis zum Ende des Gebäudes. Dort bog ich ab und ging weiter. Über eine Grasfläche und dann wieder über Beton.

Viele Schritte später stand ich vor einer hohen Hecke. Sie reichte von der Schlosswand bis zur Begrenzung des Areals. Das Gewächs war so dicht, dass ich nicht hindurchsehen konnte. Was ich aber erblickte, erstaunte mich. Die Gärtner hatten sich offenbar einen Spaß erlaubt und dem Gewächs ein Gesicht gegeben. Viele Einschnitte formten eine schreckliche Mimik. Die Hecke erinnerte an ein schreiendes Monster, dessen Schlund in die Finsternis führte. An der Stelle des Rachens reichte der weiteste Teil in das Gewächs. Er führte so weit hinein, dass das Ende in dessen Schatten verschwand. Je tiefer ich hineinsah, desto unwohler wurde mir dabei.

»Irgendwo muss es eine offene Stelle geben.«

Ich beschloss, das schreckliche Kunstwerk zu meiden, und ging einige Schritte in die Richtung der Arealbegrenzung. Zog sich das Gitter um das gesamte Grundstück? Erneut wandte ich mich dem Gebüsch zu, um einen Weg hindurch zu finden.

»Wieso ist das hier?«, fragte ich das schreckliche Gesicht, das ich umgehen wollte.

War das ein weiteres? Ich drehte mich um und spähte die Hecke entlang.

»Keine anderen Gesichter zu sehen.«

Auch zog sich die Form nicht über die gesamte Hecke. Es befand sich nur an jener Stelle, vor der ich stand. Überrascht starrte ich sie an, bevor ich weiter ging. Nach einigen Schritten wandte ich mich der Hecke wieder zu.

»Das gibt es doch nicht!«

Schon wieder gaffte ich in das Gesicht. Als ob es mich verfolgte! Wurde ich verrückt? War ich so übermüdet, dass ich halluzinierte? Mir reichte es. Der Mund führte in die tiefste Stelle des Gewächses. Das bedeutete, ich musste mich durch weniger Geäst durchschlagen. Schnell sah ich mich um, ob mich ein Gärtner oder Hausdiener beobachtete. Der Stress bestärkte meine Zuversicht und unterdrückte meine Achtsamkeit. Überzeugt ging ich auf die Stelle zu und machte den ersten Schritt hinein.

»Halt!«, erklang eine tiefknarzende Stimme.

Erschrocken hielt ich inne und wartete ab. Hatte mich ein Gärtner erwischt?

»Das ist unhöflich«, sprach sie weiter.

»Unhöflich?«

»Jemandem ins Gesicht zu steigen.«

»Ins Gesicht?« Ich machte ein paar Schritte zurück.

Die Hecke ... sie bewegte sich! Tausende Blätter raschelten, als sich ihr geformter Mund schloss.

»Was ... das kann nicht sein.«

»Was kann nicht sein?«

»Du ... du bewegst dich ... und sprichst!«

»Ja, außer wenn ich schlafe. Du hast mich aufgeweckt.«

»Tut ... tut mir leid.«

»Schon gut. Ich hole den Schlaf später nach.«

Was sagte ich da? Das war doch offensichtlich wieder einer von Vlads Streichen. So eine Chance würde ich nicht so schnell wiederbekommen. Ich musste ihn entlarven.

»Wie kannst du überhaupt sprechen? Dein Mund ist geschlossen.«

»Unbeschwert, wie ich lebe. Ich tu es einfach.«

»Deine Stimme ... ich weiß nicht, von wo sie kommt ...«

Ich suchte in der Hecke nach einem Schauspieler. Sie war so dicht, dass ich keine Person erkennen konnte. Aber selbst wenn ich eine entdeckte, wieso hörte ich die Stimme trotz geschlossener Ohren? Und wie steuerte er die Mimik der Hecke? Obwohl sich der Mund nicht bewegte, taten es die buschigen Gesichtszüge. Sie änderten sich bei jedem Wort. Dazu kam, dass sich sogar Vertiefungen bewegten, die Augen darstellten. Das Gewächs zog sich blitzschnell ein oder streckte sich wieder aus. Lebte die Hecke tatsächlich?

»Ist das so?«

»Ich höre sie sogar, wenn ich mir die Ohren zuhalte!«

»Ziemlich nutzlos. Findest du nicht?«

»Was?«

Der Schauspieler kicherte kurz. »Deine Ohren. Du brauchst sie nicht, um zu verstehen.«

»Wieso nicht?«

»Ich bin ein Naturgeist. Ich spreche mit deiner Seele. Dein Körper ist nicht mehr als mein Gewächs ... hübsch anzusehen.«

Das Gesicht der Hecke lächelte mich an. Sie erinnerte mich an einen berühmten Mönch. Wie steuerten die Schauspieler die Mimik? Ich wollte es über ein Gespräch herausfinden.
»Du bist ein Naturgeist? Was ist das?«
»Ich bin eine Seele, die an diesen Ort gebunden ist. Wie alles bin ich Teil des Ganzen.«
»Was bedeutet das?«
»Dass nichts ist, das nicht ist.«
»Du sprichst in Rätseln.«
»Und doch verstehst du mich deutlich.«
»Ich frage mich noch immer, wie.«
»Du müsstest daran glauben, um es zu glauben.«
»Das glaube ich nicht.«
»Dein verschlossener Geist offenbart etwas anderes.«
»Was denn?«
»Dass du nur etwas akzeptierst, wenn alle Zusammenhänge in deinem Weltbild wurzeln.«
»Wie jeder mit gesundem Menschenverstand.«
»Allerdings ist es unvollständig. Der Horizont füllt kaum den Umfang aus. An vielen Stellen fehlen die Details.«
»Und das willst du ändern. Du willst es vervollständigen?«
»Nein, ich kann nicht erweitern, was ich nicht bin. Ich kann dir nur dabei helfen.«
»Wie willst du das anstellen?«
»Indem ich dir zeige, was du nicht sehen sollst.«
»Und was soll das sein?«
»Einen Weg in das verbotene Zimmer.«
Schon wieder testete Vlad meine Folgsamkeit.
»Ich will dort nicht hinein.«
»Du willst keine Abkürzung nehmen zum Ziel der Erkenntnis?«
»Nein, ich halte mich an die vereinbarten Regeln.«
»Wie du willst. Ich kann dir etwas anderes verraten.«
»Einen anderen Weg ins Schloss?«
»Nein, meinen Namen«, sprach das Gesicht und machte eine stolze Miene.

»Du hast einen Namen?«

»Ja, er lautet …«

Ein malmendes Gähnen wurde zu einer knarzenden Stimme. Gespannt fieberte ich der Antwort entgegen. Der angebliche Geist öffnete den Mund. Er machte sich bereit zu sprechen – und schwieg. Ahnungslos blickte ich in den offenen Mund des Gesichts.

»Hallo?«

»Oh, hallo. Wer bist du?«

»Ich bin Cassiel. Wir haben eben miteinander gesprochen.«

»Haben wir das?«

»Ja, du wolltest mir sagen, wie du heißt.«

»Hecktor, der Buschige … das ist mein Name.«

Das Gesicht neigte sich stolz nach hinten. Dem Schauspieler fiel offenbar auf die Schnelle nichts Besseres ein. Kein Wunder, dass er mit der vorgespielten Vergesslichkeit Zeit schindete. Oder war er so müde wie ich? Ich wollte diesen möglichen Umstand als Vorteil nutzen.

»Kannst du mich durchlassen?«

»Ich fürchte, das kann ich nicht machen.«

»Wieso nicht?«

Hecktor gab ein Gähnen von sich. Der Duft von frischen Blättern und Gräsern drang in meine Nase. Ich nieste ihm ins Gesicht. Meine Allergie hatte zugeschlagen.

»Verwelkt! Du hast mich angerotzt!«

»Entschuldigung …«

»Ich war frisch gewaschen!«

Das war's mit Hecktors spiritueller Gelassenheit.

»Tut mir leid. Das war keine Absicht.«

»Warum hast du das getan? Wer bist du überhaupt?«

»Cassiel. Das war ein Reflex. Weil du gegähnt hast.«

»Sag das nicht, sonst muss ich …«

Hecktor gähnte erneut. Eins führte zum anderen. Meine Nase juckte, und ich pustete die Fremdkörper heraus.

»Verwelkt! Du hast mich angeniest!«

»Tschuldigung …«

»Jetzt muss ich wieder warten, dass es schneit. Warum ist es so warm?«

»Weil wir Sommer haben …«

»Gestern war noch Winter.«

»Nein, du irrst dich. Der Winter ist seit Monaten vorbei.«

»Aso? Wer bist du überhaupt?«

»Ich heiße Cassiel.«

»Wenn du das glaubst.«

»Ja?«

»Dann spreche ich dich ab sofort so an.«

»Danke, aber wir haben vorhin schon miteinander gesprochen.«

»Ist das so?«

Hatte Vlad einen senilen Schauspieler beauftragt? Oder wollte er mich ärgern, indem er einen spielte?

»Ja, du wolltest mich auf die andere Seite lassen.«

»Wieso sollte ich das tun?«

»Weil ich in das Schloss muss.«

»Warum benutzt du nicht den Eingang?«

»Der ist abgesperrt.«

»Wieso läutest du dann nicht?«

»Weil Vlad mich nicht im Schloss haben will.«

»Das bedeutet, du bist ein Einbrecher.«

»Ich bin kein Einbrecher … sondern ein Gast.«

»Warum hat man dich dann ausgesperrt? Mir kommt das sehr seltsam vor …«

Hecktor der Buschige gähnte erneut.

☆

»Hallo, mein Name ist Cassiel. Ich bin der Gärtner und muss auf die andere Seite.«

»Gärtner? Seit wann? Haben sie mich ersetzt?«

»Hecktor, du kannst nicht der Gärtner sein.«

»Wieso nicht?«

»Du bist eine Hecke!«

Ich argumentierte bestimmt schon seit einer halben Stunde mit Hecktor im Kreis. Jedes Mal wenn er gähnte, schien er sich an nichts mehr zu erinnern. Dann sprach er von Erlebnissen, die mindestens ein Jahr zurücklagen. Mittlerweile war ich genervt.

»Aber ich war nicht immer eine.«

»Sondern? Astronaut, Millionär, Schauspieler …«

»Zu meiner Zeit war ich der Gärtner dieses Anwesens.«

»Mhm … und ich war der König dieses Landes.«

»Wirklich? Haben sie dich beklaut?«

»Hecktor …«

»Ja?«

»… wenn du nicht aufhörst, dann hole ich die Gartenschere.«

»Genau! Die Gartenschere!«

»Was?«

»Mit der habe ich den Ehemann meiner Liebsten ermordet.«

»Du hast wen ermordet?«

»Ja, den vorherigen Besitzer des Schlosses. Deshalb wurde ich zum Geist.«

»Du meintest vorhin, du wärst ein Naturgeist?«

»Das wurde ich erst später.«

»Lass mich raten, du hast dich beruflich neu orientiert?«

»Nein, ich war zu lang an einem Ort. Konnte nicht loslassen und so.«

»Wie ein Stalker?«

»Ich war eine verlorene Seele. Dann hat mich Fiona gereinigt.«

»Mit Seife?«

»Und jetzt befinde ich mich zwischen hier und dort.«

»Das klingt fantastisch.«

Langsam gingen mir die Ideen und Geduld aus. Ich sah mich um. Hecktor gab mir keine Pause.

»Was ist das eigentlich für ein eigenartiges Gefühl? Es kitzelt ganz lustig.«

»Das ist ein Hund.«

»Ein Hund?«

»Der pinkelt gerade durch den Zaun in die Hecke ... ich meine auf dich.«

»Igitt! Warum macht er das?«

»Vermutlich kann er dich nicht leiden.«

»Ich kann ihn auch nicht leiden.«

»Ich muss auch schon langsam aufs Klo.«

»Bitte nicht ...«

»Wenn ich nicht ins Haus komme, dann habe ich leider keine andere Wahl, als hier zu gehen ...«

»Alles, nur das nicht!«

Hecktor raschelte unruhig mit den Blättern. Auf einmal warf er sie ab. Das Grün verschwand im selben Moment, in dem sein Laub fiel. Dämmerung brach herein, und urplötzlich verstand ich gar nichts mehr.

»Was passiert hier?«

Meine Frage wurde mit Schweigen beantwortet. Die Umgebung wirkte toter als ein verlassener Friedhof. Einst prächtige Baumkronen waren nur noch ein Schatten ihrer selbst. Kahle Hölzer ragten aus schwarzer Erde. Der Himmel war wolkenlos und trüb. Er war gefangen im Zustand einer farblosen Abenddämmerung. Ich fühlte mich wie auf einen anderen Planeten versetzt. Vom Hund oder anderen Lebewesen fehlte jede Spur. Im Himmel huschten kleine Schatten umher. Waren das Fledermäuse? Sie flogen über den Dachspitzen des Schlosses. Das Gebäude hatte seine Schönheit verloren. Eine dunkle Aura umgab es, in der schwarzes Mauerwerk das Licht verschluckte. Der Anblick brachte mich zum Erschaudern. Die Fensterscheiben waren matt und trostlos wie die Umgebung. Meine Ohren lauschten einer unnatürlichen Stille. Ich machte einen Schritt nach vorn. Das Knistern des Bodens drang dumpf in mein Gehör. Als ob ich mich unter Wasser befand. Langsam tauchte mein Bewusstsein durch einen unsichtbaren Schleier. Auf der Suche nach einem bekannten Gesicht.

»Hecktor?«

Dumpf dröhnte meine Stimme nach. Hecktor der Buschige schwieg. Der Verlust seiner Blätter traf auch auf seine Redseligkeit zu. Ich betrachtete sein nacktes Geäst. Das Holz umrankte sich so dicht, dass ich nicht hindurchsehen konnte. Wie ein gewebter Vorhang, der das Schauspiel des Theaters beendete. Ich wandte mich von der Vorstellung ab, hinter die Bühne zu gelangen und taumelte unsicher in die Richtung der Gitter des Areals. Ich kämpfte bei jedem Schritt um meine Wahrnehmung. Das Ziel meiner Flucht entfernte sich, je näher ich ihm kam. Verbissen setzte ich ihm nach. Wie ein Schiffbrüchiger der einem entfernten Rettungsboot hinterherschwamm. Nur getrieben von der Sehnsucht nach einem sicheren Hafen. Im Meer der Märchen, in dem mein Verstand langsam versank. Immer wieder blitzte die Wirklichkeit auf. Oder war es eine Illusion? Die andere Welt, deren Schönheit mich fasziniert hatte. Sie flackerte im Zentrum eines Unwetters und traf mein Bewusstsein wie ein Sturm, der mich in die Irre zwang. Ihre Herrlichkeit erlosch ähnlich dem Licht einer Fackel.

Orientierungslos trieb ich in der Leere umher. Ich spürte nicht mehr die Last, die mich nach unten zog. Meine Schritte federten weich in Gedankenlosigkeit. Nebel trug mich in Sphären der Ungewissheit. Ich wandelte auf Wolken, die mich in den Himmel hoben. Auf einmal stand ich vor einer Entscheidung. Vor dem Zurücklassen meiner Sorgen. Am Rande des Verschwindens; durch ein gewaltiges Tor. Seine goldenen Pfosten durchbrachen die Gewitterwolken wie Leuchttürme. Sangen Engel dahinter ihre Lieder? Wundervoll, wie sie mich zu ihnen riefen. Als ob ich von ihnen abstammte. Ihre Melodie war der Rhythmus meiner Bewegung. Ich durchschritt das Tor wie einen Film aus Hoffnung und Wünschen. Durchbrach den Schleier zwischen Diesseits und Jenseits. Licht brannte die Zweifel aus meiner Seele. Mit offenen Augen starrte ich hinein. Mein Geist war unbeschwert. Ich verspürte Frieden.

Plötzlich ging ich in die Knie. Etwas zog mich nach unten. Es drückte mich in die Wolken der Unbeschwertheit. Mehrmals stand ich auf – vergeblich. Ich verschwand immer weiter darin. Sank durch das samtige Weiß, das mich einst oben hielt. Ich erspähte einen grauen Punkt. Er wurde zu einem Kleks, dessen Farbe das Papier wie Aquarell aufsog. Schnell wuchs er zu einem großen Ball. Seine Fläche dehnte sich in alle Richtungen. Die Erde … ich raste auf sie zu! Oder war sie es, die sich auf mich zubewegte? Gelähmt flog ich durch die Stille. Ich spürte keinen Widerstand. Keinen Wind oder ein Pfeifen, das mich an einen Fall erinnerte. Die Details wurden klarer. Ich erkannte darin das gruselige Schloss. Den Garten, durch den ich geirrt war. Meinen Körper, der darin auf der Wiese gelegen hatte. Immer schneller raste ich auf ihn zu. Ich wollte bremsen, wusste aber nicht, wie. Sträubte mich gegen die Ohnmacht. Ich fuhr in ihn hinein! Und dann … Dunkelheit.

Der Vormittag

»Guten Morgen! Sind Sie ein Hausdiener der Familie Dracula?«

Ich wachte auf der Wiese auf. Ein Fremder in seltsamer Kleidung starrte auf mich herab. Über seinen Schultern hing ein gelber Mantel. Darunter trug er ein violettes Hemd und eine gelbe Hose. Verwirrt erwiderte ich seinen fragenden Blick.

»Nein«, ächzte ich mit rauer Stimme, »Gast.«

Er stand mir in der Sonne. Beraubte mich dem Licht, nach dem ich Sehnsucht verspürte. Was hatte ich für einen seltsamen Traum gehabt? Mich beschlich das Gefühl, dass der Mann für dessen Ende verantwortlich war. Klagend quälte ich mich hoch.

»Dann lass mich dir aufhelfen, Sohn.«

Meine genervten Laute fanden Anklang. Versöhnlich streckte der Fremde mir die Hand entgegen. Ich bemerkte seine violetten Handschuhe. Sie verschwanden unter einem gelben Stoff. Einer Mischung aus Messgewand und Mantel. Eine ungewöhnliche Bekleidung für die heiße Jahreszeit. Die Handrücken der Handschuhe waren mit einem goldenen Kreuz bestickt. Schlaftrunken gaffte ich es an.

»Sohn?«

Der Mann war kaum älter als ich. Wieso sprach er so eigenartig?

»Der Herr verschließt sich niemandem, der sein Erbarmen sucht …«

Meinte der Fremde den Schlossherren? Nein, bestimmt nicht, denn Barmherzigkeit traf auf Vlad gar nicht zu – eher das Gegenteil. Der Unbekannte schien das offenbar nicht zu wissen. Sollte ich ihn vorwarnen? Ich überlegte kurz und beschloss, es nicht zu tun. Solang ich seine Verbindung zur Familie nicht kannte, musste ich vorsichtig sein. Ich streckte ihm die Hand entgegen und ließ mir von ihm aufhelfen.

»… denn er hat allen das Leben gegeben, Sohn.«

»Er hat was?«

»Es ist noch nicht zu spät, dich von der Dunkelheit abzuwenden, Sohn.«

»Welche Dunkelheit?«

War er ein Geistlicher? Ich war noch zu verschlafen, um zu verstehen, was er von sich gab. Überrumpelt blickte ich mich nach Antworten um. An seiner Brust glitzerte ein Kreuz, dessen Farbe zu seinen blonden Haaren passte. Der Großteil wurde von einem gelben Hut verdeckt. Um seinem Hals hing ein dünner violetter Schal, der mit Kreuzsymbolen und einer für mich unbekannten Schrift versehen war.

»Der Herr ist nahe allen, die ihn anrufen, allen, die ihn mit Ernst anrufen, Sohn.«

»Wen soll ich anrufen?«

Der Fremde reichte mir eine weiße Visitenkarte. Als meine Finger sie berührten, spürte ich kein gewöhnliches Papier. Eine seltsame Empfindung erfasste mich, die mich ratlos machte. Ich suchte nach Erklärungen und betrachtete die Karte genauer. Sie war ein Meisterwerk der Eleganz und des Stils. Ihr Papier war weich wie Seide und fest wie Leder. Es schmeichelte meinen Fingern. Als würden sie über göttliche Schwingen streichen. Die goldene Schrift glänzte in der Sonne; hob sich von dem gebrochen-weißen Hintergrund ab. Sie verströmte einen Hauch von Anmut und Raffinesse. Bestand sie aus echtem Gold? Ihre Buchstaben waren perfekt. Die Prägung präzise und nicht zu tief. Ihre Schriftart war mir fremd, aber ich fand sie wunderschön. Die erste Zeile war kunstvoll gestaltet. Sie erinnerte mich an eine kalligrafische Handschrift. Plötzlich roch ich etwas. Die Karte war parfümiert! Ich hielt sie näher an meine Nase. Ein süßer und betörender Duft vertrieb meine Sorgen. Am Rand bemerkte ich etwas Funkelndes. Ich drehte die Karte hin und her. Winzige eingelassene Diamanten schimmerten wie Sterne. Diese Karte … sie war nicht von dieser Welt! Ehrfürchtig las ich den Text laut vor:

»Der Herr. Schöpfer, Erlöser, Richter. Telefonnummer: sieben, sieben, sieben, sieben, sieben, sieben, sieben. E-Mail: herr@himmel.net. Homepage: www.himmel.welt.«

War das ein Scherz? Ich sah mich um. Hinter ihm stand ein gelbes Auto auf dem Vorplatz des Schlosses. Das Modell war mir unbekannt, erinnerte mich aber an die Marke *Royal*. Verspiegelte Scheiben verhinderten den Einblick. Aus der Motorhaube verliefen goldene Rohre zu den Seiten. Die Felgen wirkten, wie aus demselben Metall gegossen. Ganz vorn schmückte ein goldenes Kreuz das Fahrzeug mit einer Kühlerfigur.

»Der Herr ist nicht taub, er hört deinen Anruf. Melde dich, wenn du Hilfe benötigst, Sohn.«

»Äh … ja.«

»Er ist nicht stumm, er wird dir antworten, Sohn.«

»Okay?«

»Er hat uns zwei Ohren gegeben und nur einen Mund, damit wir mehr hören und weniger reden, Sohn.«

Also das traf auf den Fremden nicht zu. Überhaupt kannte ich mehr Menschen, die das Sprechen dem Zuhören vorzogen. Jene, die schwiegen, fanden selten Beachtung, wenn sie nicht anders auffielen. Genauso wie kostbares Metall, das erstmals freigelegt wurde. Es funkelte golden am Gürtel des Fremden. Der weite Mantel hatte es zuvor verdeckt. Nun konnte ich es aber erkennen. Es waren Waffen! Goldene Pistolen, mit langem Lauf. Sie hingen an seitlichen Waffengurten. Ihr Metall zeigte Einkerbungen mit denselben Zeichen wie die Innenseite der Kleidung. Ich konnte die Augen nicht mehr abwenden. Dem Fremden fiel mein Starren auf. Er schloss den Mantel.

»Keine Sorge. Nur für den Ernstfall. Ich bin der gute Hirte. Der gute Hirte lässt sein Leben für die Schafe, Sohn.«

Er lächelte unbeschwert. Als wollte er mich von seinem gefestigten Glauben überzeugen.

»Welche Schafe?«

»Ich bin bereit. Bitte führe mich zu deinem Gastgeber, Sohn.«

Mir ging ein Licht auf. Der Fremde musste der Besucher sein, den Fiona erwähnt hatte. Ich wollte unter allen Umständen, dass er Vlad begegnete. Aber wie sollte ich das anstellen?

»Das würde ich gerne machen. Aber der Weg ist versperrt …«

Plötzlich erklang ein Klicken. Die Tür des Schlosses öffnete sich knarrend. Sie bewegte sich wie von Geisterhand! Mit offenem Mund starrte ich in das Vorzimmer.

»Mir scheint, dass dieses Problem nicht mehr besteht, Sohn.«

☆

»Denn ich bin gewiss, dass weder Tod noch Leben, weder Engel noch Dämonen, Mächte noch Gewalten, Gegenwärtiges noch Zukünftiges oder irgendetwas anderes uns trennen kann von der Liebe unseres Herrn.«

Seiner Vorbereitung nach zu urteilen, wusste er offenbar, was auf ihn zukam. Ich stand neben dem Fremden; im Türstock, um genau zu sein. Geduldig wartete ich darauf, dass wir weitergingen. In das Schloss und dann zu Vlad. Dass der Fremde zwei Pistolen bei sich trug, beunruhigte mich. Ebenso, dass ich nichts über ihn wusste. Ich kannte nicht einmal den Grund seines Besuchs. Bei unserer Begegnung hatte er erwähnt, dass er ein Hirte sei. Hatte sich Vlad etwa mit den örtlichen Schäfern angelegt? Denn offensichtlich gehörte er nicht zur Familie Dracula. Zumindest nahm ich das an. Ich konnte mir nicht vorstellen, dass er mir etwas vormachte. Wenn doch, dann musste ich ihm zur schauspielerischen Leistung gratulieren. Meine Anerkennung würde sogar so weit gehen, dass ich einem Kollegen von seinem Talent erzählt hätte. Der konnte mich zwar nicht leiden, aber er schrieb regelmäßig über Nachwuchstalente der Schauspielerei. Wahrscheinlich musste ich ihm die Kontaktdaten unterschieben, weil ich seine Zeit nicht wert war. Zumindest veranschaulicht das die Tiefe meiner Bewunderung. Nein, ich war mir sicher, dieser Fremde war authentisch. So glaubwürdig, dass seine Hände zitterten.

»Der Herr ist mit mir, darum fürchte ich mich nicht. Was können mir Monster tun?«

Wusste er, dass er keinem Menschen begegnen würde? Okay, vielleicht war das etwas hart von mir, Vlad als Ungeheuer zu bezeichnen. Diese Stelle hätte ich eigentlich gestrichen, wäre das nicht mein privates Tagebuch gewesen. Das las ohnehin niemand außer mir. Vermutlich entstammte der Fremde einer anderen Familie. Emilia hatte beim Abendessen berichtet, ein Problem gelöst zu haben. Eines, das Fiona sie gebeten hatte, zu beseitigen. Hatte Tatianas Schwester etwa eine verfeindete Familie angegriffen? Ging es bei dem Besuch um das Bezahlen einer alten Rechnung? Diese Theorie würde zumindest die Waffen des Fremden erklären. Aber würde die Mafia nur eine Person schicken? Solche Vermittlungen gab es schon früher; sie gingen für den Botschafter selten gut aus. Ungern wollte ich in die Fehde zweier Familien hineingezogen werden.

»Wir können weiter, Sohn.«

Es kam mir noch immer komisch vor, dass mich ein Mann gleichen Alters »Sohn« nannte. Immerhin zitterten seine Hände nach seinem Selbstgespräch weniger. Eine bewaffnete Person mit nervösen Fingern war das Letzte, das ich in meiner Nähe brauchte. Schreckliche Gedanken kamen in mir auf, die mich erleuchteten. Der Fremde konnte das Schloss allein betreten. Wozu benötigte er mich? Ich hatte ihm zuvor schon erklärt, dass ich nur zu Gast war. Fiona hatte mich gebeten, auf Vlad aufzupassen, nicht auf den Besucher. Außerdem hatte sie nicht erwähnt, dass dieser bewaffnet sein könnte. Dieser Umstand beeinflusste mein Pflichtbewusstsein enorm. Das hätte sie mir bei ihrer Bitte sagen müssen. Oder wusste sie es selbst nicht?

Vielleicht dachte sie, dass ich als dritte Partei die Lage deeskalieren könnte. Ich wollte mir nicht zu viele Gedanken über den Ausgang machen, um nicht die Nerven zu verlieren. Ein kluger Mann hatte mir mal gesagt, sorgen sollte man sich erst, wenn es einen Anlass dazu gab. Nicht aufgrund von Annahmen oder unbegründeten Ängsten. Aber schloss das auch die Umsicht ein, alles zu tun, um nicht in diese Situation zu gelangen? Wer sich zu viele Sorgen machte, lebte unruhig. Das war gewiss. Aber ein solcher Charakter konnte sich auf Bedrohungen vorbereiten. Das bedeutete nicht, dass diese Vorsicht es ermöglichte, Naturgewalten aufzuhalten. Nein, viel mehr konnte man rechtzeitig reagieren und fliehen. So stellte ich mir eine Frage: Was würde passieren, wenn ich den Fremden fragte, ob er mich gehen ließ? Seine Hände waren so unruhig wie mein Atem.

Wir betraten das Schloss. Besser gesagt, betrat der Fremde das Schloss, ich stand mit halbem Fuß schon drinnen, und er schob mich voran. Nachdem sich die Tür wieder geöffnet hatte, wollte ich sicherstellen, dass sie sich nicht wieder schloss. Nach wenigen Schritten standen wir im großen Vorzimmer. Fragend sahen wir uns gegenseitig an. Erst jetzt wurde mir bewusst, dass ich keine Ahnung hatte, wo Vlad überhaupt steckte. Der Fremde wollte von mir bestimmt einen Hinweis haben. Befand er sich im verbotenen Zimmer? Das würde die Angelegenheit komplizierter machen. Vielleicht wusste ein Hausdiener, wo er stecken konnte. Aber wo waren die alle hin? Egal, wohin ich auch blickte, die Gänge waren leer.

»Cassiel …«, ertönte es plötzlich.

Der Ruf war bestimmend, nicht zornig. Das war Vlads Stimme! Woher kam sie?

»… führe unseren Gast in den Speisesaal.«

Der Fremde sah mich noch immer orientierungslos an. Hatte er Vlads Anweisung nicht gehört? Er sprach so laut, dass er sie gehört haben musste. Sie dröhnte noch immer in meinen Ohren. Genau, das musste es sein! Der Fremde wusste nicht, wo der Speisesaal war. Ich machte den ersten Schritt.

»Okay! Folgen wir seiner Anweisung.«

»Wessen Anweisung, Sohn?«

»Vlads?«

»Nur der Herr leitet mich, Sohn.«

Schwarzer Rauch sank über die Stufen hinab und hüllte uns in unheimliche Dunkelheit. Hatte Vlad eine Nebelmaschine aktiviert? Schnell ging ich voran, damit wir darin nicht verschwanden. Der Fremde folgte mir in den Flur und wir schritten an der Küchentür vorbei. Die Laute des beschäftigten Personals fehlten mir. Wieso kam es mir so vor, als ob sie evakuiert worden wären? Alle Türen standen offen, als ob eine Massenflucht stattgefunden hätte. Das war kein gutes Zeichen für mich. Rote Schriften leuchteten auf den Wänden, die mich an die Säulen erinnerten. Handelte es sich um fluoreszierende Farbe? Der Rauch folgte uns nach und drang zwischen unseren Füßen hindurch. Er schlängelte sich bis zur Tür des Esszimmers und verschwand darin. Rotes Licht flackerte bedrohlich vor uns und gab dem eigenartigen Nebel eine blutige Farbe. Ich traute mich nicht weiterzugehen, aber der Fremde war mir so dicht auf den Fersen, dass er mich dazu drängte.

☆

»Pater Johannes Zweifel!«

»Graf Dracula.«

»Oder sollte ich sagen: der Vollstrecker des Ordens?«

»Mein Name reicht, Graf.«

»Was verschafft mir das Vergnügen Eures Besuchs?«

»Dringliche Angelegenheiten, die besprochen werden müssen.«

»Tragt Ihr deshalb Eure Waffen bei Euch?«

»Manche Monster lassen sich nur zum Reden zwingen.«

»Ihr zeigt sofort Eure wahre Natur, Pater. Das gefällt mir.«

»Dem Bösen werde ich nie mit falschen Absichten begegnen, Graf.«

»Ihr seid so gut, dass ihr nur Schwarz oder Weiß seht. Ihr haltet Euch für so viel besser, aber ignoriert die Menschen um Euch herum.«

Der Pater sah mich kurz an. Sein Blick schweifte augenblicklich wieder zu Vlad zurück.

»Was ist los, Pater? Überlegt Ihr ihn zu opfern?« Der Fremde wirkte überrascht. Vlad lachte. »Ihr habt es getan! Ihr wolltet ihn opfern! Im Namen Eures lächerlichen Ordens!«

Der Besucher antwortete mit eisigem Blick. »Wer dem Bösen dient, hat keine Gnade zu erwarten. Auch nicht, wenn er es anbetet oder um Vergebung fleht.«

»Wieso glaubt Ihr, dass dieser Unwürdige uns dient?«

Der Fremde sah Vlad unerbittlich in die Augen. Aus sicherer Distanz, die ihm einen taktischen Rückzug ermöglichte. Nur einen Katzensprung von der Tür entfernt. Seine Hände befanden sich seitlich seines Mantels. Er hatte eine Haltung wie vor dem Beginn eines Duells. Vlad schien das nicht zu kümmern. Er saß geduldig auf seinem Thron. An jener Stelle, an der gestern Abend die goldenen Ritterrüstungen gestanden hatten. Seine blauen Augen leuchteten im Schatten seiner finsteren Miene. Ich stand zwischen den Stühlen. Gefesselt von der Spannung des Schweigens. Ich musste etwas tun, um mich daraus zu befreien.

»Wollen Sie etwas trinken?«

»Deine Absichten zeigen deine gute Seele, Sohn. Du bist noch nicht verloren.«

Ungern wollte ich die beiden unbeaufsichtigt lassen. Ich hatte das Gefühl, dass meine Anwesenheit die Situation deeskalierte. Nicht auszudenken, was geschehen würde, wenn ich Vlad allein ließ. Ich reagierte wie benommen.

»Wir könnten einen Hausdiener bitten …«

»Ich habe die Diener weggeschickt!«

Das konnte nichts Gutes bedeuten. Ich überdachte meinen Drang, auf ihn aufzupassen. Ängstlich starrte ich auf die Waffe des Fremden. Er hatte seinen Mantel hinter die Halfter geschlagen. Zwei goldene Pistolen glänzten im Schein des dämmrigen Lichts. Mein Drang, die Flucht zu ergreifen, stieg unermesslich. Was auch immer zwischen Vlad und ihm vorgefallen war, betraf mich nicht. Wieso sollte ich für einen von ihnen mein Leben riskieren? Nur Tatiana war mir wichtig und dass es ihr gut ging. Dass ihre Familie der Mafia angehörte, war bedauerlich. Es tat mir leid, dass sie diese Lebensweise gewählt hatten. Aber trotz meines Mitgefühls musste ich an mich selbst denken. Jeder hatte irgendwann die Konsequenzen für sein Handeln zu tragen, auch Vlad. Wie würde Tatiana darüber denken, wenn ich ihn im Stich ließ? Sicherlich wäre sie traurig, wenn ihrem Vater etwas zustoßen würde. Vielleicht konnte ich es schaffen, dass der Fremde und er sich beruhigten.

»Wollt ihr Euch nicht zu Tisch begeben?«

»Schweig, Menschlein!«

Vlads Stimme klang leicht zornig. Seltsamerweise hallten seine Worte diesmal nicht nach. Ich konnte genau bestimmen, aus welcher Richtung sie kamen. Gestresst drehte ich mich zum Fremden um. Mit gezückten Waffen stand er am Eingang. Die langen Läufe der Pistolen wirkten wie Verlängerungen seiner Arme. Sie reichten ihm bis zu den Knien. Die unlesbaren Gravuren verschluckten die Dunkelheit. Sie strahlten, als reflektierten sie die Überzeugung des Besitzers. Mir wurde zunehmen klarer, dass mit ihm nicht zu spaßen war. Ich musste mir etwas einfallen lassen, beide zu einem Gespräch zu bringen. Nervös wandte ich mich Vlad zu, um ihn zu beruhigen. Er hatte sich von seinem Thron erhoben, und Dunkelheit füllte seine Präsenz. Ängstlich wandte ich mich von ihm ab und Pater Zweifel zu, in der Hoffnung, ihn zu besinnen.

»Du solltest verschwinden, Sohn.«

Sein felsenfester Blick verriet mir alles. Es gab keine Möglichkeit mehr, wie ich einen Konflikt verhindern konnte. Das Einzige, was ich retten konnte, war mein eigenes Leben.

»Höret meine Worte, Graf! Am Anfang schuf der Herr Himmel und Erde.«

»Die Erde gehört ihm schon lange nicht mehr, Pater.«

»Dann entbrannte ein Kampf im Himmel. Die Engel stritten mit ihren unfolgsamen Geschwistern. Die Sünder kämpften, aber sie siegten nicht. Ihre Stätte verschwand, und sie wurden hinausgeworfen aus dem Paradies.«

»Das sind alte Geschichten, die mich nicht betreffen, Pater. Ihr müsst mich verwechseln.«

»Aber die Verstoßenen waren sich uneinig. Ihr Zorn zerriss sie in zwei Lager. Die einen strebten nach Zerstörung, die anderen nach Veränderung. Ihr Konflikt führte zu einer Schlacht. Der Drache kämpfte gegen die Schlange. Ein aussichtsloser Kampf entbrannte. Keine Seite konnte die andere bezwingen. Die Gefallenen wurden zu Geschlagenen.«

»Was wollt Ihr damit bezwecken?«

»Traurig sah Zerachiel dem Gemetzel zu. Der siebte Erzengel sah, wie die Kinder des Herrn sich gegenseitig niederstreckten. Er erlebte, wie sie blind ihrem Hass zum Opfer fielen. Der Engel, dessen Aufgabe es war, die Kinder des Herrn zu beschützen. Nur er erbarmte sich seiner Geschwister. Er allein beendete die Schlacht und verschwand.«

»Wir wissen nicht, wo er steckt, Pater.«

»Unser Informant behauptet etwas anderes.«

»Dann irrt er sich.«

»Der Herr sieht alles, und er weiß alles. Ihr könnt mir nichts vormachen, Graf.«

»Wieso schickt er Euch dann zu mir? Fragt ihn!«

»Verspottet mich nicht. Ihr wisst, dass er Wichtigeres zu tun hat.«

»Oder … kann es sein … nein, das ist doch nicht möglich … ihr könnt es nicht.«

Der Fremde machte eine Geste, als ob er kurz davorstand, ein Schweigegelübde zu brechen. Vlad hingegen strahlte. Er hatte Blut geleckt und wollte mehr.

»Er antwortet Euch nicht mehr, Euer Herr!«

»Er ist beschäftigt.«

»Er ignoriert Euch!«

»Sein Wort überwindet die Zeit. Selbst in diesem Moment ist es seine Offenbarung, die alle Dinge aufrechterhält. Mein Glaube ist unerschütterlich.«

»Das sollten wir auf die Probe stellen, Pater.«

»Ihr werdet mich nicht in Versuchung führen, Monster.«

»Ich verstehe, Spaß ist Euch fremd.«

»Ihr, Graf, Ihr und euresgleichen, habt schon lang genug sein Reich auf Erden beschmutzt!«

»Ihr verwechselt uns mit den Menschen.«

»Ich wusste gleich, dass mit Euch zu reden, nur meine Zeit verschwendet.«

»Endlich sprechen wir die gleiche Sprache, Pater.«

»Entweder Ihr sagt mir, was ich wissen will, Graf, oder ...«

»Oder was? Ihr attackiert mich in meinem Heim?«

Plötzlich wurde der Raum dunkel. Das einzige Licht strahlte vom Fremden aus. Kam es aus der offenen Tür? Ein Sturm packte mich. Ich spürte keinen Wind, aber eine Gewalt. Eine Macht, die mich von Vlad wegstieß. Ich griff nach einem Stuhl, doch ich konnte meine Umgebung nicht fassen. Erbittert stellte ich mich der Kraft entgegen, die mich immer weiter nach hinten drängte. Vergebliche Bemühungen, denn ich konnte nicht zu Vlad hindurchdringen.

»Betet, Pater! Betet, solange Ihr noch könnt!«

»Wende dich ab, Sohn! Lass es nicht zu, dass das Böse deine Seele verschlingt!«

Schließlich gab ich nach und drehte mich um. Wandte mich dem einzigen Weg zu, der mir wie ein Ausweg erschien. Schritt auf das Licht zu, als ob ich im Unwetter nach Hause lief. Mehrmals musste ich die Augen bedecken. Es war so blendend Weiß. So etwas hatte ich noch nicht gesehen. Waren das ... Spezialeffekte? Der Türrahmen verschwand in einem farblosen Raum. Ich konnte nur noch den Schemen des Fremden darin erkennen. Er erschien mir wie ein himmlischer Bote in der inhaltslosen Weite. Wie der Zeuge meines Strebens und Vergehens. Ich schritt auf ihn zu. Näherte mich der mysteriösen Gestalt, die vor mir zur Seite wich. Schob mich wie bei einem Blindflug an ihr vorbei und landete im Flur. Wankte auf die gegenüberliegende Wand zu, als ob ich mich auf einem kenternden Schiff befand. Langsam erfasste ich die Umrisse meiner Umgebung. Mein Körper wandelte im Schlaf, aus dem er versuchte aufzuwachen. Auf einmal knallte es hinter mir. Der Lärm ließ mich aufschrecken. Riss mich aus meiner bewegten Träumerei. Mit Herzrasen drehte ich mich um und sah … auf eine geschlossene Tür.

☆

Ich benötigte ein paar Sekunden, um das Geschehene zu verarbeiten und daraus Konsequenzen zu ziehen. Nachdem ich erneut vor geschlossenen Türen stand, wusste ich nicht, was Vlad und der Fremde taten. Um ehrlich zu sein, interessierte es mich auch nicht sonderlich. Entschlossen ging ich bis zum Vorzimmer und betrachtete den schwarzen Rauch, der sich darin bis zur Decke ausbreitete. Nach kurzer Überlegung hielt ich die Luft an und trat hinein.

»Seltsam«, sprach ich, als ich feststellte, dass ich problemlos sehen konnte.

Das Betreten des Rauchs war wie der Wechsel von Tag auf Nacht. Die Umgebung war in eine sonderbare Dunkelheit gehüllt, in der alles zu Graustufen wurde. Ich kam mir vor, als ob ich in einem Schwarz-Weiß-Film gelandet wäre. Erleichtert atmete ich auf – und merkte, dass ich das problemlos konnte. Darüber, was hätte geschehen können, wenn nicht, machte ich mir erst nachträglich Gedanken. Ebenso wie über meine Dummheit nicht vorher daran gedacht zu haben. Ich ging zu den Stufen und folgte den hellgrauen Zeichen an der Wand. Sie führten mich zum oberen Flur und anschließend in mein Zimmer. Obwohl ich problemlos atmen konnte, hielt ich immer wieder die Luft an. Ich sorgte mich, dass der ungewöhnliche Nebel Auswirkungen auf meine Gesundheit haben könnte.

Deshalb hatte ich mir den Kragen meines T-Shirts über die Nase gezogen. Sogleich packte ich meine Sachen und stopfte sie in den Koffer. Anschließend schloss ich ihn und stellte ihn auf. Kurz sah ich dabei Vlads Porträt an und bemerkte, dass die Augen rot leuchteten.

»Egal.«

Ich hetzte aus dem Zimmer und den Flur entlang. Der Koffer rollte mir mit quietschenden Reifen hinterher. Der Lärm konnte Tote aufwecken, aber das war mir egal. Ich wollte nur noch weg. Raus aus dem verfluchten Schloss und irgendwohin, um mich zu entspannen. Wo man mich wie einen Gast und nicht wie einen Eindringling behandelte. Und wo ich nicht ständig um mein Leben bangen musste. Tatiana würde ich unterwegs anrufen und mit ihr einen Ort ausmachen, an dem ich sie aufsammeln konnte. Ihre Sachen konnte uns Fiona oder Emilia zuschicken oder wir würden sie einfach neu kaufen. Bei der ansteigenden Lebensgefahr im Schloss waren Geldsorgen mein geringstes Problem. Wenn es nach mir ging, dann hätte ich ihre Sachen sofort neu gekauft. Hauptsache ich hatte nichts mehr mit ihrer kriminellen Familie zu tun. Endlich verstand ich, warum sie so lange einen Besuch herausgezögert hatte. Nur machte ich mir Sorgen, über die Reichweite ihres Einflusses. Die Mafia agierte weltweit, und das konnte bedeuten, dass sie sich schon in unserer Stadt befand. Für ein verstricktes Netzwerk dieser Art wäre es ein Leichtes, uns in unserer Heimat aufzuspüren. Außerdem fragte ich mich, ob der bewaffnete Pater es auch auf Tatiana abgesehen hatte. Notfalls mussten wir zur Polizei und um Schutz bitten. Eine neue Identität anfordern und untertauchen. Hauptsache wir konnten den Ärger schnell hinter uns lassen und in Frieden leben.

Schnell war ich bei den Treppen angelangt und hob das Gepäckstück in meine Arme. Mit gemischten Gefühlen schritt ich die Stufen nach unten. Kurz senkte ich den Kopf, um vorsichtig in alle Richtungen zu spähen. Erst als ich mir sicher war, dass niemand auf mich lauerte, betrat ich das Vorzimmer. Polternder und krachender Lärm drang aus dem Esszimmer. Dann hörte ich mehrere Schüsse und schepperndes Metall. Aufgebracht eilte ich zum Ausgang und verließ das Schloss. Entkam der Finsternis, die sich bis in mein Herz ausbreitete. Eilte die Stufen des Eingangsbereichs nach unten und bog rechts ab.

Fassungslos stand ich in der Gegend und starrte auf den leeren Platz. Ich hatte ganz vergessen, dass Tatiana mit meinem Auto weggefahren war! Wie konnte ich unter diesen Umständen flüchten? Schnell ging ich meine Optionen durch. Ich überlegte zu laufen, erinnerte mich aber daran, wie lang wir am Vortag durch den Wald und die Einöde gefahren waren. Zu Fuß würde ich einen ganzen Tag benötigen, bis ich zu einer Stelle kam, die als Straße bezeichnet werden konnte. Ein Taxi wollte ich ebenso wenig zum Schloss rufen. Zumindest so lang nicht, bis ich wusste, dass ich beim Warten nicht auf den Fremden stieß. Vlad würde mich wahrscheinlich nur ermuntern, das Areal zu verlassen. Sofern er den Konflikt mit dem Fremden überlebte; was ich hinsichtlich von dessen Bewaffnung nicht annahm.

Gedankenversunken schritt ich über den Vorplatz zum Vorgarten. Ich war bestrebt, auf direktem Weg den Ausgang des Areals zu erreichen. Die Räder meines Koffers streikten, als ich sie in eine Vertiefung fuhr. Genervt zog ich das Gepäck an mich heran und hinterließ eine Furche im Schotterbett. Ruckartig warf ich es zur Seite und kramte mein Smartphone hervor. Das schwarze Display zeigte mir mein finsteres Selbst. Kurz sah ich es an und fragte mich, wie es so weit gekommen war. Ob ich etwas anders hätte machen können, um die Eskalation zu verhindern. Die Selbstzweifel wichen mit meiner Erinnerung. Keine Situation hätte ich aktiv zum Besseren verändern können. Ich war Opfer bösartiger Machenschaften geworden, von denen es an der Zeit war, sich zu verabschieden. Viel zu spät erinnerte ich mich an Fionas Worte, sie anzurufen, falls es Ärger gab. Zwar wusste ich nicht, ob sie einen solchen Vorfall damit gemeint hatte, aber telefonieren musste ich ohnehin. Schon allein deshalb, um zu erfahren, wo sich Tatiana befand. Zuvor würde ich allerdings ein Taxi rufen. Geübt tippte ich in das Suchfeld und gab »Taxi« ein. Die Geolokalisierung reagierte sofort und zeigte mir die ersten hilfreichen Verknüpfungen. Ich tippte auf den zweiten Eintrag und öffnete die Homepage eines Fahrgastunternehmens. Anschließend tippte ich auf den Download-Button und lud mir die App des Betreibers herunter.

»Wieso muss ich eine App herunterladen, damit ich ein Taxi rufen kann?«

Nach einer kurzen Installation wischte ich das Menü herbei und berührte das neue Icon. Die App öffnete sich, und ich wählte meine Sprache aus. Gestresst betrachtete ich den Anmeldebildschirm, der mich nötigte, eine Registrierung durchzuführen. Mehrmals vertippte und ärgerte ich mich, bei der Eingabe meiner Daten. Ich bestätigte die AGB, wie die Mehrheit der Weltbevölkerung es tat, ohne sie zu lesen. Anschließend tippte ich auf »Weiter« und kam zum nächsten Schritt. Meine Freude verflog, als die App mich zwang, meine Anmeldung zu verifizieren. Genervt öffnete ich mein E-Mail-Postfach und die erhaltene Nachricht. Mit einer Fingergeste bestätigte ich meine E-Mail-Adresse und öffnete die App. Ich führte die Anmeldung durch und bekam die Information, dass ich einen Sicherheitscode eingeben musste. Ächzend öffnete ich mein E-Mail-Postfach erneut und kopierte den erhaltenen Code. Bevor ich die Nerven verlor, öffnete ich wieder die App und stellte fest, dass ich den kopierten Code nicht einfügen konnte. Seufzend tippte ich ihn selbst ein und merkte, dass mein Telefon währenddessen heißer und langsamer wurde. Das Menü der App öffnete sich und zeigte mir eine Meldung an.

»Standort freigeben«, las ich vor, was ich sogleich tat.

Die App wechselte in das Hauptmenü und zeigte meine Position auf einer Karte an. Darunter befand sich ein Button mit der Aufschrift »Taxi rufen«. Ich freute mich darüber, endlich einen Fahrer bestellen zu können. Doch irgendetwas funktionierte nicht. Obwohl ich mehrmals auf den Button tippte, bekam ich keine Meldung, dass ein Taxi auf dem Weg sei. Schließlich hing sich die App auf, und mein Telefon reagierte gar nicht mehr. Ein Schatten legte sich über mein Gesicht, der von einer schwarzen Wolke stammte, die sich über dem Schloss bildete.

»Verdammtes Teil!«

Der Bildschirm flackerte auf, als ob hinter dem Display ein Gefecht stattfinden würde. Nach wenigen Sekunden war das Lichtspektakel vorbei, und ich akzeptierte meine Niederlage. Der Hauptbildschirm zeigte sich. Ich wedelte mir mit dem Telefon Luft ins Gesicht. Wir mussten uns beide abkühlen.

»Ich ruf es später«, murmelte ich sauer.

Ungern wollte ich nochmals auf den bewaffneten Fremden treffen. Ich bückte mich nach dem gummiartigen Griff des Koffers und setzte mich in Bewegung. Erneut tippte ich auf dem Telefon herum und öffnete Tatianas Kontakt. Nach einer weiteren Fingerbewegung ertönte ein Freizeichen.

»Hallo, du befindest dich in der gruseligen Mailbox von Tatiana Tepes Dracula! Wenn du mir einen Hilferuf hinterlassen willst, schrei gleich nach dem Piepton.«

Sie hatte ihre Ansage geändert? Und abgesehen davon, wieso nannte sie sich Dracula?

»Hallo, Tatiana, ich bin es, Cassiel. Wenn du das hörst, ruf mich zurück. Und fahr auf keinen Fall zum Schloss!«

Ich legte auf und rief ihre Mutter an. Wieder ertönte dreimal das Freizeichen, bevor sich Fionas Stimme meldete:

»Hallo, wenn du so lästig bist, dass du dreimal läuten lässt, hast du hoffentlich einen guten Grund, mich zu stören. Falls nicht, solltest du dir schnell eine Entschuldigung überlegen, bevor ich dich finde und …«

Der Piepton erklang und ich wusste nicht, was ich sagen sollte. Irgendwie zwang ich die Worte aus meinem gestressten Leib.

»Cassiel hier. Code Rot! Der Arzt zieht den Eckzahn. Ich wiederhole! Der Arzt zieht den Eckzahn! Scheiße!«, schrie ich, als ich stolperte und im Dreck lag. »Benötige dringend Unterstützung. Over!«

Ich legte auf und dachte nicht darüber nach, welchen Blödsinn ich gesagt hatte. Zuerst wollte ich schnellstmöglich das Areal verlassen. Danach konnte ich mich schämen.

Für eventuelle Wanderungen hatte ich mir vor der Abreise die regionale Karte heruntergeladen. Somit konnte ich mich mit dem GPS des Smartphones durch den Wald navigieren. Im Schatten sollte das Gerät genug abkühlen, damit ich die App verwenden konnte. Sobald ich mich in Sicherheit gebracht hatte, würde ich mir ein Taxi rufen. Ich betrat das Boskett des Barockgartens und schaute über ein paar schulterhohe Büsche. Dahinter erspähte ich das Tor des Areals, das zum Wald führte. Ich durchwanderte den Teil des Gartens, der wie ein Labyrinth war, das nur einen Weg besaß. Die geringe Höhe der Pflanzen machte es für mich einfach, die Büsche schnell hinter mir zu lassen. An deren Ende gelangte ich zu Blumenrabatten, die mich an einen Hürdenlauf erinnerten. Ich stieg über einige Lilien und hob den Koffer darüber. Eiligen Schrittes folgte ich einer Spur eingepflanzter Tulpen und durchquerte sie an einer kahlen Stelle. Ich stürmte mit dem Koffer aus dem Blumengarten, als ob ich mit Tatiana Hand-in-Hand aus einem luxuriösen Parfumladen flüchtete. Als ich die Straße erreichte, setzte ich den Koffer wieder ab und rollte ihn hinter mir her. Der Weg zum Tor war weiter, als ich gedacht hatte. So benötigte ich einige Minuten, bis ich es erreichte. Ohne Gewissensbisse schritt ich hindurch und ließ das Schlossareal hinter mir. Ich betrat das Waldgebiet, bei dem ich annahm, dass es ebenfalls zum Barockgarten gehörte. Deshalb glaubte ich, mich noch immer auf dem Grundstück der Familie zu befinden. Dem Taxiunternehmen reichten bestimmt die Koordinaten meiner Position aus, um zu mir zu gelangen. Wenn nicht konnte ich ihnen die Adresse des Schlosses nennen und an dessen Zufahrt warten. Fest entschlossen schritt ich mehrere Minuten die Straße entlang und bemerkte etwas Sonderbares.

»War der Wald gestern schon so kahl?«

Neben der Straße gab es eine weite Lichtung, die mir am Vortag nicht aufgefallen war. Das Ungewöhnliche an ihr war, dass die Bäume nicht sauber abgeschnitten, sondern herausgerissen aussahen. Eine breite Schneise zog sich von der Straße in den Wald. Die Rodung war so enorm, dass sie unmöglich über Nacht verursacht worden sein konnte. Selbst mit schweren Maschinen hätte eine so großflächige Abholzung mindestens einen Tag gedauert. Schiefe Kiefern ragten halbentwurzelt aus dem Boden. Tote Erde erstreckte sich über eine kilometerlange und ebenso breite Fläche. Ich bückte mich nach unten und griff in den gräulichen Boden.

»Ist das … Erde?«, fragte ich und zerrieb den aschgrauen Staub.

Zusätzlich zu der unnatürlichen Gegend wunderte ich mich, dass es auf einer so großen Lichtung keinen einzigen Grashalm gab. Dies deutete darauf hin, dass die Rodung erst kürzlich geschehen sein musste. Und es bestätigte meine Erinnerung, dass die Lichtung gestern noch nicht existiert hatte.

»Fand hier ein Kampf statt?«

Ich wollte gerade verstehen, was vor sich ging, da blitzte in meinem Augenwinkel etwas auf. Am Ende des Waldstücks schlich hinter einem Baum ein metallenes Etwas hervor. Schnell spannte sich seine weiße Fläche über die halbe Straße. Auf seinem Kopf saß ein gelber schmaler Hut, dessen Aufschrift ich immer besser lesen konnte.

»Das ist ein Taxi!«

☆

Offenbar hatte die Bestellung trotz des Absturzes der App funktioniert. Aufgrund des Fahrstils nahm ich an, dass das Taxi von einem Profi gesteuert wurde. Die Kurve, aus der es hervorkam, nahm es so rasant, dass dabei das Heck ausbrach. Elegant glitt die Karosserie wieder über die Vorderräder und stabilisierte das Fahrzeug. An der Frontschürze und der Stoßstange schimmerten vier silberne Teller. Ich dachte sofort an Zusatzscheinwerfer. Die Motorhaube und Seite waren überzogen von Stickern, die am weißen Dach aufhörten.

»Ist das ein Rallyeauto?«

Aufgrund des ungewöhnlichen Fahrstils erschien es mir wie eine Kutsche, deren ungestüme Pferde die Fahrkabine durch die Gegend schleuderten. Ich überlegte, ob ich wirklich mitfahren wollte, erinnerte mich aber dann wieder an den Konflikt zwischen Vlad und Pater Zweifel. Auf einmal tauchte hinter dem weißen Auto ein anderes schwarzes auf.

»Wie viele Taxis habe ich bestellt?«

Das zweite Gefährt nahm die Kurve so weit, dass es das führende Fahrzeug fast von der Straße drängte. Kurz vor einem Zusammenprall lenkte der zweite Fahrer ein und schoss unter einem umgekippten Baum hindurch.

»Läuft das Taxigeschäft so schlecht?«

Die Autos stritten sich regelrecht um die Führung – und um meine Kundschaft. Das Weiße übernahm die Spitze, als der zweite Fahrer aus dem dichten Geäst drang. Sofort zog es in den Windschatten des schwarzen Kontrahenten und startete ein Überholmanöver auf der anderen Seite. Kopf an Kopf fuhren sie nebeneinander auf eine S-Kurve zu, die aus Gehölz und einem Gefälle bestand. Die freie Stelle war so schmal, dass nur ein Auto hindurchpasste. Das Fahrzeug des zweiten Fahrers kam dem des ersten gefährlich nah. In hoher Geschwindigkeit kämpften sie um die einzige Spur, die um das Hindernis führte.

Unnachgiebig rasten beide Fahrer auf die Schlüsselstelle zu. Plötzlich brach das schwarze Auto aus der Spur und verschwand hinter mehreren Bäumen. Das weiße Fahrzeug zog kurz nach, aber bremste so stark, dass das Heck zur Seite schob. Geschickt lenkte dessen Fahrer in die S-Kurve ein und passierte das erste Gehölz.

Auf einmal blitzte etwas im Wald. Die vorderen Reflektoren des schwarzen Fahrzeugs leuchteten wie die Augen eines Wolfes. Das Auto bewegte sich zwischen den Bäumen, als ob es sich um ein wildes Tier handelte. Hinter ihm wirbelte das Blattwerk so stark auf, dass man es für ein Triebwerk halten konnte. In Höchstgeschwindigkeit glitt es das Gefälle nach unten und benutzte dessen Ende als Schanze. Knapp flog es vor dem weißen Fahrzeug vorbei und nötigte es zu einer Vollbremsung. Das schwarze Auto landete auf der Straße und gewann das Rennen.

»Was für ein Draufgänger!«

Ich wollte mir gar nicht vorstellen, welche Reparaturkosten die Rallyeautos wegen solchen Aktionen verschlangen.

»Manchen Menschen ist kein Spaß zu teuer.«

Ich schob den Griff meines Koffers hinein und machte mich bereit einzusteigen. Das schwarze Fahrzeug war schon fast bei mir, als ich ein fehlendes Teil bemerkte.

»Das ist kein Taxi!«

Auf dem Dach und auch nicht woanders gab es keine Bezeichnung, die auf ein Taxiunternehmen hinwies. Offenbar handelte es sich um ein Privatfahrzeug.

»Warte! Ist das mein Auto?«

Das war mein Alucar D! Es raste durch die Sonnenstrahlen und bot mir einen Blick auf den Fahrer.

»Tatiana?«

Obwohl das Auto knapp an mir vorbeizog, sprang ich intuitiv zur Seite. Mein Koffer hatte weniger Glück und wurde von der Schürze getroffen. Er wurde mir aus der Hand gerissen und in einen Laubhaufen geschleudert. Schnell kam ich wieder auf die Beine und eilte zu ihm. Mit einem Ruck zog ich ihn heraus und befreite ihn vom Blattwerk. Meine Gedanken sprangen hin und her.

»Das war Tatiana! Ich muss sie vor dem Fremden warnen!«

Das weiße Taxi kämpfte sich durch den Schlamm, als ich ihm zuwinkte. Ich bemerkte nicht, dass die Beschriftung ausgeschaltet war. Dies bedeutete, dass ein Fahrgast transportiert wurde, und deshalb fuhr es an mir vorbei.

»Halt!«, schrie ich und lief ihm nach.

Noch im Laufen zückte ich mein Telefon und wählte Tatianas Nummer. Das Freizeichen erklang einmal … zweimal … dreimal … die Mailbox meldete sich. Ich legte auf und wiederholte den Anruf.

»Mist!«, rief ich verzweifelt, als sie wieder nicht abhob.

Erschöpft stürmte ich auf das Tor zu und hindurch. Keuchend lief ich die Zufahrt entlang und sprang über die erste Blumenreihe. Dabei zog ich den Koffer so fest nach, dass er in meinen Armen landete. Verdutzt sah ich das Gepäck an, als ob es mich beschimpfte. Impulsiv trennte ich mich von dem unnötigen Ballast. Ich hatte keine Ahnung, warum ich ihn überhaupt mitgeschleppt hatte. Keine meiner Handlungen war noch logisch, da die Panik meinen Körper beherrschte. Ich dachte an Tatiana. An meinen Alucar D. Wieder an Tatiana. An meine Kfz-Versicherung. Erneut an Tatiana und hoffte darauf, rechtzeitig anzukommen. Angespannt eilte ich durch den Irrgarten und verlief mich in meinen Gedankengängen.

Ich benötigte eine Ewigkeit, endlich den Vorplatz des Schlosses zu erreichen. Die Gewitterwolke über dem Areal hatte sich zurückgebildet und war verschwunden. Keuchend stand ich auf der Wiese und starrte auf drei Autos. Das goldene des Fremden stand noch immer am Platz. Daneben befand sich das weiße, in der ein Mann bei laufendem Motor saß. Er trug einen weißen Rennanzug und Motorsporthelm mit undurchsichtigem schwarzem Visier. War das ein Taxifahrer? Vor den Stufen stand mein nicht mehr ganz so schwarzer Alucar D. Ich sah mich um und erblickte Tatiana und Emilia. Die Schwestern befanden sich unter dem Vordach des Schlosses. Die Tür vor ihnen stand weit offen und gab mir einen Einblick in das Vorzimmer, in dem sich zwei Personen aufhielten.

»Wartet!«, rief ich mit trockener Kehle und schleppte mich zum Eingang.

Mein Körper zitterte, aber ich wollte den Grund dafür nicht wissen. Die Angst vor dem Fremden durchströmte mich. Gleichzeitig erstickte die Erschöpfung das Gefühl regelrecht. Die Ohnmacht, nichts tun zu können, während Tatiana dem Fremden zum Opfer fiel.

»Bitte wartet!«, keuchte ich erneut Richtung Boden.

Ich kroch zu den Stufen und kämpfe mich nach oben, als ob ich mit letzter Kraft einen Berg bestieg. Plötzlich berührte mich eine sanfte Hand am Nacken und ließ mich zusammenzucken. Ich sah auf und über den Arm auf das Gesicht eines menschennahen Engels.

»Cassiel?«

☆

Tatiana starrte entgeistert auf mich herab. Sie wusste nicht, wie sie auf meine Erscheinung reagieren sollte. Ich fasste ihre Hand und wollte sie für immer halten.

»Cassiel?«, fragte sie mich erneut.

»Bitte ... geh ... nicht«, antwortete ich erschöpft mit glasigen Augen.

»Ich soll nicht gehen?«

»Wir können hinein«, verkündete ihre Schwester plötzlich.

Neben ihr stand ein fremder Mann, der wild zitterte. Die Schwestern hatten ihn vorher verdeckt. Seine Arme umschlossen einen schwarzen Aktenkoffer.

»Ich sagte, wir können hinein«, wiederholte Emilia genervt und stieß den Fremden in das Schloss.

Die Ungeduld hatte sie eindeutig von Vlad geerbt. Fiona erschien im Vorzimmer und begrüßte den Unbekannten. Tatiana bückte sich zu mir und betrachtete mich sorgenvoll.

»Geht es dir nicht gut?«

»Bei Vlad ... ist ein Mann ... gefährlich.«

Mir ging die Luft aus, aber mein Wille klammerte sich an Tatiana. Ich benötigte ein paar Sekunden, bis ich genug Kraft hatte, um mich an der Säule nach oben zu ziehen. Kraftlos stand ich neben ihr und stützte mich ab.

»Keine Sorge. Der ist schon weg.«

»Er ist weg?«

»Ein Hausdiener hat uns angerufen, als er das Grundstück befuhr. Emilia und ich sind so schnell wir konnten zurückgefahren.«

»Und Fiona?«

»Sie ist geflogen.«

»Geflogen?«

Ich hatte nicht bemerkt, dass ein Hubschrauber oder ein Flugzeug über mir hinweggeflogen wäre. Aber ich war so aufgebracht, dass ich darauf auch nicht geachtet hatte.

»Wir wussten nicht, ob es mit dem Auto schnell genug gehen würde. Deshalb haben wir uns aufgeteilt.«

»Am Flughafen?«

»Papa hat dich und die Diener zwar weggeschickt, aber sie gehorchen hauptsächlich Mama.«

Vlad hatte mich nicht weggeschickt – hätte er das sollen? Er hatte mich sogar extra zugerufen, damit ich den Fremden zu ihm bringe. Wollte er, dass ich mit Pater Zweifel unterging? Ein gruseliger Gedanke!

»Sie gehorchen Fiona?«

»Ja, Papa hat sie geheiratet und ihren Namen übernommen. Das Schloss und die Dienerschaft gehörten ursprünglich ihrem Vater.«

»Sind die nicht angestellt?«

»Das funktioniert bei uns etwas anders.«

»Wie anders?«

»Verträge werden auf Lebenszeit abgeschlossen. Obwohl es keine in dem Sinne sind … eher ein Schwur.«

»Sind sie Sklaven?«

»Nein, sie dienen einer strengen Hierarchie. Sie haben geschworen, unsere Blutlinie mit ihrem Leben zu beschützen. Außer man sagt ihnen wie Papa, dass sie verschwinden sollen.«

»Warum hat er das getan?«

»Vermutlich hatte er die Sorge, dass sie dem Angreifer nicht gewachsen sind. Wahrscheinlich hat das auch gestimmt.«

»Also war der Mann gefährlich?«

»Sehr sogar.«

»Aber sein Auto steht noch da, was ist mit ihm passiert?«

»Mama hat ihn vertrieben. Das Auto wollten wir später wegfahren. Besser gesagt, wollten wir dich darum bitten.«

»Mich?«

»Ja, wir kommen damit nicht zurecht. Die Diener ebenfalls nicht. Bevor wir es gewaltsam entfernen und dabei vielleicht beschädigen, wollten wir dich fragen. Aber warten wir noch ab, was Mama zu der Idee sagt.«

»Tatiana …«, flüsterte ich und erschuf eine geheimnisvolle Atmosphäre.

»Ja?«

»… wir haben zwar nie darüber gesprochen … besonders, weil ich meine Eltern nicht kenne … aber ich muss es wissen. Gehört deine Familie zur Mafia?«

Hoffnungsvoll sah ich ihr in die Augen. Ihr Gesicht war ganz entspannt und zeigte keine Reaktion.

»Wenn sie es tut, dann bitte sag es mir. Wir finden eine Lösung.«

Angespannt biss sie ihre Lippen zusammen. Ihre Augenbrauen zogen nach oben. Sie blickte mich ernst an, aber ihre bernsteinfarbenen Augen funkelten.

»Die Polizei kann uns bestimmt weiterhelfen. Wir könnten unseren Namen ändern und untertauchen.«

Ihr Kopf wurde rot und ihre Wangen bliesen sich auf. Luft pfiff aus ihrem Mund wie bei einem Luftballon, dessen Öffnung auseinandergezogen wurde. Plötzlich lachte sie los. Sie konnte es sich nicht mehr verkneifen.

»Das glaubst du?«

»Wie könnte ich das nicht? Ein bewaffneter Fremder kommt zu euch und möchte eine alte Rechnung begleichen.«

»Eine Rechnung begleichen«, wiederholte sie, während ihr die Tränen kamen.

»Was sollte das sonst sein, wenn nicht die Mafia?«

Ich musste etwas warten, bis sie sich beruhigt hatte. Da ich ernst blieb, schien sie das noch mehr zu amüsieren. Sie musste sich mehrmals über das Gesicht wischen, bevor sie sich wieder fing.

»Nein, wir sind nicht die Mafia, Cassiel.«

»Was war das dann für ein Typ?«, fragte ich und blieb hartnäckig.

»Das war ein gesuchter Spinner.«

»Ein Spinner?«

»Er ist besessen von unserer Familie. Unterstellt uns ständig irgendetwas Neues.«

»Und zitiert aus geistlichen Schriften.«

»Genau. Er hält sich für den Kämpfer eines religiösen Ordens.«

»Aber dann müsst ihr die Polizei verständigen! Der Kerl ist bewaffnet!«

»Glaub mir, das haben meine Eltern längst getan. Aber er hält sich verdeckt und ist nicht zu finden. Genauso wie seine Komplizen.«

»Es gibt noch mehr?«

»Viel mehr.«

»Der andere Mann ist auch von ihnen?«

»Ach! Den hatte ich ganz vergessen. Komm mit, wir sollten dabei sein.«

Tatiana zog mich hinter ihr nach. Ich konnte die Hand nicht von ihr lösen – hatte sie mich im Griff?

»Wo sollten wir dabei sein? Wer ist der Kerl?«

»Keine Sorge, der ist harmlos. Das ist der Besucher, den wir erwartet haben.«

Sie zerrte mich durch das Vorzimmer. Wann war sie so stark geworden? Ihren Oberarmen sah ich keine herausragende Muskulatur an.

»Mama hatte dich um was gebeten, weißt du noch?«

»Ähm?«

Wir liefen in den Gang hinein und in die Richtung des Speisesaals. Die Tür stand so weit offen wie mein Mund.

»Das ist er!«

☆

Inmitten des Speisesaals stand der Besucher. Emilia, Vlad und Fiona befanden sich rings um ihn. Er wirkte verängstigt und sah wild um sich. Stand er freiwillig dort oder wurde er gezwungen?

Die drei verhielten sich wie Aasgeier, die in der Wüste über einer gestrandeten Seele kreisten. Ich war mir sicher, dass er flüchten wollte, sie ihn aber nicht ließen. Schon allein wegen der Umgebung nahm ich das an. Seine Blicke schweiften durch den Raum – oder was davon übrig war. Faustgroße Krater klafften an den Wänden. Die Einrichtung war von Löchern durchsiebt. Mehrere Sessel waren in Einzelteile zersplittert. In einigen steckten Schwerter, Äxte und … eine Lanze? Wo kam die her? Auf dem Teppich verstreut lagen Dolche und weitere Einhandwaffen. Der Tisch war gespalten und die Kanten seiner Tischplatte stießen in den Boden. Das große Fenster war ausgesprengt und wenige Glasreste glänzten am Holzrahmen. Der Raum sah aus, als wäre eine Bombe eingeschlagen.

»Was ist hier passiert?«, fragte der Besucher ängstlich.

»Renovierungsarbeiten«, antwortete Vlad trocken.

Er hatte kaum das Wort ergriffen, da stürzte hinter ihm der tischbreite Kronleuchter zu Boden. Genervt sah er den Besucher an, als ob dieser etwas dafürkonnte. Der Arm des Leuchtkörpers traf einen Sessel und schleuderte ein Schwert in die Luft. In weitem Bogen flog die Waffe durch das Zimmer und machte viele Umdrehungen. Das Metall glänzte in den Augen des Besuchers, die vor Schreck immer weiter aufgingen. Es fehlten nur noch wenige Zentimeter, bis die Spitze seinen Kopf treffen würde, da erstarrte die Klinge im Flug. An ihrem Ende hielt Fiona den Griff zwischen Zeigefinger und Daumen fest. Ich rieb mir die Augen, da ich nicht glaubte, was ich gesehen hatte. Wieso hatte ich ihre Bewegung nicht bemerkt? Wie konnte sie das Schwert überhaupt fangen? Und noch dazu mit nur zwei Fingern?

»Wir sollten uns vielleicht besser in den Wohnbereich begeben. Ich hatte ganz vergessen, dass der Speisesaal …« – sie prustete kurz, aber verkniff sich sofort das Lachen – »… renoviert wird.«

»Ja«, stammelte der Besucher und starrte auf die Schwertspitze, die wenige Zentimeter vor seinem Nasenbein schwebte. »Eine gute Idee.«

Fiona warf das Schwert beiläufig Richtung Tisch, so dass dessen Spitze durch einen Helm fuhr. Dem Besucher stand der Schweiß auf der Stirn. Das weiße Hemd des kleinen Mannes wurde nahezu transparent. Lag es an der Hitze? Er fuhr sich mit der Hand durch das schwarze Haar und kämmte es zurück. Anschließend fasste er an die runden Gläser seiner Brille und richtete sie gerade.

»Den können wir jetzt wegschmeißen«, äußerte Emilia und hob locker den kaputten Kronleuchter mit einer Hand hoch. »Das wird Viviane nicht gefallen.«

Fassungslos sahen der Besucher und ich zu, mit welcher Leichtigkeit sie den schweren Gegenstand trug. Dann knallte sie den Leuchtkörper auf den Tisch und zersplitterte die Kristalle in unzählige Scherben. Mir kam es so vor, als ob sie damit ein gläsernes Lügenkonstrukt zerstörte. Etwas stimmte nicht, und ich war mir sicher, dass der Kronleuchter eine Attrappe war.

»Ich konnte das hässliche Ding sowieso nie leiden.«

»Emilia«, ermahnte sie Vlad, »behalte deinen grässlichen Geschmack für dich!«

»Also ... wo waren wir? Ach ja, lasst uns in den Wohnbereich wechseln«, äußerte Fiona und schob den Besucher an den Schultern voran.

»Ja ... genau«, stotterte er nur und leistete keinen Widerstand.

Emilia und Vlad folgten ihnen, während ich im Speisesaal blieb und mich zum Kronleuchter durchkämpfte. Mit einer Hand umklammerte ich dessen metallenen Arm und machte einen Laut wie ein Gewichtheber, der einen Rekord brechen wollte.

»Verdammt, ist das schwer! Wie konnte Emilia das anheben?«

Erschöpft ließ ich von dem Kronleuchter ab.

»Du hast nur keine Kraft mehr«, antwortete Tatiana und lächelte mich an.

»Dann versuch du es. Wenn deine Schwester das heben kann, dann solltest du es auch können.«

Tatiana stieg über die Trümmer, während ich zur Seite auswich und fast über ein Sesselteil stolperte. Sie fasste nach dem

Kronleuchter und warf mir einen Blick zu, ob ich das wirklich wollte. Ich nickte kurz und erlebte eine Überraschung.

»Siehst du? Ist ganz leicht«, sagte sie und schwenkte den Kronleuchter herum. »Und du weißt, ich bin nicht sehr stark.«

»Stimmt. Wahrscheinlich hast du recht, ich bin wirklich schon etwas erschöpft.«

»Du solltest dich vielleicht etwas ausruhen.«

»Braucht ihr mich nicht mehr für den Besucher?«

»Nein, das kann Mama schon allein erledigen.«

»Wofür ist der überhaupt hier?«

»Stimmt, das weißt du noch nicht. Mama und Papa wollen das Schloss verkaufen.«

»Wieso das?«

»Sie wollen umziehen.«

»Wohin?«

»In unsere Stadt.«

»Sie wollen … was?«

»Dann können wir sie jeden Tag sehen. Ist das nicht großartig? Cassiel?«

Ich brach an Ort und Stelle zusammen.

DER NACHMITTAG

Ich erwachte am Nachmittag mit einem unwohlen Bauchgefühl. Offenbar hatte ich das Mittagessen verschlafen. Wegen dem geschmackvollen Duft aus der Küche knurrte mich mein Magen böse an. Trotzdem war mir der Hunger lieber, als weiterzuschlafen. Ich hatte davon geträumt, dass Tatianas Eltern in die Stadt ziehen würden. Das musste man sich einmal vorstellen! Ihre Eltern, in unserer Stadt! Der Gedanke war so absurd, dass ich kurz lachen musste. Einen derartigen Alptraum hatte ich noch nicht gehabt. Ich verfolgte die Vorstellung weiter. Mit Fiona würde ich vermutlich prima zurechtkommen. Sie war überaus höflich und behandelte mich und andere respektvoll. Zwar kannte ich nur wenige ihrer Interessen, aber sie erschien mir harmlos zu sein. Ich glaubte, dass Fiona in der Stadt und mit mir gut auskommen würde. Bei Emilia war ich mir unsicher. Sie war stur und es würde vermutlich etwas dauern das Eis zu brechen. Mit Tatianas Hilfe konnte mir das vielleicht gelingen. Sie schien sich sehr für innovative Kunst zu interessieren. Wir könnten gemeinsam Museen und unsere Lieblingsrestaurants besuchen. Mit ihr auf Konzerte oder ins Kino gehen. Irgendwann, so war ich mir sicher, würde sie mich zumindest dulden. Aber bei Vlad? Er, in einer Großstadt? Das konnte ich mir beim besten Willen nicht vorstellen. Wenn er so zurückgezogen lebte, wie ich es vermutete, dann würde ihm der Trubel schnell auf den Geist gehen. Der ständige Lärm von Nachbarn, die in der Nacht feierten und am Tag schliefen. Die aufdringlichen Aktivisten, die es sich zur Lebensaufgabe machten, den potenziellen Unterstützern bis nach Hause zu folgen. Der Straßenlärm, der oftmals in ein Hupkonzert ausartete, weil das vorderste Fahrzeug nach dem Umschalten auf grün nicht wie ein Rennfahrer lossprintete. Personen, die nackt herumliefen, weil ... ja, das habe ich nie wirklich herausgefunden, aber ich vermute, wegen der Ablehnung kulturellen Zwangs. Ja, die Großstadt war voller Merkwürdigkeiten, die man gewohnt sein oder schlicht akzeptieren musste. Ob er das aushalten konnte, bezweifelte ich. Außerdem fühlte ich mich unwohl bei dem Gedanken, dass er in derselben Stadt lebte. Schlimmer fand ich nur die Vorstellung, dass er mich aufsuchte. Denn Tatiana und ich wollten eine gemeinsame Wohnung haben. Das hieße, er besuchte nicht nur sie, sondern auch mich! Und vor dieser Vorstellung fürchtete ich mich. Ich konnte nicht sagen, ob es an seinen Äußerungen oder an seiner Erscheinung lag. Irgendwas an ihm machte mir Angst. Bei einer großen Entfernung war die Regelmäßigkeit von Besuchen überschaubar. Ein paar Tage im Jahr würde ich seine Gegenwart schon aushalten. Aber wenn er in derselben Stadt lebte, dann könnte er nach Lust und Laune vorbeisehen. Den Stress würde ich niemals auf Dauer aushalten. Besonders keine regelmäßigen Kontrollbesuche. Zwar wollte ich noch immer um seinen Segen bitten, um Tatianas Hand anhalten zu dürfen, aber ein freundschaftliches Verhältnis stand außer Frage. Ich hielt es nicht mehr für möglich, nachdem er mich so abweisend behandelt hatte. Was mir ehrlich gesagt auch etwas leid tat. Eigentlich wollte ich mit jedem klarkommen, aber ich bettelte um keine Sympathie. Wenn mir jemand nicht denselben Respekt entgegenbrachte, war er für mich schon gestorben. Kompliziert konnte das Verhältnis nur werden, wenn Tatiana und ich eine Familie gründeten. Aber diese Zukunft stand noch in den Sternen. Bis dahin konnte sich viel verändern, und vielleicht sogar seine Einstellung mir gegenüber.

»Mal sehen«, murmelte ich und stützte mich auf.

Meine Finger krallten sich ins Laken, als mein Blick durch das Gästezimmer schweifte. Meine Augen blieben am Koffer, der geschlossen neben dem Bett lag, hängen.

»Genau dort, wo ich ihn abgelegt habe. Zum Glück war das nur ein Traum«, sprach ich erleichtert. »Das war vielleicht verrückt.«

Glücklich betrachtete ich Vlads Porträt und bemerkte seine roten Augen.

»Vlad, du machst mir keine Angst. Ich werde mich trauen. Ich werde dich um deinen Segen bitten, Tatiana zu heiraten.«

Ein Schrei erklang und gleichzeitig wackelten die Wände. War das ein Erdbeben? Bevor ich aus dem Bett steigen konnte, war der Ausbruch vorbei.

»Was war das?«, fragte ich und sah mich am Bettrand sitzend nach Antworten um.

»Oh! Du bist wach.«

Tatiana stand am Zimmereingang und strahlte mich an. Bevor ich ihr antworten konnte, lief sie zu mir und umarmte mich. Hatte sie das Erdbeben verängstigt?

»Was ist los? Ist etwas passiert?«

»Cassiel, du wirst es nicht glauben! Meine Eltern haben mir eine neue Wohnung geschenkt! Wir können zusammenziehen!«

»Wie? Was? Warte … langsam. Was meinst du?«

»Sie meinten, weil wir schon so viele Jahre zusammen sind und weil mein Mietvertrag ausläuft. Die Wohnung ist doppelt so groß wie meine derzeitige!«

»Das ist unglaublich! So groß? Ich freue mich richtig, obwohl ich meine kleine Wohnung vermissen werde. Wo liegt sie?«

»Sie befindet sich in unserer Stadt. Im Wohngebäude, das meinen Eltern gehört.«

»Deinen Eltern gehört ein Gebäude?«

»Ja, sie haben es heute gekauft. Ich bin so aufgeregt!«

»Warte. Deine Eltern haben ein ganzes Wohngebäude gekauft? Habe ich dich richtig verstanden?«

»Ja, hast du …«

Unfassbar! Wie reich sind die bitte?

»... und wir haben keinen Ärger mit Nachbarn.«

»Wieso?«

»Das ganze Gebäude gehört nur uns.«

»Ein ganzes Wohngebäude für uns? Das ist doch viel zu viel Platz nur für uns zwei!«

»Keine Sorge. Unsere Wohnung befindet sich im vorletzten Stock. Meine Eltern wohnen dann darüber.«

»Sie wohnen darüber?«

Ich glaubte, ich würde ohnmächtig. Zumindest wollte ich es. Wieso war ich nur so verdammt munter?

»Ja, Mama meinte, dass wir so herausfinden, ob wir zusammenpassen. Ich habe ihr aber eh gleich geantwortet, dass wir schon lange in einer Wohnung leben. Sogar in deiner kleinen, wenn wir schneller dort sind. Papa machte dann den Witz, dass er dich in der neuen Wohnung besser im Auge behalten kann.«

Wieso konnte ich mich nicht mehr bewegen? »Er will mich im Auge behalten?«

»Das war nur ein Spaß. Ach ja, und meine Schwestern wohnen dann unter uns. In eigenen Wohnungen. Darunter leben dann die Hausdiener und andere Leute unserer Blutlinie. Das heißt, keine Wohnung steht leer.«

»Verstehe ... und wann ziehen wir und sie um?«

»Gute Frage! Das ist das Beste! Gleich nach unserer Rückkehr. Mama hat schon die Spedition für den Umzug organisiert. Wir müssen nur unsere Sachen in Kartons packen. Innerhalb von einer Woche sind wir in der neuen Wohnung. Die alte wird dann von unseren Hausdienern hergerichtet. Obwohl ... wenn ich's mir recht überlege, würde die Bezeichnung Schlossdiener besser passen ... oder Wohnungsgebäudediener ... hm?«

Meine Nervenbahnen schrien lauter, als meine Alarmglocken läuten konnten. Irgendwie war ich glücklich, das zu hören, aber ich musste trotzdem weinen.

»Was hast du, Cassiel?«

»Das kam so unerwartet ...«

»Ich weiß! Das ist unglaublich! Damit hatte ich auch nie gerechnet.«

»Das ist unfassbar«, flennte ich und umarmte Tatiana fester. »Ich bin so glücklich … so überaus glücklich …«

Ich hatte mal darüber gelesen, dass man, wenn man etwas oft genug wiederholte, irgendwann selbst daran glaubte. Offenbar hatte sich mein Unterbewusstsein an dieses Wissen erinnert und wollte erfahren, ob es der Wahrheit entsprach.

»Ich weiß. Das ist ein schönes Geschenk von ihnen. Stimmt's?«

»Ja … ich bin so überaus glücklich …«

☆

Die Schreckensnachricht meines bevorstehenden Umzugs hatte mich erreicht. Trotzdem bemühte ich mich, Ruhe zu bewahren und nicht nochmals emotional zu werden. Zuerst musste ich mich mit anderen Themen befassen. Mein Hunger nahm mit jeder Minute zu. Tatiana hörte meinen knurrenden Magen und war so lieb, mir eine Portion des Mittagessens aufzuwärmen. Ich aß im Speiseraum des Personals zum ersten Mal das Gericht Sarmale. Das waren Krautwickel mit Reis, Speck und Ei. In der Zwischenzeit führten Fiona, Emilia und Vlad den Besucher durch das Schlossareal. Der kleine Mann tat mir schon richtig leid und kam mir sehr gestresst vor. Ich nahm an, dass er von einer Bank kam oder ein Makler war. Als ich mit dem Essen fertig war, begab ich mich nach draußen. Vor dem Schloss befand sich ein großer Haufen der beschädigten Einrichtung des Wohnbereichs. Die Hausdiener trugen die schwersten Teile ohne Mühe vor die Stufen. Staunend beobachtete ich, wie eine kleine zierliche Frau die riesige Tischhälfte mit einer Hand nach draußen schaffte. Hatte die Familie einen Fitnessraum, den sie benutzen durften? Tatiana stand neben mir und schien das nicht sonderlich zu wundern. Ich schüttelte den Kopf und ging zu meinem Auto, um den Schaden zu begutachten. Der Taxifahrer hockte noch immer im weißen Gefährt. Ich schaute mir das Emblem an und wollte herausfinden, welches Modell er fuhr.

»Raserati. Was ist das für eine Marke?«

Der Motor lief, und er hatte noch immer den geschlossenen Helm auf. Anstelle normaler Kleidung trug er einen Rennanzug und Handschuhe. Wartete er auf eine Revanche? Er beachtete mich gar nicht, als ich die Stufen nach unten ging. Tatiana folgte mir, und als er sie sah, ließ er den Motor aufheulen. Ich drehte mich um und bemerkte, wie er den Kopf drehte, um ihren Schritten zu folgen. Sie ignorierte ihn vollkommen und spazierte unbekümmert vorbei, um sich neben mich zu stellen. Ich hockte erstaunt vor der Frontschürze meines Autos. Aus unterschiedlichsten Winkeln begutachtete ich sie, um den Schaden festzustellen.

»Gar nicht so schlimm, wie ich dachte«, murmelte ich.

Wann hatte Tatiana gelernt, so Auto zu fahren? Zwar war ich kein Experte, aber außer ein paar Schrammen, schien mir das Auto unversehrt.

»Wieso hat der Fahrassistent nicht eingegriffen?«, fragte ich mich laut.

»Den haben wir ausgeschaltet.«

»Ihr habt ... den kann man ausschalten?«

»Na ja ... ich meinte damit, Emilia hat ihn ausgeschaltet ... also herausgerissen.«

»Das ist nicht wahr?«

Sofort sprang ich auf und lief an ihr vorbei zur Tür des Beifahrersitzes. Hektisch öffnete ich sie und warf einen Blick auf das Innenleben. An der Stelle, wo einst ein Bordcomputer steckte, befand sich ein großes Loch. Abgerissene Kabel hingen heraus und über die verbliebenen Armaturen. Funken flogen, als ich sie berührte und sofort zurückschreckte.

»Wie konnte sie das nur tun?«

»Ihr ging der Alarm wegen der Gurte auf den Nerv. Ich habe leider nicht auf sie geachtet. Auf einmal hatte sie ihn in der Hand.«

»Wo hat sie ihn hingetan? Liegt er im Kofferraum?«

»Nein, sie hat ihn während der Fahrt aus dem Fenster geworfen.«

»Ich glaube, mir wir schlecht. Wie soll ich das meiner Versicherung erklären?«

»Keine Sorge. Mama hat ihr sofort gesagt, dass sie für den Schaden aufkommen muss. Sie wird für die Reparatur bezahlen.«

»Zumindest eine gute Nachricht.«

Ich wusste nicht, ob ich mich freuen oder heulen sollte. Mich durchströmte ein sonderbares Gefühl, das mich wachhielt.

»Weil wir gerade von Autos sprechen.«

»Sag nicht, es ist noch etwas kaputt.«

»Nein, das nicht. Ich meine, es könnte schon sein. Aber wie gesagt, wir werden die Reparaturkosten übernehmen. Also Emilia und meine Eltern.«

»Was wolltest du dann?«

Tatiana streckte den Arm aus und ließ einen goldenen Schlüssel vor meinem Gesicht baumeln. Am gleichfarbigen Schlüsselring hing ein ebenso farbiges Kreuz, das eine Befürchtung in mir weckte.

»Kannst du das Auto von dem Spinner wegfahren?«

»Wieso ich?«

»Für uns ist das leider zu gefährlich.«

»Was meinst du damit?«

»Es könnten sich Abwehrvorrichtungen darin befinden.«

»Was? Das Auto könnte vermint sein? Und ihr wollt, dass ich dort einsteige?«

»Mama meinte, wenn du das machst, würde Papa das bestimmt schätzen.«

»Moment! War das seine Idee?«

»Ähm …«

»Tatiana.«

»Ja, das kam von ihm.«

»Er will mich umbringen!«

»Was? Nein. Das meinst du doch nicht ernst? Papa würde so etwas nie tun.«

»Also mein Instinkt sagt mir etwas anderes. Verflucht, was rede ich?« – ich zeigte an ihr vorbei – »Mein ganzer Körper warnt mich davor, in dieses Auto einzusteigen!«

»Dir passiert bestimmt nichts.«

»Woher weißt du das?«

»Papa hat mir das gesagt.«

»Die Frage hätte ich mir sparen können ... Wo habt ihr überhaupt den Schlüssel her? Der Spinner hat ihn euch bestimmt nicht freiwillig gegeben.«

»Mama hat ihm den aus der Hand gerissen, als er flüchtete.«

»Das heißt, er befindet sich noch auf dem Gelände?«

»Nein, sie hat ihm relativ schnell gezeigt, wo sein Platz ist.«

»Das kann ich mir irgendwie immer mehr vorstellen.«

»Also, machst du es? Fährst du das Auto weg?«

»Wo soll ich es überhaupt hinbringen? Sag nicht zur Mafia.«

Tatiana musste kurz lachen. Sie sah so verdammt süß aus, wenn sie das tat. »Was? Nein, nicht zur Mafia. Nur ins nächste Dorf.«

»Wieso lasst ihr es nicht einfach stehen?«

»Der Spinner will es bestimmt zurückhaben. Wir können auf einen zweiten Besuch von ihm verzichten. Also, wie sieht es aus? Wirst du uns helfen?«

Ich kalkulierte meine Chancen. Von außen betrachtet sah der Wagen ungewöhnlich, aber nicht gefährlich aus. Trotzdem konnte ich beim Öffnen oder Einsteigen, eine tödliche Falle auslösen. Aber würde Tatiana mich einfach so ins Messer laufen lassen? Bestimmt nicht, sie war nicht wie Vlad! Der hätte mir den Wagen vermutlich geschenkt und mir eine gute Reise gewünscht. Trotzdem machte es mich misstrauisch, dass er in die Bitte involviert war. Vielleicht war das ein Zufall? Jedenfalls gab mir das eine Chance, mich mit ihm gutzustellen. Wegen unseres bevorstehenden Umzugs war es umso wichtiger, dass wir uns miteinander vertrugen. Außerdem wollte ich ihn noch immer darum bitten, Tatiana heiraten zu dürfen. Täte ich das ohne seine Zustimmung, dann wäre lebenslanger Ärger mit ihm sicher. Vielleicht war das sogar eine Prüfung? Eventuell wollte er austesten, ob ich Verantwortung übernehmen konnte. Würde er mich danach wirklich akzeptieren? Mir blieb keine andere Wahl: Ich musste es tun. Ich musste meine Angst überwinden und das verdammte Auto wegfahren.

»Okay, ich mach's.«

☆

»Warum steht ihr alle so weit entfernt? Das ist nicht gerade vertrauenserweckend!«

Tatiana, Fiona und Emilia standen am Eingang des Schlosses und sahen mir aus der Ferne zu. In ihrer Mimik spiegelten sich Sorge und freudige Erwartung.

»Und was macht er hier?« Ich deutete auf den ängstlichen Besucher, der neben Fiona wartete.

Der Mann schien sich gar nicht mehr wegzutrauen. Gespannt beobachteten die vier meine Annäherung zum goldenen Auto. Bei jedem Schritt zuckten ihre Gesichter zusammen. Nur Vlad fehlte, und ich nahm nicht an, dass er noch erscheinen würde.

Zitternd hielt ich den goldenen Schlüssel nach vorn und steckte ihn in das Türschloss. Zaghaft drehte ich ihn und bemerkte, dass etwas nicht stimmte. Verwundert zog ich ihn heraus und betrachtete das Schloss. Ich erkannte die viereckige Zylinderöffnung und fragte mich, wie ich sie benutzen konnte. Nach kurzer Überlegung hob ich den Schlüsselbund vor mein Gesicht und betrachtete das Kreuz. Der Anhänger war der Schlüssel zum Wageninneren! Ich griff um und hielt das Kreuz kopfseitig, an der Stelle an dem Ring. Langsam schob ich den Fuß des Kreuzes in das Türschloss. Nervös sah ich zu, wie der Metallstift im Schlosszylinder verschwand. Dann drehte ich das Kreuz langsam. Ein plötzliches Klicken ließ mich zurückschrecken. Mein Herz raste, als ich erneut nach dem ungewöhnlichen Schlüssel fasste. Eine Umdrehung später öffnete ich die Tür und offenbarte das Wageninnere.

»Wow ...«

Ich bewunderte eine weiße Innenausstattung, die von gelben und schwarzen Akzenten hervorgehoben wurde. Die Mitte des Lenkrads wurde von einem goldenen Kreuz geziert, das mich an den Schlüsselanhänger erinnerte. Am Himmel leuchtete ein gelbes Licht, das wie ein Heiligenschein auf die weißen Sitze herabschien. Vor ihnen erstreckte sich eine schwarze Fläche über die gesamte vordere Armatur. Die einzigen Knöpfe befanden sich auf dem Lenkrad und der weißen Mittelkonsole. Ein solches Auto hatte ich noch nicht gesehen. Weder kannte ich den Hersteller, noch wusste ich, wie ich es bedienen konnte.

»Hoffentlich lässt sich das leicht steuern …«

Ich warf einen unsicheren Blick zurück. Die Zuschauer waren ins Haus geflüchtet! Vom Fenster aus sahen mir Tatiana, Fiona und Emilia zu. Der Besucher verkroch sich unter dem Fensterbrett. Nur die obere Hälfte seines Kopfes schaute hervor. Tatiana hielt mir ermutigend die Daumen und präsentierte ihre Fäuste. Emilia lehnte mit dem Ellbogen am Sims und stützte das Kinn mit den Händen ab – sie machte einen teuflisch bösen Eindruck. Fiona stand hinter den drei und lächelte mir entspannt zu. Ihr Verhalten gab mir Anlass zur Sorge. Vor allem deshalb, weil sie alle hinter massiven Wänden standen! Ich kam mir vor wie ein Affe, der eine Bombe entschärfen sollte. Obwohl ich so viel verstand, dass ich den Wagen öffnen konnte, wusste ich im Grunde nichts darüber. Was würde mich erwarten?

»Okay«, sagte ich so laut, dass die Zuschauer es hören mussten, »ich steige jetzt ein!«

Ich war schon so weit gekommen, dass ich keinen Rückzieher machen wollte. Egal, was mich erwartete, ich würde mein Vorhaben zu Ende bringen. Bei meiner Ehre würde ich Vlad beweisen, dass ich Verantwortung übernehmen konnte. Nichts konnte mich davon abhalten.

»Ich bin ein stolzer Krieger. Meine Anhänger rufen meinen Namen. Nichts kann mich aufhalten. Ich habe keine Angst. Dieses Gefühl ist mir fremd. Der Sieg bestimmt mein Leben. Ich lebe für den Ruhm. Für die Ehre, mich der Familie würdig zu erweisen. Das Auto verunsichert mich nicht. Es kann mir nichts anhaben. Das Metall wurde aus Anstrengung geschmiedet. Genauso wie mein Wille.«

Ich zitierte aus dem zweiten Teil der Buchreihe Chancenlos und mischte meine ausgesprochenen Gefühle hinein. Meine Zuseher bedachten mich mit komischen Blicken, während ich sie als jubelndes Publikum wahrnahm. Vorsichtig bewegte ich meinen Fuß in den Innenraum, als würde ich in Schutzkleidung ein Raumschiff betreten. Ich hielt mich am Dach fest, als ich mich mit einer ruckartigen Bewegung ins Auto setzte. Sofort schnellten meine Arme hoch, als ob es sich um einen Überfall handelte.

»Nichts passiert ...«, murmelte ich überrascht.

Eigentlich war die fehlende Reaktion etwas Gutes, aber seltsamerweise war ich davon enttäuscht. Mir kam es vor wie bei einem Film, in dem Spannung aufgebaut wurde, bis eine sinnlose Handlung das Erlebnis ruinierte. Wäre so etwas mitten in einer Geschichte vorgekommen, hätte ich das Buch genervt zugeklappt.

»Und wie starte ich das jetzt?«

Ich suchte hinter dem Lenkrad nach einem Zündschloss, griff aber ins Leere. Erst als ich aufblickte, entdeckte ich eine weitere Öffnung, die sich über den Armaturen befand. Sie bestand aus einem kleinen goldenen Sockel, in dessen Mitte ein Schlosszylinder saß. Kurz studierte ich den Schlüsselanhänger und steckte dann dessen länglichen Teil in die Öffnung. Die schwarzen Armaturen flackerten kurz auf und strahlten mir in gelben Farben entgegen.

»Guten Tag, Eure Heiligkeit! Willkommen zurück!«

Der Bordcomputer meldete sich mit weiblicher Stimme. Wegen der hohen Lautstärke erschreckte ich mich.

»Hallo! Mit wem spreche ich?«

»Ich bin die elektronische Nonne, GABI!«

»Was bedeutet das?«

»GABI bedeutet ... Gegen alles Böse Instrukteurin!«

»Der Ordenstyp nimmt das aber echt ernst.«

»Ich habe Sie leider nicht verstanden! Bitte wiederholen Sie!«

»GABI, was muss ich tun, um das Auto zu starten?«

»Sehr gerne! Das Tutorial *Erste Schritte* wird initiiert!«

»Ein Tutorial?«

»Willkommen im Kreuzmobil. Bitte schließen Sie alle Türen!«

Skeptisch überlegte ich, ob ich der Anweisung Folge leisten sollte. Die offene Tür war mein einziger Fluchtweg, sollte etwas schiefgehen. Trotzdem konnte ich unmöglich wegfahren, wenn sie offen war. Nach kurzer Überlegung ließ ich die Fensterscheibe hinab, damit ich im Notfall herausklettern konnte. Schließlich schloss ich die Tür und vernahm kurz darauf einen schnappenden Laut. Verschreckt fasste ich nach der Innenverkleidung und zog an ihrem Öffner. Trotz meiner Bemühung blieb die Tür wegen der Zentralverriegelung verschlossen. Unerwartet schnellte die Fensterscheibe zu, so schnell, dass ich nicht reagieren konnte. Ich war im Auto gefangen! Hatte GABI bemerkt, dass ich nicht der Besitzer war? Sie meldete sich zu Wort:

»Vielen Dank! Nächster Schritt wird eingeleitet! Initiiere Säuberung!«

»Welche Säu…?«

Sprühwasser spritzte aus allen Richtungen auf mich zu und nebelte mich ein. Der Geschmack erinnerte mich an abgestandenes Wasser, mit dem zu viele Menschen ihre Hände gewaschen hatten.

»Ende! Stopp!«, schrie ich, während ich mit den Händen gegen einen körperlosen Gegner kämpfte.

»Säuberung beendet! Initiiere Trocknung!«

Heißluft strömte aus den vorderen Armaturen und seitlichen Gebläsen auf meinen Körper. Bevor ich mich wie in einer Wüste fühlte, endete die Prozedur.

»Säuberung abgeschlossen! Information! Das neue Album von Kreuzsänger der Keuschheit ist vor einer Stunde erschienen. Soll ich es abspielen?«

»Herr bewahre!«

»*Herr bewahre* wird abgespielt!«

»Was? Nein!«

Himmlischer Chorgesang erschallte und blies mir sämtliche Zweifel aus dem Kopf. Posaunen erklangen, während ich meine Spiritualität überdachte. Obwohl ich mir die Ohren zuhielt, reinigte die positive Vibration vollständig meinen Gehörgang.

»Leiser! Bitte, leiser!«, schrie ich verzweifelt gegen den harmonischen Gesang, von dem mir die Ohren bluteten.

»Lautstärke auf zehn reduziert!«

»Danke«, keuchte ich und dachte daran, bald einen Arzt aufzusuchen.

»Gern geschehen!«

»GABI, bitte entsperre die Türen.«

Wieder ertönte das bekannte schnappende Geräusch und ließ mich verstehen, nicht mehr gefangen zu sein.

»Türen entriegelt!«

Ich öffnete die Fahrertür, um meine Vermutung zu bestätigen, und schloss sie gleich danach wieder.

»Bitte öffne alle Scheiben.«

»Fensterscheiben werden heruntergelassen!«

Noch während sich die Gläser nach unten schoben, suchte ich nach dem Starter des Gefährts. Ich wurde gleich fündig, und drückte auf den Knopf, der sich rechts vom Lenkrad befand. Der Motor lief mit einem ohrenbetäubenden Knattern an und blubberte anschließend vor sich hin.

»GABI, Musik ausschalten.«

»Musik abgedreht!«

»Wir können los!«

Ich gaffte die Zuschauer an, die sich langsam aus dem Haus begaben. Tatiana stellte sich weit entfernt neben das goldene Auto. Emilia blieb am Eingang stehen und beobachtete uns misstrauisch. Fiona und der Besucher begaben sich zum weißen Auto. Ich lehnte mich aus dem Fenster und lächelte Tatiana unerschrocken an.

»Wo soll ich hinfahren?« Meine Frage klang wie ein Siegesschrei.

»Fahr mir einfach hinterher.«

»Tatiana?«

»Ja?«

»Bitte fahr diesmal nicht so ... schnell.«

Ich wollte etwas anderes sagen, aber das hätte vielleicht eine Diskussion ergeben, die ich mir ersparen wollte. Irgendwie hatte ich aber das Gefühl, dass sie genau wusste, was ich meinte, da sie kurz prustete, bevor ich meinen Satz beendet hatte.

»Okay.«

☆

Fiona stand neben dem weißen Auto und verabschiedete sich von dem ängstlichen Besucher. Wegen des laufenden Motors hörte ich nicht viel, nur dass sie über Kerker und Bestrafung sprach.

»Wir freuen uns, bald von Ihnen zu hören«, rief sie dem Mann nach, als er ins weiße Auto stieg.

Er antwortete mit einem zustimmenden Zittern, bevor er auf dem Rücksitz des Taxis verschwand. Tatiana ging währenddessen zu meinem Wagen und setzte sich auf den Fahrersitz. Ich nutzte die kurze Pause, um mich mit dem goldenen Gefährt vertraut zu machen.

»Wofür ist eigentlich der Knopf?«

»Ich habe Sie leider nicht verstanden! Bitte wiederholen Sie!«

»GABI, was macht der Knopf?«

»Ich weiß leider nicht, was Sie meinen! Können Sie es beschreiben?«

»Da ist ein Knopf mit einem goldenen Kreuz. Er befindet sich vorne in der Mittelkonsole.«

»Ich weiß leider nicht, was Sie meinen!«

»Ach, egal. Ich werde ihn schon nicht benötigen.«

»Ich habe Sie leider nicht verstanden! Bitte wiederholen Sie!«

»Bitte schalte dich aus.«

»Wie Sie wünschen! Schlafmodus wird aktiviert!«

»Endlich Ruhe.«

Tatiana startete den Alucar D und fuhr neben mich. Der Fahrer des weißen Autos wendete und stellte sich auf die andere Seite. Unsere Frontschürzen befanden sich gleichauf. Plötzlich ertönte eine Startsequenz aus den Lautsprechern des Taxis:

»3!«

Der Helm des Fahrers drehte sich in meine Richtung. Aufgrund des dunklen Visiers konnte ich sein Gesicht nicht erkennen. Ich wusste nur, dass es ihm ernst war.

»2!«

Er ließ den Motor aufheulen, ohne das Fahrzeug zu bewegen. Die Scheiben des Autos zitterten so stark wie der Besucher auf dem Rücksitz. Der Lärm dröhnte mir in den Ohren. Benzingestank drang in meine Nase.

»1!«

Ich sah zu Tatiana hinüber, die seelenruhig in meinem Auto saß. Mein Wagen schnurrte wie ein Kätzchen. Ich war erleichtert, dass sie sich von ihm nicht provozieren ließ.

»Los!«

Auf einmal schossen das weiße und schwarze Auto mit quietschenden Reifen davon. Der Elektromotor meines Alucar D konnte mit der Beschleunigung des Benziners mithalten. Ich hingegen reagierte erst sehr spät und tat mich schwer, ihr Tempo zu halten. Als sie bei ungefähr hundertfünfzig Sachen waren, begriff ich, dass ich an einem Beschleunigungsrennen teilnahm. Nebeneinander fuhren sie die Schlossstraße entlang und krachten beinahe gegeneinander. Ich musste kurz wegsehen, als sie das offene Tor passierten. Den Anblick konnte ich nicht ertragen.

»Mein Auto …«, jammerte ich und gab Gas.

Was dachte sich Tatiana nur bei der Aktion? Das würde ich nicht auf mir sitzen lassen! Ich trat ins Gaspedal, als ob es ums Überleben ginge. In Höchstgeschwindigkeit fuhr ich ihnen nach und in den Wald hinein.

Der Schatten der Bäume pulsierte über die Karosserie. Mittlerweile hatte ich schon gut aufgeholt. Der Motor des Kreuzmobils brüllte wie ein Löwe, der mich vor seiner unbändigen

Gefahr warnte. Wir gelangten zur S-Kurve, bei der Tatiana das Taxi mit einem draufgängerischen Manöver überholt hatte. Das Hindernis bestehend aus umgefallenen Bäumen und deren Gehölz lag unverändert dort. Nervös folgte ich den weiteren Geschehnissen. Nebeneinander fuhren sie auf die Engstelle zu. Unerwartet passierte etwas, das ich nicht verstehen konnte. Vielleicht lag es an meiner Verfassung. Oder daran, dass ich immer wieder auf die Armaturen blickte. Anders konnte ich mir nicht erklären, was als Nächstes geschah. Und das war keine Stelle, die sich absichtlich in die Länge zog, um die Spannung zu steigern. Nein, diese kam gar nicht erst auf! Mein Alucar D befand sich von einem Moment auf den nächsten hinter dem Gehölz! So als wäre er an dem Hindernis vorbei teleportiert worden! Wie konnte das sein? Der Taxifahrer fuhr gerade erst in die Kurve, während Tatiana aus meinem Blickfeld verschwand! Es schien, als hätte ihr Kontrahent die Revanche verloren. Konnte er eine zweite Niederlage verkraften? Ich befand mich in seinem Windschatten und kam schnell näher. Das Kreuzmobil war ein ungezähmtes Biest, das mich mit jeder Vorwärtsbewegung des Gaspedals in den Sitz presste. Ich vermutete, dass es das zweite Hobby des Paters war, daran zu schrauben, wenn er nicht aus Texten zitierte. Die Maschine verleitete mich geradezu, die Höchstgeschwindigkeit zu erreichen. Obwohl ich mich in der ersten Kurve befand, spürte ich keinen Kontrollverlust. Im Gegenteil: Es kam mir vor, als glitte ich mit Metallrädern auf Schienen. So fest bissen sich die Räder in den Boden hinein.

»Soll ich ihn überholen?«

Meine Stoßstange berührte schon fast die des Taxis. Der Besucher drehte sich um und warf mir einen hilfesuchenden Blick zu. Ich verspürte den Drang, sie in der zweiten Kurve zu überholen. Der Platz war knapp, und ich musste durch Äste durchbrechen. Trotzdem glaubte ich, dass es möglich war. Nein, ich wusste, dass ich es schaffen würde! Die göttliche Motorisierung – die weit mehr als zwölf Zylinder besaß –

stärkte meinen Glauben. Ich setzte zum Überholen an und huldigte dem Erbauer des Fahrzeugs. Plötzlich feuerten zwei Stichflammen aus den zwei Auspuffen des Taxis. Ein Geräusch erklang, als würde ein Düsenjet zum Start ansetzen. Unmittelbar hinter der Windschutzscheibe wütete ein Meer aus Flammen. Ich konnte nichts mehr erkennen! Das Feuer zwang mich dazu, in die Eisen zu steigen. Der Wagen machte eine Vollbremsung und schleuderte mich nach vorn. Kurz vor dem Abbeißen des Lenkrads spannte der Gurt und fing mich auf. Mein Herz raste, als die Flammen gleich meiner Überzeugung verschwanden. Der Schweiß tropfte mir von der Stirn, während das Taxi so stark beschleunigte, dass es fast von der Fahrbahn abkam.

»GABI, bitte schalte die Klimaanlage ein.«

Ich wartete auf eine Reaktion, aber nichts geschah. Mir wurde immer wärmer.

»GABI, bitte öffne die Fenster«, keuchte ich.

Wieder passierte nichts.

»GABI?«

Der Bordcomputer schwieg, weil ich ihn in den Ruhezustand versetzt hatte. Dieser Fehler wurde mir aber erst nach meiner Frage bewusst. Ich überlegte, wie ich GABI aktivieren konnte, und erblickte den Schalter mit dem Kreuzsymbol.

»Der muss es sein«, sagte ich und drückte den Knopf.

Auf einmal färbte sich das gelbe Licht des Innenraums rot. Auf alles gefasst schaute ich um mich und erblickte im Display der Front einen Countdown. Die Zeit wurde von einer Minute hinabgezählt.

»Märtyrertod«, las ich von der Anzeige ab.

»Selbstzerstörung eingeleitet!«, informierte und schockierte mich GABI gleichermaßen.

»Wieso hast du mich nicht informiert?«

»Worüber soll ich Sie nicht informiert haben, Eure Heiligkeit?«

»Dass dieser Knopf ein Zeitzünder ist! Schalt das ab!«

»Ich habe Sie leider nicht verstanden! Bitte wiederholen Sie!«

»Schalte den verfluchten Timer ab!«

»…«, GABI verschluckte sich am ersten Wort, »wird abgeschaltet!«

Die Beleuchtung der Front erlosch mitsamt meinem Fluchtdrang.

»Danke, GABI!«

»Sehr gerne!«

Beruhigt lehnte ich mich zurück und atmete durch. Die stickige Luft machte es schwer für mich zu entspannen. Ich griff an die Tür, aber konnte sie weder öffnen noch das Fenster hinablassen.

»GABI, warum sind die Türen und Fenster verriegelt?«

»Bei der Abfahrt wird das Verteidigungsprotokoll aktiviert! Dazu gehört, dass die Türen und Fenster nicht zu öffnen sind!«

»Was soll der Schwachsinn?«

»Ich habe Sie leider nicht verstanden! Bitte wiederholen Sie!«

»Wozu gibt es ein Verteidigungsprotokoll?«

»Die Aktivierung des Verteidigungsprotokolls dient dem Schutz der Fahrzeuginsassen bei einem Angriff der Schattenwesen!«

»Bei einem … Angriff der Schattenwesen?«

»Ja! Detonation in zwanzig Sekunden!«

»Detona… was? Hast du die Selbstzerstörung nicht ausgeschaltet?«

»Nein!«

»Was hast du dann vorhin ausgeschaltet?«

»Ich habe die Anzeige ausgeschaltet!«

»Die Anzeige? Brich die Selbstzerstörung ab!«

»Detonation in zehn Sekunden!«

»GABI! Abbrechen! Brich die Selbstzerstörung ab!«

»Passwort erforderlich!«

»Öffne die Türen! Sofort!«

»Passwort erforderlich!«

»GABI, öffne die Türen!«

»Die Türen wurden wegen der Selbstzerstörung verriegelt! Eine Öffnung ist nur in den ersten fünfzehn Sekunden möglich, nachdem der Countdown aktiviert wurde!«

Ich hämmerte vergeblich mit den Ellbogen gegen die Scheibe. Das Sicherheitsglas rüttelte nicht einmal. Panisch zog ich den Kreuzanhänger aus der Mittelkonsole. Ich schloss die Finger zu einer Faust und stach mit dem Schlüssel auf das Glas ein. Mein gewalttätiges Handeln sorgte nicht einmal für eine Kerbe.

»Detonation in … drei … zwei …«

»Herr, hilf mir!«

»Passwort akzeptiert! Selbstzerstörung abgebrochen!«

☆

Nach dem Schreck, der mich gut einige Lebensjahre gekostet hatte, fuhr ich das Auto aus dem Wald. Tatiana wartete seitlich der Straße auf mich. Sie stand hinter meinem Fahrzeug. Ich fuhr zu ihr hin und stellte mich dahinter. Nachdem ich unbeabsichtigt das Passwort eingegeben hatte, folgte GABI all meinen Kommandos. Mein erster Befehl lautete sämtliche Verteidigungsmechanismen zu deaktivieren. Ungern wollte ich wieder von Neuem beginnen, deshalb ließ ich den Motor laufen und stieg aus.

»Tatiana, du glaubst nicht, wie knapp das gerade war!«

»Ja, er hat ziemlich aufgeholt! Das hätte ich nicht gedacht.«

»Wer?«

»Der Taxifahrer. Er hat mich auf dem letzten Stück noch überholt …«

»Das meinte ich nicht.«

»… ich hätte natürlich noch schneller fahren können …«

»Das Auto ist eine Bombe!«

»Ja, das dachte ich auch. Der ist in einer Feuerwolke an mir vorbeigezogen. Wie eine Rakete! Sieh nur, sogar die Pflanzen hat er angesengt. Zum Glück hat es gestern geregnet.«

Seelisch erschöpft gab ich auf, ihr zu erklären, was ich meinte. Vermutlich war das besser, um ihr keine Sorgen zu bereiten. Ich nahm mir vor, ihr auf dem Rückweg von dem Vorfall zu erzählen. Besonders wollte ich, dass sie sich von dem Auto fernhielt.

»Warum bist du eigentlich so gerast? Ich hatte dich doch gebeten, auf mein Alucar D aufzupassen …«

»Tut mir leid. Es lag am Countdown. Der hat mich dazu verleitet.«

»Mein armes Auto …«

»Keine Sorge, dem ist nichts passiert. Na ja, bis auf den angeschmolzenen Lack.«

Ich jammerte kurz auf und besann mich meines Verhaltens. »Na ja, ich kann dich verstehen. Ich habe mich von euch auch hinreißen lassen. Der Motor von dem Auto verleitet gerade dazu, ihn an die Grenzen zu bringen.«

»Ist der so stark? Interessant!«

»Ja, ich glaube euer Feind, der Pater, bastelt in seiner Freizeit daran herum.«

»Nachdem du eingestiegen bist … ist dir sonst noch etwas aufgefallen?«

»Wie meinst du aufgefallen?«

»Na ja, hat sich etwas aktiviert, das ungewöhnlich für ein Auto war?«

Ich erinnerte mich an die Dusche, Verriegelung und die Selbstzerstö…

»Nein, mir ist nichts aufgefallen. Ein ganz normales Auto. Etwas altmodischer als meins.«

»Echt? Vielleicht sollten wir tausch…«

»Nein, ich halte das für keine gute Idee. Ich habe schon alle Spiegel für mich eingestellt.«

»Die kann ich doch umstellen?«

»Und den Sitz habe ich auch angepasst.«

»Also, der ist auch kein Hindernis für mich.«

»Meinten deine Eltern nicht, du sollst dich von dem Auto fernhalten?«

»Ja, schon … aber meine Eltern sind vielleicht etwas überfürsorglich.«

»Also, ich möchte auch nicht, dass du einsteigst. Wir sollten uns an das halten, um das deine Eltern gebeten haben. Ich möchte ihnen berichten, dass ich das Auto weggeschafft habe.«

»Das können wir ja sowieso? Auch wenn ich fahre?«

»Nein, ich möchte nicht lügen müssen. Bitte lass uns so weitermachen, wie es geplant war. Ich möchte ein gutes Gewissen haben, wenn ich deinem Vater davon erzähle.«

»Okay, du hast ja recht. Fahren wir weiter.«

Wir stiegen wieder in unsere Autos. Ich war beruhigt, dass ich sie hatte überreden können, nicht mit dem Auto zu fahren. Komischerweise kam es mir ganz kurz so vor, als säße sie neben mir. Kurz tauchte etwas oder jemand in meinem Augenwinkel auf. Aber als ich hinübersah, erblickte ich nur einen leeren Sitz.

»Seltsam …«, murmelte ich und befahl GABI, leise Radiomusik abzuspielen.

Tatiana startete den Alucar D und fuhr los. Unmittelbar danach trat auch ich in die Pedale und folgte ihr.

Die restliche Strecke verlief ohne Komplikationen. Wir bewegten uns an goldenen und grünen Feldern vorbei. Aus den Lautsprechern drang Metal-Musik. Da mir die Lieder gefielen, ließ ich den Sender laufen. Besonders fand ich die zwei Sprecher super, weil sie unterhaltsam moderierten:

»Das war *Blutbund* mit dem Titel *Mensch, lass mich saugen!*«

»Na, wenn das keine Ansage ist!«

»Haha, richtig! Welcher Venen-Knutscher möchte das nicht? Das Lied stürmt gerade die Charts!«

»Also mir wurde gesagt, dass korrupte Politiker besonders delikat sind. Wenn du dich ihnen offenbarst, glauben sie, der Teufel persönlich würde sie holen. Sie fangen dann an zu wimmern und erzählen dir mehr, als sie vor Gericht je aussagen würden. Das soll ihrem Blut eine besondere Note verleihen.«

»Den Blutsaugern das Blut saugen. Also ich hatte schon einmal einen.«

»Wirklich? Und wie war er?«

»Sehr trocken. Geradezu langweilig.«

»Wieso das? War er schon so alt?«

»Nein. Er hat überhaupt nicht gelacht.«

»Haha! Du hättest ihm vor dem Aussaugen einen Witz erzählen sollen!«

Das Radioteam lachte. Na ja, ihre Witze waren vorhin besser gewesen. Ich fragte mich, wie lange sie ihre Schauspielerei beibehalten konnten. Jedenfalls schien das Vampirthema in der Gegend sehr beliebt zu sein. Das erklärte auch, warum Tatiana und ihre Familie eine solche Vorliebe dafür entwickelt hatten. Wurde man von Kindesalter an ständig damit konfrontiert, so konnte daraus leicht eine starke Hingabe resultieren.

☆

Bald schon erreichten wir das erste Dorf namens Blutwiese. Tatiana fuhr mit meinem Wagen in eine Parklücke, in dem eine Straßenbahn Platz gehabt hätte. Ich stellte mich mit dem goldenen Auto dahinter und drehte den Motor ab.

»Auf Wiedersehen, Eure Heiligkeit!«

»Das hoffe ich nicht, GABI.«

Tatiana klopfte an meine Scheibe und winkte mir zu. Ich zog den Schlüsselanhänger aus der Mittelkonsole und stieg aus.

»Endlich geschafft. Aber was machen wir mit dem Schlüssel?«

»Ach, den kannst du auf dem Fahrersitz liegen lassen.«

»Wird das Auto dann nicht gestohlen?«

»Nein, so dumm wäre kein Dieb. Und wenn doch, dann wäre es sein letzter Fehler.«

»Tatiana, was habt ihr mir verschwiegen?«

»Nichts. Das Auto hat einen Peilsender eingebaut. Der Spinner wird es schnell finden.«

»Das sagst du mir erst jetzt? Wir müssen hier weg, bevor er uns entdeckt!«

»Keine Sorge, der muss erstmal zu Fuß hierherkommen.«

»Trotzdem wäre es mir lieber, wenn wir jetzt losfahren. Ich möchte unser Glück nicht überstrapazieren.«

»Okay, können wir. Willst du fahren?«

»Moment, ich lege noch den Schlüssel auf den Sitz ...«

Ich öffnete die Tür und legte den Schlüsselanhänger auf die Mittelkonsole.

»... Was hast du gesagt?«

»Ob du fahren willst.«

»Nein, danke. Ich bin für heute genug gefahren.«

»Okay, wie du willst.«

Tatiana und ich gingen zum Alucar D. Sie setzte sich auf den Fahrersitz, während ich mit der Handfläche über den beschädigten Lack fuhr. In der schwarzen Farbe befanden sich kupferfarbene und gräuliche Stellen. Ich konnte nicht unterscheiden, was davon Dreck und was ein Schaden war. Die nächste Tankstelle mit Waschstraße befand sich kilometerweit entfernt. Aber Wasser oder Regen würde dem Auto bestimmt nicht guttun. Ich weinte innerlich, atmete kurz durch und stieg ein. Die herausgerissene Mittelkonsole schockierte mich erneut. Den Schaden hatte ich schon wieder verdrängt. Mir kamen schon fast die Tränen.

»Was hast du?«, fragte mich Tatiana.

»Ich glaube, wenn der Urlaub vorbei ist, muss ich mir ein neues Auto kaufen«, jammerte ich.

»Ach, komm. So schlimm ist der Schaden nicht. Die Werkstatt meiner Eltern kann das bestimmt reparieren.«

»Deine Eltern haben eine Werkstatt?«

»Ja, mehrere. Die Automarke gehört ihnen.«

»Warum hast du mir das nicht früher erzählt?«

»Du magst es doch nicht, wenn jemand prahlt. Außerdem war das bis zum Schaden nicht relevant.«

»Na ja, prahlen ... aber das erklärt zumindest einiges. Wieso deine Eltern in einem Schloss leben. Und wie sie ein ganzes Gebäude in unserer Stadt kaufen können.«

»Ja, sie haben ziemlich viele Unternehmen.«

»Das ist nicht das einzige?«

»Meine Eltern stehen an der Spitze eines Imperiums. Das ist halt der Vorteil, wenn man ewig lebt.«

Ihre Aussage machte mich sprachlos. Ich hatte mich zwar schon daran gewöhnt, dass ihre Eltern reich waren, aber nicht daran, dass sie so ein unfassbar großes Vermögen besaßen.

»Dein Vater ist außerdem noch Graf?«

»Nein, eigentlich nicht. Er ist ein König.«

»Aber der Spinner hat ihn so genannt.«

»Nur Mama hat adeliges Blut. Papa ist ein Halbblut. Er hat sie geheiratet und ist damit Teil der Familie geworden.«

»Wieso hat Pater Zweifel ihn dann Graf genannt?«

»Das ist eine Verwechslung. Papas Vorname ist Vlad. Mit der Heirat hat er Mamas Familiennamen übernommen. So entstand Vlad Dracula. Sie beide fanden es witzig. Außerdem hieß mein Großvater genauso.«

»Aber sorgt das nicht für Verwirrung? Früher bekamen die Kinder oftmals denselben Vornamen wie ihre Eltern. Manchmal wurde noch eine Nummer angefügt.«

»Ja, schon öfter. Viele halten Papa für meinen Opa. Sie zittern dann immer. Das ist ganz lustig anzusehen. Glauben, er sei von den Toten zurückgekehrt und so.«

»Wie behandelt ihr bitte eure Mitmenschen?«

»Papa hat sich jedenfalls als würdig erwiesen, den Familiennamen Dracula zu tragen. Er hat viele Schlachten geschlagen und unsere Feinde besiegt.«

»Schlachten geschlagen?«

Sah Tatiana so ihren Vater? Als Ritter, der gegen die bösen Unholde und Drachen kämpfte?

»Ja … aber lass uns über etwas anderes sprechen.«

»Warum?«

»Das Auto springt nicht an.«

»Hast du dir den Status im Bordcomput…« Ich unterbrach, da mir der Fehler mit einem Blick bewusstwurde.

»Außerdem gibt es noch ein anderes Problem.«

Ich seufzte kurz und atmete durch. »Welches?«

»Erinnerst du dich noch daran, dass ich meinte, wir bräuchten uns nicht zu sorgen?«

»Ja?«

»Nun ja … es scheint, als wäre der Spinner schneller aus dem Wald gekommen, als ich dachte.«

»Was?«

»Ich sehe, wie er auf der Straße in unsere Richtung geht.«

»Das ist nicht dein Ernst?«

»Doch, schau.«

Ich drehte mich um. Weit hinten erblickte ich eine Person, die in einem goldenen Mantel in unsere Richtung marschierte.

»Wie kannst du wissen, dass er das ist? Ich meine, die Kleidung spricht schon für ihn, aber ein Gesicht erkenne ich keines. Er ist so weit weg.«

»Das ist er, glaub mir.«

»Wenn er das wirklich ist, dann müssen wir so schnell wie möglich das Auto starten. Und damit meine ich, sofort!«

»Ja, aber ich weiß nicht, wie.«

»Drück mal den Startknopf.«

»Habe ich, aber es tut sich nichts.«

»Ohne Computer ist das schwierig herauszufinden. Warte, ich schalte ihn ab.«

Ich fasste nach meinem Schlüsselbund und stieg damit aus.

Im Gegensatz zu alten Autos musste beim Alucar D kein physisches Schloss benutzt werden. Das »Keyless«-System funktionierte über Funksignale und erkannte, wenn sich der Autoschlüssel in unmittelbarer Nähe zum Fahrzeug befand. War dies der Fall, konnte das Gefährt geöffnet, oder gestartet werden, ohne dass ein Schlüssel eingesteckt werden musste. Das System ermöglichte zwar Komfort, galt aber seit Jahren als unsicher. Wahrscheinlich hatte das Kreuzmobil aus diesem Grund noch ein mechanisches Schloss.

Als ich mich ein paar Meter entfernt hatte, schaltete sich das System des Wagens ab, und ich erkannte, dass Tatiana recht hatte. Bei dem Unbekannten, der sich uns näherte, handelte es sich wirklich um Pater Zweifel. Und er sah nicht gerade glücklich aus. Wie ich erkennen konnte, war sein Mantel zerrissen, als ob sich eine Großkatze mit ihren Krallen festgehalten hätte. Seine Frisur war zerzaust, das Gesicht war zerkratzt. In einer Hand hielt er seine abgerissene Halskette und in der anderen … eine Pistole.

»Wir müssen hier weg!«, schrie ich und stieg ins Auto.

Das System aktivierte sich wieder und ich drückte auf den Startknopf. Der Alucar D sprang an, als ob es sich genauso vor den Verrückten fürchtete wie ich. Er kam so nah, dass wir seinen Kampfschrei hören konnten:

»Im Namen des Herren …«

»Fahr los!«, unterbrach ich ihn panisch.

☆

Tatiana stieg ins Gaspedal. Die Reifen drehten durch – ich tat es ihnen fast gleich. Als ich mich umdrehte, sah ich wie Pater Zweifel seinen Wagen erreichte. Wir mussten uns beeilen, ihm zu entkommen.

»Fahr irgendwo ab.«

»Würde ich gern. Ich weiß nur nicht, wo.«

Wir fuhren schneller, als die Polizei erlaubte. Normalerweise machten mir solche Geschwindigkeiten Angst, aber in dem Fall verschwand diese wegen einer größeren Furcht.

»Auf der Geraden holt er uns bestimmt ein.«

»Ich weiß, aber es gibt nur eine Straße.«

Auf einem Privatgelände war das eine Sache, aber im normalen Straßenverkehr sollte man auf die Sicherheit anderer achtgeben. In unserem Fall war es nur so, dass es keins von beiden gab. Weder andere Verkehrsteilnehmer noch Sicherheit. Wir fuhren eine Straße entlang, an der es rechts und links von uns nur Felder gab. Ich drehte mich um, damit ich den Abstand zum goldenen Fahrzeug ausmachen konnte.

»Er kommt näher!«

»Ich weiß! Ich fahre schon, so schnell ich kann!«

»Wir hätten den Schlüssel ins Feld werfen sollen!«

»Das hätte auch nichts gebracht! In dem ist ebenfalls ein Peilsender!«

»Dort vorne! Das ist ein Dorf!«

Wir fuhren so schnell, dass der Wagen über jede Unebenheit sprang. Auf einer Weide stehende Kühe schauten gräserkauend zu, während wir an ihnen vorbeiröhrten. Tatiana reduzierte die Geschwindigkeit und näherte sich dem Dorf. Entgeistert starrte ich auf das Ortsschild »Hinterschreck«, als wir es passierten. Wieso hatten die Orte alle so fürchterliche Namen? Plötzlich leuchtete etwas hinter uns auf. Ich drehte mich um und erblickte das schimmernde Kreuzmobil.

»Der Irre hat das Fernlicht eingeschaltet!«

»Das ist kein Fernlicht ...« Tatiana duckte sich in die Schatten.

»Was sonst?«

»Starkes UV-Licht.«

Verdammt! Wusste er, dass sie unter einer starken Sonnenlichtallergie litt? Er wollte sie wirklich erledigen. Daran bestand kein Zweifel mehr.

»Fahr dort rechts.«

»Wieso?«

»Ich erinnere mich an die Stelle. Rechts kommen wir zur Stadt und Autobahnauffahrt. Dort ist eine Polizeistation. Wir müssen aus dem Dorf heraus. Die Leute haben damit nichts zu tun.«

Tatiana lenkte stark ein und bog an der Kreuzung rechts ab. Das Licht verschwand für einen kurzen Moment, bis es nach zehn Sekunden wieder hinter uns auftauchte. Der Spinner kam uns schnell näher und wir begriffen, wie sehr seine Motorisierung der unseren überlegen war. Tatiana wurde langsam so panisch wie ich. Und wenn sie panisch wurde, machte mich das noch panischer, denn sie wurde nie panisch.

»Du hättest die Sportversion kaufen sollen!«

»Wusste ich, dass wir an einer Verfolgungsjagd teilnehmen würden?«

»Die fünfhundert PS hätten uns etwas gebracht!«

»Das hätte zu viel gekostet!«

»Mit dem Codewort *Vampir* gibt es vierzig Prozent Rabatt!«

»Das wusste ich nicht!«

Wir wurden schneller, viel schneller. Ich glaube, ich muss nicht erwähnen, dass man ab einer gewissen Geschwindigkeit die Dinge anders sieht – tue es aber trotzdem. Auf einmal dröhnte etwas hinter uns. Wir fuhren aus dem Dorf heraus, als ich mich umdrehte, um nachzusehen. Aus der Motorhaube des goldenen Autos standen silberne Rohre heraus. Plötzlich explodierten ihre Mündungen und eine Stichflamme schoss daraus hervor. Zuerst fragte ich mich, was das sollte. Wunderte mich, ob sein Motor in Flammen aufgegangen war. Aber dann verstand ich es. Silberkugeln hagelten vom Himmel und prallten an unserer Karosserie ab. Eine von ihnen schlug durch die Windschutzscheibe und landete zwischen meinen Beinen im Beifahrersitz.

»Der will uns töten!«

Tatiana stand im Gaspedal, als die zweite Salve eintraf. Wieder prallten die Kugeln am Autodach ab und durchschlugen die hintere Heckscheibe. Ich schluckte, als ich den Schaden und unseren Verfolger betrachtete. Die Rohre, die aus seiner Motorhaube standen, glühten. Rauch zog an den Seiten des Fahrzeugs vorbei, als es die Geschwindigkeit erhöhte. War ihm die Munition ausgegangen?

»Du musst schneller fahren! Er kommt näher!«

Das Kreuzmobil kam so nah, dass es unsere Stoßstange rammte. Ich schleuderte kurz nach vorn, und bevor ich mich wieder umdrehen konnte, stieß er ein zweites Mal an. Er erwischte uns an der Seite, sodass unser Heck ausbrach. Tatiana fing das Auto sofort ab und brachte es wieder auf einen geraden Kurs. Wieder krachte der Wagen an unseren. Auch diesmal fing Tatiana die Wucht problemlos ab. Wiederholte Male stieß er dagegen, konnte uns aber nicht von der Spur abbringen. Der Motor des Kreuzmobils heulte wie ein hungriger Löwe auf, der um seine Beute kämpfte.

»Dort vorne ist die Stadt!«, informierte Tatiana mich hektisch.

Ich konnte nicht nach vorn sehen. Das Verfolgerauto bekam meine volle Aufmerksamkeit. Es raste so schnell hinter uns her, dass es uns anschob. Auf einmal brach es auf die Gegenfahrbahn aus und zog an unsere Seite. Ich spähte an Tatiana vorbei und in die Fahrerkabine hinein. Pater Zweifel saß angespannt auf dem Fahrersitz und hielt das Lenkrad im festen Griff. Ich wollte nicht an seine nächste Aktion denken, da krachte er schon in unsere Seite hinein. Ich knallte mit dem Kopf gegen die Fensterscheibe, während Tatiana sich nicht bewegte. Mein getrübter Horizont erweiterte sich zu einem klaren Bild.

»Das ist die Polizeistation! Wir sind gerettet!«, schrie ich.

Wir rasten an zwei Streifenwagen vorbei, die seitlich der Straße standen. Einer machte gerade Pause, und der Strömungswind wirbelte den Pappkaffee eines Polizisten auf seinen Kollegen. Das Blaulicht aktivierte sich später als der Motor ihres Einsatzfahrzeugs. Die Beamten schienen sich vor Zorn dem Wahnsinn der Täter hinzugeben. Ich wusste nicht, von wem ich mich lieber erwischen lassen wollte. Von dem Spinner oder dem kaffeebesudelten Polizisten, der sein Sturmgewehr mit einem Magazin belud.

☆

Der Urlaub wurde zu einem Höllentrip. Eine Sturmflut aus Blaulichtern folgte uns nach. Wir fuhren auf eine Brücke zu, die uns auf die Autobahn oder in Stadt bringen sollte. Noch hatten wir uns nicht entschieden, welche Endstation wir bevorzugten. Die Zeit, sie auszuwählen, lief uns davon. Irgendwie mussten wir anhalten, bevor die Polizisten das Feuer eröffneten. Nur wussten wir nicht, wie. Der Spinner rammte uns wie ein Besessener von der Seite. Mehrmals schon wollte er uns von der Spur abdrängen. In ein Gefälle, das seitlich des Flusses verlief. Der Strom machte vorn eine Linkkurve – genauso wie die Straße – und schlängelte sich unter der Brücke hindurch. Wir steckten in der Klemme und konnten weder bremsen noch ausscheren.

»Tatiana, dort vorne kommt eine Kurve.«

»Ich seh's.«

»Angriffsmodus, Entern bereit!«, dröhnte plötzlich GABIs Stimme.

Das Kreuzmobil war wie ein hoch technologisierter Panzer. Harpunen schossen aus seiner Seite und durchschlugen unser Auto. Beinahe hätte die Silberspitze eines Fanghakens Tatianas Bein erwischt. Eine Seilwinde zog den Alucar D und das Kreuzmobil dicht zueinander. Metall scharrte, als ob es sich um zwei Schwerter handelte, die bei einem Duell aneinandergerieten. Tatiana konzentrierte sich auf die Straße, während ich an ihr vorbeilinste. Die Fensterscheibe des Kreuzmobils schob sich nach unten. Ich blickte in einen goldenen Pistolenlauf.

»Runter!«

Eine Patrone durchschlug die Seitenscheiben und schoss an unseren Gesichtern vorbei. Genervt sah der Spinner seine Waffen an und warf sie anschließend auf den Rücksitz.

»Das war knapp ...«, keuchte ich.

»Ich kann nicht steuern!«

Der Alucar D und das Kreuzmobil gerieten in eine heftige Reiberei. Sie waren so stark ineinander verkeilt, dass Tatiana nicht mehr einlenken konnte. Wir schnellten unkontrolliert auf die Kurve zu. Das Kreuzmobil konnte uns locker ausbremsen, stattdessen gab es Gas. Sein Motor fauchte uns bedrohlich von der Seite an.

»Tatiana«, zog ich ihren Namen mit der nahenden Bedrohung in die Länge.

»Ich sehe sie!«

Ungebremst fuhren wir in die Biegung ein. Tatiana drehte das Lenkrad, sodass die Reifen in die Richtung des Kreuzmobils zeigten. Nichts geschah.

»Lenk ein!«, schrie ich verzweifelt, während unsere Vorderräder den Bodenkontakt verloren.

Stopp! Einfach ... stopp. Denke, an das, was du gelernt hast. Übe deine Achtsamkeit. Unterbrich deine Tätigkeit. Nimm eine bequeme Haltung ein. Schließe die Augen – auch wenn es dir schwerfällt – und öffne sie erst nach wenigen Sekunden. Atme ein … und … atme aus. Einatmen … und ausatmen. Ein … und aus. Spüre, wie sich dein Atem in deinem Körper ausbreitet. Entdecke dein Krafttier. Merke, wie es dich beruhigt. Lass seine Energie durch deinen Körper fließen. Spüre, wie deine sieben Chakren zum Leben erwachen. Wie eine Lotusblume, deren Blätter sich durch Liebe entfalten. Beobachte deine Gedanken. Deine Gefühle und Empfindungen. Lasse die Situation auf dich wirken.

»Verdammte Scheiße, wir werden sterben!«

Für einen kurzen Moment fühlte ich mich wie auf einem Parabelflug. Der Spinner hatte die Harpunen abgetrennt. Während er die Kurve kratzte, flogen wir schon zehn Meter über dem Boden. Ich sah, wie wir über das Ufer auf den schillernden Fluss zustürzten, und zählte meine letzten Sekunden …

Dann saß ich auf der Wiese. Keine Ahnung, wieso, aber ich saß einfach dort. Ich konnte mir das nicht erklären. War ich aus dem Auto gefallen? Tatiana saß neben mir. Sie hielt meine Hand. Das Auto segelte über unsere Köpfe hinweg. Die Bodenplatte funkelte wie eine Sternschnuppe. Unsere Augen folgten ihr wie bei einem romantischen Abend. Tatiana schmiegte sich an mich. Konnten wir uns etwas wünschen? Vielleicht ein heiles Auto? Am Ende der Flugbahn landete es mit der Spitze im Fluss. Eine Wasserfontäne schoss gen Himmel. Es sah aus wie ein riesiges Maul, das die Karosserie verschlang. Dann ebnete sich das Blau wieder und spuckte das Heck aus. Viele Blasen blubberten um es herum. Ein pensionierter Seemann stand am Wegesrand und salutierte. So ging das also! Die Karosserie versank, aber die Erinnerung blieb bestehen.

Ich stand auf und untersuchte mich auf Verletzungen. Obwohl ich dachte, von ihnen überzogen zu sein, schmerzte mir nur mein Kopf. Das ging nicht nur auf das unerklärliche Geschehen zurück, sondern auch auf den vergangenen Zusammenprall. Wegen der Wucht hatte ich mir zuvor den Kopf an der Scheibe angestoßen. Die Beule war das Abschiedsgeschenk der herzlosen Bekanntschaft. Ich hoffte, nicht mehr so schnell wieder in ihre Nähe zu gelangen. Aber wie konnte ich keine Verletzungen haben?

»Tatiana, geht es dir gut?«

»Ja, nichts passiert.«

Ich bückte mich zu ihr und half ihr aufzustehen. Dann umschloss ich sie mit den Armen. Mein Herz raste noch immer, doch die Liebe vertrieb die Angst. Es war ein so schönes Gefühl, dass ich es für immer spüren wollte. Und obwohl wir uns mehrere Minuten festhielten, kam es mir nur wie ein kurzer Augenblick vor, der viel zu schnell verging.

»Polizei! Hände hoch! Wir haben euch umstellt! Macht keinen Ärger!«

Ich riss die Arme nach oben, als ob ich ein obsessiver Fan wäre, der vor der Bühne den Schlüpfer seines Idols auffangen wollte. Die Polizisten – bestehend aus Straßen- und Spezialeinheiten – umkreisten uns. Die Mündungen unterschiedlichster Waffenläufe zeigten auf uns. Wie sollten wir die Verfolgungsjagd erklären?

»Ich sagte, Hände hoch!«

»Tatiana, was tust du? Nimm die Hände hoch.«

Sie stand neben mir und rührte keinen Finger. War sie vor Angst erstarrt?

»Tatiana …«, zischte ich und hoffte, ihr damit die Situation bewusst zu machen.

Ein Polizist rückte vor und zielte mit dem Gewehr auf sie. Seine Uniform war von Kaffeeflecken besudelt. Seine finstere Miene wirkte so bedrohlich wie seine ungesicherte Waffe. Ich traute mich nicht mehr, mich zu bewegen oder auch nur einen Laut abzugeben.

»Nehmt die Waffen runter!«, schrie er plötzlich und machte es den anderen vor.

Er schulterte seine Langwaffe und trat an Tatiana heran. Dann ging er in die Knie.

»Es tut mir leid, Prinzessin. Ich wusste nicht, dass Ihr es seid.«

Bitte was hatte er gerade von sich gegeben? Auf einmal fielen auch all die anderen Polizisten auf die Knie. Ich hatte noch nie zuvor so ehrfürchtige Beamten erlebt!

☆

Wir mussten weder einen Alkoholtest noch eine Zeugenaussage abgeben. Die Polizisten ließen uns einfach gehen. Ich verstand beim besten Willen nicht, wieso. Selbst wenn Tatiana eine Prinzessin war, so musste sie trotzdem das Gesetz achten. Niemand stand über dem Gesetz – dachte ich. Der Oberinspektor gab uns sogar Ratschläge, was wir der Versicherung sagen sollten. Ich hatte zwar schon mal von bestechlichen Beamten gehört, aber wir hatten ihnen nichts angeboten. Stattdessen stiegen sie in ihr Auto ein und fuhren mit Blaulicht dem Kreuzmobil hinterher. Das Fahrzeug befand sich schon auf der Brücke und raste ihnen davon. Eine große Flamme schoss aus den seitlichen Rohren und befeuerte die Motoren. Erst jetzt kam mir der Gedanke, ob es überhaupt ein Kennzeichen besaß. Also einen Sender, durch dessen verschlüsselte Identifikation festgestellt werden konnte, auf wen das Fahrzeug registriert war. Niemand wechselte heutzutage noch beschriftete Metallplatten an einem Fahrzeug. Das wurde schon lange wegen der Umwelt zuliebe abgeschafft und nur noch bei Oldtimern praktiziert. Außerdem musste bei einem Umzug nur die neue Anschrift bekanntgegeben werden, und der Rest erledigte sich automatisch. Das hatte auch Vorteile, wenn man eine Panne hatte, oder schlicht nicht wusste, wo sich sein Auto befand.

»Schau! Ich sehe es in der App.«

Tatiana hielt ihr Smartphone vor mein Gesicht. Es zeigte eine Karte der Umgebung in grünen und blauen Farben. Innerhalb der grafischen Darstellung des Flusses leuchtete ein roter Punkt. Dieser stellte eine Hoffnung dar, die wie Atlantis verschwand.

»Ich weiß nicht, was das bringen soll. Das Auto bekommen wir nie aus dem Wasser.«

»Vielleicht mit einem Schwimmkran?«

»Selbst wenn du einen auftreiben kannst, was ich, so möchte ich hervorheben, nicht mehr bezweifle, ist das Auto kaputt. Damit können wir nicht mehr fahren.«

»Du hast recht.«

»Die Frage ist allerdings, wie wir jetzt nach Hause kommen. Und zu deinen Eltern.«

»Eigentlich hätten uns auch die Polizisten mitnehmen können. Vielleicht sollte ich sie anrufen. Warte, ich wähle den Notruf.«

»Das sind keine Taxifahrer!«

»Wahrscheinlich dachten sie, dass wir beide zurückfliegen.«

»Womit? Ich kenne keinen Helikopter, der in die Hosentasche passt.«

»Mama und Emilia sind bestimmt mit den Vorbereitungen beschäftigt.«

»Für was?«

»Warte, ich rufe Papa an.«

»Ich halte das für keine gute Idee.«

»Wieso? Er kommt bestimmt.«

»Das bezweifle ich nicht. Nur glaube ich, dass er mich dabei überfährt.«

»Ach, das würde er nie tun.«

»Womit will er überhaupt fahren?«

»Mit einem ihrer Autos.«

»Welche Autos?«

»Meine Eltern haben viele Autos. Papa sammelt die sogar.«

»Ich dachte, dein Vater interessiert sich nicht für Autos?«

»Das war ein Witz. Er liebt Autos und andere Maschinen.«

»Welche Maschinen? Dampfwalzen, Panzer, Killerroboter? Ich muss es wissen!«

»Nein, nichts davon. Warte, ich rufe ihn an.«

»Bitte ni…« Das Freizeichen ließ mich verstummen.

Tatiana telefonierte mit Lautsprecher, wie es viele tun mussten, die ihr Telefon schon länger besaßen, als der Hersteller es wollte. Das schwarze Metall ihres Darktech X10 Smartphones glänzte im Licht der Sonne, die sich dem Abend zuwandte.

»Hallo?«

»Hallo, Papa. Du, wir hatten eine kleine Panne. Kannst du uns abholen?«

Kleine Panne? Kleine? Tatiana spielte dieses Desaster ziemlich herunter. Mit einem gewöhnlichen Unfall war das nicht mehr zu vergleichen!

»Kannst du nicht heimfliegen?«

»Ich schon … aber Cassiel.«

»Er hat überlebt?«

»Ja, und das Kreuzmobil ins nächste Dorf gebracht.«

Ein verärgertes Brummen ertönte aus dem Lautsprecher. Irgendwie bekam ich das Gefühl, dass mich Vlad aus einem anderen Grund ausgewählt hatte, das Fahrzeug wegzufahren.

»Ist er unverletzt?«

»Ja, ihm ist nichts passiert.«

»Gut. Dann hat er noch zwei Beine und kann laufen.«

»Papa!«

»Schon gut, schon gut. Ich hole euch. Schick mir deine Position.«

»Danke. Ich gebe sie dir gleich frei.«

Vlad legte mit einem genervten Unterton auf. Ob das so eine gute Idee war, ihn um Hilfe zu bitten?

DER ABEND

Die Sonne ging schon unter, als ein schwarzes Auto in unsere Richtung fuhr. Seine hohe Karosserie erinnerte mich an einen Geländewagen. Vorne strahlten zwei runde Lichter, bei denen ich annahm, dass sie mir mein eigenes ausknipsen wollten. Der Wagen fuhr direkt auf uns zu, und ich merkte erst zu spät, dass er mich ansteuerte. Er bremste so knapp vor meinen Füßen, dass ich zurückschreckte. Die Fahrertür ging auf und eine finstere Gestalt stieg aus. Es war Vlad, und er sah sehr missgelaunt aus – also so wie immer.

»Papa!«, rief Tatiana und umarmte ihn.

Kurz glaubte ich, den Hauch menschlicher Freude zu erkennen, die unter eisiger Ablehnung verschwand, als er mich bemerkte.

»Steigt ein«, befahl er mürrisch.

Ob ich ihn jemals zum Lachen bringen würde? Wir folgten seiner Anweisung und fuhren los. Tatiana saß auf dem Beifahrersitz neben ihm. Ich jedoch steckte zwischen vielen Blutspendebeuteln auf dem Rücksitz fest. Was hatte er damit vor?

Durch Dörfer und über Felder erreichten wir schließlich den Wald. Und es geschah an jener Stelle, dass ich Vlad zum ersten Mal wegen mir herzhaft lachen hörte.

»Cassiel, bitte erzähl es nochmal. Wie ist dein Auto versunken?«

»Aber das hat Tatiana doch schon gesagt?«

»Ich muss es von dir hören. Für die Anzeige.«

Seit wann gab ein Unbeteiligter so etwas auf? Das wäre, als würde jemand eine für ihn unbekannte Person aufgrund von Gerüchten beschuldigen und zum Scheiterhaufen verurteilen. Und überhaupt: Warum lachte Vlad wie eine alte Hexe, von der ein Dämon Besitz ergriffen hatte? Ich wollte das Gespräch nur noch beenden.

»Mehr gibt es nicht zu erzählen.«

»Kein Detail, das Tatiana vergessen hat? Wie ging es dir, als dein Auto versank? Hast du geweint?«

»Wieso ist das für eine Anzeige relevant?«

Meine Gegenfrage klang wie ein Aufruf, die Qual zu beenden.

»Ach, komm, Papa. Cassiel hat einen anstrengenden Tag hinter sich. Mach dich nicht noch über ihn lustig.«

»Okay, du Spaßbremse«, brummte er fröhlich.

Endlich hatte Tatiana ihren Vater und dessen Illusion durchschaut. Was das für mich wohl bedeutete? Abgesehen davon ging mir eine Sache nicht mehr aus dem Kopf. Wieso bezeichneten die Polizisten sie zuvor als Prinzessin und gingen vor ihr auf die Knie? Ich hatte sie das eigentlich schon, während wir auf Vlad warteten, gefragt. Sie meinte, dass ich es bald verstehen würde. Ich solle mich noch etwas gedulden. Die Ereignisse schienen tatsächlich auf eine Offenbarung hinzudeuten. Ich hoffte nur, dass wir nicht auf die Apokalypse zusteuerten.

»Sind Mama und Emilia schon fertig mit den Vorbereitungen?«

»Noch nicht.«

»Von welchen Vorbereitungen sprichst du?«

»Meine Schwester hat heute Geburtstag.«

Deshalb war Emilia so abweisend zu mir! Ich hatte ihr nicht zum Geburtstag gratuliert!

»Dann muss ich Emilia unbedingt gratulieren!«

»Nein, ich meine nicht Emilia. Sondern Viviane. Sie ist meine ältere Schwester.«

»Du hast eine ältere Schwester? Wieso höre ich erst jetzt von ihr?«

»Sie hat einen etwas ausgefallenen Umgang mit Menschen ...«

Konnte nicht schlimmer sein als Vlads gemeine Witze. Es würde mich aber nicht wundern, wenn sie seinem Charakter entsprach.

»... deshalb habe ich dir noch nicht von ihr erzählt.«

»Verstehe.«

»Außerdem wusste ich nicht, ob wir sie überhaupt sehen.«

»Wieso das?«

»Sie leitet das Familienunternehmen und kann sich schwer einen Tag freinehmen.«

»Nicht einmal für ihren Geburtstag?«

»Diese Tage sind ihr nicht so wichtig. Sie ist eher sachbezogen und extravagant.«

»Meine kleine Prinzessin kommt wieder nach Hause«, sprach Vlad von dem bevorstehenden Ereignis. »Ich habe etwas Angst.«

Vlad hatte Angst? Vor seiner Tochter? Das konnte nicht sein! Er wollte mich bestimmt reinlegen oder einschüchtern.

»Ich kann dich verstehen. Sie kommt ganz nach Mama.«

Nach dieser liebevollen Mutter, die sich um andere fürsorglich kümmerte?

»Hoffentlich haben sie alles bis zu ihrer Ankunft fertig.«

»Ja, das hoffe ich auch.«

Wollte mich Tatiana gemeinsam mit Vlad auf den Arm nehmen?

»Das heißt, wir feiern im Schloss?«

»Nein, dort ist nur die Willkommenszeremonie. Die große Feier ist in der Blutique. Deshalb waren wir am Vormittag dort.«

»Ich dachte, ihr wart Kleidung einkaufen?«

»Ja, das haben wir auch gemacht. Aber wir haben danach geholfen, den Laden für die Feier vorzubereiten.«

»Wie viele Leute sind denn eingeladen?«

»An die Hundert. Es können aber noch mehr kommen.«

»So viele Menschen?«

»Ja ... Cassiel ... was das betrifft.«

»Sie ist schon da!« Vlad unterbrach plötzlich unser Gespräch.

»Was? Sie sollte doch erst in einer Stunde kommen?«

»Sag ihr das! Das ist ihre Flotte!«

Vor den Toren des Schlossareals stand eine Kolonne schwarzer Limousinen. Vlad fuhr an ihnen vorbei und blieb anschließend auf dem Vorplatz stehen. Wir stiegen aus.

»Du!« Vlad deutete auf einen Hausdiener, der sofort herange... – Moment! Schwebte er? – ...eilt kam. »Bring das schnell in die Blutique«, wies er ihn an. »Und achte darauf, dass Viviane es nicht sieht.«

»Was soll ich nicht sehen, Vater?«

Vlad zuckte zusammen. In der offene Eingangstür des Schlosses stand eine Frau, die aussah, als würde sie auf eine Halloweenparty gehen. Ihr schwarzes Kleid bestand aus einem hauchdünnen Stoff. Die Abschlüsse endeten in Chiffonfalten, die ein charakteristisches Zeichen der Familie sein mussten – oder sie besaßen alle denselben Geschmack. Bei den Beinen war das Kleid so weit offen, dass sie diese problemlos nach vorn strecken konnte. Darüber trug sie ein blutrotes Oberteil, das einen weiten V-Ausschnitt besaß. Die Taille wurde von etwas umschlossen, das wie ein Korsett aussah; aber es besaß keine Schnüre. Als ich genauer hinsah, erkannte ich, dass alle Stoffe miteinander vernäht waren. Sie waren Bestandteile eines einzigen Kleidungstücks. Eines bizarren schwarz-roten Stoffes, dessen mystische Trägerin dem Ganzen die Krone aufsetzte. Das goldene Metall funkelte in ihren dunkelroten Haaren und steckte wie ein Haarreif auf ihrem Kopf fest. Eine Schar halbnackter Männer umkreiste sie wie ein Rudel rangniederer Wölfe. Sie lagen ihr zu Füßen! Die Männer trugen Halsbänder, die sie an einer kurzen Leine hielt. Was für eine groteske Szene!

☆

»Cassiel, mach keinen Laut«, flüsterte mir Tatiana plötzlich zu.

»Wieso?«, fragte ich leise zurück.

»Sie wittert Schwäche.«

»Was meinst du damit?«

»Wenn du mit ihr sprichst, dann verhalte dich ganz ruhig und mach keinen Mucks.«

»Wie soll ich dann mit ihr sprechen?«

»Gar nicht. Nicke nur zustimmend, wenn sie etwas sagt.«

Viviane machte eine Geste, und zwei Männer vor ihren Füßen wichen zur Seite. Sie schritt die Stufen hinab und näherte sich Vlad bedrohlich wie eine Gewitterwolke. Er zitterte so stark, als wäre er schon mehrmals von deren Blitzen getroffen worden.

»Meine Tochter«, bibberte er, »ich freue mich, dich zu sehen.«

»Lenk nicht ab, Vater. Sag mir, was ich nicht sehen soll.«

»Nichts, Viviane. Es ist alles in bester Ordnung.«

»Ist das schon wieder einer deiner nervigen Streiche?«

»Was? Nein, das würde ich niemals tun. Du weißt doch, ich bin ein frommer Mann, Viviane.«

Von welcher Person sprach Vlad? Doch nicht von sich selbst?

»Emilia hat mir etwas anderes berichtet.«

»Diese kleine Gör…«

Auf einmal stand Viviane so knapp vor Vlad, dass sich fast ihre Nasenspitzen berührten. »Du wolltest etwas sagen?«

»Ich? Nein, wie kommst du darauf?«

»Gut, ich habe nichts anderes erwartet. Durch sie habe ich ziemlich viel erfahren. Zum Beispiel hat sie mir erzählt, dass du unseren neuen Modestil nicht gutheißt.«

»Nein, das muss sie falsch verstanden haben. Ihr seid alt genug zu tragen, was ihr wollt.«

»Das freut mich, dass du das so siehst.«

»Natürlich. Wie sollte ich das sonst sehen?«

»Also sind wir uns einig?«

»Ich gehorche ohne Widerrede.« Vlad machte einen Schritt zurück und verneigte sich vor ihr.

»Keine Streiche, solange ich hier bin.«

»Natürlich, meine Prinzessin.«

Ich kannte Tatianas Schwester zwar kaum, aber sie wurde mir zunehmend sympathisch.

»Ich warne dich. Wenn du nur einen Streich machst, wird das Konsequenzen haben.«

»Auch keine Witze?« Er sah sie traurig an, als hätte man ihm seinen Lebenssinn geraubt.

»Nur, wenn es nicht zu einem Streich wird.«

»Du hast den Humor deiner Schwester. Komm in meine Arme, du Blutsau…«

Ich hörte ein kurzes Jammern, und plötzlich steckte Vlad kopfüber in einer Mülltonne. Wo kam die auf einmal her? Vlads Klagen drang dumpf hervor. Nach der Bestrafung sah Viviane in unsere Richtung. Bernsteinfarbene Augen schauten sich gegenseitig an.

»Tatiana.«

»Viviane.«

»Lange nichts von dir gehört. Geht es dir gut, kleine Schwester?«

Tatiana nickte.

»Und das ist also dein Freund?«

Tatiana nickte erneut. Stellte Viviane absichtlich Fragen, die mit Ja oder Nein beantwortet werden konnten? Sie ging zu uns hinüber, stellte sich vor mich hin und betrachtete mich schweigend. Auf einmal verspürte ich den Drang, etwas Dummes zu tun. Tatiana hatte mich zwar davor gewarnt, doch mein Verlangen war stärker. Eigentlich wollte ich Viviane für Vlads Bestrafung sogar schon die Hand schütteln. Sie auf ein Podest heben und bejubeln. Aber das hielt ich angesichts ihrer Zurückhaltung für eine äußerst schlechte Idee. Trotzdem konnte ich nicht so unhöflich sein, nicht zu tun, wonach mir verlangte.

»Hallo … ich heiße Cassiel. Freut mich, dich kennenzulernen.« Ich streckte ihr die Hand entgegen.

»Das ist also das Frischblut.«

»Frischblut?«

Tatiana nickte.

»Emilia hat mir schon erzählt, was du wegen Vater erleiden musstest. Dafür wird er später noch bezahlen.«

Ein kurzes dumpfes Jammern erklang aus der Mülltonne. Vlad steckte noch immer darin und zappelte mit den Beinen. Plötzlich kam ein ungewöhnliches Gefühl in mir auf. Es erwischte mich so unerwartet, dass ich fast einen Freudensprung gemacht hätte. Ich glaubte … ich hatte mich in Tatianas Schwester verliebt! Das war selbstverständlich nicht ernstgemeint. Aber konnte es sein, dass Viviane in ihrer Kindheit zu viele von Vlads Streichen ertragen musste? Genauso, wie ich es in der kurzen Zeit schon erlebt hatte. Doch wieso half mir Emilia plötzlich? Ich dachte, sie konnte mich nicht leiden? Ich wollte mich bedanken, erinnerte mich aber an Tatianas Worte. Meine Lippen konnten meine Freude nicht verbergen. Ich nickte.

»Welche Horrorgeschichten hast du Cassiel über mich erzählt, kleine Schwester?«

»Keine, Viviane.«

»Warum spricht Cassiel dann kaum?«

»Er ist generell ein ruhiger Mann.«

»Ist das so?«

»Ja, er spricht nur, wenn er gefragt wird.«

Viviane lächelte und Tatiana machte einen Gesichtsausdruck, als hätte sie etwas Falsches gesagt. Was hatte sie getan? Ich hatte das Gefühl, als hätte sie mich aus Versehen von Bord eines Schiffs gestoßen. In einen ruhigen Ozean, unter dessen schöner Oberfläche die Gefahr lauerte. Ihr Gesicht zuckte angestrengt. Suchte sie nach einer Rettungsleine, die sie mir zuwerfen konnte? Nach etwas, das ich greifen konnte, um mich aus der Misere zu ziehen? Nach kurzer Zeit des Schweigens stand für mich eins fest: Es gab nur einen Weg, ihre Mühen zu beenden. Ich gab das Schauspiel auf und rettete mich selbst.

»Tatiana sagt die Wahrheit. Sie hat nur gesagt, dass du heute zu Besuch kommen würdest.«

»Bist du dir sicher?«

»Ja, sonst hat sie nichts gesagt. Das schwöre ich bei meinem Leben.«

»Bei deinem Leben?«

»Ich möchte mich gern mit euch allen verstehen. Deshalb ist mir Ehrlichkeit sehr wichtig.«

»Cassiel, weißt du, wohin wir heute gehen werden?«

»Ja, in die Blutique.«

»Und weißt du auch, wer dort sein wird?«

»Ja, ungefähr hundert Gäste.«

»Jetzt verstehe ich, was Emilia meinte. Tatiana, du hast es ihm nicht gesagt?«

Tatiana nickte zerknirscht.

»Mir was nicht gesagt?«

»Ich möchte, dass du mich heute Abend begleitest, Cassiel. Sei an meiner Seite.«

»Das Angebot weiß ich zu schätzen. Aber ich muss ablehnen.«

»Wieso?«

»Ich gehöre an Tatianas Seite.«

»Sie wird bestimmt nichts dagegen haben, oder, Schwester?«

Tatiana nickte zustimmend.

»Siehst du?«

»Trotzdem erscheint es mir falsch.«

»Du wolltest dich doch mit uns anfreunden?«

»Ja, das will ich.«

»Dann solltest du auch alles über unsere Familie erfahren.«

»Ja, das würde ich gerne. Aber gemeinsam mit Tatiana.«

»Es ist okay, Cassiel. Du kannst mit Viviane mitgehen. Du würdest es sowieso herausfinden.«

»Was herausfinden? Von was sprecht ihr die ganze Zeit?«

»Heute Abend wird eure Beziehung auf die Probe gestellt.«

☆

Die Willkommenszeremonie war sehr kurz und bestand hauptsächlich aus goldenen Kelchen voll Medizin und einem Glas Cognac – Letzteres bekam ich. Wir standen zur Begrüßung im Vorzimmer, und Hausdiener hielten die Getränke auf einem Tablett. Da ich etwas nervös war, trank ich, ohne das

Glas abzusetzen, aus. Aber ich war so hellwach, dass ich, selbst wenn ich einen Rausch davontrug, ihn nicht mitbekam. Nach dem kurzen Umtrunk begrüßte Fiona ihre Tochter, mit aller Liebe, die eine gute Mutter geben konnte. Gleichzeitig bat sie, mit Vlad nicht so streng zu sein, da er sich schon sehr auf ihr Erscheinen gefreut hätte. Vater und Tochter standen sich gegenüber und wechselten Blicke wie bei einem Duell.

»Viviane«, verlautbarte Vlad freudig.

»Papa!«, erwiderte Viviane seine Liebe.

Versöhnlich fielen sie sich gegenseitig in die Arme. Währenddessen hielt Vlad einen Aufkleber in der Handfläche, auf dem »Spaßbremse« stand. Fiona riss ihm das Papier aus der Hand, bevor er es Viviane an den Rücken kleben konnte. Daraufhin steckte er wieder kopfüber in der Mülltonne. Irgendwie schien er die Grenzen anderer nicht zu respektieren. Beziehungsweise aus seinen eigenen Fehlern nicht zu lernen.

Während Vlad am Vorplatz vor sich hin zappelte, deutete Viviane einem ihrer – leibeigenen? – Männern, sich mir anzunehmen. Für mich war das sehr seltsam, denn ich wusste nicht, was das bedeutete. Ich folgte einem von ihnen ins Wohnzimmer. Es stellte sich heraus, dass der Mann ein begnadeter Frisör war und mir einen neuen Haarschnitt verpasste. Im Zuge dessen glättete er meine Locken heraus und kämmte meine Strähnen nach hinten. Hatte er das Werkzeug in einem der Autos mitgeschleppt? Am Ende betrachtete ich mich in der Reflexion eines Spiegels, die meine Selbstwahrnehmung zur Schau stellte. Wer war diese andere Person? Sie sah elegant aus, aber sie hatte nichts mit mir gemein. Obwohl der Haarschnitt professionell gemacht worden war, passte er nicht zu meinem Charakter. Ich vermisste meine kreative Frisörin. Welche spirituellen Erfahrungen sie wohl gerade machte? Trotzdem bedankte ich mich für die neue Frisur und gute Arbeit. Haare wuchsen schließlich nach, Respekt blieb bestehen. Er dankte mir und verbeugte sich, obwohl ich niemand Besonderes war. Vermutlich wusste er das nicht. Nachdem er seine Sachen zusammengepackt hatte, stand ich auf und ging Richtung Ausgang. Plötzlich ging die Tür auf und zwei schwarzhaarige Männer traten ein. Sie sahen aus wie Butler, die in einem Anzug steckten, der auf Überbezahlung hinwies. Ihre Augen leuchteten rot. Einer von Ihnen hielt eine Stoffschere und ein Maßband in den Händen.

»Bitte zieht das an«, sagte der andere und streckte mir einen Anzug entgegen.

Ich fühlte mich etwas überrumpelt.

»Ja … ich meine … wieso?«

»Prinzessin Viviane hat uns gebeten, dass wir Euch einen Anzug bereitstellen. Aus diesem Grund werden wir einen anpassen.«

»Anpassen? Wieso weiß sie, dass ich keinen habe?«

Besser hätte ich wegen des Adelstitels nachgefragt.

»Königin Fiona hat es ihr erzählt. Und dass Eurer beschmutzt sei. Prinzessin Viviane besteht darauf, dass Ihr einen tragt.«

Ich hatte die Worte, die ich am Vorplatz sagte, ehrlich gemeint. Mein größtes Anliegen war es, mit ihnen allen klarzukommen. Wenn dies bedeutete, für einen Tag Vivianes Kleiderordnung zu folgen, dann würde ich das tun. Ich zog ohne Widerstand meine Sachen aus. Der Diener reichte mir eine kastanienbraune Hose, die eine goldbestickte Taschenöffnung besaß. Ich griff kurz hinein und sah die dunkelviolette Farbe des Innenfutters.

»Das ist zu teuer«, stotterte ich, »wenn das kaputtgeht.«

»Macht Euch deshalb keine Sorgen. Die Kleidung ist ein Geschenk. Sie gehört Euch.«

Ich wusste nicht, was ich dazu sagen sollte. Viviane hatte mit – einer unbekannten Person – einen teuren Anzug geschenkt. Das kam so überraschend, dass ich mir meiner Gefühle erst bewusstwerden musste. Eigentlich wollte ich mich bedanken, aber das erschien mir falsch. Denn ich hatte nicht um neue Kleidung gebeten. Der Prunk oder Wert der Sachen interessierte mich ebenso wenig. Wenn überhaupt, dann hätte ich Viviane etwas zu ihrem Geburtstag schenken müssen. Doch ich hatte nichts für sie, da ich sie nicht kannte. Andererseits war die Kleidung sehr schön, und ich war nicht abgeneigt, sie zu behalten. Die einzige Möglichkeit, Viviane meine Dankbarkeit zu zeigen, bestand darin, ihr Geschenk nicht abzulehnen.

»Danke«, sagte ich trotzdem und zog mir die Hose an.

Eine vierte Person kam in das Zimmer und stellte neben mir einen Schemel ab. Mit einer Handgeste bat er mich, darauf zu steigen. Ich folgte seinen Anweisungen und nahm gleichzeitig ein weißes Hemd entgegen. Meine Finger öffneten die elfenbeinfarbenen Knöpfe und ich schlüpfte hinein. Der Stoff war so flauschig, dass ich fast eine Gänsehaut bekam – das hatte auch damit zu tun, dass ich mir dessen Wert bewusstwurde. Ein weiterer Mann betrat das Zimmer, der ebenso wie ein Butler aussah. Aber sein helles Haar unterschied sich von dem der anderen Männer. Er brachte eine Nähmaschine und stellte sie auf dem Wohnzimmertisch ab.

»Wie ich es mir dachte. Die Sachen sind Euch viel zu weit. Zieht das aus. Ich muss es anpassen.«

Ich gehorchte und zog die Kleidung aus. Währenddessen stellte sich beim Zuhören für mich heraus, dass er der Schneidermeister war.

»Wieso habt ihr ihn die Sachen überhaupt anziehen lassen?«, fragte er die anderen Männer, die wie verwirrte Schafe schauten. »Das sehe ich mit einem Blick, dass ihm die Kleidung zu weit ist.« Er drehte sich zum Butler, der das Maßband hielt. »Du trägst das Maßband bei dir, aber kommst nicht auf die Idee, seine Körpermaße zu nehmen?« Unverständnis zeigte sich in seinem Gesicht, die sich spiegelte. Er tat einen kurzen Seufzer. »Ihr seid wahrlich nur Gehilfen. Wir haben keine Zeit für eure Unfähigkeit. Gib her.« Er streckte dem Butler die offene Handfläche entgegen und erhielt im Gegenzug dessen Maßband. »So, dann werden wir jetzt Eure Maße nehmen.«

Ich stand still auf dem Schemel und streckte die Arme zur Seite. Es dauerte nicht einmal zehn Sekunden und der Schneidermeister hatte meine Maße bestimmt. Nach weiteren zehn Sekunden war mein Anzug fertig. Ich wollte ihm zusehen, aber er wurde so ... unmenschlich schnell, dass ich seinen Arbeitsschritten nicht mehr folgen konnte. Der Alkohol entfesselte offenbar seine Wirkung. Ich hoffte nur, beim Anziehen nicht vom Schemel zu stürzen. Wieso stand ich überhaupt noch darauf?

»Der passt wie angegossen. Ich will mich nicht selbst loben ... ach, was rede ich da? Ich bin ein Genie!«

Ich betrachtete die dunkelroten Ärmel meines Anzugs. Sie spannten sich straff wie der Rest des Stoffs.

»Hier, seht es Euch selbst an.«

Der Schneidermeister deutete auf einen verbauten Spiegel neben dem Kasten. Ich ging hinüber und sah einen gepflegten Mann, der etwas trug, in dem er sich nicht wiederfand.

☆

Ich stieg in eine schwarze Limousine. Viviane befand sich schon im Fahrzeug auf der anderen Seite des Rücksitzes. Ihre Diener – die hauptsächlich aus Männern bestanden – stiegen in einen anderen Wagen ein. Ich kam mir vor, als würde ich auf meine Beerdigung fahren.

»Die Kleidung steht dir gut.«

»Danke.«

Viviane hatte sich ebenfalls umgezogen und trug ein schwarzes Kleid, das goldverzierte Ränder besaß. Die Seiten des Oberteils waren offen und Diamanten glitzerten im Stoff. Der Fahrer schloss hinter mir die Tür. Es wurde dunkel, und nur zwei bernsteinfarbene Augen leuchteten in der Finsternis. Bedeuteten sie Bedrohung oder Erleuchtung?

»Tatiana hat dir also nichts von uns erzählt?«

»Nein, dafür war dieser Urlaub gedacht. Damit ich euch kennenlerne.«

»Wie lange bist du schon hier?«

»Seit gestern Abend.«

»Ist dir seit deiner Ankunft nichts Ungewöhnliches aufgefallen?«

Ich dachte an den Koch, den Fiona in den Kerker sperren ließ. An mein Schlafwandeln, das mir wie ein Alptraum vorgekommen war. An Pater Zweifel, der uns mit seinem Kreuzmobil in die Hölle schicken wollte. An die Polizisten, die Tatiana eine Prinzessin nannten und vor ihr auf die Knie fielen. Und an ihre Schwester, vor der fast alle Angst zu haben schienen … und daran, dass sie mir gegenübersaß.

»Doch, schon einiges.«

»Und du hast dich nie gefragt, was der Grund dafür sein könnte?«

»Schon paar Mal. Aber ich vertraue Tatiana. Wenn sie bereit ist, dann wird sie es mir sagen.«

»Blindes Vertrauen könnte dein Ende bedeuten, Cassiel.«

Was meinte sie damit? Plötzlich rüttelte es leicht. Das Fahrzeug setzte sich in Bewegung.

»Ich vertraue nicht jedem. Nur Tatiana.«

»Hast du dich nie gefragt, warum sie dir nichts über unsere Familie erzählt hat?«

»Sie wird ihre Gründe haben.«

»Ja. Sie hat Angst davor, dich wegen der Wahrheit, darüber, was wir sind, zu verlieren.«

Multimilliardäre?

»Meine kleine Schwester war schon immer vorsichtiger als ich. Sie tat sich schwer, wegen unseres Namens Freunde zu finden. Wegen der Bürde, die wir alle tragen. Wunderst du dich nicht, warum ihr ständig eure Freizeit miteinander verbringt?«

»Weil wir in einer Beziehung sind? Warte! Woher weißt du, dass wir immer zusammen sind?«

»Glaubst du ernsthaft, ich lasse meine kleine Schwester ohne Schattenwächter in der Stadt leben?«

»Schattenwächter?«

»Du wirst heute unsere Welt kennenlernen, Cassiel. Die Dunkelheit, in der wir leben, die uns schlaflose Nächte bereitet. Und wahrscheinlich wirst du eine Entscheidung treffen, die dein Leben für immer verändert.«

Ich schluckte und sah durch das Fenster. In die vor mir liegende Trübnis, die mir Angst machte. Als wir den Bogen des Schlossareals entlangfuhren, konnte ich Tatiana und den Rest der Familie sehen. Sie standen am Platz und sprachen miteinander. Vlad posierte im Zentrum von großen zersplitterten Plastikstücken. War das die Mülltonne gewesen?

Wir fuhren durch den Wald und gelangten zur Feldstraße. Verschiedenhohe Schatten zogen am Auto vorbei. Hunderte Fragen quälten mich. Ich wollte sie alle stellen. Antworten erhalten auf den Familienbesuch, der einem Rätsel glich. Aber ich hatte Tatiana mein Wort gegeben, und nichts würde mich dazu bringen, es zu brechen. Dennoch konnte ich die Gelegenheit nutzen, um mehr über Viviane herauszufinden. Dies verstieß nicht gegen unsere Abmachung. Und so furchterregend sie doch alle empfanden, zeigte sie bei ihrem Vater kurz die Liebe einer Tochter und bei Tatiana die Fürsorge einer älteren Schwester. So überwand ich mich zu einem Gespräch.

»Wer sind diese Männer, die du …«

»Die ich an der Leine hatte? Ich kenne deine Worte, bevor du sie sprichst. Du kannst mir gerne alle Fragen stellen. Dir scheint gerade eine Menge durch den Kopf zu gehen. Ich werde sie dir alle beantworten.«

»Wie? Ich meine … Wer sind die?«

»Anwärter«, erklärte sie gelangweilt. »Sie tun alles, was ich von ihnen verlange. Sogar sich selbst demütigen, damit ich einen von ihnen die Ehre erweise, mein Mann zu werden. Der nächste König, um genau zu sein.«

»Das heißt … du wählst einen von ihnen aus?«

»Sie sind unwürdig, unseren Namen zu tragen.«

»Bedeutet du schickst sie weg?«

»Nein, sie dienen meiner Unterhaltung. Ich kann sie verwenden, wie ich will.«

Unglaublich! Konnte Tatianas Schwester so herzlos sein? War das der Grund, warum sie so gefürchtet wurde?

»Wieso tust du das?«

»Ein Mann, der sich selbst für eine Frau herabwürdigt, ist kein Mann, sondern eine Ratte.«

»Denkst du nicht, dass manche Männer deshalb so weit gehen, weil du ihnen Hoffnung gibst, anstatt ihnen eine klare Absage zu erteilen?«

»Ziemlich sicher, das ist Teil des Spiels.«

»Welchen Spiels?«

»Ich sammle sie.«

»Wozu?«

»Jeder von ihnen könnte noch nützlich sein. Währenddessen warte ich auf den Einen. Dank der heutigen Technologie ist es leichter denn je, Verehrer zu bekommen. Ich habe weit mehr Männer an der Leine, als du es dir vorstellen kannst. Aber nicht alle sind es Wert, sie zu mir zu rufen. Die, die sich als nützlich erweisen, dürfen in meiner Nähe sein. Die anderen rufe ich, wenn ich sie benötige.«

»Ich glaube, das wird nicht funktionieren.«

»Was meinst du, Cassiel? Erkläre dich.«

»Auf den Richtigen zu warten.«

»Wieso glaubst du das?«

»Wer Erwartungen hat, wird ziemlich sicher enttäuscht werden. Unvoreingenommene hingegen wirken aktiv auf die Situation ein und haben bessere Chancen, ein glücklicheres Resultat zu erzielen. Bedeutet: Du wartest auf einen Mann, der nicht dazu bereit ist, etwas für dich zu tun. Gleichzeitig soll er aber all deinen Ansprüchen gerecht werden. So werden dich hauptsächlich jene Männer finden, die aus Eigennutz handeln. Die Sorte Männer, die verschwindet, sobald sich für sie eine bessere Gelegenheit ergibt.«

»Was sollte ich dann deiner Meinung nach tun?«

»Ehrlich zu dir selbst, und zu anderen sein. Deine eigenen Schwächen kennen und dich ihnen nicht hingeben. Auf andere zugehen, dich aber nicht anbieten. Aktiv jemanden suchen, doch niemandem verzweifelt hinterherlaufen. Deinen Teil beitragen, den ein anderer zu einem Ganzen machen kann. Und vor allem direkt sein und nicht Prinzessin spiel…«

»Sprich ruhig weiter. Ich höre dir zu.«

»Entschuldigung, ich hatte vergessen, dass du ja eine Prinzessin bist.«

»Unsere Welt ist wesentlich komplizierter, als du es dir vorstellen kannst, Cassiel.«

»Vielleicht … vielleicht aber machst du es dir auch nur selbst so kompliziert.«

»Mag sein. Du bist ein interessanter Mensch. Deine Worte spiegeln deine Gedanken wider. Kein Wunder, dass sich meine kleine Schwester in dich verliebt hat.«

☆

Die Fahrt dauerte länger, als ich bei der Abreise angenommen hatte. Wir passierten mehrere Dörfer und gelangten zum Fluss, in dessen Tiefen mein Alucar D schlummerte. Anstatt sich ihm anzunähern, umfuhren wir ihn und überquerten die Brücke. Wir kamen den Lichtern der Stadt immer näher. Und damit ich der Wahrheit … und einem Rausch.

»Trink, Cassiel. Nur keine falsche Bescheidenheit.«

»Wieso hast du so viel hochprozentigen Alkohol mit?«

»Emilia hat mir die Flaschen gegeben. Sie meinte, du trinkst das lieber als Wasser.«

Warum tat Emilia mir das an? Langsam musste ich mich schon konzentrieren, keinen Blödsinn von mir zu geben. Wieso war Alkohol ein so fester Bestandteil unserer Gesellschaft geworden? Ein Gift, das abzulehnen soziale Auswirkungen hatte. Ich verfluchte das biologische Phänomen, das aus Zucker oder Stärke Alkohol machte.

»Danke, aber ich muss zuerst das Glas austrinken.«

Ich warf einen Blick in mein halbvolles Getränk und merkte, wie alles wackelte.

»Was redest du? Das muss alles weg.«

Wollte Viviane mich quälen?

»Wieso trinkst du eigentlich nichts?«

»Alkohol widert mich an. Ich bleibe lieber bei meinem Getränk.«

»Und deshalb soll ich ihn trinken?«

»Ja.«

»Danke, aber ich möchte nicht betrunken werden.« Ich stellte mein Glas in der Getränkehalterung ab.

»Warum nicht? Ich meine, ich kenne das Gefühl, von Alkohol betrunken zu sein, nicht. Ich kenne nur einen anderen, rauschähnlichen Zustand, der von frischem Blut …«

»Weil ich nicht die Kontrolle über mich selbst verlieren möchte.«

»Fändest du das schlimm?«

»Nur wenn ich zu jemandem werde, der ich nicht bin.«

»Vielleicht bringt das deine wahre Natur zum Vorschein.«

»Was meinst du damit?«

»Man sagt, dass Alkohol die Menschen ehrlich macht. Er zeigt, wie sie wirklich sind. Du hast mir gesagt, es sei wichtig, ehrlich zu sein. Und dass du dich so mit uns anfreunden willst.«

»Das stimmt. Aber nicht um jeden Preis. Die Selbstbeherrschung darf nicht verloren gehen. Alkohol macht die Menschen nicht ehrlich, er macht sie hemmungslos.«

»Ist das nicht dasselbe?«

»Nein, der Mensch muss spüren können, was sein Umfeld duldet. Das gilt nicht nur für die heutige Zeit, sondern das galt schon immer. Wer zu sehr aus der Reihe tanzte, wurde aus der Gesellschaft ausgeschlossen oder als Feind angesehen.«

»Eine interessante Sichtweise. Und was glaubst du, trifft auf unsere Familie zu?«

»Da ihr offenbar Adelige seid, glaube ich, dass beides zutrifft.«

»Was soll das bedeuten?«

»Ihr werdet geachtet, aber auch gefürchtet. Euch umgeben ständig Menschen, doch trotzdem seid ihr einsam.«

»Wieso glaubst du das?«

»Weil ihr in eine Rolle geboren wurdet. Ich glaube, heute ist es nicht so schlimm wie früher, aber man hat doch Erwartungen an euch. Euer Leben besteht aus Verpflichtungen, die ihr einzuhalten habt. Was nützt all der Reichtum, wenn man keine Freiheit hat?«

»Deine Vermutung stimmt, aber trotzdem hast du keine Ahnung, in welcher Welt wir leben. Bis jetzt ist meine kleine Schwester von den meisten Verpflichtungen verschont geblieben, aber das wird sich zukünftig ändern.«

»Ich glaube, das werde ich auch nie haben. Eure Welt und meine, sind grundlegend verschieden.«

»Und was glaubst du, wird passieren, wenn du Tatiana heiratest?« Woher wusste sie davon? »Eure Welten werden sich vermischen. Bedeutet, ihr werdet in der Welt des anderen leben.«

»Das macht mir nichts aus.«

»Lehnst du Status und Prunk nicht ab?« Woher wusste sie plötzlich so viel über mich? »Wenn du Tatianas Ehemann bist, dann wirst du unweigerlich damit in Berührung kommen. Macht und Präsentation hält unser gesamtes Imperium aufrecht. Schwäche wird von anderen als Gelegenheit wahrgenommen.«

»Ich kann mich so weit anpassen, dass ich meinen Charakter oder mich selbst nicht verliere.«

»Was denkst du, wird das für dich bedeuten?«

»Ich habe keine Ahnung. Darüber habe ich noch nicht nachgedacht. Meine kleine Welt kennt Tatiana schon. Was ihre Welt betrifft, bin ich der Überzeugung, dass ich darin leben kann, solange sie bei mir ist.«

»Wir werden sehen, Cassiel. Wir werden sehen …«

Das Auto schoss durch einen Kometenschweif bunter Lichter hindurch. Es fuhr an vielen Orten vorbei, die versprachen, Träume wahr werden zu lassen. Sie boten an, dich zum nächsten großen Star zu machen, der mit der Zeit hellstrahlend im Lichtermeer erlöschen würde. Denn kein Schein konnte die Schatten der Wirklichkeit vertreiben, weil seine Momente nur so lang wie die Erinnerung bestanden. Rote Lichter strahlten mir wie die Ampeln entgegen, die davor warnten, noch einen Schritt weiterzugehen.

»Ich bin zufrieden, wenn ich mich mit euch allen verstehe. Eine Freundschaft wäre schön, aber respektvoller Umgang reicht mir auch.«

»Das ist kurios.«

»Wieso?«

»Du willst dich ohne Gegenleistung mit uns anfreunden.«

»Welche Gegenleistung sollte ich wollen?«

»Unsterblichkeit, übermenschliche Geschwindigkeit und Kraft, Gestaltwandlung, Fliegen, Gedankenlesen ... wenn du den Namen Dracula trägst, erwarten alle etwas von dir. Sei es Bezahlung oder andere Dienste. Kein Kontakt passiert ohne geschäftliche Interessen.«

Viviane schien offenbar wie Tatiana das Vampirthema zu lieben. Bei ihrem Nachnamen nicht verwunderlich, dass sie sich damit identifizierte.

»Ja, fliegen wäre tatsächlich praktisch. Nachdem Pater Zweifel mit meinem Alucar D Schiffe versenken gespielt hat.«

Ich lachte und bemerkte nicht, dass ich die Hemmung verlor. Plötzlich saß Viviane neben mir und kam mir ganz nah. Unsere Blicke trafen sich. Meine Augen verhielten sich wie die eines hilflosen Igels, der auf der Straße jenen eines nahenden Autobusses entgegensahen.

»Du begehrst zu fliegen?«

Vivianes Kopf wanderte nach unten. Ich war wie gelähmt und wollte mich nicht bewegen. Ihr Atem glitt sanft über meinen Nacken. Meine Augen senkten sich mit jedem langsamen Herzschlag immer mehr.

»Wenn du willst, kann ich dir diesen Wunsch erfüllen.«

Rechtzeitig fand ich wieder zu mir. Schreckliche Gedanken überkamen mich. Ich besann mich ihrer Bedeutung.

»Danke, das war ein Spaß. Ich habe Flugangst.«

Viviane distanzierte sich in einem Augenblick und saß wieder gegenüber von mir.

»Ich habe das Gefühl, heute Abend wird mir bestimmt nicht langweilig werden«, sagte sie und lachte.

Kurz darauf erreichten wir die Blutique. Das würfelartig schwarze Gebäude war mit einem Einkaufszentrum verbunden, dessen Seiten in der Nacht verschwanden. Ihre Reklame leuchtete in roter neo-viktorianischer Schrift auf dem Dach. Die magentafarbenen Fenster der drei Stockwerke blitzten im Takt einer stillen Musik. Riesige Scheinwerfer beleuchteten die goldenen Ränder des Gebäudes. Neben ihnen schlang sich eine Autokolonne bis zur Hauptstraße, von der wir kamen. Unser Fahrer fuhr zu einer Absperrung der Gegenfahrbahn und blieb stehen. Sicherheitspersonal öffnete die Bänder und ließ uns passieren. Das waren doch die Polizisten, die Tatiana und mich umstellt hatten? Ein wiederholter Blick auf die Schemen der Sicherheitsleute ließ mich mit der Frage zurück, während wir weiterfuhren. Schließlich hielten wir neben dem Seiteneingang des Gebäudes.

»Bitte trink aus. Dann muss mein Fahrer es nicht wegschütten«, sagte Viviane und hielt mir plötzlich mein halbvolles Glas entgegen.

Ich goss den Inhalt ohne Absetzen meine nasse Kehle hinunter – danach wurde mir schummrig. Die Autotür ging auf, und ich sah einen roten Teppich entlang, der zu einer breiten schwarzen Tür führte. Ein schwarzhaariger muskulöser Mann in Anzug kam herbei und streckte Viviane die Hand entgegen.

»Lasst mich Euch hinaushelfen, Prinzessin«, sagte er zu ihr und lächelte sie an.

Sie akzeptierte seine Unterstützung, hielt aber auf halbem Weg inne und sah mich an.

»Fast hätte ich es vergessen. Mach das um dein Handgelenk«, sagte sie und übergab mir ein goldenes Armband, das mich offenbar zu einem VIP machte. »Und bleib an meiner Seite«, fügte sie noch hinzu und verließ den Wagen.

Ich nickte und stieg nach ihr aus. Ehrfürchtig schritt ich zur Tür und wunderte mich wegen der Leute, die Viviane hinter einer Absperrung zujubelten. Sie befanden sich auf beiden Seiten hinter einem dunkelbraunen Seil, das durch goldene Ständer gespannt vom Eingangsbereich ausging. Ein Blitzlichtgewitter hagelte auf uns ein, als die Fotografen versuchten, den perfekten Schnappschuss von Viviane zu bekommen. Anders als die meisten Schauspieler vollzog sie keine Show und schritt, ohne ihnen Aufmerksamkeit zu schenken voran. Ich folgte ihr nach und stolperte unprofessionell über meine Füße. Mehrere gezwungene Schritte später hatte ich wieder einen festen Stand.

»Nichts passiert!«, rief ich freudig und begriff, was ich angerichtet hatte.

Sämtliche Personen, deren rote Augen zuvor Viviane gefolgt waren, schauten mich an. Ihre Blicke gierten nach etwas, das mir gehörte – ich wusste nicht, nach was. Sogar das Sicherheitspersonal hatte nur noch Augen für mich. Verwirrt sah ich zu Viviane hinüber. Sie lächelte mir zu und betrat unbehelligt die Blutique. Benutzte sie mich als Ablenkung?

☆

Mühselig stieß ich die breite Eingangstür auf und ging hinein. Die Öffnung flog hinter mir zu, und ich stand im Dunkeln. Vorsichtig tastete ich mich voran und wartete darauf, dass sich meine Augen an die Schwärze gewöhnten.

»Cassiel, wo bleibst du?«, sprach plötzlich eine Stimme zu mir.

War das Viviane? Ich konnte nicht ausmachen, woher sie kam. Sie hallte von allen Seiten in meinen Ohren. Mit vorangestreckten Armen schritt ich weiter und hoffte, nicht über ein Kabel oder Ähnliches zu fallen. Dann spürte ich einen weichen Stoff, über den meine Finger glitten. Ich griff mit der anderen Hand danach und tastete ihn ab. Fuhr mit der Handfläche darüber, als ob ich eine Falte wegstreifen wollte. Plötzlich hörte ich ein kurzes Stöhnen. Was war das? Ich streifte weiter über den Stoff und ging ein paar Schritte näher. Ein zweites Stöhnen erklang. Erneut näherte ich mich dem unbekannten Etwas und fuhr mit den Händen so tief, bis ein drittes Stöhnen erklang. Meine Hände glitten weiter und mein Kopf war so nah, dass ich unabsichtlich den Stoff mit der Nasenspitze berührte. Auf einmal stießen meine Finger auf etwas Hartes, das sich wie eine Klinke anfühlte. Ein neues Stöhnen erklang, das mich dazu veranlasste, sie zu umfassen und fest nach unten zu drücken. Die verfilzte Tür schwang auf und eröffnete mir einen neuen Weg in einen rotbelichteten Raum, der für meinen Geschmack zu gut besucht war.

Männer und Frauen hingen sich gegenseitig an der Kehle und lagen über viele Sofas verteilt, teilweise übereinander. Rote Flüssigkeit lief aus ihren Mündern, deren Lippen sie sich genüsslich ableckten, wenn sie nicht an der Kehle eines anderen saugten. Zwei Männer und eine Frau lagen mit sommerlich kurzer Kleidung auf der Polsterlandschaft. Ihre Finger zuckten leicht, während mehrere Halbnackte sie an den offenen Stellen küssten. Ich benötigte ein paar Sekunden, um die Sichtung zu verstehen. War das der Raum fürs Cosplay? Leise schloss ich die Tür wieder und nahm die Hand von der Klinke. Ich wollte die kreativen Gäste nicht bei ihrer künstlerischen Darbietung stören.

Ich tastete mich voran und gelangte zu einer weiteren Türklinke, die eine geschwungene Endung besaß. Allmählich gewöhnten sich meine Augen an die Dunkelheit. Deshalb überlegte ich kurz, ob ich sie öffnen sollte. Nach einem kurzen Zögern stieß ich die Tür auf. Wieder strahlte mir rotes Licht entgegen, das mir ein Zimmer offenbarte, das ich nicht betreten wollte. Emilia stand auf einem Sessel (oder schwebte sie?) und hielt einen Hausdiener am Fußgelenk. Der Kopf des Mannes baumelte nur wenige Zentimeter über dem Boden. Wie konnte das keine Misshandlung sein? Daneben lag ein aufgeplatzter Blutspendebeutel. Die Augen des Dieners leuchteten Rot. Seine Mimik war das Gegenteil von Emilias.

»Du warst es! Du hast mein Zimmer verwüstet!«

Er lächelte mich an und zeigte in meine Richtung. Plötzlich schaute mich Emilia an. Ihr explosiver Blick machte mir so viel Angst, dass die Tür wie von selbst zuflog. Ich erinnerte mich nicht daran, sie geschlossen zu haben. Wahrscheinlich war sie wegen einem Luftzug zugefallen. Aber das war mir nur recht. Mitarbeitergespräche konnten schon furchterregend sein; für alle Seiten (die Teilnehmer und die Zuseher). Ich erinnerte mich noch gut an mein letztes. Das wollte ich mir nicht nochmals antun. Emilia würde schon wissen, was sie tat. Und wenn nicht, wollte ich mich trotzdem nicht einmischen. Ihr drohender Blick, kombiniert mit ihrer Waffensammlung, machte mir zu viel Angst.

Nach einem kurzen Aufatmen machte ich mich auf die Suche nach Viviane. Meine Schritte wurden zu Pfützen, in denen meine Wahrnehmung verschwamm.

»Cassiel, komm zu mir!«, erklang die Stimme von vorhin.

Meine Beine bewegten sich, ohne dass ich es wollte. Eine plötzliche Furcht kam in mir auf. Ich wusste nicht wieso, aber ich hatte Angst. Vor etwas oder jemandem. Lag es an der Stimme? Ich spürte einen schwachen Stich an meinem Handgelenk. An jener Hand, um der ich das Armband trug. Ich fuhr mit der anderen Hand an die Stelle. Meine Finger verwischten eine schmierige Flüssigkeit. War das Blut? Hatte ich mich an der Tür verletzt? Diese ungeklärten Fragen schienen meine Beine nicht davon abzuhalten, weiter durch die Dunkelheit zu schreiten. Auf einmal flammte ein rotes Licht vor mir auf. Gehässiges Lachen erklang aus seiner Richtung.

»Das Fegefeuer!«, stieß ich erschrocken aus.

Ich wollte mich festhalten, um zu verstehen, was vor sich ging, doch nichts war greifbar. Meine Beine ignorierten meinen Wunsch, zu fallen. Meine Arme folgten ihrem Rhythmus, obwohl ich mich weigerte, mich zu bewegen. Mein Verstand zerriss in tausend Scherben, die ich nicht zusammensetzen konnte. Das Licht und boshafte Lachen kamen näher. Meine Zeit lief in Schockmomenten ab.

»Nein, bitte nicht!«, winselte ich um mein Überleben.

Der rote Schein erhellte meine Beine und Hüfte. Er kam aus der Kurve des Gangs, in die ich nicht sehen konnte. Die gegenüberliegenden Wände reflektierten das Licht in meine Richtung. Rauch drang aus dem Gang hervor und verschluckte meine Beine. Erschrocken verfolgte ich, wie das Licht auf Brusthöhe stieg. Sinnlos zischte ich es an, zu verschwinden. Gleichzeitig näherte sich der Nebel meiner Hüfte. Egal, wie sehr ich mich weigerte, ich konnte meinen Körper nicht mehr kontrollieren. Mein Geist verhielt sich wie ein Gefangener. Meine Beine bogen um die Ecke. Das Licht strahlte mich an und öffnete mir die Augen.

☆

»Das ist die beste Party aller Zeiten!«

Ich tanzte inmitten der feierlustigen Masse. Wir befanden uns in einem großen Raum, der mehrere Ebenen besaß. Rote Scheinwerfer und grüne Laser schienen von der Decke. Der Rauch einer Nebelmaschine machte den Blick auf die Tanzfläche unmöglich. In jeder Richtung befanden sich Bars mit blutrünstigem Thema. Viviane hatte mir gesagt, dass ich bei jeder Bestellung mein Armband vorzeigen sollte. Nachdem ich das getan hatte, bekam ich ein Getränk mit einem Zuckerwürfel, der mich sehr munter machte.

»Das Lied ist der Wahnsinn!«, schrie ich heraus.

Vorne befand sich ein DJ auf einer Bühne, der Lieder von einer Playlist abspielte. Die laute Technomusik eines szenebekannten Klangkünstlers motivierte sogar Tanzfaule dazu, sich zu bewegen – oder es lag an den Konsummitteln. Das gesamte Gebäude wurde von Gästen geflutet. Ungefähr die Hälfte von ihnen sah mich mit leuchtend roten Augen an. Mir kam es so vor, als ob sie alle etwas von mir haben wollten, das ich ihnen nicht geben sollte. Allerdings war ich so betrunken, dass es mir egal war. Ich wollte nur tanzen und den Abend genießen. Dabei kamen mir manche Gäste sehr nah. Aber sobald sie mein Armband sahen, wichen sie ängstlich zurück – keine Ahnung warum. Außerdem fand ich nach dem Betreten der Tanzfläche heraus, woher der Schmerz an meinem Arm kam. Das straffe Band schnitt sich in mein Handgelenk. Ich hatte mehrmals versucht, es zu lockern, bekam es aber nicht einmal mehr ab. Deshalb hätte ich gern Viviane gefragt, wie ich es lösen konnte. Leider hatte ich sie aus den Augen verloren.

»Ist das an?«, erklang es am Ende des Lieds aus den Boxen.

»Ja, es ist an«, antwortete leise eine andere Stimme, »deshalb höre ich dich doppelt.«

»Besser als mich doppelt zu sehen.« Der Veranstalter lachte mit einem gehässigen Unterton.

Die Musik endete und die Scheinwerfer strahlten Weiß.

»Meine werten Gäste! Ihr wisst alle, warum ihr hier seid. Heute ist ein besonderer Tag. Vor genau einhundertvierundzwanzig Jahren ist unsere erste Prinzessin Viviane Dracula zur Welt gekommen ...«

Der Veranstalter hatte sich versprochen und meinte wahrscheinlich vierundzwanzig.

»... Aus diesem Grund feiern wir heute, wie jedes Jahr, ihren Geburtstag!« Der Veranstalter hob die Arme und riss den Mund auf.

Die Gäste reagierten mit Gejubel. Die Scheinwerfer fielen auf Viviane, die weit vor mir von einer knienden Masse umkreist wurde.

»Aber nicht nur das ist der Grund unserer Feier. Nein, mit dem heutigen Tag wurde ihre eigene Modekette eröffnet ... die Blutique! Deshalb haben wir uns für heute Abend eine besondere Überraschung für sie ausgedacht!«

Die Menge rastete vollkommen aus, als die Musik loslegte und rote Lebensmittelfarbe von der Decke sprühte. Oder war das Tatianas Medizin? Manche küssten sich; andere leckten sich die Farbe von der nackten Haut. Litten die auch an Blutarmut? Ich bekam etwas davon in den Mund und kostete kurz. Geekelt wollte ich mir das Zeug aus dem Mund wischen, aber es befand sich schon im gesamten Raum verteilt. Ein nicht endender Sprühregen der roten Medizin schoss von der Decke herab. Ich war von oben bis unten von dem Zeug durchnässt. War das in den Beuteln gewesen, die Vlad transportiert hatte? Die Gäste, die mich vorher bedrohlich angesehen hatten, ignorierten mich auf einmal. Ich drängte mich an ihnen vorbei, um auf die Toilette zu gelangen. Knapp konnte ich zwei Gästen ausweichen, die mir entgegenkamen. Vor lauter Freude auf die augenscheinliche Blutdusche liefen sie mich fast um. Nach kurzem Warten und dem automatischen Öffnen der schwarzen Glastür stand ich schließlich drinnen.

»Gibt es hier kein Licht?«, fragte ich und wischte mir über das Gesicht.

Mein gesamter Körper und meine Kleidung waren voll mit dem ekelhaften Zeug.

»Wozu benötigst du ein Licht, wenn die Dunkelheit uns besser sehen lässt?«, fragte eine raue Stimme von der Seite.

Ich wandte mich ihr zu und erblickte rotleuchtende Augen. Sie kamen mir näher und sprachen erneut: »Ich verstehe, du bist ein Mensch. Dein Armband … du gehörst zu ihr! Zu dieser selbstgefälligen Prinzessin!«

»Meinst du Viviane?«

»Weißt du, was mit Männern passiert, die sich einem Monster anbieten?«

Ich verspürte das plötzliche Bedürfnis, wegzulaufen, und ging langsam zurück.

»Sie werden gefressen!«, schrie der Unbekannte und stürmte auf mich zu.

Die Schiebetür ging auf, als ich mich umdrehte und das Licht der Scheinwerfer mir entgegenstrahlte. Plötzlich fuhr ein Schmerz über meinen Rücken, der sich anfühlte, als ob Krallen mich gekratzt hätten. Ich schrie auf und drängte mich in die tanzende Masse. Verzweifelt suchte ich nach Viviane oder dem Ausgang. Mehrmals rief ich ihren Namen, den der Lärm der Musik verschluckte. Ich drehte mich im Kreis, wollte herausfinden, ob mir der Unbekannte nachfolgte. Feiernde Gäste drängten um mich, die sich dem Genuss hingaben. Ich eilte weiter. Gelangte aus dem großen Gedränge in einen seitlichen Bereich mit Sitzbänken. Wurde von hinten gestoßen und knallte an einen Tisch. Meine Hände stießen zurückgelassene Getränke um, deren Gläser zur Hälfte blutrot gefärbt waren. Kurz jammerte ich und richtete mich auf. Schaute mich um, aber sah keine Bedrohung. Der Boden war rutschig, und ich musste achtgeben, mich nicht zu schnell zu bewegen. Eine grüne Beschriftung strahlte mir entgegen.

»Der Notausgang!«, stieß ich erleichtert aus.

Langsam rutschte ich über den Boden, der ohne das Gedränge der Gäste einer Eisfläche glich. Meine Hände zitterten, als ich die Querstange der Öffnung nach unten drückte. Die sperrige Tür ging auf, und ich erblickte einen Scheinwerfer, der das Gebäude beleuchtete. Ich trat neben das Licht und sah mich an. Von oben bis unten war ich mit der Medizin bedeckt, die wie Blut aussah. Zitternd zückte ich mein Smartphone und fing an, eine Nachricht an Tatiana zu tippen.

»Du solltest wissen, dass ein Mensch für sie keine Bedeutung hat.« Die raue Stimme erklang von der Seite, der ich mich erschrocken zuwandte.

Rote Augen leuchteten in den Schatten. Eine Gestalt wuchs langsam daraus hervor und trat ins Licht. Sie war von oben bis unten vollbesudelt mit der blutroten Medizin. Hatte der Mann eine Überdosis erwischt? Er kam mir immer näher. Ich wich vorsichtig ein paar Schritte zurück und machte mich bereit wegzulaufen.

☆

»Du bist nicht mehr als Zeitvertreib für sie. Egal, was sie dir versprochen hat, sie benutzt dich. So, wie sie es immer tut. Alle Prinzessinnen tun es und leben ihren Größenwahn aus.«

»Ich vertraue Tatiana. Das würde sie nie machen.«

»Ach, meinst du? Der Klügste bist du wohl nicht.«

»Was willst du von mir?«

»Ich war auch ein Anwärter, weißt du.«

»Wieso hältst du mich für einen Anwärter?«

»Du kannst mir nichts vormachen. Das goldene Armband verrät dich.«

»Das Zutrittsband für die Veranstaltung?«

»Hat man dir das gesagt oder stellst du dich dumm?«

»Wieso dummstellen? Viviane hat es mir vor dem Eintreten gegeben! Ich habe nicht darum gebeten.«

»Ich kann deine Gedanken leider nicht lesen. Das können nur Reinblüter. Aber es spielt keine Rolle, was du sagst. Ich werde dich trotzdem töten.«

Der Typ war eindeutig verrückt. Ich drehte mich um und lief weg. Weit und breit war keiner der Sicherheitsleute zu sehen. Über den Gehsteig gelangte ich zum Parkplatz.

»Wenn ich sie nicht haben kann, dann soll sie niemand bekommen!«, schrie er mir hinterher.

»Aber ich will sie überhaupt nicht!«, rief ich in die Richtung, aus der die Stimme kam.

Ich sah nur die Schatten der Nacht. Dann kam ein zischender Laut von der anderen Richtung. Er war mir so nah, dass ich mich ihm erschrocken zuwandte. Wieder sah ich nicht mehr als Schemen der Umgebung. Ich rannte auf eine Wiese, die zur Hauptstraße führte, in der Hoffnung, zum Sicherheitspersonal zu gelangen. Vorbei an verschiedenen Kreuzen, welche die Umgebung wie einen Friedhof aussehen ließen, der meine letzte Ruhestätte werden konnte.

»Warum willst du mich töten?«, schrie ich und bremste so stark, dass ich fast stürzte.

Der blutrot gebadete Unbekannte stand wenige Meter vor mir. Seine roten Augen starrten mich an. Ich schluckte. Er riss die Lider auf und gefühlt tausend Nadeln schossen in meinen Körper.

»Ihr Menschen … ihr habt überhaupt keine Geduld. Genieß doch mal diesen Moment, der eine Ewigkeit lang nicht mehr passieren wird. Oh … deine Furcht … ich kann sie riechen … so köstlich. Ja … mehr … habe mehr Angst!«

Ich zitterte am gesamten Leib. Meine Beine wollten sich nicht mehr bewegen. Ein Schatten breitete sich über mich aus. Gierige Augen sahen mich von allen Seiten an. Egal, wo ich mich verstecken wollte, ich wusste, sie würden mich finden. Die Hoffnung zu überleben, starb vor mir.

»Du willst jetzt sicher wissen, warum. Ja … das willst du … ich weiß es. Ich kann dein Verlangen nach Antworten in deinen Augen sehen.«

Er kam mir langsam näher. Auf seinem Gesicht zeichnete sich ein breites Grinsen ab.

»Jeder Mensch schmeckt anders, musst du wissen. Je schneller euer Herz schlägt, umso intensiver ist der Genuss. Normalerweise ernähren wir uns von synthetischem oder altem Blut. Aber frisches Blut … ja, das gibt uns unvorstellbare Kraft. Junge Vampire lässt es die Beherrschung verlieren und in einen Blutrausch verfallen. Verstehst du?«

Ich wollte den Kopf schütteln, aber er war steif. Dann wollte ich schreien, aber ich brachte keinen Laut heraus. Mein Körper gehorchte mir nicht mehr. Der Unbekannte stand vor mir, und ich konnte nichts tun.

»Irgendwelche letzten Worte?«, fragte er mich höflich und wartete kurz auf eine Antwort. »Dachte ich es mir doch«, sagte er schmunzelnd, als ob er wusste, dass ich nicht sprechen konnte.

Auf einmal riss er den Mund auf und zeigte mir sein Gebiss. Ängstlich starrte ich auf die spitzen langen Eckzähne, die herausstanden. Er beugte sich an meinem Kopf vorbei und biss … ins Gras.

Sein gesamter Kopf steckte plötzlich in der Erde. Daneben stand Viviane und klopfte sich die Hände ab. Emilia saß auf seinem Gesäß und hatte ihre Beine verschränkt. Erleichtert sackte ich zusammen.

»Cassiel!«, erklang Tatianas Stimme.

Sie eilte so schnell auf mich zu, wie ich sie noch nie laufen gesehen hatte. Ich war so erschöpft, dass ich mich nur mit den Händen von der Wiese abstützen konnte. Tatiana hockte sich neben mich hin und umschlang mich mit den Armen.

»Ich bin froh, dass es dir gut geht«, flüsterte sie leicht traurig.

All die Schmerzen und Probleme waren plötzlich wie weggefegt. Ich lehnte mich zurück und stand langsam auf.

»Wer … wer war das?«, ächzte ich und sah Viviane an.

Sie sah zu Tatiana, die ihr mit einer flehenden Geste antwortete. Kurz hatte ich den Eindruck, dass sie für eine Sekunde verschwand. Dann seufzte sie und atmete ein.

»Ein eifersüchtiger Cosplayer«, erklärte sie und warf Tatiana einen bösen Blick zu, »der offenbar zu viel getrunken hat.«

Tatiana antwortete mit einem Lächeln, das sie machte, wenn sie sich reumütig entschuldigte.

»Das war gar nicht so leicht, dich zu fassen, Sorin!«, rief Emilia ihrem Gefangenen zu und schlug ihm auf den Rücken. »Wir haben dich ziemlich lange gesucht.«

Ob er ihre Stimme durch die Erde hören konnte? Sollten sie ihn nicht langsam herausziehen, bevor er erstickte?

»Er meinte, er war dein Anwärter?«

»War er. Aber nachdem ich ihn durchschaut hatte, habe ich ihn verstoßen.«

»Er war wie besessen von meiner lieben Schwester«, erklärte Emilia und peitschte ihren Gefangenen nochmals. »Deshalb haben wir ihn gejagt. Wir hatten vermutet, dass er heute auftauchen würde.«

»Hast du davon gewusst, Tatiana?«

»Ja, tut mir leid.«

»Wenn ihr ihn schon länger gesucht habt … wie konntet ihr dann wissen, dass er heute aufkreuzen würde?«

»Wir haben dich als Lockvogel benutzt!«, posaunte Emilia fröhlich heraus und erntete die bösen Blicke ihrer Schwestern.

»Ihr habt … was?«

»Es tut mir leid Cassiel. Viviane hat mich darum gebeten. Sie hat darauf bestanden, dass ich ihr diesen Wunsch erfülle. Der Mann ist ein gesuchter Verbrecher. Hätte ich dir von ihm erzählt, dann hättest du vielleicht nein gesagt.«

»Ich dachte, er wäre Cosplayer?«, schrie ich aufgebracht.

»Das auch. Ich meinte, er ist ein Verbrecher nach den Regeln unserer Familie. Weil er Viviane belästigt hat.«

»Wie ein Paparazzo?«

»Genau.«

»Da bin ich aber erleichtert. Ich dachte schon, er wäre wirklich ein Krimineller. Angst hatte ich schon. Aber wegen dem ganzen Rot kein Wunder. Warum ist er mir nachgelaufen?«

»Er wollte von dir mehr über Viviane erfahren. Deshalb hat er dir so eine Angst eingejagt. Damit du kooperierst.«

»Ihr hättet mir das ruhig sagen können. Wobei … ihr habt Recht, ich hätte bestimmt nein gesagt. Trotzdem war das nicht freundlich von euch, mich im Dunkeln zu lassen.«

»Blindes Vertrauen, Cassiel. Weißt du noch? Blindes Vertrauen.«

☆

Ich ging mit Tatiana zur Blutique zurück, als ein schwarzer Geländewagen an uns vorbeibretterte. Die Tür ging auf und Vlad stieg – so genervt wie immer – aus. Breitschultrig nahm er den bewusstlosen Paparazzo unter seine Fittiche; was bedeutete, er schleuderte ihn auf die Rückbank seines Autos und sperrte ab. Was er wohl mit ihm vorhatte? Jedenfalls schien er sich über den Fang ziemlich zu freuen. Grausam lachend fuhr er mit einer offenen Fensterscheibe davon. Daraufhin folgten uns Emilia und Viviane zurück zur Party. Zu viert betraten wir wieder die Blutique – und ich einen Raum mit Erste-Hilfe-Koffer. Wegen meiner Verletzung am Rücken zog ich meine Kleidung aus, damit Tatiana mich zusammenflicken konnte.

»Sieht es schlimm aus?«, fragte ich sie.

»Es … ist … ich … ich …«

»Tatiana?«

»… es ist schrecklich. Blut … so viel Blut!«

»Sieht es so schlimm aus?«

»Was?«

»Ob meine Wunde so schlimm aussieht, habe ich gefragt.«

»Nein … ich … dieser Geruch … ich kann mich … nicht … zurückhalt…«

»Tatiana!«, rief Viviane plötzlich bestimmend ins Zimmer. »Bitte geh zu Emilia. Ich werde Cassiel versorgen.«

Wortlos verschwand Tatiana aus dem Zimmer.

»Was hat sie denn?«

»Du hast dich ziemlich verletzt, Cassiel. Nächstes Mal solltest du dich nicht so sehr betrinken, dass du nicht mehr weißt, wo du dagegen läufst.«

Ich stimmte ihr zu und biss die Zähne zusammen, als sie die Wunden desinfizierte. Wogegen war ich nach der Toilette gelaufen, dass mein Rücken so verletzt worden war? Viviane klebte mehrere Aluminium-Kompressen darauf und sagte mir, ich solle ab sofort bei Tatiana bleiben; was ich auch vorhatte. Anschließend begaben wir uns wieder in den Tanzbereich und setzten uns an eine Bar. Emilia und Tatiana saßen ebenfalls schon dort. Ich bestellte ein Glas Wasser, als Viviane Tatiana ansprach.

»Früher oder später musst du es ihm sagen, Schwester.«

»Ja ...«

»Egal, wie sehr du ihn darauf vorbereitest, du kannst seine Meinung nicht erzwingen.«

Von wem sprachen sie?

»Ich weiß ...«

Ich sah mich um und fragte mich, wo Fiona wohl steckte. Wollte sie nicht ebenfalls auf der Feier erscheinen? Oder war ihr das zu viel Trubel? Ich konnte sie verstehen. Die Blutique wurde mit dem Kunstblut ihrem Namen gerecht. Alles war voll mit dem roten Zeug. Sogar die Serviette, die ich benutzen wollte, um mir über das Gesicht zu wischen, war damit durchtränkt. Angewidert warf ich sie auf den Tresen. Die Personen, die das alles putzen mussten, taten mir leid.

»Liebe Gäste«, ertönte es auf einmal aus den Boxen, »vielen Dank, dass ihr heute alle erschienen seid, um mit meiner Tochter ihren Geburtstag zu feiern.«

Das war Fiona! Sie stand vorn beim DJ und sprach in ein Mikrofon. Die Musik wurde leise, damit ihre Stimme deutlich gehört werden konnte. Alle Gäste unterbrachen ihre Handlungen und lauschten ihr gespannt.

»Auch ich möchte dir, Viviane, alles Gute zum Geburtstag wünschen. Vlad und ich sind stolz auf dich und hoffen, dass deine Modekette ein voller Erfolg wird. Für deinen heutigen

Geburtstag haben wir uns alle die Mühe gemacht und dir ein besonderes Geschenk vorbereitet. Cassiel, komm bitte zu uns.«

»Ich?«

Alle sahen mich an. Viele rote Augen leuchteten erwartungsvoll in meine Richtung. Ich befürchtete das Schlimmste. Mir war klar, was sie von mir verlangten. Aber ich war unvorbereitet.

Warum sollte ich eine Ansprache halten? Das hätten sie mir früher sagen müssen. So schnell konnte ich mir keine Rede einfallen lassen. Besonders nicht über eine Person, die ich erst einen Abend lang kannte. Abgesehen davon, dass sich der Boden bewegte wie bei einem Schiff auf hoher See. Verdammt! Wieso trank ich Vodka? Ich hatte Wasser bestellt! In so einem Zustand konnte ich nicht viel sprechen. Für Tatiana hingegen würde mir sofort etwas einfallen. Ich würde sie mit den schönsten Worten schmücken, als ob ich einen Weihnachtsbaum im Sommer dekorierte. Sie, meine Liebste der Nacht, bei der ich hoffte, dass die Sonne nie erwacht.

Plötzlich schien ein Scheinwerfer auf mich. Ungewollt kam ich ins Rampenlicht. Ich sollte Fiona und die anderen besser nicht warten lassen. Wieder kämpfte ich mich durch die Masse, aber diesmal kletterte ich auf die Bühne. Mühsam bewegte ich mich hoch und schritt zu Fiona. Die Beleuchtung strahlte weiß auf uns herab. Fiona zückte ein langes Küchenmesser und streckte es mir entgegen. Ich schluckte.

»Streck den linken Arm vor, Cassiel.«

Ich vertraute Fiona, aber das Messer in ihrer Hand, machte mir Angst.

»Vertraue mir, Cassiel«, sagte sie und lächelte mich an.

Wie sagte Viviane nochmals? Blindes Vertrauen könnte mein Ende sein? Ich reagierte so zögerlich, dass die Zuseher die Spannung genossen. Nervös starrte ich auf meinen Arm, der meinem Gesicht immer näherkam. Auf halber Strecke fing ich an, leicht zu zittern. Angespannt ballte ich eine Faust. Ich fragte mich, ob ich das wirklich tun sollte. Ob ich Fiona so gut kannte, dass ich den Arm darauf verwetten würde, dass dieser unbeschadet blieb.

»Die Gäste warten, Cassiel. Hab keine Angst, es wird ganz schnell gehen und überhaupt nicht wehtun.«

Nun bekam ich noch mehr Angst. Sie durchströmte mich, und mein Körper versteifte sich. Dann plötzlich merkte ich, wie Fionas Augen leuchteten. Mein Arm bewegte sich, ohne dass ich es wollte. Wie konnte er mir das antun? Er streckte sich ihr waagrecht entgegen. Der Veranstalter starrte gierig darauf und leckte sich genüsslich über die Lippen. Panisch schloss ich die Augen.

»Ab dem heutigen Tag bist du von deinen Verpflichtungen entbunden Viviane«, verkündete Fiona. »Emilia hat sich dazu bereit erklärt, deine Rolle zu übernehmen, und du kannst dich auf deine Modekette konzentrieren, wenn du das willst. Wie Tatiana sollst auch du die Möglichkeit bekommen, ein Leben ohne Verpflichtungen führen zu können. Als unsere Erstgeborene haben wir dir schon früh eine große Last auferlegt und haben in den letzten Monaten gesehen, wie sie dich mehr und mehr auffrisst. Wir haben erfahren, wie unglücklich du damit bist und dass du deshalb viele geistige und körperliche Ablenkungen gesucht hast. Das ist jetzt vorbei! Sobald Tatiana bereit ist, wird auch sie Emilia bei ihren Tätigkeiten unterstützen. Deshalb werden wir in die Heimatstadt von euch beiden, Tatiana und Cassiel, umziehen. In ein neues Wohngebäude, in dem du ebenfalls einen Platz bekommst. Immer wenn du möchtest, kannst du uns bei den Geschäften unterstützen. Aber es ist keine Verpflichtung. Wir werden zukünftig gemeinsam als Familie arbeiten und uns neu strukturieren.«

Zögerlich öffnete ich die Augen und sah, dass mein Arm heil war. Verwirrt starrte ich ihn entlang und bemerkte, dass Fiona mein Armband durchschnitten hatte. Es lag vor meinen Füßen am Boden. Dann linste ich kurz auf Fiona, die ihre Tochter ansah. Sie alle taten es, und ich machte es ihnen gleich. Ich schaute Viviane an, die neben ihren Schwestern auf dem Barhocker saß. Ihr kamen die Tränen … oder war das Blut … ich meine, Medizin?

»Dieser Mensch hat sich heute mehrmals als würdig erwiesen, unseren Schutz zu genießen. Ich befreie ihn von dem Pakt mit seiner einstigen Herrin, Viviane Tepes Dracula!«

Welcher Pakt? Meinte sie das Armband, das mich zum VIP machte? Oder hatte der Paparazzo recht? Hatte mich Viviane zu einem Anwärter ernannt? Aber wieso sollte sie das tun? Sie kannte die starke Beziehung zwischen mir und Tatiana. Und zwar noch bevor ich es ausgesprochen hatte. Sie würde doch nicht … nein! So durfte ich nicht denken! Die Schwestern waren sich treu ergeben. Das Band diente bestimmt dazu, dass mich die Cosplayer in Ruhe ließen. Aber warum blutete mein Handgelenk? Und was hatte es mit dieser merkwürdigen Öffnung auf sich, die sich drehen ließ, wie bei einem Wasserhahn? Konnte es sein … war es möglich … dass während der Veranstaltung eine Blutspende gemacht wurde? Das musste es sein! Viel zu wenig Leute gingen heutzutage spenden. Jedes Jahr wurden es weniger. Die Blutkonserven wurden knapper und die Hilfsorganisationen alarmierten. Deshalb setzten sie verstärkt auf Marketing. Ihr neuester Slogan: »Spende GUT jetzt dein Blut!« GUT stand für Global Universal Transorbital … oder so. Moment! Ich erinnerte mich falsch … Transfusion! Das war's! Global Universal Transfusion! Die Veranstaltung war der beste Ort für die Organisation. Viele Leute versammelt an einer Stelle. Alkohol wurde ausgeschenkt, damit die Spendebereitschaft stieg. Welcher betrunkene Mann konnte schon dem liebreizenden Lächeln einer Krankenschwester widerstehen, wenn er seinen Mut beweisen konnte, indem er sich von ihr in die Venen stechen ließ? Ob das die Praktikantin war, die zum ersten Mal die Nadel setzte, störte das männliche Geschlecht nicht. Manche aber schon, wenn sich herausstellte, dass sie von demselben Geschlecht behandelt wurden. Das Wunder des Alkohols. Und das Beste: Die Empfänger konnten es kostenlos ebenso genießen. Außer die Organisation säuberte das Blut vorher. Mit irgend so einem Gerät, von dem mir Tatiana mal stolz erzählt hatte. Das passte perfekt zum blutigen Thema der Veranstaltung und den Interessen der Familie. Vielleicht war die Spende die Bedingung für den Eintritt? Welch wohltätige Familie die Draculas doch waren! Fiona schien in ihrer Rolle als Vampirin voll aufzugehen. Sie steigerte sich immer mehr hinein. Die Familie hatte wirklich einen ausgeprägten Sinn für das Thema.

»Mach deine Hand auf, Cassiel.«

Erleichtert öffnete ich die Faust.

»Drehe sie, damit ich deine Handfläche sehen kann.«

Ich gehorchte ihr und drehte den Unterarm.

»Hiermit übergebe ich ihm das Aurum der Treue. Hänge es um deinen Hals, Cassiel.«

Meine Hand hielt ein goldenes Amulett mit feiner Kette. Der münzartige Gegenstand besaß dasselbe Wappen, welches ich schon im Schloss gesehen hatte. Ich griff mit der anderen Hand nach der Kette und hing sie mir um den Hals. Fiona lächelte mich glücklich an und wandte sich dann wieder an das Publikum.

»Also, wer will Blutorangentorte?«, fragte sie und hielt das Küchenmesser hoch.

Verschiedene Süßspeisen wurden auf die Bühne getragen, von denen manche so rot waren wie der Raum und die Gäste. Glücklich lehnte Viviane mit dem Arm auf dem Bartresen und sah dem Treiben erleichtert zu. Emilia kam auf die Bühne, zeigte mir kurz die Zunge und nahm dann eine Torte für ihre Schwester mit. Ob sie für diese Aufgabe wirklich reif genug war? Ich war mir jedenfalls sicher, dass sich die Geschäftspolitik unter ihrer Führung deutlich verschärfen würde.

☆

»Auf Wiedersehen!«

»Hat uns sehr gefreut!«

Fiona und Viviane standen beim Eingang und verabschiedeten die Gäste. Nach der Feier wurde überall das Licht eingeschaltet. Tatiana meinte, das vertreibe die Gäste schneller. So wie das Abspielen von schrecklicher Musik kurz vor dem Ladenschluss der Disco. Ich sah zum ersten Mal, wie der Tanzbereich aussah. Überall klebte die rote Medizin. Als hätte ein blutrünstiges Opferritual standgefunden. Deshalb bekam jeder vor dem Verlassen der Blutique die Möglichkeit, sich abzuduschen. Bei über hundert Gästen dauerte das einige Zeit. Danach bekamen sie Ersatzkleidung und eine Tasche, in die sie ihre verschmutzte Kleidung einpacken konnten. Manche verzichteten aber auf die Dusche und gingen einfach so. Lachend und mit aufgerissenen Augen liefen sie zu fünft davon. Vollbesudelt mit der roten Medizin, die aussah wie Blut. Wenn sie so auf die Polizei treffen würden ... Was dachten die sich nur dabei?

»Halt ... das sind die Polizisten!«

Ihre Schemen verschwanden in der aufgehenden Sonne. Als ich den Strahlen entgegenblickte, musste ich gähnen. Wie bei einer Seuche steckte ich mein Umfeld damit an. Wir waren alle schon etwas müde. Ich hoffte, wir mussten nicht noch die Tanzfläche reinigen. Das würde bestimmt einen ganzen Tag dauern.

»Cassiel, du kannst als Nächstes duschen.«

Eigentlich fand ich es ungewöhnlich, dass ein Kleidungsgeschäft so etwas besaß. Aber Viviane hatte mir erklärt, dass die Idee darin bestand, körperliche Fitness mit dem Einkaufserlebnis zu verbinden. Wenn jemandem die gewünschte Hose nicht passte, dann konnte er so lange im Fitnessraum darauf hintrainieren, wie es ihm beliebte. Oder er kaufte sich die Kleidung einfach in der für ihn passenden Größe. Die trainierenden Menschen sollten allerdings auf die Kleidungseinkäufer positiv einwirken und sie zu körperlicher Betätigung anregen. Personen, die trainierten, sollten nach dem Verlassen des Trainingsraums oder in ihren Pausen die Zeit haben, sich Kleidung anzusehen. Ich fand das Konzept etwas fragwürdig, aber ich war auch nicht das Zielpublikum – zumindest glaubte ich das. Jedenfalls war ich der Kerl mit einer Mission. Gehe in Geschäft A, kaufe das Produkt B und flüchte auf dem schnellsten Weg zur Basis zurück. Gelegentlich erfüllte ich auch Extraktionsmissionen, wenn es Rabattaktionen gab und Tatiana sich nicht für eines von zehn schwarzfarbigen – für mich gleichaussehenden – Kleidungsstücken entscheiden konnte.

»Cassiel, willst du nicht duschen?«

»Doch, o ja. Entschuldigung, ich war kurz in Gedanken.«

Ich nickte Viviane zu und begab mich durch eine Tür. Über einen langen Gang gelangte ich zur Umkleide. Dort zog ich mir die Sachen aus und wickelte mir ein Badetuch um die Hüfte. Die schmutzige Kleidung gab ich in einen der bereitgestellten blutroten Säcke – ob die Farbe Zufall war? Meine Schuhe hatte es zwar auch erwischt, aber die wischte ich mit einem nassen Papierstück ab. Glücklicherweise gab es dafür in der Umkleide ein kleines Waschbecken. Ich legte die Sachen beisammen und verließ den Raum durch eine Tür mit hellblauer Klinke. Ein weißgefliester Gang führte zu mehreren Glastüren – zehn Stück, um genau zu sein. Fünf auf der rechten Seite und fünf auf der linken. Ich ging an den ersten zwei vorbei und erblickte die Silhouette einer Person. Das milchige Glas verhinderte jeden Einblick, und ich nahm aufgrund ihres Schattens an, dass sie sich die Haare abspülte. Ein roter Schiebemechanismus im Schloss zeigte mir, dass die Tür abgesperrt war; deshalb ging ich weiter. Am Ende des Gangs gab es eine Holztür mit rosafarbener Klinke. Ich nahm an, dass es die Tür zur Frauenumkleide war. Viviane hatte zuvor erwähnt, dass sie den Bereich nochmals renovieren musste. Vermutlich wollte sie beiden Seiten mehr Privatsphäre gönnen. Nachdem ich die dritte und vierte Kabine passiert hatte, öffnete ich die erste aufgeschlossene Glastür. Sie befand sich genau in der Mitte des Gangs auf der rechten Seite. Ich schloss hinter mir ab und zog mir das Badetuch herunter. Neben der Tür gab es eine kleine Wandgarderobe mit zwei runden Erhebungen, aus denen jeweils ein Zäpfchen nach oben stand. Ich hing mein Badetuch auf und wendete mich dann der Dusche zu.

»Cassiel?«

Emilia saß auf einem Schemel und sah den nackten Tatsachen ins Auge. Ihr Gesicht wurde so rot wie meins – und dessen Farbe kam nicht von der Medizin, die mich von Kopf bis Fuß überzog. Ihr Körper war eingewickelt in ein Badetuch. Sie cremte sich gerade das Gesicht ein und schien mich nicht erwartet zu haben.

»W… was machst du hier?«

»D… d… die Tür. Sie war nicht abgesperrt!«, stotterte ich.

»Dreh dich um!«

Das brauchte sie mir nicht zweimal sagen. Ich wandte ihr den Rücken und Hintern zu.

»Es tut mir leid. Ich wusste nicht, dass du …«

»Halt die Klappe und wickle dir das Badetuch um!«

»Ja, natürlich.«

»Emilia?«, erklang plötzlich Tatianas Stimme, die mich erstarren ließ.

Mein Gemächt schaute in die Richtung der Tür. Ihr würde sich somit kein Anblick bieten, den sie nicht schon gesehen hatte, aber vielleicht ein neuer, der sie schockieren könnte. Sofort griff ich nach der Klinke, um sicherzustellen, dass abgeschlossen war. Schockiert stellte ich fest, dass ich die Tür einen Spalt öffnen konnte.

»Ach, hier steckst du, kleine Schwester.« Tatiana kam in meine Richtung.

Schnell machte ich zu und drehte den Riegel im Uhrzeigersinn.

»Der ist kaputt!«, schrie ich innerlich, als ich den Drehknopf plötzlich in der Hand hielt.

»Versteck dich!«, zischte Emilia von hinten.

Aufgebracht wandte ich mich um.

»Wo soll ich mich verstecken?«

Emilia bemühte sich, nicht in meine Richtung zu sehen, und hielt sich eine Hand vors Gesicht.

»Keine Ahnung, irgendwo!«

Ich tat das, was kleine Kinder taten, wenn sie beim Versteckspiel nicht mehr weiterwussten. Ich verbarg mich hinter der Tür, als diese aufschwang.

»Ich bin hier!«, rief Emilia im gleichen Moment, als ihre Schwester die Kabine betrat.

Tatiana schwenkte die Tür auf und klemmte mich unbewusst hinter ihr ein. Hatte ich schon erwähnt, dass es sich um Glastüren handelte? Emilia saß regungslos da und verzog das Gesicht.

»Du hast nicht abgesperrt?«, fragte Tatiana ihre Schwester.

»Ist offenbar kaputt«, antwortete sie schulterzuckend.

»Ach so.«

»Was gibt es?«

»Wir haben alles bis auf die Bühne geputzt und weggeräumt. Kannst du die nachher übernehmen?«

Sie hatten alles geputzt und weggeräumt? Den ganzen Tanzbereich?

»Kann ich gern machen.«

»Wunderbar! Mama und Viviane übernehmen noch schnell die anderen Bereiche. Dann wären wir fertig.«

»Das ist …« Emilia blickte kurz in meine Richtung und wusste nicht, was sie zu dem Anblick sagen sollte, »… grotesk.«

»Was meinst du?«

»Ah! Äh! Entschuldigung, ich habe mich versprochen«, erklärte Emilia und winkte ab. »Ich meinte, das ist großartig!«

Tatiana lächelte ihr zu und schloss zur Hälfte die Tür … um sie erneut zu öffnen. Sie quetschte mich immer weiter gegen die Wand und die silberne Metallklinke drückte sich in mich hinein. Meine Weichteile verhielten sich, als ob ein Hundespielzeug zerquetscht werden würde. Hätte ich als Hilferuf quietschen können, hätte ich es getan.

»Irgendwie riecht es hier vertraut.«

»Was meinst du, Schwester?«

»Es riecht hier … wie zuhause.«

»Vielleicht liegt das an meinem Duschgel? Ich verwende dasselbe wie du.«

»Nein, es riecht anders. Irgendwie … menschlich.«

»Ach, das liegt bestimmt an Cassiel!«

Ich war erledigt! Wollte sie mich auflaufen lassen?

»Genau, das ist Cassiels Geruch! Es riecht überall nach ihm. Dieser Geruch … ich kann von ihm nicht genug bekommen.«

»Der menschliche Geruch ist schon sehr anziehend.«

»Wo steckt er?«

»Er war kurz auf dem Gang, aber musste dann nochmals in die Umkleide.«

»Verstehe. Aber woher wusstest du, dass er auf dem Gang war?«

»Ähm … er hat angeklopft und gefragt, ob frei ist. Ich habe ihm zugerufen, dass ich noch etwas Zeit benötige, und ihm dann Bescheid gebe, wenn ich fertig bin.«

Emilia stand auf und ging zu ihrer Schwester. Dann griff sie ihre Schultern und drehte sie so um, dass sie bei der Wendung zur Wand sah. Anschließend schob sie sie nach draußen und sprach: »Deshalb muss ich jetzt fertig werden. Er wartet bestimmt darauf. Vielleicht triffst du ihn später.«

»Ja … okay?«, reagierte Tatiana und schien den Stress ihrer Schwester nicht ganz zu begreifen.

Emilia schloss die Tür, und ich ging in die Knie.

»Ist sie weg?«, jammerte ich und hielt mir den Schritt.

»Sei leise. Was hast du dir nur dabei gedacht?«, fragte sie mich zornig und fügte mit einem leicht traumatisierten Unterton hinzu: »Den Anblick werde ich nie wieder vergessen.«

Sie nahm mein Badetuch von der Aufhängung und hielt es mir hin.

»Ich? Gar nichts. Ich wollte nur duschen«, flüsterte ich zurück und nahm ihr den Stoff ab.

»Wir müssen aufpassen, dass Tatiana dich nicht mit mir zusammen sieht. Ich will nicht, dass sie einen falschen Eindruck bekommt.«

»Ja«, heulte ich, »aber mit dem Liebemachen wird's zukünftig schwierig.«

»Pass auf, wir gehen gemeinsam raus, sobald Tatiana absperrt. Wenn sie uns dann im Gang sieht, sage ich dir, dass du die Dusche benutzen kannst. So schöpft sie hoffentlich keinen Verdacht. Also, bist du bereit?«

»Gib mir bitte noch einen Moment. Meine Männlichkeit benötigt eine Wiedereingliederung.«

»Jetzt sei kein Weichei, steh auf!«

»Du sagst das so leicht. Bei dir wurde nichts zu Rührei gequetscht.«

»Schnell, beeil dich! Sie macht gleich zu!«

Ich sprang auf, als Emilia die Glastür an mir vorbeischwang. Sie ging nach draußen, und ich drehte mich um. Ich eilte ihr nach, um meinen Teil zu spielen.

»Emilia, perfektes Timing! Ich wollte dich gerade fra...« Mein letztes Wort wurde zum Ruf eines berühmten Dschungelhelden.

Ich rutschte auf einer seifigen Stelle aus und stürzte auf Emilia zu. Erschrocken sah sie mich über ihre Schulter auf sie zufallen. Meine Hände berührten sie schon, als sie sich drehte und sich unsere Gesichter näherkamen. Just in diesem Moment machte Tatiana ihre Glastür auf und ging auf den Gang hinaus.

»Cassiel, ich wollte dich fragen ...«

Regungslos stand Tatiana da und traute sich nicht, die Antwort zu erfragen, nach der es ihr sehnlichst verlangte. Schließlich überwand sie ihren inneren Zweifel.

»Was macht ihr da?«, fragte sie und starrte auf mein nacktes Hinterteil.

Mein Handtuch hatte sich beim Fall gelöst und lag unter mir. Halb darauf befanden sich mein Nacken und Hinterkopf, neben dem meine Arme lagen, die Emilias Füße berührten. Sie stand vor mir – oder über mir, wenn man es so bezeichnen konnte – und starrte Tatiana entgeistert an. Um es dezenter zu beschreiben: Mein Kopf lag zwischen ihren Füßen. Die Pose erinnerte an einen Wrestling-Move. Mit den Händen hielt sie meine Fußgelenke fest, so als wollte sie mir wieder auf die Beine helfen. Meine Wirbelsäule machte dabei die Krümmung einer Banane, die man in der Mitte aufbrechen wollte. Mein Gemächt baumelte so auffallend, dass Emilia errötet zur Decke starrte. Aufgrund des Winkels bot sich mir gleichzeitig ein Anblick, den ich wegen des Aufschlags mit dem Kopf nicht mitbekam, aber bei dem einige Männer nicht weggesehen hätten, wäre ihnen nicht (so wie mir) schwarz vor Augen geworden.

»Cassiel ist gestürzt«, hörte ich Emilia noch erklären, als sich mein Geist aus meinem Körper verabschiedete.

Der dritte Tag

Ich wachte mit brummendem Schädel auf. Alles war dunkel, was mir hinsichtlich der Kopfschmerzen nur recht war. Hatte ich so viel getrunken? Langsam kamen meine Erinnerungen zurück. Ich erinnerte mich, dass ich duschen wollte … und dann mit Emilia zusammenstieß?

»Genau! Tatiana! Ich muss ihr den Vorfall erklären!«, dachte ich und fuhr hoch.

Mein Kopf knallte mit voller Geschwindigkeit gegen etwas Hartes. Wimmernd sank ich wieder zurück und wurde fast ohnmächtig.

»Das gibt eine Beule«, jammerte ich leise.

Ich wollte mir an den Kopf greifen und stieß wieder an. Was war das? Ich tastete um mich und berührte etwas Weiches.

»Cassiel? Was machst du?«

»Tatiana?«

»Ich will noch nicht aufstehen. Lass uns noch weiterschlafen.«, murmelte sie schlaftrunken neben mir und schmiegte sich an mich.

Wie war ich ins Bett gekommen? Hatten sie mich heimgetragen? Mein Kopf war auf ein flaches Polster gebettet, wegen dem ich die Beule am Hinterkopf nur leicht spürte. Auch mein Rücken schmerzte bei jeder kleinen Bewegung, obwohl ich auf einem weichen Stoff lag. Trotz der Pflaster, die mir Viviane aufgeklebt hatte, spürte ich die Schnitte. Mir tat einfach alles weh! Zumindest konnte ich mir damit sicher sein, dass ich den Besuch in der Blutique nicht geträumt hatte. Aber wenn ich mir schon an einem Tag so viele Verletzungen zuzog, wie würde dann der restliche Urlaub laufen? Zwei Beulen und mehrere Schnittwunden in so kurzer Zeit! Wenn das so weiterging, würde ich in einem Rollstuhl nach Hause fahren.

Erneut tastete ich um mich. Auf der rechten Seite fühlte ich eine Wand. Sie besaß keine Polsterung, und ihre Oberfläche war ganz glatt. Über mir befand sich wieder eine Wand mit derselben Struktur. Wenn ich den Arm hochhielt, stieß ich daran an, bevor ich ihn noch ganz ausstrecken konnte. Plötzlich kam mir ein schrecklicher Gedanke: Liege ich in einem … in einem …

»Sarg!«, schrie ich aufgebracht, fuhr hoch und stieß mir erneut den Kopf an.

Dem Zusammenprall folgte mein schmerzvoller Aufschrei, der Tatiana sofort munter machte.

»Cassiel?«, fragte sie mich verwirrt.

Bevor sie mich beruhigen konnte, drückte ich mit aller Kraft gegen die obere Wand. Sie bewegte sich trotz meiner Anstrengung kein Stück.

»Liegen wir in einem Sarg?«

»Ja …«, antwortete sie mir und hob den Deckel mit einer Hand an.

Die Sonnenstrahlen drangen ins Innere vor und offenbarten mir den roten Stoff, mit dem der Sarg ausgekleidet war. Ich erkannte ihr Zimmer anhand des am Boden liegenden Spielzeugs. Außerdem sah ich keine roten Stellen mehr an meinem Körper, weil der wie eine Mumie eingewickelt war. Was war geschehen?

»Es ist noch Tag. Lass uns weiterschlafen«, sagte sie, schloss den Deckel und kuschelte sich an mich.

»Wie soll ich schlafen … wenn ich einem Sarg liege?«

»Es ist ein Doppelsarg, für Paare. So wie ein Doppelbett.«

»Was spielt das für eine Rolle?«, brüllte ich schockiert. »Wieso liegen wir nicht in einem Bett?«

»Emilia meinte, du solltest dich schon langsam daran gewöhnen.«

Diese kleine Rotznase!

»An was gewöhnen? Meine Beerdigung?«

»Nein, an unseren neuen Schlafplatz in unserer neuen Wohnung.«

Hatte ich kein Mitspracherecht mehr?

»Was ist mit unserem alten Bett?«

»Das kommt weg.«

»Und stattdessen bekommen wir diesen Sarg?«

»Ja.«

»Aber wieso bekommen wir kein Bett?«

»Der Sarg ist ein Geschenk an uns beide.«

»Von wem?«

»Von Papa.«

Vlad wollte mich wirklich fertigmachen. »Moment! Das bedeutet, dass dein Vater unser Zusammenziehen akzeptiert?«

»Ja, ist das nicht wunderbar?«

»Das heißt, er akzeptiert mich?«

»Das hat er so nicht gesagt, aber ich glaube schon.«

Plötzlich war all der Schmerz dahin.

»Aber er meinte, dass er sich sehr darauf freut, dir beim Schreiben deiner Artikel zuzusehen.«

Und da war es wieder, das weltliche Leid. »Er will mir zusehen?«

»Ja, er hat sogar schon mit deinem Chef gesprochen.«

»Wann?«

»Nachdem er mit dem Paparazzo wegfuhr.«

»Das war nachts!«

»Ja, er war nicht sehr erfreut, dass Papa bei ihm vorbeisah.«

»Was heißt, vorbeisah?«

Wie konnte er überhaupt so schnell dorthin gelangen? Hatte er einen Privatjet gebucht? War er deshalb nicht in der Blutique? Um mir das Leben schwer zu machen?

»Na ja, er hat an seiner Fensterscheibe geklopft …«

Schläft der im Erdgeschoss?

»… und hat ihm dann deinen Artikel gezeigt.«

»Ich bin geliefert!«

»Nein, er war total kooperativ!«

»Mein Chef? Kooperativ?«

»Ja, Papa hat ihn an den Füßen aus dem zweiundzwanzigsten Stock hängen lassen.«

»Das ist illegal!«

»Papas Fähigkeiten dürften ihn ziemlich beeindruckt haben. Jedenfalls hat er ihm verraten, dass du den Artikel geschrieben hast. Wobei ... wenn ich recht überlege, war es nach Papas Erzählung das Erste, was er geschrien hat, nachdem er ihm den Artikel zeigte.«

»Dieser undankbare Tunichtgut!«

»Er hat ihm versprochen, dass er einen neuen Artikel über unsere Familie beauftragen wird ...«

»Der Autor tut mir leid.«

»... den du schreiben sollst ...«

»Ich kündige.«

»... und Papa wird dir dabei helfen. Als zweiter Autor sozusagen! Ist das nicht toll?«

Ich wurde, bevor ich antworten konnte, ohnmächtig.

☆

»Aber wie bin ich hierhergekommen?«

»Ich ... ich meine ... wir«, erklärte Tatiana und betonte das letzte Wort, so als sollte ich es unbedingt hören, »haben dich zum Auto getragen und sind dann heimgefahren.«

»Wer sind wir?«

»Alle, die da waren.«

»Und davor habt ihr mich abgeduscht?«

»Nein, das habe ich allein gemacht.«

Irgendwas ergab an ihrer Geschichte keinen Sinn. »Wie hast du mich allein in die Duschkabine gebracht?«

»Emilia hat mir geholfen.«

»Emilia?«

»Keine Sorge, wir haben vorher deine heiklen Stellen mit dem Badetuch verdeckt.«

»Okay, und nach dem Duschen hast du mich, während ich bewusstlos war, abgetrocknet?«

»Genau.«

Wie konnte ich von alldem nichts mitbekommen haben? Hatte Alkohol kombiniert mit einer Kopfverletzung so eine starke Wirkung auf das Bewusstsein?

»Und dann habt ihr mich zum Auto geschleppt.«

»Genau!«

»Was passierte danach?«

»Gar nichts. Wir sind heimgefahren und haben dich ausgeladen. Die Diener haben uns geholfen, dich in den Sarg zu legen. Das ist alles.«

»Verstehe«, antwortete ich zufrieden, begriff aber schnell, dass etwas fehlte. »Aber wieso habt ihr mich in Bandagen eingewickelt?«

»Na ja, du hattest ein paar offene Stellen.«

»Was ist passiert?«

»Ähm …«

»Tatiana.«

»Es könnte möglicherweise dazwischen etwas passiert sein.«

»Was ist während dem Tragen passiert?«

»Na ja, jemand hat dich gebiss… ich meine … jemand hat dich aus Versehen fallen gelassen.«

»Wer? Und warum ist mein Körper in Bandagen eingewickelt?«

»Okay, es tut mir leid, es war meine Schuld. Ich habe dich fallen gelassen.«

»Du hast was?«

»Während … ich meine, nach dem Duschen wollte ich dich hochziehen und dann bin ich weggerutscht und dann bist du zuerst gegen die Duschvorrichtung und anschließend auf den Schemel gekracht.«

»Wieso sind meine Beine dann auch eingewickelt?«

»Ähm … als du so blutig am Boden lagst …«

»Ja?«

»... habe ich dich unabsichtlich angeknabbert.«

»Wie angeknabbert?«

»Ich habe dir in die Pobacke gebissen.«

»Du hast was?«

»Es war ein Fehler. Ich bin ausgerutscht und auf dich gefallen.«

»Hm ... na ja ... dafür kannst du nichts. Du hattest gute Absichten. Unfälle passieren eben. Dir ist nichts passiert?«

»Nein ... aber das war leider nicht alles.«

»Was denn noch?«

»Ich bin nochmals ausgerutscht ...«

»Wie? Nochmals ausgerutscht?«

»... und habe dich auch noch in die andere Pobacke gebissen ... tut mir leid.«

»Ich kann den Urlaub bestimmt nicht mehr sitzen.«

»Keine Sorge, Mama hat dich mit ihrer Zaubermedizin eingeschmiert. Damit spürst du kaum Schmerzen und der Heilungsprozess wird beschleunigt.«

»Okay, aber warum habt ihr dann nicht nur die betroffenen Stellen bandagiert, sondern meinen gesamten Körper?«

»Die Medizin zieht auch die Fremdkörper heraus.«

»Welche Fremdkörper?«

»Ähm ... den Alkohol, meinte ich.«

»Verstehe. Na gut, ist halt passiert. Mach dir deshalb keine Gedanken.«

»Du bist mir nicht böse?«

»Nein. Aber kannst du mir dafür einen Gefallen tun?«

»Welchen?«

»Ich möchte endlich aus dem Sarg heraus!«

☆

Ich war heilfroh darüber, dass mich Tatiana aus dem Sarg gelassen hatte. Ich saß am Bett und betrachtete meine Bandagierung. Von den Armgelenken bis zum Hals und den Fußknöcheln war ich eingewickelt. Wie schnell Fionas Medizin wohl wirkte? Neugierig zog ich die Bandage an meinem Unterarm zur Seite.

»Ein Loch?«

Die Verletzung sah merkwürdig aus, aber sie blutete nicht. Eine dünne Kruste hatte sich über der Wunde gebildet. War ich auf einen spitzen Gegenstand gefallen? Ich zog weiter an dem Verband und entdeckte ein zweites Loch. Kam das von der Duschvorrichtung? Ich drückte mit einem Finger darauf, spürte aber nur einen erträglichen Schmerz. Die Stelle schien leicht betäubt zu sein. Meine Haut war mit einer weißen Creme eingeschmiert. Ich schob die Bandage wieder darüber und legte mich hin. Ließ mich zurückfallen, in das Land realer Alpträume. Der Gedanke an Vlad brachte mich um meinen Schlaf. Wie er wohl nach dem Vorfall mit dem Paparazzo über mich dachte? Eigentlich schon komisch, wie sich mein Urlaub entwickelt hatte. Obwohl ich ihn noch immer nicht wegen meines Heiratsantrags hatte fragen können, gehörte ich irgendwie schon zur Familie.

Ich griff auf meine Brust und fühlte die Gravuren des Amuletts. Was sie wohl bedeuteten? Leider konnte ich Tatiana nicht fragen. Sie lag noch immer im Sarg. Wie sie darin nur schlafen konnte? Zwar war es bei uns zu Hause auch so dunkel und ruhig, aber normalerweise lagen wir in einem Bett. Ich drehte mich zur Seite und betrachtete das hölzerne Ungetüm.

»Hat der Sarg Belüftungslöcher?«

Seitlich gab es viele kleine Stellen, die aussahen wie schwarze Filtereinheiten. Das mussten welche sein! Andernfalls wären wir erstickt. Oder Tatiana, die sich darüber offenbar keine Gedanken machte. Ich drehte mich wieder auf den Rücken und spürte meine Verletzungen. Nachdenklich starrte ich in die Luft.

Nachdem ich genug Zeit mit sinnlosen Gedanken verschwendet hatte, stützte ich mich auf. Der Durst trieb mich auf die Beine und aus Tatianas Zimmer. Ich stand verloren im Gang und hatte ein komisches Gefühl.

»Irgendwas ist anders«, sagte ich, obwohl mir niemand zuhörte.

Trotz meines mangelnden Schlafs fühlte ich mich munter. So als hätte ich eine Kanne Kaffee getrunken, die zur Hälfte aus Zucker bestand. Dieser Gedanke motivierte mich dazu, schnell die Toilette aufzusuchen. Ich tappte den Flur entlang und kam dem gotischen Fenster immer näher. Die Vergitterung warf einen langen und dünnen Schatten über mich, als ich bei der Tür ankam.

Kurz sinnierte ich über die fehlenden Vogellaute und ging dann auf die Toilette. Nachdem ich mein Geschäft beendet hatte, betrat ich das Badezimmer. Die Einrichtung mit den vielen goldenen Farben faszinierte mich erneut. Nach dem Waschen meiner Hände kam ich nicht darum herum, sie genauer zu betrachten. Gleich danach sah ich aus dem Fenster, um dem fehlenden Vogelgesang nachzugehen.

»Was ist mit dem Garten passiert?«

Ich blickte auf tote Erde, aus der schwarze Rosen, Tulpen und Lilien wuchsen. Dazwischen standen einige kahle Bäume. Der Himmel schien in eine andere Dimension zu führen. Er besaß Öffnungen, aus denen trübe Wolken hervorkamen. Ich hatte diese Landschaft schon einmal gesehen. Gestern, als ich auf der Wiese lag und schlief. Diesmal, allerdings war ich hellwach. Was ging nur vor sich? Ich wollte mir das genauer ansehen und verließ das Badezimmer. Ich ging den Flur entlang in die Richtung der Stufen. Alle schliefen, und das musste auch auf die schwarzen Ritter zutreffen, da sie abwesend waren. Plötzlich hörte ich etwas. Zuerst erklang es nur ganz leise, aber je mehr ich mich konzentrierte, umso besser nahm ich es wahr. Jemand weinte! Ich suchte nach dem Ursprung und blieb vor dem verbotenen Zimmer stehen. Schnell schaute ich, ob Vlad in der Nähe war, und legte dann mein Ohr an die Tür. Die flennenden Laute kamen aus diesem Zimmer! Sie klangen nach einer Frau.

»Hallo?«, flüsterte ich gegen den Türspalt.

Das Weinen verstummte. Hatte ich sie verschreckt? Ich blickte erneut in die Richtung der Treppe und dann in jene des Fensters. Schwarze Wolken schoben sich vor die Sonne und trübten den Himmel. Eine sonderbare rotgräuliche Düsternis legte sich über den Flur. Meine Sinne witterten Gefahr, aber ich konnte nicht so einfach weggehen. Nicht, ohne mich zu erklären.

»Tut mir leid. Ich wollte dich nicht stören. Ich habe dich gehört und dachte, du benötigst vielleicht Hilfe.«

»Ja. Ich bin eingesperrt«, drang es durch die Tür.

Was hatte das zu bedeuteten? Hatte Vlad aus Versehen eine Bedienstete eingeschlossen? Nach kurzer Überlegung drückte ich die Klinke nach unten. Die Tür ... sie ging problemlos auf! Erneut blickte ich mich um. Aus Horrorfilmen wusste ich, wie solche waghalsigen Aktionen meistens endeten. So wollte ich bestimmt nicht draufgehen und war deshalb extrem vorsichtig. Leise öffnete ich die Tür und blickte in einen Vorraum. Das Licht des Flurs leuchtete in einen schmalen Gang. Er war sehr kurz, und seine Wände führten in die Dunkelheit.

»Ich bin hier«, erklang die Frau erneut.

Ihre traurige Stimmlage überschattete meine Vorsicht. Sie drängte mich dazu, dass ich ihr half. Schon nach zwei Schritten stand ich vor der Finsternis. Viele Zweifel überkamen mich. Was würde mich darin erwarten? Sollte ich wirklich weiter vordringen? War das eine gute Idee? Was würde passieren, wenn man mich erwischte? Sollte ich zurückgehen und Vlad darauf ansprechen? Oder würde mich das nur in noch mehr Schwierigkeiten bringen? Es wusste niemand außer der Frau von meiner Anwesenheit. Aber sie kannte mich nicht. Hinsichtlich ihrer Situation würde sie bestimmt nicht verraten, dass sie jemand besucht hatte. Ich konnte mich einfach umdrehen, den Raum verlassen und so tun, als wäre nichts geschehen. Aber könnte ich wirklich damit leben?

»Bist du noch da?«

Ich schwieg und wurde mir meiner Lage bewusst. Was es für meine Beziehung zur Familie bedeutete, gegen ihre Regeln zu verstoßen.

»Falls du noch da bist, keine Sorge, hier ist niemand. Neben der Tür ist ein Lichtschalter ... auf der linken Seite.«

Trotz ihrer weinerlichen Tonlage merkte ich an der stimmlichen Veränderung, wie meine Anwesenheit ihr Hoffnung schenkte. Plötzlich griff ich mit einer Hand in die Dunkelheit. Es passierte so unerwartet, dass ich es kaum bemerkte. Mein Arm bewegte sich reflexartig nach vorn. Ich tastete die Wand entlang und berührte einen Kippschalter. Das Licht ging an.

☆

Das war kein Gang, durch den ich das Zimmer betreten hatte, sondern eine Öffnung in der dicken Wand! Auf der rechten Seite gab es einen Schreibtisch aus dunklem Fichtenholz. Er besaß viele Schubladen, die an goldbronzenen Ringen und Griffen herausgezogen werden konnten. Auf ihm standen einige Reagenzgläser und andere Ampullen mit verschiedenen Flüssigkeiten. Manche leuchteten orange und andere giftgrün. Von einigen führten Schläuche weg zu einer Destillationsapparatur. Daneben befanden sich ein hoher Kasten und aufgestellter Sarg. In der Mitte des Zimmers stand ein goldener Kessel, in dem eine blutrote Flüssigkeit schwamm. Ungewöhnlicherweise befand sich unter ihm keine Flamme oder eine andere Brennstation. Am Ende des Raums standen Regale gefüllt mit Büchern und losen Papierzetteln. Das Zimmer besaß kein Fenster, und ich fragte mich, ob das einen Grund hatte.

»Ich bin hier«, erinnerte mich die weibliche Stimme, weswegen ich den Raum betreten hatte.

Ihre Laute kamen von der linken Seite, zu der ich mich sofort drehte. Ich entdeckte einen Käfig, der ein Viertel des Zimmers ausmachte. Die Gitter bestanden aus dicken Metallstangen, die in dem Boden und der Decke steckten. Nicht einmal ein Bär hätte aus diesem Gefängnis ausbrechen können. Darin befand sich eine junge Frau mit braunroter Flechtfrisur, an deren Enden goldener Schmuck hing. Ihr Pony erinnerte mich an einen Shaggy-Haarschnitt. Sie war halbnackt, und nur zwei weiße Stoffe verdeckten ihren Ober- und Unterkörper. Um ihren Hals hing ein ägyptisches Kreuz (ein sogenanntes Ankh) aus Gold. Kleine Knochenteile verliehen der Kette ein wildes Aussehen.

An ihren Ohren funkelte goldener Smaragdschmuck. Ihre leuchtend grüngelben Augen weiteten sich, als ich ihr näherkam.

»Eine Mumie!«, stieß sie schockiert aus.

Ich drehte mich um. Erst dann verstand ich, hob die Arme und wandte mich der Gefangenen zu.

»Was? Nein. Sowas gibt es doch nicht! Das sind Bandagen. Schau«, erklärte ich und zeigte auf mein Handgelenk.

»*N wda!* Ich glaubte schon, du wärst ein Gesandter von Anubis.«

Sie besaß eine merkwürdige Aussprache, die mich an einen koptischen Akzent erinnerte.

»Der Totengott? Nein, ich bin ein Mensch.«

»Seine hirnlosen Diener fressen zu gern das Fleisch anderer.«

»Das Fleisch anderer?«

»Ja, sie lieben Gehirne. Weil sie selbst keines haben, *Hem.*«

»Ah ja ...«

»Oder sie benutzen es nur nicht.«

War sie eine Schauspielerin? Oder hatte sie schon zu viel Zeit hinter Gittern verbracht? »Wie heißt du?«

»Bastet.«

»So wie die ägyptische Göttin?«

»Ja, *Hem.*«

»Und deshalb sprichst du von Anubis?«

»Er ist mein Adoptivsohn.«

Sie hatte offenbar schon den Bezug zur Realität verloren. Kein Wunder bei der düsteren Umgebung.

»Warum wurdest du eingesperrt?«

»Weil ich einen Fehler gemacht habe.«

»So wie der Koch?«

»Wer, *Hem?*«

»Der Koch, der im Kerker landete, weil er den Tisch falsch deckte.«

»Ja, so ähnlich.«

»Ich verstehe nicht, warum sie euch wegen solcher Kleinigkeiten einsperren.«

»Sie verzeihen keine Fehler, *Hem.*«

»Aber euch einsperren, finde ich zu viel. Die Zelle hat nicht mal ein Waschbecken. Durftest du dich wegen Vlad nicht mal waschen?«

»Ich musste ihn rufen und wurde dann gefesselt zum Bad gebracht.«

»Lohnsklaverei! Das ist doch kein gutes Arbeitsklima.«

»Manchmal hat er mich nur ausgelacht.«

»Ja, das klingt sehr nach ihm ...«

»Bedeutet das, du wirst mich befreien, *Hem?*«

»Tut dir dein Fehler leid?«

»Ja, sehr sogar.«

»Dann sehe ich keinen Grund, warum du deine Strafe noch absitzen sollst. Weißt du was? Wir gehen gemeinsam zu Fiona. Dann kannst du dich bei ihr entschuldigen.«

»Das wäre wunderbar.«

»Die Frage ist nur, wie ich dich hier rausbekomme.« Ich berührte das elektronische Schloss, das die Gitter beisammenhielt. Es behinderte einige Stäbe, nach außen zu schwenken. »Du weißt nicht zufällig, wo sich die Fernbedienung befindet?«

»Doch. Sie liegt hier irgendwo, *Hem.*«

»Ich heiße übrigens Cassiel, nicht *Hem.*«

»Deshalb kann ich dich trotzdem *Hem* nennen.«

Hieß das Freund oder Retter? »Von mir aus.«

»Sie muss in irgendeiner Lade stecken. Leider hat er mir die Sicht verdeckt.«

»Aber du weißt, dass er sie hiergelassen hat?«

Die Gefangene, die sich für eine ägyptische Göttin hielt, schwieg; kein gutes Zeichen. Ich öffnete mehrere Schubladen und entdeckte sonderbare Gegenstände. Einige davon sahen aus wie Knochen, andere waren Geräte, die ich ausprobieren musste.

»Was ist denn das?«, fragte ich fasziniert, während ich ein Ding vor mir schwenkte, das mich an einen Barcode-Scanner erinnerte. Auf der Oberseite hatte es eine Anzeige, die aus drei kleinen Dioden mit Ampelfarben bestand.

»Sei vorsichtig«, warnte mich Bastet, »es könnte gefährlich sein.«

»Horror Detektor«, las ich die Beschriftung des grauen Geräts ab. Am Griff befand sich ein schwarzer Knopf, den ich begeistert drückte. »Hm, tut sich nichts«, erläuterte ich und schüttelte es. Ich hielt es an meinen Arm und drückte ab. Die grüne, orange und rote Diode leuchteten auf; wobei die letzte sofort wieder erlosch. Skeptisch nahm ich den Finger vom Knopf und drückte ihn erneut. Diesmal leuchteten nur das grüne und gelbe Licht auf.

»Ist wohl kaputt«, äußerte ich, drehte mich um und zielte auf Bastet.

»Was tust du?«, schrie sie schockiert und wich in ihrer Zelle zurück.

Bevor ich abdrückte, wurde ich mir bewusst, dass man eine Gefangene nicht so behandeln durfte. Ich antwortete mit einem Schulterzucken, legte das Gerät auf den Tisch und kramte weiter. Im untersten großen Fach des Kastens entdeckte ich einen kleinen Schemel. Ich nahm ihn heraus und fand darauf ein viereckiges Ding, das mich an meinen Autoschlüssel erinnerte, aber einen Knopf besaß. Am Ende befand sich ein dünner Metallring, an dem eine hölzerne Beschriftung hing.

»Die Fernbedienung!«, rief ich erfreut und zeigte Bastet meinen Fund. Das beschriebene Holzteil hing vor meinem Kopf, den ich zur Seite neigte, um vorzulesen: »Stromschlag abgeben … okay, doch nicht.«

Bastet winselte kurz auf. Verwundert legte ich die Fernbedienung auf dem Schemel ab. Wieder suchte ich weiter und entdeckte eine kleine Aufbewahrungsbox aus dunklem Holz. Fasziniert zog ich an der goldenen Schnalle und öffnete sie.

»Ist ja seltsam«, äußerte ich und kramte eine Flasche heraus. »Ist das Wasser? Bastet, was sagst du dazu?«

Sie fauchte mich an, als ich ihr die offene Flasche entgegenstreckte. Ich schraubte sie zu und stellte sie auf dem Tisch ab. Wieder griff ich nach der Box und suchte weiter. Meine Hände stießen auf einen zwanzigseitigen Würfel, der aus schwarzem Metall bestand und goldene Symbole besaß, die sich wiederholten. Ich erkannte darauf einen Blitz, Wassertropfen, Knoblauch und ein Megafon. Bastet schaute ihn schockiert an, als ich eine Bestrafungsmethode auswürfelte. Dann legte ich ihn wieder zurück in den Kasten. Das nächste Ding sah sehr harmlos aus – zumindest für mich. Es handelte sich um ein zusammengefaltetes Papier, welches ich öffnete und auf dem ich las: »Foltern für Einsteiger. Geschrieben von Vlad Dracula.«

Bastet wimmerte kurz, und ich machte mir nicht die Mühe, mich umzudrehen. Wortlos steckte ich das Blatt wieder dorthin zurück, wo ich es herhatte. Dann fand ich einen großen Stoff, der gepolsterte Stellen besaß.

»Sieh mal Bastet, ein Hundekostüm!«

Sie sprang so hoch, dass ich glaubte, sie wollte sich an der Decke festkrallen. Unkommentiert verstaute ich es wieder im Kasten. Warum hatte sie nur solche Angst davor?

Ich fand noch viele weitere Dinge, die bei ihr unterschiedliche Emotionen auslösten, bis ich schließlich ein goldenes Kästchen entdeckte.

»Das muss es sein!«, rief ich und öffnete es begeistert. »Was haben wir hier?«

Mit angehobenen Augenbrauen zog ich ein Schockhalsband hervor, an dem ein Schlüssel hing. Was hatte Vlad damit vor? Ich setzte mich auf den Schemel und merkte, wie das Armband blitzte und mein Arm kribbelte. Vermutlich lag das daran, dass Fionas Salbe anfing zu wirken. Ich legte das Armband auf dem Tisch ab. Dann drehte ich mich auf dem Schemel und spürte, dass ich auf etwas saß. Ich griff unter mein Gesäß und fischte die Fernbedienung für das Schockhalsband hervor. Kurz ließ ich es vor meinem verdutzten Gesicht baumeln und legte es dann auf dem Tisch ab. Danach durchsuchte ich die Schubladen.

»Nichts!«

»Hast du überall gesucht, *Hem?*«

»Ja, hier ist nichts … warte … was ist das für ein Knopf?«

Ich benutzte einen Schalter, der sich unter der Tischplatte innerhalb der Schublade befand. Ein mechanisches Geräusch erklang und das Gefängnis öffnete sich. Bastet drückte gegen die Stäbe, war aber zu schwach, die verrostete Tür zu öffnen. Ich zog mit aller Kraft und erzeugte einen Spalt, durch den sie hindurchschlüpfen konnte. Wann hatte ich solche Kräfte entwickelt? Strahlend sah sie mich an, als ich meinen Unterarm betrachtete und bemerkte, wie meine Bandagen blutig wurden.

»Danke, ich stehe in deiner Schuld.«

»Bedank dich besser nicht zu früh. Noch sind wir nicht bei Fiona.«

»Das ist kein Problem. So weit war ich noch nie. Welche Tageszeit ist eigentlich gerade?«

»Mittag, glaube ich. Vorher schien noch die Sonne.« Ich erinnerte mich an die merkwürdige Gewitterwolke, die ich gesehen hatte. Bevor ich meine Information ergänzen konnte, kam mir Bastet zuvor.

»Perfekt«, sagte sie und flüsterte mir ins Ohr: »Ich habe übrigens gelogen.«

»Du hast was?«, fragte ich erstaunt und drehte mich zu ihr.

Sie verschwand vor meinen Augen! Als wäre sie unsichtbar geworden. Wie war das möglich? Das würde bestimmt ein Nachspiel haben.

☆

»Cassiel!«

Ich lag in meinem Zimmer, als ein heftiges Grollen ertönte. Die Wände wackelten unaufhaltsam wie bei einem Erdbeben. Seit ich Bastet befreit hatte, überlegte ich, wie ich Vlad erklären konnte, was für einen schrecklichen Fehler ich begangen hatte. Wie meine Überzeugung etwas Gutes zu tun, mich so naiv gemacht hatte, dass ich nicht merkte, wie ich hintergangen worden war. Natürlich war Bastet nach ihrer Flucht nicht mehr zu finden gewesen. Ich suchte im gesamten Schloss nach ihr. Sogar in Räumen, in die ich wegen diverser Folterwerkzeuge besser nicht hineingesehen hätte. Auch im Garten suchte ich nach ihr, aber sie war verschwunden. Ohne ihr konnte ich Fiona nicht vor die Augen treten. Ich hatte einen schrecklichen Fehler begangen und ihr Vertrauen verloren. Alles, was folgte, hatte ich verdient.

»Cassiel!«, donnerte es erneut, und die Tür sprengte aus der Verriegelung.

Ein schwarzer Schatten drang in mein Zimmer, der brennend rote Augen besaß. Die Umgebung glühte und brachte mich zum Schwitzen, obwohl ich so stark zitterte, als ob ich nackt in einem Schneegetöse säße. Ich sah dem Ärger, der sich vor mir größer werdend aufbaute, entgegen. Vlad war stinksauer, und ich kam nicht drumherum, mich zu verteidigen.

»Ist dir klar, was du getan hast, Menschlein?«

»Eine hilflose Frau befreit?«

»Du hast den Krieg in unser Land gebracht!«

»Welchen Krieg?«

»Du verstehst gar nichts.«

»Wie sollte ich auch? Immerhin hast du nicht zu meinem Verständnis beigetragen.«

Das Geschrei brachte sofort alle anderen zu uns. Tatiana und Viviane erreichten das Zimmer, als er mich am Hals packte. Ich wollte seine Hand wegschlagen, aber sie war unglaublich hart und hob mich einen Meter über den Boden. Machtlos ertrug ich die Situation. Emilia kam dazu und starrte verblüfft auf meine zappelnden Beine.

»Papa, lass Cassiel runter!«, verteidigte mich Tatiana.

»Was ist passiert?«, fragte Viviane und wollte deeskalieren.

»Er hat die Königin befreit.«

»Er hat was?«, fragte Emilia, deren Kinnlade bei der Antwort weit nach unten hing.

»Mobilisiert sofort alle Truppen. Wir müssen unsere Verteidigung so schnell wie möglich errichten.«

»Ja, Vater«, antworteten Emilia und Viviane im Duett, verbeugten sich und verschwanden aus dem Zimmer.

»Soll ich auch gehen, Vater?«, fragte Tatiana zurückhaltend.

»Nein, Tochter. Du sollst das hier sehen.«

Sein Griff wurde immer stärker. Ich röchelte und kämpfte um Luft.

»Papa, du tust ihm weh. Bitte lass ihn runter!«, schrie Tatiana und stürzte auf Vlad zu.

Er schleuderte sie mit einer Armbewegung gegen den Schrank.

»Ich werde ihn in Stücke zerreißen!«

»Was ist hier los?«, fragte Fiona und sah mich fast ohnmächtig in der Luft zucken. »Vlad, lass Cassiel sofort hinunter!«

»Aber er ...«

»Sofort!« Ihr Wort besaß so viel Macht, dass ich mich vor ihr auf die Knie geworfen hätte, wenn es mir möglich gewesen wäre.

Widerwillig ließ mich Vlad hinunter und anschließend los. Hustend kniete ich am Boden und fasste mir an die Kehle. Tatiana kam zu mir und half mir auf die Beine.

»Mama, Papa hat Cassiel angegriff...«

»Schweig still, Tochter!«

Tatiana verstummte sofort und stand gerade ohne die kleinste Bewegung.

»Er hat die Königin befreit«, verteidigte Vlad sich Fiona gegenüber.

»Hat er das? Vlad du weißt doch, auf was es beim Schach ankommt?«

»Ja, auf Geduld und Strategie. Das Gefühl der Logik unterordnen.«

»Genau. Also, wieso glaubst du, dass er es getan hat?«

»Er muss es getan haben. Ich habe ihren leeren Käfig entdeckt. Vielleicht wurde er sogar von ihnen geschickt!«

»Das würde ich wissen. Ich habe schon, bevor er zu uns kam, seine Gedanken eingesehen.«

»Ja, aber das war in seiner Stadt, als er noch in seinem Bett lag vor einer Woche. Es könnte gut sein, dass er in dieser Zeit von ihnen rekrutiert wurde. Wir wissen nicht, welche Möglichkeiten sie haben. Vielleicht haben sie seinen Verstand manipuliert.«

»Das glaube ich nicht. Aber wir werden es gleich wissen.«

Fiona kam mir näher, und ich trat intuitiv einen Schritt zurück. Ich stieß an das Bett, als ihre leuchtenden Augen in meine blickten.

»Cassiel?«, fragte sie mich erstaunt, so als wäre meine Reaktion eine Bestätigung ihrer Vermutung.

»Ich wusste es!«, äußerte Vlad sofort, sodass ich kaum Zeit bekam, mich zu verteidigen.

»Ja, ich habe eine Bedienstete befreit, die Vlad wegen einem kleinen Fehler wie ein Tier gefangen hielt.«

»Das hat sie dir erzählt?«, fragte Fiona und sah mir so tief in die Augen, dass sie im Spiegel meiner Seele mein gesamtes Leben sehen musste. »Ich fasse es nicht, Cassiel.«

»Du verdienst es nicht, dieses Amulett zu tragen. Gib es her!« Vlad riss mir das Aurum der Treue von der Brust.

»Aber ich …«

»Ich wusste, dass es ein Fehler war, einen Menschen in unserem Haus willkommen zu heißen!«

»Cassiel, wieso hast du uns nicht gefragt? Ich meine, ich habe gesehen, warum du es nicht getan hast. All deine Zweifel … aber das war so unverantwortlich von dir.«

»Ich verstehe nicht, was ich überhaupt getan habe.«

»Und genau das ist das Problem. Es wäre besser, wenn du jetzt gehst. Ich bin zwar geduldig, aber in Anbetracht der Umstände lüste ich nach Blut.«

Als Fiona mir das sagte, färbte sich das Weiß in ihren Augen zu der Farbe dessen, nach dem es ihr verlangte. Ich blickte Tatiana an, die mich nicht loslassen wollte.

»Lass ihn los, Tochter. Du kennst die Gesetze. Er hat dagegen verstoßen.«

»Mutter … aber … ich …«

»Er ist hier nicht mehr erwünscht. Wenn du ihn jetzt nicht gehen lässt, werden wir ihn behandeln, wie unsere Feinde. Das ist deine letzte Chance.«

»Es ist okay, Tatiana. Ich hoffe darauf, später den Vorfall klären zu können.«

»Du wirst gar nichts mehr klären! Und du wirst dich meiner Tochter auch nicht mehr nähern«, drohte mir Vlad. »Nimm deinen lächerlichen Koffer und verschwinde. Du kannst froh sein, dass Fiona hier ist. Sie ist im Moment der einzige Grund, warum du noch lebst.«

»Aber, Tatiana …«

»Verschwinde!«, setzte Vlad nach, stellte sich zwischen uns und deutete auf die kaputte Tür.

Ich duckte mich, nahm den Koffer und ging zum Ausgang. Kurz sah ich nochmal nach Tatiana, die von ihrer Mutter verdeckt wurde. Und egal, wie sehr wir uns bemühten, einander zu sehen, konnten wir uns nicht einmal mehr verabschieden.

»Zieh sofort deine Rüstung an, Tatiana. Du wirst uns in die Schlacht folgen. Möge sie nicht unsere letzte sein.«

☆

Ich ging die Straße entlang und zog meinen Koffer hinterher. Es spielte für mich keine Rolle mehr, wohin ich ging oder ob ich überhaupt ankam. Ich ging, um mich selbst zu bestrafen. Bei jedem Schritt schmerzten mir die Füße. Die pralle Sonne knallte auf den Asphalt und kochte mich regelrecht. Meine Kehle war trocken, und ich hatte einen unheimlichen Durst, aber weigerte mich zu trinken. Ich war in einer so tiefen Traurigkeit gefangen, dass meine Tränen zu einer Sintflut hätten werden können. Aber trotzdem weinte ich nicht, denn es war sinnlos. Es war unsinnig, sich dem Selbstmitleid hinzugeben, anstatt an Lösungen zu arbeiten. Wenn nicht sogar dumm, mit Gefühlen seine Zeit zu verschwenden, die einen nicht positiv beeinflussten. Naiv glaubte ich daran, dass es möglich sei, meinen Fehler wieder gutzumachen. Aber je mehr ich darüber nachdachte, desto mehr wurde mir bewusst, dass es nicht ging. Bastet, oder wie auch immer sie hieß, befand sich längst irgendwo und war unauffindbar für mich. Und selbst wenn ich sie fand, so würde sie niemals freiwillig wieder in den Käfig zurückgehen.

Allerdings verstand ich auch nicht ihre Wichtigkeit. Bei einem zweiten Zusammentreffen konnte ich zumindest mehr erfahren. Die letzte Nachricht, die ich an Tatiana geschickt hatte, war noch immer nicht beantwortet. Normalerweise reagierte sie sofort, aber diesmal blieb der Kontakt einseitig. Ohne ihre Unterstützung konnte ich nicht helfen, das Problem zu lösen oder einen Krieg zu verhindern.

Wer sollte die Familie Dracula aufgrund einer befreiten Frau angreifen? Diese Frage ging mir nicht mehr aus dem Kopf. Und während ich darüber nachdachte, kam sie wieder zurück: die Traurigkeit. Sie schlich sich förmlich an mich heran und wollte mich überwältigen.

»Männer weinen nicht«, belog ich mich selbst, obwohl ich es besser wusste, selbst wenn die Wahrheit nicht allen gefiel.

Jeder Mann weinte irgendwann. Selbst die stursten Männer würden dem Drang nachgeben, wenn sie ungeschützt zwanzig Kilo frische Zwiebeln schneiden mussten. Den Mythos des harten Mannes, der Wind und Wetter trotzte, fand man als Statue vor Museen oder anderen öffentlichen Plätzen. Weinen gehörte zum Leben dazu. Nur die meisten Männer taten es allein. Manche taten es weniger oft als andere. Und es war in Ordnung, solange man aufhörte und sich einer Sache bewusstwurde: Es änderte nichts. Man konnte zehn Minuten oder tagelang heulen, es kostete nur Energie und Zeit. Letztlich musste man selbst den Ursprung seiner Traurigkeit erkennen und daran etwas ändern. Konnte man das nicht, so musste man sich selbst verändern. Trotz aller Schicksalsschläge ging das Leben weiter. Keiner würde wollen, dass ein von ihm geliebter Mensch das restliche Leben in Traurigkeit verbrachte. Nein, diese Menschen bauten einen auf und gaben einem Kraft. Das zu ignorieren, wäre mindestens so schlimm, wie auf ihr Grab zu spucken.

»Du bist nicht so ein Mensch, Cassiel«, sagte ich und setzte mein Selbstgespräch fort.

Ich war allein auf der Straße, ohne Orientierung mitten im Nirgendwo. Der Verzweiflung nah, die mein Herz zerriss, weil ich von meiner Geliebten getrennt worden war. Ich wollte eine Lösung finden, aber alles, worauf ich stieß, war mein Zorn. Meine Wut über mich selbst, die mich von innen auffraß. Wie reparierte man ein gebrochenes Herz? Ich hatte es nie gelernt.

»Denk nach, Cassiel. Denk nach.«

Ich blieb stehen und blickte erneut auf mein Smartphone. Tatiana hatte mir noch immer nicht geantwortet. Ich hoffte, dass es ihr gutging. Ich kämpfte mit mir, nicht in irrationale Gefühle abzudriften, die meine Situation nicht veränderten.

»Es muss doch irgendetwas geben …«, sagte ich und öffnete spontan meinen Koffer.

Meine Hände gruben darin, als ob ich in einer stillgelegten Mine nach einem Goldstück suchte. Und dann fand ich es. Das, wonach ich strebte, ohne es zu wissen.

»Die Visitenkarte?«

Ich betrachtete die goldenen Schriftzüge auf dem Papier. Obwohl ich es unvorsichtig in den Koffer geschmissen hatte, wies es keine Beschädigungen vor. War das ein Zeichen? Ich zückte mein Smartphone und tippte die Telefonnummer ab. Nach einem Berühren des Hörersymbols hielt ich das Telefon an mein Ohr.

»Hallo?«, meldete sich eine weibliche Stimme.

»Ja … ähm … ich heiße Cassiel. Man hat mir Ihre Nummer gegeben, falls ich Hilfe benötige.«

»Du bist leider falsch. Hier ist die Esa.«

»Was? Die European Space Agency? Entschuldigung, ich wollte …«

»Nein, ich bin die Esa. Also das ist mein Name. Kann ich etwas für dich tun?«

»Ich dachte, ich hätte mich verwählt?«

»Nein. Du hast doch gesagt, du benötigst Hilfe. Das heißt, du wolltest zum Herrn. Bei dem Glühen aber gerade die Leitungen, falls du verstehst?«

»Ähm, ja?«

»Deshalb heben wir für ihn ab.«

»Wer ist wir?«

»Wir, die Vermittlung für Erzengel. Gabriels Angestellte. Wenn du das Böse vernichten willst, dann bist du bei uns richtig. Wir sind kampferfahrene Spezialisten.«

»Herr bewahre!«

»Wie gesagt, der ist gerade beschäftigt.«

»Ich brauche eine Lösung und keine Gewalt!«

»Bei uns bekommst du beides.«

»Ich glaube, es war keine gute Idee, anzurufen.«

»Halt!«

»Ja?«

»Bitte leg noch nicht auf.«

»Wieso?«

»Ich habe ein Ticket für dich erstellt. Wenn du jetzt auflegst, ohne dass ich dir eine Lösung anbiete, wirkt sich das negativ auf meine Statistik aus.«

»Deine was?«

»Bitte erzähl mir etwas über dein Problem. Warum benötigst du unsere Hilfe?«

»Also ... wie sage ich das? Ich habe da diesen Freund.«

»Okay, ich schreibe mit.«

»Ja, und der hat etwas sehr Dummes gemacht.«

»Was hat er denn gemacht?«

»Er hat jemanden befrei... äh ... ich meine ... er hat einen Befreundeten hintergangen.«

»Mhm, ist notiert.«

»Also dieser Freund ... es gab eine einfache Regel, und er hat sie gebrochen.«

»Wie schwer war der Grad der Sünde auf einer Skala von eins bis zehn?«

»Eine Zehn. Er wurde damit zum Feind aller.«

»Okay. Feind aller. Schwerer Sünder.«

»Ja, und jetzt möchte er nichts anderes, als seine Taten ungeschehen zu machen.«

»Das klingt ähnlich wie der Höllensturz. Dafür empfehle ich das Apokalypse-Paket.«

»Das was?«

»Das ist die Deluxe-Edition für überzeugte Kunden. Sie enthält verschiedene Maßnahmen.«

»Welche?«

»Zuerst wird sich die Schlichtungsstelle dem Fall annehmen. Wenn die nichts erreicht, schicken wir die Rechtsabteilung. Kommt die auch nicht mehr zurück, fahren wir schweres Geschütz auf. Wir senden die Wallküren-Abteilung.«

»Was für eine Abteilung?«

»Bereut und unterwirft sich der Sünder noch immer nicht, wird der Fall auf die nächste Eskalationsstufe angehoben. Die Wetterabteilung übernimmt und versucht, den Sünder mit Blitzen oder anderen widrigen Umweltbedingungen aus dem Verkehr zu ziehen. Weicht der Sünder sämtlichen planetaren Katastrophen aus, wird der Fall ans Universum weitergegeben.«

»Das ist doch keine Abteilung!«

»Doch. Sie sorgt dafür, dass so schnell wie möglich ein riesiger Meteorit auf den Sünder einschlägt.«

»Aber das vernichtet die Menschheit!«

»Kollateralschäden können nicht vermieden werden, sind aber vertraglich geregelt. Was sagst du dazu?«

»Schrecklich!«

»In dem Fall empfehle ich dir das Basispaket.«

»Ist das genauso schlimm?«

»Nein, es ist überhaupt nicht besonders.«

»Wie meinst du das?«

»Gut, dass du fragst. Also, wie bei der Deluxe-Edition gibt es verschiedene Maßnahmen. Zuerst wird ein Finanzprüfer geschickt. Findet der nichts, kommt der Fall in unsere Informationsabteilung.«

»Endlich etwas Harmloses …«

»Die suchen brisante Daten über den Sünder und veröffentlichen sie. Aber das funktioniert selten bei mächtigen Personen.«

»Wieso?«

»Weil sie die Journalisten verklagen und so indirekt die Zensur vorantreiben.«

»Das kenne ich nur zu gut …«

»Deshalb kommt es meistens zur letzten Eskalationsstufe.«

»Die wäre?«

»Der Sünder hat einen Unfall.«

»Das ist keine Lösung!«

»Ich sehe gerade, das Paket ist für deinen Chef aktiv. Er ist auf der zweiten Eskalationsstufe.«

»Er ist was?«

»Und danach kommt der Sünder zum höchsten Gericht.«

»Was für ein Gericht?«

»Das, bei dem gerade so viele anstehen.«

»Wer steht dort an?«

»Alle.«

»Aha, und wozu?«

»Sie warten auf die Entscheidung, ob sie bleiben dürfen oder zur Hölle fahren. Ungewöhnlicherweise bleiben von euch nur sehr wenige. Bei den Keplermenschen muss kaum wer zur Resozialisierung.«

»Wohin?«

»Zu euch, auf die Erde.«

»Ich dachte die müssen in die Höll…«

»Tut mir leid, ich muss dich unterbrechen, die Zeit ist um.«

»Welche Zeit?«

»Die Zeit für unser Telefonat. Ich muss Quoten erfüllen, du verstehst?«

»Nein.«

»Schade, ich würde mich aber trotzdem über eine Bewertung von dir freuen. Auf einer Skala von eins bis zehn, wie zufrieden bist du mit unserem Gespräch?«

»Was hat diese Frage für einen Sinn, wenn du hinschreibst, was du willst?«

»Die Frage war rein höflich gedacht. Vielen Dank für deine Zehner-Bewertung. Ich wünsche dir noch eine schöne Existenz.«

»Warte!«

»Ja?«

»Kannst du dem … ähm … Herrn ausrichten, dass er mich bitte zurückrufen soll?«

»Das kann ich gerne machen, aber stelle dich auf mehrere Jahre Wartezeit ein. Er hat derzeit alle Hände voll zu tun.«

»Ich verstehe.«

»Weißt du was? Ich werde deinen Fall einfach an einen unserer externen Mitarbeiter weiterleiten.«

»Aber bitte ohne Apokalypse …«

»Selbstverständlich. Oder willst du mit dem Leben bezahlen?«

»Auf keinen Fall!«

»Okay, wie du meinst. Ich wünsche dir noch eine schöne Existenz. Und immer brav beten.«

»Danke … ähm … dir auch.«

☆

Ich saß auf einem Stein, der sich neben der Straße und den Feldern befand. Meine Haltung war geknickt, und der einzige Grund für meine Pause war der, dass ich nicht mehr weitergehen konnte. Ohne dem Gestein wäre ich umgekippt und hätte auf dem Boden gelegen. Die Pause war also keinesfalls freiwillig, sondern notwendig. Das lag an der Sonne, die unerbittlich auf mich herabschien. Es durfte einer der heißesten Tage bislang sein – zumindest fühlte es sich für mich so an. Mittlerweile hatte ich mir eine kurze weiße Hose und ein blaues T-Shirt angezogen. Wegen der Bandagen sah ich aus wie ein Ninja, der zu wenig Geld für ordentliche Kampfbekleidung besaß. Neugierig zog ich die blutige Bandage am Arm herunter.

»Sie ist verheilt?«, wunderte ich mich laut über meine verschwundene Wunde.

Ich untersuchte meine Unterarme und zog die Bandage ab. Alle Verletzungen waren verheilt. Nur leider nicht jene, die ich im Herzen verspürte. Erstaunt begutachtete ich meinen Körper und bemerkte im Augenwinkel etwas Funkelndes. Die Sonne strahlte so intensiv, dass ich ihr entgegenblinzelte.

Ich schirmte die Augen vor dem unerträglich hellen Licht ab. Am Horizont der langen Straße schimmerte ein sonderbares Ding. Es glänzte wie ein Fernglas, dessen Linsen wegen des Tageslichts spiegelten. Aus seinem hellen Punkt wuchs ein spitzer Schnabel, der mich an einen goldenen Speer erinnerte. Je näher es mir kam, desto eher wurde mir bewusst, dass es meinetwegen erschienen war. Seine Spitze steuerte direkt auf mich zu und formte sich zu einer Fläche, aus der eine Wölbung nach oben stand. Ich hielt den Atem an, als das Kreuzmobil mit offenen Scheiben neben mir stoppte.

»Du hast mich gerufen, Sohn?«

»Sie … Sie sind Pater Zweifel!«

Der Spinner zog reflexartig die Pistole und richtete sie auf meinen Kopf. Ich sah in dem goldenen Lauf eine Kugel, die nicht für mich bestimmt war.

»Der verlorene Sohn?«, fragte er und senkte die Waffe.

»Warum sind Sie hier?«

»Die Zentrale hat mir gesagt, dass jemand Hilfe benötigt. Warst du das, Sohn?«

»Ja … aber ich glaube nicht, dass Sie mir helfen können.«

»Jede verlorene Seele ist den Versuch wert, Sohn.«

»Wenn Sie das sagen …«

»Das ist meine Überzeugung, Sohn.«

»Was auch immer …«

»Wie ich sehe, hast du dich vom Bösen abgewendet. Du hast das Richtige getan, Sohn.«

»Na ja … ich bin jetzt sein Feind.«

»Dann bist du ab sofort mein Verbündeter.«

»Wieso sollte ich Ihnen das glauben?«

»Der Kampf ermüdet, Sohn. Nur das Böse zwingt mich zu den Waffen.«

»Das heißt, Sie wollen mich nicht mehr töten?«

»Wenn, dann hättest du mich das nicht fragen können, Sohn.«

»Auch wahr … oder Sie brauchen mich noch.«
»Ich benötige nicht mehr als die Liebe des Herrn, Sohn.«
»Wieso besitzen Sie dann ein Auto?«
»Alles, das ich verwende, dient nur dazu, mich ihm würdig zu erweisen. Es ist ein Mittel, um seinen Willen zu vollstrecken. Ich kann jederzeit darauf verzichten, Sohn.«
»Auch aufs Essen?«
»Wenn er das von mir verlangt, dann werde ich seinem Wort folgen.«
»Das ist doch Selbstaufgabe. Hinterfragen Sie nie den Sinn?«
»Die Wahrheit kennt keine Zweifel, Sohn.«
»Ich sehe schon, ich komme hier nicht weiter …«
»Dann steig ein, Sohn, und lasse mich dir einen neuen Weg offenbaren.«
Ich überlegte kurz, ob ich abwinken sollte. Schnell fiel mir ein, dass ich ohnehin nicht weiterwusste. Seine offene Tür bot mir die Chance, eine andere Richtung einzuschlagen. Vielleicht konnte ich von ihm etwas über einen drohenden Krieg oder Bastet erfahren? Ich packte meinen Koffer und ging zum Kreuzmobil. Der Bordcomputer GABI begrüßte mich, als ich einstieg. Mein Körper freute sich über den schattigen Platz. Plötzlich zog der Spinner die Waffe und zielte auf mich.
»Eine Bewegung, und es ist deine letzte. Hast du das verstanden, Sohn?«
Ich nickte.
»Was soll das?«, fragte ich starr vor Angst.
»Reine Vorsichtsmaßnahme, Sohn. GABI, starte Protokoll V.«
»Protokoll V wird gestartet! Initiiere Säuberung!«
»Nicht schon wieder!«, schrie ich, als mir ekelhaftes Sprühwasser ins Gesicht spritzte.
Die gesamte Kabine wurde von der Flüssigkeit eingenebelt, und es folgte, was schon das letzte Mal passiert war.
»Säuberung beendet! Initiiere Trocknung!«
Heißluft strömte aus den Düsen und auf meine Kleidung. Mein Körper wurde in wenigen Sekunden trocken. Doch die

tatsächliche Folter stand noch bevor. Ich betete, dass GABI keine Musik abspielte.

»Initiiere Tageslicht!«

Plötzlich strahlten Lichter im Innenraum des Fahrzeugs, die mich sofort meinen Sonnenbrand spüren ließen. Trotz geschlossener Augen war es so hell, dass ich intuitiv die Lider noch fester zusammenpresste.

»Tageslicht beendet!«

»GABI, spiel feierliche Musik ab. Auf Lautstärke fünf.«

»Sehr gerne, Eure Heiligkeit! *Zahltag* von Kreuzsänger der Keuschheit auf Lautstärke fünf wird abgespielt!«

Geigen erklangen und wurden von fröhlichem Gesang musikalisch untermalt.

»Also, Sohn. Ich bin bereit. Du kannst loslegen.«

»Ähm … mit was soll ich loslegen?«

»Mit deiner Beichte, Sohn.«

»Meiner Beichte?«

»Obwohl du dich vom Bösen abgewandt hast, so hast du dennoch eine Sünde begangen, als du ihm dientest.«

»Ich weiß nicht, was Sie von mir hören wollen.«

»Fang einfach mit dem Anfang an.«

Ich erzählte Pater Zweifel meine Geschichte ab dem Zeitpunkt, als ich mit Tatiana das Schloss betreten hatte. Schäumen und Klagen drangen so schnell wie bei einem Wasserfall aus meiner verbalen Öffnung. Wir fuhren auf der Autobahn, als meine kurze Erzählung endete.

»Also wissen Sie nichts über eine Frau namens Bastet?«

Er hüllte sich in kurzes Schweigen und murmelte unverständlich vor sich hin. Die Musik machte es unmöglich, ihn zu verstehen.

»Dieser Name ist mir leider nicht bekannt, Sohn.«

»Oder über einen drohenden Krieg?«

»Der Krieg ist mein Alltag, Sohn.«

»Ich meinte einen kommenden.«

»Darüber weiß ich leider nichts.«

Mich beschlich das Gefühl, dass er mir etwas verschwieg. Vielleicht gelang es mir, ihm die Information später zu entlocken.

»Schade.«

»Aber nun verstehe ich. Du hattest gute Absichten, und deshalb hat dich das Böse zum Feind erklärte.«

»Ja, so ungefähr kann man das sagen.«

»Mach dir keine Gedanken, Sohn. Du hast das Richtige getan.«

»Da bin ich mir nicht so sicher …«

»Weißt du was? Ich habe mich entschieden!«

»Sie werden mir helfen?«

»Ja, ich werde dich in der hohen Kunst des Kampfes unterweisen.«

»In der … was?«

»Ab heute wirst du mein Schüler sein und zu einem Krieger des Ordens ausgebildet werden.«

»Hä?«

»Aber bilde dir nicht ein, dass es ein leichter Weg ist, den du damit beschreitest.«

»Den ich beschreite? Das klingt eher nach Schieben!«

»Du wirst ein großer Kämpfer werden, Sohn. Darauf gebe ich dir mein Wort!«

☆

Wir fuhren von der Autobahn ab, als Pater Zweifel seinen Entschluss gefasst hatte. Ich hatte schon etwas Respekt vor der Rolle, in die er mich zwang. Nachdem wir eine Landstraße entlanggefahren waren, steuerte er das Kreuzmobil in einen Tunnel. Geheimnisvoll lehnte er sich zu mir und konzentrierte sich weiter auf die Straße.

»Du wirst gleich meinen Unterschlupf kennenlernen, Sohn. Nur sehr wenige Menschen wissen davon.«

Die Lichter schossen an uns vorbei und mit jedem Meter, den wir zurücklegten, wurde meine Neugierde größer. Das Ende des Tunnels kam näher, und grelles Weiß blendete mich, als wir ihn verließen. Schnell gewöhnten sich meine Augen wieder an das untergehende Tageslicht.

»Sohn, wir sind da. Das ist unser bescheidener Unterschlupf. Dein neues Zuhause.«

»Das ist kein Unterschlupf, sondern ein Vergnügungspark!«

»Ja, willkommen im Geheimversteck.«

»Dort hinten ist ein meterhohes Riesenrad! Das ist alles andere als geheim!«

»Ich kann verstehen, dass du aufgebracht bist. Mir erging es beim ersten Mal nicht anders. Jedes Mal, wenn ich es sehe, kommen mir fast die Tränen.«

»Ich bin nicht …«

»Gedulde dich noch etwas, es wird sich alles klären.«

Pater Zweifel fuhr durch einen seitlichen Eingang in den Park ein. Die Tür eines Geisterhauses schob sich automatisch nach oben. Wir fuhren eine Rampe hinunter, und es wurde dunkel. Nur noch die Scheinwerfer leuchteten uns den Weg, als wir weiterfuhren. Wie viele Leute lebten wohl dort unten? GABI spielte während unserer Abfahrt mysteriöse Töne. Wir gelangten in einen Bereich, der mich nur allzu gut an etwas Bekanntes erinnerte.

»Das ist eine Tiefgarage?«

»Ja, unsere Zuflucht vor dem Bösen.«

Eine riesige Fläche erstreckte sich vor uns mit zahlreich gekennzeichneten Parkplätzen. Das Kreuzmobil bewegte sich an einigen Linien vorbei, die frischmarkiert aussahen. Kein einziges Auto befand sich in dem Bereich, den wir durchfuhren. Nach einer Abbiegung gelangten wir zu einer Stelle mit einer riesigen Maschine, die bis zur Decke reichte. Zahlreiche Kabel führten von ihr zu Stromkästen, die sich auf beiden Seiten befanden. Pater Zweifel steuerte den Wagen direkt in das mechanische Ungetüm. Teile verschoben sich, als wir hineinfuhren, und die Räder wurden von Vorrichtungen gepolstert, die sie mit zwei Rollen festhielten. Pater Zweifel stellte den Motor ab und stieg aus. Ich folgte ihm und wanderte durch einen mechanischen Wald, der eine autonome Werkstatt war.

»Wartung wird gestartet!«, lärmte GABI außerhalb des Cockpits.

Zahlreiche winkelige Arme schwenkten, hoben und senkten sich über die Karosserie. Manche griffen oder schraubten Teile ab. Andere holten Ersatzteile aus einem Vorrat. Fasziniert beobachtete ich den Vorgang, als Pater Zweifel an mir vorbeiging.

»Komm mit, Sohn. Ich stelle dich dem Team vor.«

Ich folgte meinem neuen Meister durch eine Tür, die sich neben der Werkstatt befand. Wir gingen durch einen langen Gang, der zu einer Abbiegung führte. Danach durchschritten wir erneut eine Tür und gelangten in einen Raum mit unzähligen Waffen.

»Das ist ein stillgelegter Bereich. Verborgen vor den Augen aller.«

»Ähm ... dort ist eine Putzfrau.« Ich deutete auf eine blonde Frau in blauer Kleidung und mit ebensolchen Augen, die einen Eimer trug.

»Eine Eingeweihte«, erklärte er und winkte ihr zu. »Wie geht's Schwester Alfrieda?«

»Ich heiße Isabella! Merken Sie sich das endlich! Und ich bin nicht ihre Schwester!«

»Sie ist derzeit etwas gestresst, musst du wissen. Es sind besondere Zeiten für sie.«

»Dieser Verrückte! Eines Tages werde ich ihm mit dem Wischmopp das Maul stopfen ...«, schimpfte sie und verschwand durch eine Tür.

»Nun gut, komm mit. Wir überlassen sie sich selbst. Sie muss lernen, dass ich nicht immer für sie Zeit habe.«

»Lassen Sie mich in Ruhe!«, hörte ich sie noch dumpf schreien, als wir bei der Tür angelangt waren.

Wir folgten ihr und blieben gleich an der ersten Ecke stehen. Vorsichtig spähte Pater Zweifel um die Abzweigung und winkte mir dann voranzugehen. Hatte er solche Angst vor der Putzfrau? Viele Abbiegungen später – ich hatte das Gefühl, wir bewegten uns im Kreis – trat er durch die erste rechte Tür. Das Ganglicht warf unsere Schatten in einen Raum, an dessen

Wänden einige Schränke standen. Ich erkannte drei Schemen, die an einem Tisch saßen.

»Team, ich möchte euch meinen neuen Schüler vorstellen!«, sagte mein Meister und zeigte mit der offenen Handfläche auf mich. Dann begann er damit, sie mir vorzustellen. »Das hier ist Pater Franz, besser bekannt als der Stille.« Er deutete auf den Schatten auf der linken Seite. »Er hier heißt Pater Ludwig und ist bekannt für sein aufbrausendes Temperament sowie Aussehen.« Seine Hand zeigte auf die andere sitzende Silhouette mit wuscheligem Haar. »Sie, die hinter dem Tisch sitzt, ist Schwester Bertha, die Fromme.« Pater Zweifel ging zur Seite und schloss die Tür, sodass wir uns im Dunkeln befanden und nur noch Licht durch das Türschloss und einen kleinen Spalt einfiel. »Du wirst in nächster Zeit mit ihnen zusammenleben. Stell dich ihnen vor.«

Ehrfürchtig trat ich in die Mitte des Raums und den gelblichen Lichtkegel.

»Ähm … Hallo, ich heiße …«

Plötzlich ging das Licht an und die Tür auf.

»Was treibt ihr hier? Verschwindet aus meiner Putzkammer!«, schrie uns Isabella an.

Erstaunt blickte ich auf die Utensilien, die sich um den Tisch herum befanden. Rechts lehnte ein Wischmopp mit dem Kopf nach oben. Links befand sich ein Besen, auf dessen Stiel ein Eimer saß. Auf dem Tisch lagen unterschiedliche Textilien zu einem Haufen aufgetürmt, auf dessen Gipfel mehrere Putzmittel lagen.

»Wir haben jetzt keine Zeit für Eure Unzulänglichkeiten, Schwester Alfrieda!«, äußerte Pater Zweifel. Er knallte die Tür vor Isabellas Nase zu und murmelte: »Eigenartig, ich hätte schwören können, dass wir uns im richtigen Zimmer befinden.«

»Das ist der falsche Raum?«

»Egal, wir können die Geheimtür später suchen.«

»Warum gibt es in einem Geheimversteck zusätzlich noch eine Geheimtür?«

»Das hat historische Gründe. Na los. Stell dich ihnen vor, Sohn.«

»Muss ich wirklich?«

»Ja, sei nicht schüchtern«, sagte er und schob mich voran.

Er hatte eindeutig schon zu viel Zeit in seiner Höhle verbracht.

»Okay … ähm … Hallo, ich heiße Cassiel.«

Ich stoppte den Irrsinn und sah in Pater Zweifels Richtung, der mir gestikulierte fortzufahren.

»Auf gute Zusammenarbeit!«, schrie ich heraus und verbeugte mich.

»Ab morgen beginnt Cassiels Training, und er wird zu eurem Bruder.« Mein neuer Meister wandte sich mir zu. »Du kannst vorübergehend das Bett in der linken Ecke haben«, sagte er und verließ den Raum, um den Geheimeingang zu suchen.

»Welches Bett?«, fragte ich und starrte auf die hüfthohen Kästen in der Ecke.

DER VIERTE TAG

Obwohl Meister Zweifel den restlichen Abend suchte, gelang es ihm nicht, die Geheimtür zum Quartier seiner Kameraden zu finden. Isabella war so freundlich und ließ mich im Stauraum auf den Kommoden übernachten. Sie gab mir sogar ein Ladegerät, damit ich mein Smartphone aufladen konnte. Seitdem hatte ich nichts mehr gegessen, außer einem Müsliriegel, den sie mir schenkte. Da die Sonne erst aufging, gab es noch keine Besucher, ja sogar nicht mal Personal innerhalb des Parkareals. Nach dem Aufstehen hatte mich Meister Zweifel in komplett weißer Kleidung aufgesucht. Er warf mir genau dieselbe lange Hose und ein gleiches T-Shirt zu, die er trug.

»Schneller, Cassiel! Du musst dir dein Frühstück verdienen!«

»Ich laufe ja schon!«

Mein neuer Meister gab die Strecke vor – ich folgte ihm. Wir sprinteten durch verschiedene Attraktionen des Vergnügungsparks. Bei manchen wackelte der Boden, bei anderen musste ich Fallen ausweichen.

»Gib acht, mein Schüler. Jeder Schritt könnte dein letzter sein.«

»Dort unten liegen Matten.«

»Der Feind wird dir solche Bequemlichkeiten nicht bieten.«

Nachdem wir das Piratenhaus verlassen hatten, liefen wir zum Riesenrad, auf das wir über das Metallgestänge in schwindelerregende Höhen kletterten.

»Entsage all deinen Emotionen und Wünschen«, schrie mein Meister von oben.

»Auch dem Wunsch, zu überleben?«

Meister Zweifel kletterte schneller als ein Affe, der mit gestohlenen Früchten vor dem Obsthändler flüchtete. Die Griffe waren so perfekt ausgeführt, dass ich merkte, dass er es nicht zum ersten Mal tat. Er erinnerte mich an jene Leute, die für kurze Aufmerksamkeit über das Internet ihr Leben riskierten.

»Übe dich in Selbstbeherrschung und Geduld. Bekämpfe jeden Zweifel in dir. Werde zu einem unerschütterlichen Bollwerk. Sei erhaben über deine Gefühle ... und besiege dich selbst.«

Mein Meister stand auf der obersten hängenden Gondel des Riesenrads und schaute der aufgehenden Sonne entgegen. Ich kletterte langsam zu ihm hoch und bewegte den obersten Waggon so stark, dass ich fast abrutschte. Schnell packte er mein Handgelenk und half mir aufs Dach.

»Danke«, keuchte ich mit der Angst im Gesicht.

»Sei vorsichtig, mein Schüler. Das Böse wird dir keine Hand reichen. Es wird dich den Abgrund hinabstoßen.«

»Ja ... ich verstehe ...«, bibberte ich, als mir die gefährliche Höhe bewusstwurde und ich mich an die Aufhängung klammerte.

»Das hier ist dein neuer Trainingsplatz.«

»Mein was?«

»Bleib hier und folge meinen Übungen.« Er sprintete los, sprang ab und landete auf dem Dach einer niederen Gondel.

Kaum hatte er sich abgerollt, stieß er sich mit den Händen von der Gondel ab, machte einen Salto und stand am Ende auf den Füßen. Mit offenem Mund verfolgte ich das waghalsige Kunststück. Währenddessen ging er in die Mitte, zog einen Fuß hoch und nahm eine kampftänzerische Haltung ein.

»Mein Schüler, lass alles Weltliche hinter dir. Befreie dich von der Last, die dich nach unten zieht.«

»Der Schwerkraft?«

»Imitiere meine Bewegungen, Schüler.«

Er vollführte einen Tanz, den ich von pazifistischen Kampfmönchen kannte. Zitternd hob ich das Bein und hielt mich mit einer Hand an der Aufhängung fest. Das Dach schwenkte schlimmer als ein Bootsdeck hängend am Kran einer Werft. Ich ahmte seine Bewegungen, so gut ich konnte, nach und musste bei jedem Schritt aufpassen, nicht in die Tiefe zu stürzen. Als er einen Handstand auf einem Arm machte, gab ich auf und wartete auf leichtere Übungen.

Nach einer halben Stunde waren wir fertig und kletterten wieder vom Riesenrad herunter. Ich küsste mehrmals den Boden, als ich ihn wieder unter mir hatte.

»Das musst du nicht machen«, erklärte mein Meister, »der Ort ist bereits von allen Sünden gereinigt.«

Danach folgte ich ihm zitternd ins Restaurant. Die Köche hatten bereits ein Frühstücksbüfett errichtet, von dem ich mich frei bedienen durfte. Gesättigt wurde mir gestattet, eine kurze Pause auf meinem … Zimmer … zu machen. Isabella schüttelte nur den Kopf, als sie mich erneut sah. Das störte mich nicht, denn mich interessierte nur eins. Ich lief zu meinem Koffer und kramte mein Smartphone heraus. Gespannt entsperrte ich den Bildschirm und schaute meine Nachrichten an. Tatiana hatte mir noch immer nicht geantwortet. Ob es ihr gut ging?

»Schüler! Antreten, es geht weiter!«

Ich legte das Smartphone zurück und eilte zu meinem Meister. Wir gingen durch verschiedene Gänge und gelangten zu einem Raum, in dessen Mitte sich ein Boxring befand.

»Wenn du das Böse besiegen willst, dann musst du lernen zu kämpfen«, erklärte Meister Zweifel und betrat den Ring. Er deutete mir, ihm nachzufolgen. »Dich nur zu verteidigen, ist zu wenig. Das Böse wird deine Zurückhaltung als Schwäche interpretieren und dich brutal angreifen.«

»Ich verstehe«, antwortete ich und schlüpfte zwischen den Seilen des Boxrings hindurch.

»Es wird deine Ängste ausnutzen und gegen dich anwenden. Deshalb musst du geistig und körperlich stark sein …«

Plötzlich ging das Licht aus.

»... und du musst lernen zu sehen.«

Schläge kamen aus jeder Richtung. Versuchte ich einen abzublocken, hatte er mich längst getroffen. Sie trafen mich auf den Rücken und in den Bauch. Ihre Intensität wurde so stark, dass ich in die Knie ging.

»Steh auf, Schüler. Wir sind noch nicht fertig.«

Wie konnte mein Meister in dieser Finsternis sehen? Wieder und wieder stand ich auf, um weitere Schläge zu kassieren. Ich erreichte einen Punkt, an dem ich mich schon auf sie freute. Egal, welcher Horror vor mir stand, ich lachte ihm ins Gesicht. Der nächste Schlag traf mich am Kopf und schickte mich erneut zu Boden. Auf einmal erklang ein Lied, das ich aus einem berühmten Box-Film kannte.

»Mache dir keine Gedanken darüber, dass du zu Boden gehst. Das passiert sogar den Besten von uns. Erst wenn du nicht mehr aufstehen kannst, fang an nachzudenken. Stelle dir vor, wie es wäre, dich Jahre später an diesen Moment zu erinnern. An den Zeitpunkt an dem du aufgegeben hast, bevor dein Körper erschöpft war. Verinnerliche die Schande, die du dir selbst verursachen würdest, wenn du das tust. Die Ungewissheit, ob du erfolgreich gewesen wärst, wenn du weitergemacht hättest. An das musst du denken. Hier ist kein Platz für Schwächlinge. Du musst es dir verdienen, hier zu stehen. Du musst dafür kämpfen. Kämpfe!«, dröhnte aus den Boxen der Dialog des Films.

Verschwitzt kämpfte ich mich brüllend nach oben und kassierte den letzten Schlag, der mich zu Boden schickte. Das Licht ging wieder an und die Musik endete.

»Das hast du gut gemacht, Schüler.«

☆

»Schlag härter zu, Schüler!«

»Warum soll ich auf einen Stapel Papier schlagen, auf dem ein Bankemblem abgebildet ist?«

»Wir lassen uns den neuen Zinssatz nicht gefallen!«

»Ich dachte, es geht um die Bekämpfung des Bösen?«

Meine Fäuste trafen einige Male die Zeitschriften. Sie waren in einer Einbuchtung in der Wand aufgestellt und mit einem Holzrahmen fixiert.

»Sehr gut, jetzt lege dich hier hinein.« Mein Meister schwenkte einen Autoreifen zu mir, der mit einer Kette an der Decke hing. »Deine Arme sollen herausschauen«, sagte er und deutete durch den Ring.

Ich begab mich in die Haltung, die er von mir verlangte. Mein Bauch lag auf dem Autoreifen, als er diesem einen Stoß gab. Mein Kopf knallte gegen die fixierten Zeitschriften.

»Was macht Ihr?«, fragte ich nach dem ersten Zusammenprall.

»Wir müssen deinen gesamten Körper abhärten. Deine Brüder und Schwester sind leider auf einer Mission. Also müssen wir es so machen.«

Es handelte sich um eine Praktik zum Körpertraining der weltbekannten Kampfmönche. Bei dieser Übung hätte ich eigentlich von mehreren Personen getragen werden müssen. Wiederholt schwenkte Meister Zweifel den Reifen, sodass ich mit dem Kopf gegen den Stapel prallte.

»Denke immer daran, Schüler. Der Herr gibt allen Unschuldigen eine sichere Zuflucht.«

»Warum hause ich dann im Keller?«

»Damit dich das Böse nicht aufsuchen kann.«

Wieder und wieder stieß er meinen Kopf gegen die Zeitschriften. Dabei steigerte er mit jeder Wiederholung die Intensität des Zusammenpralls. Langsam wurde der Papierstapel spürbar härter. Der letzte Zusammenstoß war so stark, dass mein Hals abknickte. Dann hörte mein Meister auf und deutete mir aufzustehen.

»Das ist genug. Es wird Zeit für die Arbeit.«

»Sind wir nicht gerade dabei?«

»Nein, um unsere Tarnung aufrecht zu erhalten, müssen wir uns entsprechend in der Gesellschaft anpassen. Außerdem benötigen wir Geld, um unsere Aufgabe zu finanzieren«, erklärte er und schwang sich mit aufbauschendem Mantel an mir vorbei. »Komm mit, Schüler.«

Ich folgte meinem Meister und verließ nach ihm den Trainingsraum. Wir betraten einen Gang, der in die Dunkelheit führte. Unbekümmert schritt Meister Zweifel in die Finsternis, während ich mich an der Wand entlangtastete. Durch die fehlenden Fenster war der Gang so dunkel wie die tiefste Stelle einer Höhle.

»Vermutlich ahnst du es schon, aber das Böse ist allgegenwärtig. Es beeinflusst uns rund um die Uhr und täuscht uns mit Lügen. Nur Dinge des Lichts können es besiegen. Sei es geweihte Patronen oder spezielles Wasser.«

»Ich verstehe.«

»Wir sind die Ritter des Lichts. Wir nutzen seine Eigenschaften für den Kampf gegen die Dunkelheit und leuchten verlorenen Seelen den Weg.«

»Mit einer Taschenlampe?«

Ich stieß gegen ein hartes Metall und rammte es mir in den Bauch. Reflexartig griffen meine Hände danach und ertasteten ein Geländer. Langsam schob ich einen Fuß voran und bewegte ihn auf die erste Stufe. Vorsichtig tastete ich mich vor und hielt mich am Geländer fest. Meister Zweifel öffnete weiter oben eine Tür und Licht drang in das Treppenhaus. Ich schnellte ihm nach, in der Hoffnung, vor seinem Verschwinden oben anzukommen. Es gelang mir, und ich betrat einen begehbaren Kleiderschrank, in dem viele stilvolle Anzüge hingen.

»Du bist ab sofort mein neuer Assistent, wenn wir nicht auf Mission sind. Such dir einen passenden Anzug aus. Der von meinem Letzten müsste dir passen.«

Wie viele Assistenten hatte mein Meister zuvor schon gehabt, und was war mit ihnen geschehen? Ich stöberte eine passende schwarze Hose, Anzugjacke und ein weißes Hemd hervor. Dann zog ich mich aus und legte meine Kleidung auf einer kleinen Kommode ab. Während ich mich anzog, schloss mein Meister die Geheimtür in der Rückwand des begehbaren Schranks. Plötzlich klopfte es, und die Tür ging auf.

»Herr Direktor!«

Eine blondhaarige Angestellte mit blauen Augen erschien, die ein Kostüm trug. Oder war das eine echte Rüstung? Ihr Hals wurde von einem königsblauen Stoff umschlossen, und an der Stelle des Ausschnitts glitzerte ein Azurit-Edelstein. Goldene Wirbel verliefen an den Rändern in einen silbernen Brustpanzer hinein. Sein eingearbeiteter blauer Stoff ging über den Bauch und hing bis über die Knie. Ihre Beine waren geschützt von stumpfen Dreiecksplatten, die sich ineinanderschoben. Auf ihren Schenkeln und vor ihrem Becken funkelten weitere blaue Edelsteine. An ihrer Brust blitzte ein goldenes Kreuz, das bis zu ihrem Bauch reichte. Von ihren Schulterplatten standen kleine Schwingen weg, die mich an Flügel erinnerten. Unter den dicken Platten trug sie ein Kettenhemd. Wie konnte ihr damit nicht heiß sein? Ihre Hand lag am Knauf eines goldenen Schwerts. Sein Griff war von einem blauen Seidenband umwickelt, das an einem edelsteinbesetzten Parier endete, der in einer silbernen Schwertscheide steckte. Ihre Mimik spiegelte ihre Aufgebrachtheit wider, die mein Meister mit ruhigen Worten besänftigte.

»Schwester Bertha?«

»Gut, dass Sie hier sind. Das Kartenlesegerät im Westen macht Probleme!«

»Dieses alte Ding? Ihr habt es noch nicht entsorgt?«

»Nein, es gibt noch immer Gäste, die veraltete Kartenzahlungen der gemeinnützig dezentralen Währung vorziehen.«

»Und genau deshalb sind wir abhängig von den teuflischen Bankgebühren. Okay, wir kümmern uns darum.«

»Danke, Herr Direktor.«

»Eine Sache noch.«

»Ja, Herr Direktor?«

»Dies ist Cassiel. Er ist ab sofort mein Schüler und euer Bruder im Kampf.«

»Ich verstehe, Meister.«

»Bitte zeigt ihm später das Mannschaftsquartier.«

»Sehr gerne, Meister.«

»Und nehmt ihn zum Training mit. Aber schont ihn nicht. Zeigt ihm eure tödlichsten Hiebe.«

»Wie Ihr wünscht.«

Die Untergebene verbeugte sich und verließ den Raum. Allmählich dachte ich über eine Flucht nach.

☆

Der restliche Tag gestaltete sich außergewöhnlich ruhig. Nachdem wir zu zweit feststellten, dass das Kartenlesegerät nicht mehr zu retten war, organisierte Meister Zweifel ein anderes von einem Geschäft, das sich in der Nähe des Vergnügungsparks befand. Glücklicherweise besaß der Eigentümer zwei Stück und benötigte nur noch eines davon. Das andere lieh er uns, um im Gegenzug so lang freien Eintritt in den Vergnügungspark zu erhalten. Als wir die Einzelheiten geklärt hatten, begann schon die Mittagszeit. Wir begaben uns in dasselbe Restaurant, in dem wir schon gefrühstückt hatten. Dort bekamen wir einen eigenen Raum, um unsere Speisen zu verzehren. Und es passierte zu jenem Zeitpunkt, dass die Tür aufgestoßen wurde und ein braunhaariger Angestellter im Paladinkostüm hereinplatzte. Er trug eine glänzende Rüstung mit Verzierungen, die seinen festen Glauben widerspiegelten. Ein blauer Umhang hing um seine Schultern, der sich in der Türklinke verfing. In einer Hand hielt er ein Holzschwert und in der anderen trug er einen silbernen Helm mit einem goldenen Kreuzzeichen. Seine Rüstung erinnerte mich an die von Schwester Bertha, obwohl es ihm an Schmuck mangelte.

»Die Werkatzen greifen uns an!«, brüllte er ins Zimmer.

Meister Zweifel hatte gerade die letzten Spaghetti auf der Gabel, als er aufsprang. Der Teller flog knapp an meinem Gesicht vorbei. Perlende Tropfen der roten Soße glänzten im

Licht, als ich der drehenden Scheibe, die über meine Schulter hinwegfegte, nachsah.

»Wechselt die Attrappen gegen Waffen! Beschützt das Schnurrding!«, befahl Meister Zweifel dem Paladin.

»Und die Gäste?«

»Die werden sie nicht angreifen. Macht eine Durchsage, dass eine Stunt-Show stattfindet. Die Besucher sollen aufpassen, nicht dazwischen zu kommen.«

»Wie Ihr wünscht, Meister«, antwortete der Paladin und machte eine Verbeugung mit dem Kopf.

Er stülpte sich den Helm über und klappte das Visier auf. Ich erkannte in seinem feurigen Blick die Leidenschaft, für seinen Glauben bis zum Ende zu kämpfen.

»Schüler, folge mir«, befahl Meister Zweifel und ging an mir vorbei.

Ich stand auf und eilte ihm nach. Wir gingen durch die Küche und erhaschten die flüchtigen Blicke der Köche.

»Auf dem gesamten Geländer gibt es Räume, die in unser Geheimversteck führen«, erklärte Meister Zweifel und öffnete eine Luke in der Wand.

»Inwiefern ist eine Luke für Schmutzwäsche geheim?«

»Ich gehe zuerst«, verkündete er, kletterte hinein und ließ die Luke fallen.

Als ich sie wieder öffnete, war er in der Dunkelheit verschwunden. Ich schluckte, setzte mich hinein, stemmte mich mit den Füßen an den Seiten ab und rutschte nach unten. Die Finsternis verflog so schnell, wie ich in einem Wäschewagen landete, der meinen Aufschlag abfederte. Ich kletterte hinaus und ging zu einer halboffenen Tür, aus der Licht kam. Schreie drangen aus dem unbekannten Raum, die mir das Mark in den Beinen gefrieren ließen. Stritt mein Meister mit dem Feind? Vorsichtig öffnete ich die Tür und warf einen Blick hinein, der mir einen festen Eindruck vermittelte.

»Wenn ich Sie noch einmal sehe, werde ich Sie mit dem Besen davonjagen!«, schrie Isabella Meister Zweifel an und malträtierte ihn mit einer kleinen Art des besagten Reinigungsgeräts.

Unbeeindruckt öffnete er die nächste Luke und kletterte hinein, während sie ihm den Staub vom Gesicht wischte.

»Wir müssen noch eine Ebene tiefer, Schüler. Das Böse ist uns auf den Fersen.«

»Weicht mir nicht aus!«, schrie Isabella ihm nach, als er den Wäscheschacht nach unten stürzte.

»Tut mir leid, Isabella«, entschuldigte ich mich, als ich die Luke neben ihr öffnete und hineinkletterte.

Nach einem weiteren Fall landeten wir in der Waffenkammer. Meister Zweifel betrat über zwei Stufen eine kleine Metallplattform – daneben gab es noch zwei weitere. Auf ihnen lagerte ein übermenschlich großer Behälter, dessen Maschinerie in die Wand verlief. Davor befand sich ein Pult mit einem grünleuchtenden Knopf, der nach dem Drücken einen zischenden Ton erzeugte. Der Behälter öffnete sich wie ein Maul und zeigte viele Zähne. Sein Rachen beinhaltete eine menschenähnliche Vertiefung in dessen Wölbung Teile einer Plattenrüstung steckten. Hellblaues Licht leuchtete auf weiße Rüstungsteile, die blaue Verzierungen besaßen.

»Mach dich fertig, Schüler. Heute ist der Tag deiner letzten Prüfung.«

»Welche Prüfung?«

»Wir ziehen in die Schlacht.«

»Ich fühle mich nicht gut vorbereitet darauf!«

»Stimmt. Zur Besiegelung des Schwurs müssen wir noch deinen Finger abschneiden.«

»Meinen … was?«

»Gib mir die Hand, Schüler.«

»Ich denk nicht dran!«

»Keine Sorge, es tut nicht weh.«

»Das glaub ich kaum!«

»Vertraue auf deinen Glauben …«

»So stark ist der nicht.«

»… und darauf, was du gelernt hast.«

»Wieso habt Ihr eigentlich noch alle Finger? Wenn ich so darüber nachdenke … Ihr hattet alle noch eure Finger!«

Auf einmal gab es eine Explosion, bei der die Wände erzitterten. Feuer schoss aus der Luke, aus der wir gekommen waren. Brennende Teile wurden in unsere Richtung geschleudert und blieben um uns liegen. Mich beschlich beim Anblick einer verbrannten Reinigungsflasche das Gefühl, dass die Explosion nicht vom Feind stammte.

»Wir müssen das auf später verschieben. Sie sind hier«, verkündete Meister Zweifel und zog sich seine Anzugjacke aus. »Du kannst dein Jackett hier ablegen«, erklärte er und hing den Stoff über ein Geländer.

Auf den Kampf vorbereitet betrat er die Plattform und ließ sich rückwärts in die Öffnung fallen. Sein Körper lagerte in der blauleuchteten Form der Maschine, deren viele Arme sich sofort bewegten.

»GABI, verwende Kampfanzug drei.«

»*Gleitender Kampfanzug* drei wurde aktiviert!«

Die Maschinen bewegten Einzelteile, die sich an seinem Körper anlegten. Zuerst wurden die Brustplatten angebracht und an den Rückenteilen fixiert. Dann kamen die Schulterpolster von beiden Seiten und verhakten sich in dem Anzug. Weitere Teile wurden an die Arme montiert, bevor die mechanischen Handschuhe folgten. Gleichzeitig fügten sich auch die Einzelteile der unteren Montur zusammen und umschlossen seine Beine. Am Schluss schob sich ein Helm über seinen Kopf, der ein blauleuchtendes Visier besaß. Sein Körper steckte in einer glänzend weißen Rüstung, als von den Seiten ein Waffengurt angebracht wurde, der zwei blaue Pistolen mit langem Lauf beinhaltete.

»Konstruktion *Gleitender Kampfanzug* fertiggestellt!«

»Zieh dir die Rüstung an, Schüler«, befahl er mit blecherner Stimme.

Sofort ging ich zu der Öffnung daneben, drehte mich und drückte mich mit dem Rücken in die Wölbung. Leises Summen erklang, als die Arme der Maschine sich bewegten. Einzelteile setzten sich wie bei einem Puzzle zusammen, dessen fertiges Bild ich nicht kannte. Sie engten meine Brust mit Platten ein, während mir der Atem wegblieb, als mein Rumpf umschlossen wurde. Ehe ich mich versah, steckte ich Kopf über Fuß in einem weißen Kampfanzug mit blauen Akzenten. Innerhalb meines Helms leuchtete eine blaue Anzeige, die ich mit den Augen und meinen Gedanken steuern konnte. Darauf sah ich verschiedene Waffen zur Auswahl, bei denen ich mich für ein breites Langschwert mit ovalen Öffnungen in der Klinge entschied. Die Montage fand sofort statt, und ich merkte und sah in der Anzeige, wie es an meinem Rücken angebracht wurde. Ein blauer Haken signalisierte, dass der Anzug bereit war.

»Konstruktion *Agiler Kampfanzug* fertiggestellt!«

Dampf schoss hervor, als mich die Maschine langsam ausspuckte. Fasziniert hob ich die Hände und bemerkte die Leichtigkeit, mit der ich die Rüstung bewegen konnte. Ich trat einen Schritt vor und drehte mich dabei, ohne die Balance zu verlieren. Meister Zweifel stand schon für den Kampf bereit vor mir. Seine Rüstung sah anders aus als meine und besaß blauweiße Flügel am Rücken. Auch der Körper war insgesamt fester ummantelt und nicht so muskulös aussehend wie bei meinem Kampfanzug. Der blaue Helm erinnerte mich an den des Paladins und besaß eine Form, bei der kleine Flügel nach hinten wegstanden. Auf der Vorderseite war ein gelbes Kreuz aufgemalt, dessen Querbalken über das Visier gingen, das schlitzartige Öffnungen besaß, die mit einem transparenten dunklen Material die Augen schützten. Dasselbe Symbol befand sich auf den blauen Schulterplatten, deren dicke Wölbungen über die Oberarme standen. Der Kragen besaß einzelne blaue Stellen, die bis zur weißblauen Brust hinunterreichten, auf der zwei gelbe Erhebungen herausstanden. Dieses Farbspiel überzog den gesamten Kampfanzug, bis hinunter zu den Schuhen, deren dominantes Gelb alle Farben verdrängte. Diese Farbe fand sich auch auf den Handschuhen wieder, die von einem blauen Hintergrund zu Flammen mit kantigen Spitzen auf den Unterarmen wurden. Mein Kampfpanzer war hingegen überwiegend weiß und besaß keine ausgeprägten Schulterplatten, wenngleich sie dieselben Symbole trugen. In der Spiegelung des Anzugs meines Meisters konnte ich erkennen, dass ich ebenfalls ein gelbes Kreuzsymbol am Helm trug. Von meinem Schlüsselbein verlief auf beiden Seiten eine blaue Linie über die mechanischen Muskeln bis unter den Bauch. Dieselben Linien befanden sich auf den Unterarmen und den Beinen, deren Schuhe in demselben gelben Farbton wie jene meines Meisters erstrahlten.

Plötzlich ertönte über uns ein schleifendes Geräusch, und zwei Teile der Decke schoben sich auseinander.

»Schüler, höre mir gut zu. Diese Kampfanzüge haben nur begrenzt Energie. Es handelt sich um Prototypen. Im Ruhezustand halten sie dreißig Minuten. Wenn du sie überlädst, sind sie nach zehn Minuten leer. Wir müssen die Schlacht schnell zu einem siegreichen Ende bringen. Du kannst zeigen, was du gelernt hast.«

Bevor ich noch antworten konnte, sprang mein Meister nach oben und flog durch die sich öffnende Luke davon.

»Nichts ... ich habe nichts gelernt«, jammerte ich und sah ihm nach.

☆

Der Kampfanzug war faszinierend. Einerseits hatte ich seine Energiereserven schon auf neunzig Prozent reduziert, und andererseits hatte ich es bei meinen Probeläufen noch nicht zustande gebracht zu stürzen. Gyroskopische Mechanismen verhinderten Stürze auf eine Art und Weisen, die an athletische Vorführungen erinnerten. Der Sprint zur offenen Luke wurde nach meinem unbedacht abrupten Stoppen mit einem Handstandüberschlag und einem darauffolgenden Salto abgebremst. GABI griff jedes Mal ein, wenn der Träger – also ich – die Kontrolle verlor. Dies gab mir die Zuversicht, meinem Meister nachfolgen zu können. Ich stand unter der Öffnung und wartete auf GABIs Einschätzung, ob ich den Sprung schaffte.

»Ballistische Kurve wurde berechnet! Die Wahrscheinlichkeit, die Luke unbeschadet zu passieren, liegt bei achtundneunzig Prozent!«

»GABI, wie groß stehen meine Chancen, dass ich nach dem Passieren die Landung unbeschadet überstehe?«

»Landung wurde berechnet! Die Wahrscheinlichkeit, die Landung unbeschadet zu überstehen, liegt bei einem Prozent!«

»Nur ein Prozent? Das kann nicht stimmen. Warum ist der Wert so niedrig?«

»Der geringe Wert wird durch unbekannte Faktoren begünstigt!«

»Welche unbekannten Faktoren?«

»Zustand der Oberfläche! Anzahl der Gegner! Fehlfunktionen des Anzugs! Unbekannte ...«

»GABI, stopp! Zum Absprung vorbereiten ... bevor ich's mir anders überlege.«

»Absprung wird vorbereitet! Flugbahn berechnet! Überladung aktiviert! Absprung in ... drei! Zwei! Eins!«

Zuerst stürmte mein Mittagessen in einen Fluchttunnel und suchte hektisch nach einem Ausgang. Dann überkam mich eine kurze Ohnmacht, die von einem Glücksgefühl überwältigt wurde. Ich flog wie eine Rakete, bei der ein Triebwerk eine Fehlfunktion hat. In der Anzeige meines Helms konnte ich meine Flugbahn verfolgen. Blaue Linien bildeten ein großes Lambda, dessen Spitze aufklaffte und ein leuchtendes Rechteck auseinanderzog. Innerhalb dessen befand sich die offene Luke, deren Öffnung sich ausdehnte und mein Sichtfeld aufriss, als ob ich im Begriff wäre, aus trübem Wasser aufzutauchen, das meine Faszination für frische Luft durch ausbleibende Atmung begründete.

»Abweichung der Flugbahn entdeckt! Notmanöver eingeleitet!«

Das leuchtende Rechteck verschob sich nach oben, als sich mein Körper drehte und aufgrund der Reibung des Luftwiderstands die Flugrichtung in die Vertikale korrigierte. Ich durchbrach die Öffnung gleich eines Geschosses, das in die falsche Richtung abgefeuert wurde, und landete unmittelbar danach an der Oberfläche in einer Hausmauer. Der Anzug reagierte, und ich machte einen halben Salto. Meine Füße federten so stark von der Wand ab, dass ich mich abstieß und über die offene Luke sprang, die sich bei meinem Überflug schloss. Währenddessen griff meine Hand nach dem Schwert an meinem Rücken und zog es mit einem Schwung nach vorn, der den ersten Hieb des Feindes verhinderte, welcher mich mit seinen riesigen Klauen attackierte. Ein kräftiges Fauchen kam aus dem Maul des übergroßen Mannes, über dessen stark ausgeprägte Muskeln braunes Leder anlag, das mit verschiedengroßen Knochen geschmückt war, die mich an indigene Völker erinnerten. Seine pelzigen Fäuste hielten eine schlagringähnliche Waffe über deren Tigerkrallen mein Schwert entlangschleifte, als ich mich über seinen Kopf hinwegdrehte und mit der Bewegung wegstieß. Ich landete hinter ihm und spürte einen Schmerz in meinem Schritt, als der Kampfanzug plötzlich eine Drehung machte und ihn mit einem hohen Fußtritt am Kopf traf. Der Gegner wurde so schnell hinweggeschleudert, dass sein schwarzgefleckter Körper mit gelbem Unterfell dem Aussehen nach einer sich drehenden Rollbürste glich. Erstaunt starrte ich auf den bewusstlosen Körper, der halb auf der danebenstehenden Parkbank lag.

»Ist das ein Kostüm?«

»Energiereserve bei fünfundsiebzig Prozent!«

»Mist! Ich muss mich beeilen. GABI, wo ist Meister Zweifel?«

»Ihre Heiligkeit befindet sich fünfhundert Meter in südöstlicher Richtung!«

»Danke, GABI!«

Ich setzte mich in Bewegung und sprang auf das erste Dach, dessen Gebäude mir den Weg blockierte. Dort erwartete mich mein nächster Kontrahent, dem mein unerwartet schneller Sieg nicht entgangen war.

»Du hast Mentuho besiegt! Ich werde dein nächster Gegner sein!«, sprach ein Mann in Luchskostüm.

Sofort stach er mit seinem federgeschmückten Speer nach meiner Brust, aus deren Herzen mein innerer Wunsch nach

Frieden als blecherner Aufschrei entkam. Seinem zornerfüllten Fauchen und erneuten Angriff entnahm ich, dass er keine Bereitschaft zu einem solchen oder einer Deeskalation besaß. Bevor ich ihm noch erklären konnte, dass nicht ich, sondern der Anzug seinen Kameraden besiegt hatte, schlug er mit seinem Speer nach meinem Kopf. Wieder wich ich wegen der automatischen Verteidigung seinem Hieb aus und duckte mich unter der geschwungenen Spitze hindurch. Im Schwung hob er die Waffe über den Kopf, als plötzlich aus dem stumpfen Ende eine weitere Klinge herausschoss, mit der er brüllend auf meinen Nacken einstach. Der Anzug reagierte mit einem Seitwärtsschritt, während der Doppelklingenspeer an meinem Gesicht vorbeischnellte und das Flachdach traf. Aus der Bewegung machte ich eine Drehung und schwang das Schwert um mich herum, sodass es auf seinem Bauch zuschlug. Der Gegner bewegte sich hinter seine Stabwaffe und blockte den Hieb mit deren Metall ab. Ein Scheppern erklang, als der Anzug die offene Verteidigung erkannte und das Schwert losließ, um an den Gegner heranzusprinten. Der Mann im authentischen Katzenkostüm riss die Augen auf, als meine Faust seinen Kopf traf, sodass er mit besinnungslosem Gesichtsausdruck vom Dach geschleudert wurde. Noch währenddessen griff meine andere Hand nach unten und fing das Schwert in der Luft an der ovalen Öffnung der Klinge auf.

»Endlich geschafft«, seufzte ich und drehte mich in die Richtung, in die ich eigentlich voranschreiten wollte.

Zwei weitere Menschen in Tigerkostümen stürmten auf mich zu. Einer trug eine Gleve und der andere einen mehrklingigen Dolch.

»Nicht schon wieder …«, jammerte ich, als sie mich attackierten.

Ich konterte ihren Angriff und schwang das Schwert nach ihren Beinen. Elegant sprangen sie über meine Waffe, die ich mit einer Hand losließ, damit mein Körper die kinetische Energie nutzen konnte. Der Kampfanzug erinnerte mich an einen vergangenen Schmerz im Unterleib, als ich den ersten Feind mit einem hohen Fußtritt am Kopf traf – der ein Wimmern meinerseits auslöste. Augenblicklich verlor der Gegner seine Gleve und wurde gegen seinen Kameraden geschleudert. Reflexartig fing er den Bewusstlosen auf und starrte überrascht in sein verdutztes Spiegelbild der flachen Seite meines Schwerts, das ich in einer zweiten Drehung auf seinen Kopf schlug.

Ich ließ die bewusstlosen Gegner hinter mir zurück und sprang auf das nächsthöhere Dach, welches mir wie eine schwierigere Stufe eines Kampfspiels vorkam. Ein Gegner in Pantherkostüm erwartete mich, der zwei Hakenklingen führte, von denen gelbgrüne Federn wegstanden, die er um sich wirbelte. Um seinen Hals hing eine knochige Kette, an deren Ende ein bronzefarbenes Amulett schwang, als er in der Luft wirbelte und mit den Schwertern angriff. Seine Klingen prallten an meiner ab, da zog er eine von ihnen nach hinten und stach mit ihr nach meinem Bauch. Ich löste die Verkreuzung unserer Schwerter und wich zurück, um der gefährlichen Attacke zu entgehen.

»Warnung, schnelles Kampftempo erkannt! Überladung wird empfohlen!«

GABI hatte kaum zu Ende gesprochen, da hämmerte die nächste Angriffswelle auf mich ein, die ich nur knapp parieren konnte. Während ich ein Schwert des Gegners abblockte, schnellte das andere schon auf mich zu, sodass ich immer weiter nach hinten wich, um den gefährlichen Hieben zu entgehen.

»GABI, aktiviere Überladung!«, schrie ich, an der Kante des Gebäudedachs angekommen.

Ein Surren erklang, als die Servomotoren meines Anzugs mit voller Wucht zum Gegenschlag ansetzen und mein Schwert mit bestialischer Geschwindigkeit umherschwangen. Die blauen Lichter meiner Unterarme malten ein surreales Bild kreisender Bewegungen in die Luft. Der Gesichtsausdruck des Gegenübers wechselte von überrascht zu erschrocken, als ich ihm nach mehreren Hieben beide Schwerter aus den Händen schlug und er die Arme wie Flügel zur Seite streckend vor mir in die Knie ging.

»Gibst du auf?«, fragte ich ihn erleichtert, als mein Anzug vorsprintete und ihm mit voller Wucht ins Gesicht trat.

»Was machst du, GABI? Er wollte aufgeben!«

»Bedrohung neutralisiert! Weg wird fortgesetzt!«

☆

Ich wurde zur Geisel eines Anzugs, der sich gnadenlos einen Weg durch die angreifenden Horden bahnte und dabei einen Haufen kampfunfähiger Gegner hinter sich zurückließ. Der einzige Grund, warum es noch keine Toten gegeben hatte, war der, dass ich ein unbestätigtes Popup in meiner Anzeige sah. Egal, wie oft ich es mit »Nein« beantwortete, knallte es mir bei jedem Gegner erneut vors Gesicht.

»GABI, bitte deaktiviere dieses nervige Popup.«

»Das Popup kann nicht deaktiviert werden! Diese Funktion ist noch nicht verfügbar!«

Mir kam es so vor, als ob mich der Kampfanzug vehement dazu drängte, Tote in Kauf zu nehmen, um seinen lebensverachtenden Blutrausch zu befriedigen. Genauso geschah es auch bei einem weiteren Feind, der in einem Pantherkostüm steckte und aufgeregt mit dem Schweif auf und ab wedelte.

»Wie bewegt er den nur?« Ich fragte mich, ob es im Kostüm eine Steuerung dafür gab oder ob er das von selbst tat.

In seiner Hand führte der Gegner eine Kettenpeitsche, die er demonstrativ um seinen Körper schwang. Er kreiste die Waffe seitlich von oben herab und trat gegen die pendelnden Glieder. Plötzlich schnellte die Spitze der Kettenpeitsche auf mich zu. Erschrocken riss ich mein Schwert hoch und blockte den Angriff ab. Die Metalle schepperten und versprühten Funken in die Umgebung. Schnell zog er die Spitze zurück und schwang sie über seinen Kopf erneut auf mich zu. Wieder hob ich mein Schwert und blockte mit einem Schwertstoß ab – unbewusst erzeugte ich eine Lücke in meiner Verteidigung. Die Kette prallte ab, drehte sich über meinen Gegner und schoss von der

Seite auf meinen Bauch zu. Funken sprühten, als das Metall an meinen Bauchplatten abprallte und eine tiefe Delle zurückließ. Der Gegner zog die Waffe zurück, drehte sich mit ihr im Kreis und schlug erneut zu. Mein Arm schnellte nach oben und blockte den Angriff ab, bevor er meinen Kopf erwischen konnte. Weitere Schläge erfolgten, die meiner Panzerung stark zusetzten und sie verbeulten.

»GABI, aktiviere die Überladung!«

»Warnung! Energiereserven bei fünfzehn Prozent! Überladung nicht möglich! Limit aktiviert!«

Verzweifelt suchte ich im Menü eine Möglichkeit, das Limit zu durchbrechen oder die Begrenzung zu deaktivieren. Immer wieder zielte der Gegner auf die Schwachstellen meiner Rüstung, sodass mir nur die Verteidigung blieb. Und dann geschah das, was kommen musste – ich klickte aus Ungeduld etwas Falsches an.

»Bestätigung akzeptiert! Tödlicher Modus aktiviert!«

»Was? Nein! Ich habe mich verklickt! Schalt das ab!«

»Deaktivierung nicht möglich!«

Die Kettenpeitsche schwang seitlich auf mich zu, als ich zum Gegner sprang und mein Schwert auf ihre Glieder schlug. Ihr Ende umwickelte meine Klinge und verhakte sich in deren Öffnung. Es kam zu einem Tauziehen, bei dem wir darum kämpften, unserem Kontrahenten die Waffe zu entreißen. Ich richtete die Spitze meines Schwertes auf meinen Feind, hob es nach oben und griff nacheinander mit den Händen um. Wie einen Speer feuerte ich die Klinge in seine Richtung. Aufgeschreckt riss mein Gegner die Kettenpeitsche zur Seite und entkam knapp dem tödlichen Geschoss, bevor es seine Brust durchbohren konnte. Dieser Aktion folgte unser beider Entsetzen. Während die Wucht und das zusätzliche Gewicht meinen Gegner entwaffnete, schossen aus der Rüstung meiner Unterarme breite Klingen heraus.

Der Kampfanzug sprintete los und fasste mein Geschrei, zu stoppen, wie Gejubel auf, das Ziel möglichst schnell auszuschalten. Motiviert stach er mit den Klingen auf den Gegner ein, der den Angriffen gewandt wie eine Katze auswich. Wir bewegten uns um seine Waffe, die er immer wieder versuchte aufzuheben, bis ich sie mit dem Fuß vom Gebäude kickte. Sofort sprang mein Gegner ihr nach und wollte sie im Flug fangen, bis … ja, bis ich ihm dazwischenkam und aus Versehen seinen Schwanz abtrennte. Schwarze Flüssigkeit – vermutlich Öl – schoss aus seinen Hinterteilen, als er plötzlich in die Knie ging. Eine Schulgruppe stand daneben und verfolgte meinen Sieg. Einige waren schockiert, manche feuerten mich an.

»Keine Sorge, Kinder, ihm geht's gut«, verkündete ich mit blecherner Stimme. »Das ist nur Show«, beruhigte ich sie, als mein Gegner heulend am Boden lag.

Belastete ihn seine Niederlage so sehr? Ich war froh, dass ich nur sein Kostüm und nicht ihn erwischt hatte. Zornig sah er mich mit schmerzverzerrtem Gesicht an, bevor er wegsprang … so hoch, dass er auf einem Mast landete! Trug er ebenfalls einen Kampfanzug, der ihm übermenschliche Fähigkeiten verlieh? Augenblicklich nach der Landung verlor er das Gleichgewicht und stürzte ohnmächtig in einen Busch Forsythien.

Schüsse drangen an meine Ohren, die mich dazu veranlassten, mich seitlich zu drehen. Auf der großen Fläche des Vergnügungsparks kämpfte mein Meister gegen eine anmutige Gegnerin. Sie trug ein braunrotes Löwenkostüm mit grüngelben Augen, die mich für einige Sekunden ansahen. Um ihren Hals hing eine knochige Kette, an der ein Ankh schwang. Diese Augen, ich würde sie jederzeit wiedererkennen …

»Bastet?«

Geschickt wich sie den Projektilen meines Meisters aus, der seine Pistole im Nah- und Fernkampf einsetzte. In ihren Händen hielt Bastet Krummschwerter mit einem goldweißen Griff, dessen Verzierungen in die nachtblaue Klinge verliefen. Mehrmals schlug sie auf meinen Meister ein, der ihre Angriffe mit den Pistolen abwehrte und ihr anschließend einen Fußtritt verpasste. Sie machte einen Überschlag nach hinten und landete wieder auf den Füßen, als Meister Zweifel erneut auf sie schoss.

Wie eine Löwin kämpfte sie sich zu ihm durch und zerstreute seine abgefeuerten Projektile mit den Schwertern. Sie griff ihn an, doch bevor sie ihn mit ihren Waffen treffen konnte, sprang er über sie und aktivierte seine Flügel. Er befand sich im Gleitflug, als sie kurz zu ihm hochsah und ihm anschließend nachsprang. Knapp wich er ihrer Attacke aus, die für sie nur ein Manöver war, um auf die dahinterliegende Achterbahn zu gelangen, von der sie sich abstieß und anschließend mit vorgestreckten Schwertern von oben auf ihn herabstürzte. Sofort begab er sich in einen Sturzflug, machte eine Rolle, schoss auf sie, rollte sich erneut und zog knapp über dem Boden hoch. Seine Angreiferin stürzte ihm nach, wehrte die Projektile mit den Klingen ab, drehte sich und landete auf allen vieren. Wütend sah sie ihm nach, als er weiter nach oben flog und mich erblickte.

»Schüler, gut dass du da bist! Die Reserven meines Anzugs sind aufgebraucht! Ich muss aufladen! Beschäftige sie derweil!«, verkündete er und flog davon.

»Bitte nicht!«, schrie ich ihm nach, als sich die Kämpferin zu mir drehte und durch ihre gekreuzten Klingen sah.

»Deine Opferbereitschaft wird nicht vergessen werden, Schüler!«

»Wartet!«

Zitternd streckte ich die Schwertspitze meiner neuen Gegnerin entgegen, die mit seitlich gestreckten Klingen ungebremst und kampfbereit auf mich zuschritt.

»Energiereserven aufgebraucht!«, ertönte plötzlich in meinem Anzug die Stimme, die mit dem Ende des Satzes so tief und müde wurde, dass sie die letzten Buchstaben ausließ.

Die Anzeige erlosch, als der Kampfanzug die Arme senkte und eine ausbalancierte Haltung einnahm. Verzweifelt bemühte ich mich, ihn wieder in Betrieb zu nehmen, da erklangen einige Servomotoren und gaben mir Hoffnung. Die Vorderseite des Kampfanzugs öffnete sich und spuckte mich wie einen Knochen vor den Füßen meiner Gegnerin aus. Hechelnd beugte sie sich über mich und sah mich so an, als ob sie mich zum Fressen gernhätte.

»Bastet?«, winselte ich in ihr nach Blut lechzendes Gesicht.

Sie richtete sich auf und präsentierte ihre Mähne, die mich wie einen armen Bauern zu Füßen ihrer Majestät erscheinen ließ.

»Nein, ich heiße Sachmet«, verriet sie mir in ihrer katzenartigen Tonlage. »Ich bin ihre Schwester.«

»Ihre Schwester? Gut, ich kenne sie. Also, eigentlich ...«

»Du bist es!« Ihr riesiges Maul kam meinem kleinen Kopf immer näher und ich fragte mich, ob sie mir ihn abreißen würde.

»Ich weiß nicht, was du meinst!«

»Du hast meine Schwester Bastet befreit!«

»Ja, genau! Bitte verschone mich!«

Zwei Kämpfer in authentischen Löwenkostümen landeten hinter ihr, die zwei gespaltene Speere trugen. Ihr Äußeres erinnerte mich an Gladiatoren. Sie gingen zu beiden Seiten um mich herum, und kreisten mich ein. Ein Kind applaudierte voller Freude – ich wusste nicht, was es hier zu feiern gab.

»Nehmt ihn mit. Er ist unser Gefangener.«

☆

»Die Informationen waren falsch. Das Schnurrding ist nicht hier.«

»Ja. Und der Schatz ist unecht«, knurrte ein anderer Krieger. »Der Tresor ist nicht mehr als eine Attrappe.«

»Das ist ärgerlich«, hörte ich Sachmets Stimme. »Werft ihn dort ab.«

Während des Flugs – von Fall konnte nicht geschrieben werden – drehte es mir den Magen um, als ob er der Rotor eines Propellers gewesen wäre. Glücklicherweise landete ich auf weichem Untergrund, der mich wie eine Sofalandschaft auffing.

»Bewacht ihn. Ich bin gleich zurück«, befahl Sachmet und verließ den Raum.

Ich zog mir den Sack vom Kopf. Nein, nicht diese Art von Beutel, die in normalen Haushalten gefunden werden. Auch nicht jene Variante, die bei Entführungen verwendet wurde, um dem Gefangenen nicht den Standort zu verraten. Nein, ich steckte von Kopf bis Fuß in einem großen Transportsack. Und genauso, wie man es sich vorstellen kann, bin ich verfrachtet worden. Bevor der Sack vor mir ausgerollt worden war, wusste ich nicht einmal, dass es so etwas überhaupt gab. Meine Verschleppung belehrte mich eines Besseren und erweiterte meine Erfahrungen um ein negatives Erlebnis. Vermutlich wurden in solchen Säcken normalerweise Steine oder Geröll transportiert. Zumindest interpretierte ich so den Aufdruck eines Berges, den ich darauf entdeckte. Zeit, darüber nachzudenken, hatte ich nach meiner Gefangennahme ja genug. Mein Gewicht konnte der Sack jedenfalls problemlos halten, ohne dass der Boden aufriss – zu meinem Bedauern. Das war mir aber lieber als die Alternative. Denn bevor ich freiwillig in den Transportsack stieg, überlegten die Kämpfer lauthals, welche Körperteile sie von mir, nach meiner Weigerung, den Löwen zum Fraß vorwerfen wollten. Diese ungewöhnliche Form des Menschenhandels, veranlasste mich zur schnellen Entscheidung, ihren Kommandos Folge zu leisten. Danach hatte mich der Krieger problemlos auf seinem Rücken getragen, obwohl ich mich so schwer wie möglich gemacht hatte. Am Ende der Verschleppung landete ich schließlich hinter Gittern im Tresorraum.

Sind das Kampfanzüge? Ich betrachtete meine Wachen und verstand nicht, warum sie diese mit täuschend echten Textilien versehen hatten, die sie wie Großkatzen aussehen ließen. Vielleicht wollten sie ihre Gegner damit einschüchtern? Oder sie hatten eine Vorliebe dafür? Irgendwie ergab ihr Aussehen keinen Sinn für mich.

»Was hat sie vor?«, fragte der Krieger vor meiner provisorischen Gefängniszelle.

»Keine Ahnung. Aber wenn sie sich nicht beeilt, werde ich ihren Menschen fressen.«

Ich schluckte, als ich das nach mir lechzende Maul des Löwenkriegers angaffte. Fast schon wollte ich mich unter dem Haufen Geldsäcke, in dem ich steckte, eingraben. Glücklicherweise bestanden sie aus Schaumstoff und hatten mir zuvor eine weiche Landung ermöglicht. Ohne Sachmets Anweisung hätte mich der Krieger bestimmt gegen die Wand oder etwas Schmerzhafteres geworfen.

Über mir leuchteten mehrere kleine Lichter. Neben mir lagen unzählige Goldbarren, die für meine Entführer keinen Wert besaßen. Denn die Barren bestanden aus glanzbeschichtetem Hartkunststoff, der für Attrappen verwendet wurde. Von einem glücklichen Zufall konnte also nicht gesprochen werden. Weil Glück nur denen vergönnt war, die in einem begünstigenden Umfeld lebten oder die Möglichkeit hatten, in so ein Umfeld hineinzugelangen – was wieder Glück erforderte. Und wie ich zeit meines Lebens feststellte, war das nicht so einfach. Denn das Glück war schlüpfrig wie ein zwei Meter achtzig langer Zitteraal, den man nackt mit bloßen Händen im Amazonas fangen wollte. Dies beschrieb meine Gedanken, nachdem ich mir den Sack vom Kopf gezogen hatte und feststellte, dass es keine Fluchtmöglichkeit gab. Denn eine Flucht erforderte das Glück, eine Möglichkeit dafür zu bekommen. Dies wurde von zwei übergroßen und finster dreinblickenden Menschen in Löwenkostümen verhindert. Daher war es nicht verwunderlich, dass ich mir solche Gedanken überhaupt machte. Kurz spähte ich über die Schultern der Krieger, woraufhin sie sich einschüchternd aufrichteten. Hinter ihnen befand sich eine Metalltür, die in dem Moment aufging, als sie sich umdrehten.

»Ihr könnt gehen. Ich will mit ihm allein sprechen.«

»Wie ihr wünscht, Eure Hoheit«, brüllte der hungrige Löwenkrieger harmlos zurück.

Er verbeugte sich leicht, machte eine einladende Geste, fauchte mich an und verließ den Raum. Der ruhigere Krieger, der mich nicht bedroht hatte, folgte ihm nach. Vor mir stand Bastet, so wie ich sie damals zum ersten Mal getroffen hatte. Ihre Erscheinung wurde von einem goldgrünen Kragen und Gürtel ergänzt, die mich an die Kleidung eines Pharao erinnerten. Diesmal waren die Seiten vertauscht und es lag an ihr, mich zu befreien.

»Bastet, bitte lasse mich hier raus!«

»Das kann ich nicht tun, *Hem.*«

»Wieso nicht?«

»Du hast einige meiner Kämpfer besiegt. Zuletzt noch meinen stärksten Krieger. Das hat für einiges Aufsehen gesorgt.«

»Stärksten Krieger?«

»Setia, der Werpanther, dem du den Schweif abgeschnitten hast.«

»Den Teil des Kampfanzugs?«

»Mache dir keine Sorgen deshalb, er wächst nach, sobald er schläft.«

»Wie? Er wächst nach?«

»Allerdings heilt das nicht seine verletzte Ehre.«

»Welche Ehre?«

»Du hast ihn besiegt und bist damit jetzt stärker als er.«

»Ja und?«

»Das bedeutet, die anderen Kämpfer wollen dich herausfordern.«

»Du liebe Güte!«

»Verstehst du jetzt deine Lage? Ich kann dich nicht einfach gehen lassen.«

»Aber das war der Kampfanzug!«

»Den du gesteuert hast.«

»Nur minimal! Ich wusste die meiste Zeit nicht, was ich überhaupt tat!«

»Das spielt für sie keine Rolle.«

»Aber wenn du ihre Vorgesetzte bist, kannst du es ihnen doch verbieten?«

»Unsere Tradition steht in diesem Fall über meiner Entscheidung. Du wirst dich in der Arena beweisen müssen.«

»Ohne Anzug kann ich unmöglich kämpfen. Das müssen sie doch verstehen!«

»Das stimmt. Und sie verstehen es.«

»So ein Glück!«

»Deshalb laden sie ihn gerade auf.«

»Wie?«

»Mit Strom.«

»Verdammte Normierungen! Ohne gleiche Stromstecker wäre das nie passiert!«

»Es gibt allerdings noch eine Alternative für dich.«

Die konnte nicht schlimmer sein, als im Maul eines hungrigen Löwen zu landen.

»Welche?«

»Du könntest einen Auftrag für uns erfüllen.«

»Welchen?«

»Wir wollen das Schnurrding zurückhaben. Es ist für uns von großer Bedeutung.«

»Wie soll ich das anstellen?«

»Es befindet sich im Besitz des Ordens. Sie halten es irgendwo hier versteckt. Meine Krieger haben alles abgesucht, konnten es aber nicht finden. Wir wollen es zurück.«

»Wieso glaubst du, dass ich weiß, wo es ist?«

»Du hattest Zugriff auf die Technik des Ordens, *Hem*. Das bedeutet, du weißt, wo sich ihr Geheimversteck befindet.«

»Ja … schon …«

»Natürlich verhindert das nicht eine Herausforderung zum Kampf.«

»Warum sollte ich es euch dann zurückbringen?«

»Im Moment will dich nur Kema herausfordern. Er ist der Zweitstärkste meiner Krieger.«

»Inwiefern beantwortet das meine Frage?«

»Wenn du ihn besiegst, steht es dir frei zu gehen.«

»Ich bevorzuge, vor sinnlosem Konflikt davonzulaufen.«

»Dann würden er und andere dich jagen. Meine Krieger haben scharfe Instinkte wie Katzen auf der Jagd. Du würdest ihnen nicht entkommen.«

»Ich hatte es befürchtet …«

»Also, wirst du die Aufgabe erledigen?«

»Nein.«

»Nein? Willst du denn nicht freikommen?«

»Ich habe dich gesucht.«

»Wieso das?«

»Du musst zurückkommen.«
»Wohin meinst du?«
»Zum Schloss.«
»Wieso sollte ich das tun? Sie würden mich einsperren!«
»Ich wurde deinetwegen verbannt. Sie haben mich zu ihrem Feind erklärt.«
»Das habe ich mir schon gedacht.«
»Du wusstest davon?«
»Ja, sonst hättest du nicht dem Orden beitreten können.«
»Was das anbelangt …«
»Ich werde nicht dorthin zurückkehren.«
»Musst du nicht. Vielleicht können wir an einer neutralen Stelle mit ihnen sprechen und einen Waffenstillstand aushandeln.«
»Das halte ich für keine gute Idee.«
»Wir müssen es versuchen. Das schuldest du mir, Bastet.«
Sie schwieg und dachte über meinen Vorschlag nach, während ich sie treuherzig ansah.
»Einverstanden. Wenn du uns das Schnurrding bringst und den Kämpfer besiegst, werde ich ein Treffen arrangieren.«
»Großartig!«
»Ich kann dir aber nicht versprechen, dass dieses Treffen dein Problem löst.«

☆

Natürlich stimmte ich Bastets Vorschlag zu – mir blieb keine andere Wahl. Den Kampfanzug hatten sie allerdings behalten. Zuerst ging ich aus dem Tresor, und dann floh ich aus der Escape-Room Attraktion, die wie eine Bank aussah. Dabei wich ich jedem kampffreudigen Blick aus, der meine Aufmerksamkeit erhaschen wollte. So schaute ich auf den Boden und stieß mir den Kopf an einer niederen Pappdekoration, die ich stur durchbrach. Mein Wille, zu entkommen, war ungebrochen – was man von meiner Schädeldecke nicht mehr behaupten konnte. Nachdem ich mich verirrt hatte, wurde ich von den Kriegern wie ein

Protestler aus einer falschen Bank geworfen, der sich über deren gesellschaftsschädigende Finanzflüsse aufregte. Kaum draußen im Freizeitparkareal angekommen, merkte ich sofort, dass etwas nicht stimmte. Misstrauisch schlich ich mich um die nächste Ecke, wonach mein Drang auf eine Antwort noch größer wurde. Der Park war menschenleer, und ich wunderte mich, warum. Hatte der Kampf solche Ausmaße angenommen, dass die Besucher und das Personal geflohen waren?

»Werte Gäste! Leider müssen wir Ihnen mitteilen, dass wir aufgrund eines Stromausfalls schließen müssen. Wir bitten Sie, sich an der Kasse beim Eingang ein Ersatzticket und ein Geschenk als Entschädigung abzuholen.«

Nach der Durchsage verstand ich, wo alle hin verschwunden waren und auch warum keine Attraktion mehr funktionierte. Meister Zweifel hatte offenbar sein Personal dazu veranlasst, die Besucher zu evakuieren und den Strom abzuschalten. Fahrgeschäfte verloren von einem Moment auf den anderen ihre farbenfrohe und musikalisch anziehende Herrlichkeit. Weit entfernt hörte ich Donner, der durch den wolkenlosen Himmel schallte. Die Schlacht schien noch nicht geschlagen zu sein, und Bastets Kämpfer gerieten immer wieder an die Krieger des Ordens. Langsam schlich ich mich durch den Vergnügungspark und hoffte, keinen Feind anzutreffen. Bastet hatte zwar unsere Abmachung den anderen mitgeteilt, doch die Kämpfer außerhalb wussten bestimmt nichts davon. Ich wollte eine Begegnung mit ihnen auf jeden Fall vermeiden und ging deshalb vorsichtig voran. Einen Schritt nach dem anderen – wie man so schön sagte.

Einige Abbiegungen später gelangte ich zu einer sonderbaren Attraktion.

»Hübsch«, bezeichnete ich ein kleines Boot, das an einem Steg lag.

Das weiße Gefährt trieb auf Wasser, das unnatürlich schimmerte. Sein schwanenartiges Aussehen zog mich sofort in den Bann. Ich wurde wie ein durstiger Elefant von der Wasserstelle angezogen. Je näher ich ihr kam, desto mehr spürte ich, dass es überall knisterte. Ein eigenartiger Zauber lag in der Luft.

»Tunnel der Liebenden«, las ich von einer erdbeerroten Reklame ab.

Neugierig passierte ich ein patinagrünes Verkaufshäuschen, ohne einen Blick durch seine Fensterscheibe zu werfen. Ich betrat einen Steg, der von Schilf umgeben war, das entlang eines Kanals bis zu einem Höhleneingang wuchs. Irgendetwas faszinierte mich daran, und ich konnte nicht aufhören, nach dem Grund zu suchen.

»Cassiel«, rief die Dunkelheit plötzlich nach mir.

Behutsam bückte ich mich nach vorn, doch das Innere der Höhle blieb mir verborgen. Die Sonne erhellte nur mäßig den herzförmigen Eingang. Aus ihm führte ein schmaler Weg hinaus. Ein betonierter Steg, der vermutlich vom Personal verwendet wurde. Leider endete er an einem versperrten Eisentor, für das mir der Schlüssel fehlte.

»Cassiel«, erklang mein Name erneut.

»Wer ist da?«

Die Stimme verbarg sich in der idyllischen Stille des beruhigten Wassers. Auf einmal glitzerte mir etwas aus der Höhle entgegen. Ganz kurz erhaschte ich bernsteinfarbene Lichter, die in mir wie Funken der Hoffnung aufflackerten.

»Tatiana?«, rief ich nach meiner Liebsten … doch wieder blieb ich allein.

Unvorsichtig stieg ich in das Boot und brachte es zum Schwanken. Erschrocken machte ich mich klein und hoffte, nicht zu kenterten. Das unruhige Gefährt half mir schnell auf meinen Hintern. Angespannt wartete ich ab, bis es sich beruhigt hatte. Ich griff nach den gelben Rudern und setzte sie in Bewegung. Ihre pastellpinken Blätter hoben sich aus dem Wasser, als ich mich bemühte, gerade zu fahren. Ich saß verkehrt herum, aber ich wollte die Höhle nicht aus den Augen lassen. Immer wieder senkte ich die Ruder ins Wasser, um einer Antwort näherzukommen. Schließlich hielt ich an der

Schwelle zwischen Licht und Dunkelheit. Was würde mich in der Höhle erwarten? Ich besaß weder eine Taschenlampe, noch hatte ich mein Smartphone bei mir. Das Wasser war ruhig, und ich machte mir kaum Gedanken darüber, dass es mir gefährlich werden konnte. Viel mehr fürchtete ich mich davor, in eine Falle zu tappen. Aber sollte Tatiana in der Höhle auf mich warten, so würde ich das Risiko eingehen.

»Cassiel, hörst du mich?«

Diese Stimme … sie nahm mir jeden Zweifel. Der Wunsch, Tatiana wiederzusehen, trieb mich voran. Langsam verschwand der Bug in der Finsternis, die das Boot wie ein gefräßiges Monster verschlang. Mein Verstand wurde zum Opfer hoffnungsvoller Tagträume unablässiger Sehnsucht. Je weiter ich in die Höhle vordrang, desto dunkler wurde es. Ein letztes Mal drehte ich mich zum Eingang um und verabschiedete mich vom Licht. Wiederholt streifte ich mit dem Ruderblatt an dem betonierten Steg entlang. Sein vorherbestimmter Weg machte mir Angst vor einem plötzlichen Ende. Deshalb blieb ich im Boot und tastete mich weiter voran. Mein Herz raste und meine Augenlider waren weiter geöffnet, als sie sein mussten.

Plötzlich streifte etwas über meine Hände! Noch während ich sie schreckhaft zurückzog, glitt es über meine Oberarme. Ehe ich mich versah, wusch es mir die Naivität aus dem Gesicht, und der Vorhang lichtete sich.

»Kristalle«, erklärte ich staunend. »Das habe ich vorhin gesehen.«

Ein raffiniertes System aus Spiegeln brachte die Glaskörper zum Glitzern. Das einfallende Sonnenlicht strahlte von der Decke durch eine Glaswand und brach an den Kristallen. Ein abstruses Mosaik sprenkelte einen Regenbogen auf den gesamten Bereich. Alle möglichen Mineralien waren an den Wänden befestigt. Enttäuscht betrachtete ich zwei in bernsteinfarben leuchtende Rubine.

»Cassiel.«

Schon wieder erklang diese Stimme. Augenblicklich nahm ich das Ruder in die Hand und bewegte mich vorwärts. Der betonierte Weg endete, als ich in eine Kurve hinein paddelte. Danach begann er wieder und führte bis zu einer kleinen Insel, auf der ein Haus stand. Lisianthusblumen und Nelken rankten an seinen Wänden hoch. Sogar das Dach war voll von den Pflanzen. Über ihnen strahlten einzelne Kristalle, deren Positionen mich an einen Sternenhimmel erinnerten. In ihrer Mitte befand sich ein großer Mond, der durch eine milchige Glasscheibe dargestellt wurde. Sein blaugräuliches Licht schien auf eine Frau, die vor dem Haus stand und mir ihre Arme entgegenstreckte.

»Cassiel!«

»Tatiana?«

☆

Aufgebracht steuerte ich das Boot auf die Insel zu. Dabei war es mir egal, ob es zu Schaden kam. Ich landete so schnell, dass sich dessen Bug tief in den Sand grub. Das Gefährt kam gerade erst zum Stillstand, da sprang ich schon an Land. Ich eilte durch die schattige Umgebung und auf die Frau zu, die mich mit offenen Armen empfing.

»Tatiana!«, rief ich voller Freude.

Ich wollte sie umarmen und nie mehr loslassen. Stattdessen fiel ich mit einer menschenechten Puppen um. Verdutzt sah ich mich um und erkannte ihren Liebsten. Wie ich lief er am Strand auf sie zu. Aber anders als ich, würde er sie nie von selbst erreichen. Welch trauriges Schicksal die beiden doch teilten. Zwar konnten sie sich sehen, doch niemals berühren. Deprimiert stützte ich mich wieder auf. Ich bestrebte, die Sache in die eigene Hand zu nehmen. Entschlossen hob ich die Puppe auf und trug sie zum Strand. Ich stellte sie hin und lehnte sie vorsichtig an die andere an. Anschließend veränderte ich ihre Haltung, sodass sie sich umarmten. Zumindest die beiden sollten sich nahe sein. Währenddessen dachte ich über alles mögliche nach. Schließlich verstand ich, dass es keinen Sinn ergab, Tatiana an diesem Ort zu treffen. Ich hatte ihr nicht geschrieben, wohin ich verschwunden war. Außerdem würde sie niemals ein Konfliktgebiet betreten, auf dem von allen Seiten Kampfschrei ertönte. Geknickt ging ich zum Boot zurück und hoffte, dass es weiter seinen Dienst tun würde. Ungern wollte ich den ganzen Weg zurückschwimmen. Über einen möglichen Mitarbeiterzutritt machte ich mir derweil keine Gedanken. Ich war viel zu wütend auf mich selbst.

»Wie konnte ich nur so dumm sein?«, ärgerte ich mich laut über mein Verhalten und schüttelte den Kopf.

»Weil du an mich glaubst.«

Mich warf es rücklinks in den Sand. Mein Herz machte Freudensprünge … oder ich hatte einen Schlaganfall. Vor mir stand Tatiana!

»Bist du das wirklich?«, fragte ich sie ungläubig.

»Ja, Cassiel. Ich bin es.«

»Aber … aber wie ist das möglich?«

»Hör zu, wir haben leider nicht viel Zeit. Geht es dir gut?«

Ich hörte nicht zu, sondern stand auf. Bevor sie noch etwas sagen konnte, eilte ich auf sie zu. Bereit, sie in meine Arme zu schließen, lief ich durch etwas durch, das ich nicht verstand. Erstaunt drehte ich mich nach ihr um.

»Wo ist sie hin?«

Ich verstand nicht, was vor sich ging, und suchte die Insel nach ihr ab. Aber die Puppen waren die Einzigen, die mich still begrüßten.

»Sie ist weg!«

Ich lief zum betonierten Steg und suchte dort nach ihr. Schließlich stand ich vor einer versperrten Metalltür.

»Werde ich verrückt?«

Ich war mir sicher, dass ich Tatiana gesehen hatte. Aber ebenso wusste ich, dass es sehr unwahrscheinlich war, dass sie genau hier auftauchte. Der letzte Ort, an dem sie mich vermuten würde, wäre der Ort eines Spinners, der mich einst umlegen wollte. Noch dazu konnte sie unmöglich in einer Höhle auf mich gewartet haben. Das ergab keinen Sinn. Wieder schüttelte ich den Kopf und ging zum Boot zurück. Ich zog mir die Schuhe sowie Socken aus und legte sie hinein. Danach krempelte ich die Hosenbeine und Ärmel hoch und schob, so fest ich konnte, am Bug. Anders als vermutet gelang es mir, das Boot schnell wieder freizubekommen. Sofort stieg ich durchs kalte Wasser, bis es zu meinen Kniekehlen reichte. Noch immer hielt ich das Boot fest, als ich mich umdrehte und hineinsetzte. Dann schnappte ich mir die Ruder und bewegte es weiter von der Insel weg. Erst als ich mir sicher war, dass es nicht mehr feststecken konnte, zog ich mir meine Socken und Schuhe wieder an.

»Cassiel.« Die Stimme hörte nicht auf, in meinem Kopf zu spuken. »Bitte sei vorsichtig.«

Ich gelangte zu einer weiteren Kurve, in die ich eifrig paddelte. Dahinter befand sich ein Tunnel, dessen Decke in Korallenfarben leuchtete. Die Wände bestanden aus eingearbeiteten Gebäuden und Malereien. Sie erinnerte mich an Venedig im Karneval während einer romantischen Abenddämmerung. Nur die kunstvollen Gewänder und harmonische Klänge fehlten, um den historischen Charm aufleben zu lassen. Abgesehen von den Masken, die den Trägern die Möglichkeit gaben, frei von Erwartungen einfach Mensch zu sein.

»Echt schön«, faselte ich und bewunderte die Kunstwerke.

Langsam bewegte ich mich weiter und auf eine kleine Hafenstadt zu. Die Sonne strahlte sie über die Verglasung im Dach und den Schrägen an. Sie konnte kaum mit einer echten Hafenstadt konkurrieren. Aber das musste sie nicht, weil sie nicht mehr war als eine Attrappe. Die Gestaltung erinnerte mich an einen Handelsstützpunkt … oder ein Piratenversteck. Der Kanal führte mich geradewegs zu ihr hin und wurde immer enger, je näher ich der Anlegestelle kam. Ich reduzierte mein Tempo, hörte auf zu paddeln und ließ das Boot seinen Weg finden.

Das Backboard schlug gegen einen Holzbalken, als ich mich nach einem Pfosten streckte. Ich verpasste ihn und zog mich stattdessen am Boden weiter zum Steg. In einer außergewöhnlich uneleganten Bewegung robbte ich mit dem Seil in der

Hand an Land. Ich führte das Boot an der Leine zum nächsten Steg und machte es daran fest.

»Du wartest hier«, befahl ich dem Fahrzeug, da ich nicht mehr bei Verstand war.

Der Steg brachte mich zu einer kleinen Gasse mit bunten Häusern. An ihren Eingängen hingen braune Laternen an sandweißen Wänden. Die Eingangstüren hatten dieselbe grüne oder blaue Farbe wie der Balkon oder die Markise über ihnen. Stellenweise standen kleine Palmen oder andere tropische Pflanzen, die ich nicht kannte. Einige von ihnen blühten sogar in orangen, gelben oder weißen und violetten Farben. Ich fühlte mich wie im Urlaub, aber etwas fehlte … Tatianas Anwesenheit.

Ich steuerte auf etwas zu, das wie ein Hauptplatz aussah. In seiner Mitte befand sich eine runde Wasserquelle, auf deren Sockel eine Brunnenfigur stand. Ein tapferer Seemann, der auf einem Wrack posierte. Vermutlich irgendein Kapitän, der mit seinem Schiff unterging, weil die Mannschaft die Rettungsboote genommen hatte. Eisern hielt er einen Säbel in der Hand und zielte damit auf einen Balkon. Dieser gehörte zu einem unechten Gebäude mit roter Fassade und stellte offenbar ein Rathaus dar.

»Trinkwasser«, las ich von einem Schild ab, das vor dem Brunnen stand.

Daneben befand sich ein Tisch mit einem geflochtenen Korb. Er war bis obenhin mit silbernen Getränkeflaschen angefüllt.

»Frei von schädlichen Chemikalien. Bis zu zwei Stück zur freien Entnahme«, verlautbarte ich die Information eines Aufklebers.

Ich nahm zwei Flaschen aus dem Korb, um einen Proviant zu haben, falls ich flüchten musste. Nebenan befand sich ein Trinkwasserspender, den ich benutzte, um die Gefäße zu waschen. Danach trank ich ein paar Schluck und wurde von meinem grummelnden Magen auf die Notwendigkeit der Flüssigkeitszufuhr hingewiesen. Ich füllte beide Flaschen und verschloss sie.

»Eine Tasche pro Paar«, informierte ich niemanden.

Ich öffnete den hölzernen Deckel einer Kiste und warf einen Blick hinein. Mit einer Bewegung zog ich eine kleine rosafarbene Stofftasche heraus und faltete sie auf. Die Farbe war definitiv nicht mein Geschmack, aber meine erste Wahl wegen fehlender Alternativen. Ich legte die zwei Flaschen hinein und sah mich um.

»Ist das eine Sackgasse?«

☆

Eigentlich war es ziemlich einfach, in einer Sackgasse voranzukommen, wenn man bereit war, seine Bequemlichkeit aufzugeben. Zwar hätte ich mich von meiner Einstellung lossagen und umkehren können, aber ich war zu neugierig. So fand ich heraus, dass der Platz eigentlich ein kleines Rätsel darstellte, dem langsam der Saft ausging. Die Figur auf dem Brunnen posierte nicht nur, sondern ihre Waffe zeigte auf einen Hinweis. Am Balkon des unechten Rathauses steckte ein Pfeil, dessen Ende mich zu einem anderen Haus führte. Dank meiner frühen Lebensvorbereitung, die daraus bestand, zahlreiche Abenteuergeschichten zu lesen beziehungsweise anzuschauen, wusste ich sofort, was zu tun war. Ich folgte den Hinweisen bis zu einem einarmigen Banditen, der vor einer falschen Handelskompanie stand. Der schwarze Automat, mit blauen Knöpfen, einem roten Hebel und grünen Geldscheinen auf den Walzen, passte überhaupt nicht in die Szene.

»Der hat bestimmt schon viele Leute erleichtert«, urteilte ich über ein Gerät, das noch niemanden ausgeraubt hatte.

Nach einer kurzen Betrachtung des Aufbaus zog ich den Hebel.

»Glückwunsch! Sie haben das Rätsel gelö…«, ertönten die letzten Worte des Geräts, als ich neben mir ein Schleifen vernahm.

Zeitgleich blitzte es, und ich trat blind vor Schreck gegen den Automaten. Mehrere Augenblicke später konnte ich wieder sehen. Wütend entriss ich dem Gerät das ausgedruckte Foto meiner dummen Visage.

»Wer nichts arbeitet, braucht auf eine Bezahlung nicht zu hoffen«, erklärte ich meine eigene Situation, obwohl ich mich mit der Aussage rächen wollte.

Ächzend zwängte ich mich durch die halboffene Geheimtür in das Gebäude der Handelskompanie. Ich gelangte in einen Raum mit vielen Puppen, die bei oder auf Tischen saßen, sich unterhielten und tranken. Händler schlossen Verträge mit Piraten ab, die beim richtigen Angebot sogar ihre Mutter verkauft hätten. Obwohl die Gesetzlosen an ihr Handelsgeschick glaubten, wussten sie nicht, dass die Geschäftsleute insgeheim dasselbe vorhatten.

Ich ging an den tanzenden und lachenden Puppen vorbei und in den hinteren Bereich des Gebäudes. Mir waren die Gäste viel zu unecht, als dass ich mehr Zeit mit ihnen verbringen wollte. Durch eine offene Tür gelangte ich in einen Innenhof, der im Schatten der Häuser lag. Ein schmaler Weg führte an ihrer Rückseite vorbei zu einem abgeschalteten Lichtergarten, durch den ich auf eine offene Tür zusteuerte. Ich betrat einen Geschenkladen mit nur einem Artikel. Vor mir reichte eine große Holzbox mit Deckel vom Boden bis zu meiner Hüfte. Die Fensterscheiben waren mit irgendetwas überklebt, und machten den Raum dunkler, als er hätte sein müssen.

»Was ist in der Box?« Neugierig betrachtete ich sie und las dann ein aufgehängtes Schild ab: »Müll bitte hier entsorgen.«

Vom Geheimnis enttäuscht ging ich weiter und nahm trotzig eines der aufgestapelten Plüschherzen mit. Ich erreichte schnell das Ende des Gebäudes, das nur aus einem großen Raum mit vielen Zwischenräumen bestand. Viele Gänge führten in unterschiedliche Richtungen. Zuerst verlief ich mich. Später ging ich fast verloren. Nachdem ich alles mehrfach abgegangen war, fand ich mich in einer Sackgasse wieder. An ihrem Ende hing ein großer dunkler Vorhang.

»Das ist ja schlimmer als beim DARKEA«, erinnerte ich mich an meinen traumatischen Besuch eines Möbelhauses.

Um mich blickend ging ich zum Vorhang und schob ihn zur Seite. Eine dunkelbraune Holztür kam zum Vorschein.

»Wie ich es mir dachte!«

Ich griff nach der Klinke und drückte sie. Die Tür schwenkte nach außen und ich schaute blöd aus der Wäsche.

»Ich bin wieder am Anfang?«

Ich verließ ein kleines Haus, das sich neben dem Steg befand. Verdutzt sah ich mein ausgeliehenes Boot an.

»Das hättest du mir sagen können.«, pöbelte ich es an und führte erneut Selbstgespräche.

Erst als ich auf das Boot zuging, bemerkte ich, dass neben dem Kanal, von dem ich einst kam, ein Weg in die andere Richtung führte. Wollten Besucher ohne Zwischenlandung durchfahren, so mussten sie mit ihrem Boot wenden. Also buchstäblich eine Haarnadelkurve machen, ohne andere Besucher zu rammen oder selbst versenkt zu werden. Wie bei einem Autorennen, aber mit weniger Überschlägen und Explosionen.

»Wer hat sich den Schwachsinn ausgedacht?«

Hätte ich nicht die gesamte Fahrt über nach vorn gesehen, dann hätte ich mir den Umweg erspart. Aber alles laute Klagen half nicht, denn dem Boot war es egal. So löste ich den falschen Seemannsknoten, ging an Bord und ruderte wie ein betrunkener Wikinger los – ich saß wieder verkehrt. Währenddessen lag die Tasche auf meinem Schoß und rutschte mit jeder Bewegung weiter nach unten. Schließlich erreichte ich die Stelle, aus der ich in den künstlichen Hafen einfahren konnte. Nach einer lautlosen Beschuldigung steuerte ich an ihr vorbei. Der neue Weg machte eine Kurve, die zu einem Halbkreis wurde. Danach fuhr ich wieder geradeaus und tauchte mitsamt dem Boot unter einem Vorhang hängender Stoffherzen hindurch. Ich hatte dasselbe Erlebnis wie beim Einfahren in die Höhle, aber diesmal äußerte ich mich dazu:

»Endlich draußen!«

Ich befand mich auf der Zielgeraden und begriff, dass die Strecke (von oben betrachtet) ein Herz darstellte. Eine lange Gerade führte mich durch eine schwimmende Vegetation. Orange Blüten von Wasserpflanzen schimmerten mir im Sonnenlicht entgegen. Eifrig ruderte ich zwischen ihnen hindurch und steuerte auf den Bootssteg zu. Langsam spürte ich schon, dass mir die Kraft ausging. Trotzdem tat ich das, was ich besonders gut konnte: stur dem Ziel folgen.

Nach einer weiteren Ruderbewegung legte ich eine Pause ein. So stur war ich dann doch nicht. Ich hielt die Blätter hoch und ließ das Boot von selbst fahren. Ganz egal, wohin es einen trieb, Hauptsache man kam voran. Meine Bemühungen brachten mich wieder zurück zum Anfang. Zumindest kam ich nicht mit leeren Händen. Als ich meine Kraft zurückgewonnen hatte, ruderte ich das letzte Stück. Bei der Ankunft kam ich mir vor wie ein Weltmeister meiner eigens neuerfundenen Sportart. Erschöpft stand ich auf und machte das Boot am Steg fest. Dann nahm ich meine Tasche und kletterte an Land.

»Zumindest bin ich nicht seekrank geworden«, freute ich mich mit blassem Gesicht.

Nach einer kurzen Pause und wenigen Schlucken aus meiner Getränkeflasche ging es mir schon wieder besser. Ich setzte meine Mission fort und durchquerte mehrere Straßen. Einige verwirrte Gesichtsausdrücke später erreichte ich das Restaurant. Seine Eingangstür war nicht verschlossen, und ich konnte unbeschwert eintreten. Innerhalb des Gebäudes war es dunkel, und ich bewegte mich deshalb vorsichtig voran. Aufgrund des Besuchs mit Meister Zweifel wusste ich ungefähr, wo ich hinmusste. Ich tastete mich über Hartes und Weiches ... Glitschiges und Pelziges ... bis zu Sabberndes und Hechelndes ... über das ich lieber nicht nachdenken wollte. Schließlich erreichte ich den Raum mit der Wäscheluke. Ich öffnete sie und rutschte blindlings den Schacht hinab.

»Gleich geschafft!«, murmelte ich und stolperte über einen Holzstiel.

Zwei Schritte weiter stieg ich auf eine Plastikflasche, rutschte aus und knallte gegen einen Kasten. Ein Eimer flog nach unten und landete mir verkehrt auf dem Kopf. Ich griff nach oben und streifte mit dem Ellbogen ein Seil. Plötzlich spannte sich ein großes Leintuch unter meinen Füßen auf und drückte mich gegen ein Gitter. Mit der rosafarbenen Tasche in meinem Arm bekämpfte ich schattenboxend den körperlosen Feind. Dank meiner geballten Kraft riss der Stoff so schnell wie nachhaltige Bettwäsche, die ihre Bestimmung verfehlte. Ich befreite mich aus meinem Gefängnis mit der Eleganz eines Schmetterlings aus seinem Kokon innerhalb eines Spinnennetzes. Danach stolperte ich noch über ein, zwei ... okay ... fünfzehn weitere Gegenstände, die wie Fallen auslegt waren, bis ich endlich den zweiten Wäscheschacht erreichte. Ich kletterte hinunter wie ein Ninja-Schüler, der den Unterricht seines Meisters schwänzen wollte. Nachdem ich das pflegeintensive Minenfeld hinter mir gelassen hatte, konnte ich mich endlich auf meine Mission konzentrieren.

»Wo ist dieser verdammte Eingang?«

Seitdem irrte ich umher wie ein Investor, der sich in seinem Bergwerk verlaufen hatte. Wiederholt ärgerte ich mich darüber, dass ich mein Smartphone zum Aufladen in der Abstellkammer zurückgelassen hatte.

Die Suche nach meinem Koffer stellte sich als ausgesprochen schwierig heraus. Besonders lag dies daran, dass ich den Weg nicht kannte und nicht wusste, wo ich mich überhaupt befand. Die Dunkelheit machte das ganze Unterfangen noch mühsamer für mich. Also klopfte ich alle möglichen Wände ab, gegen die ich lief – und das waren einige.

»Das gibt es doch nicht!«

Ich dachte daran, mir vor dem nächsten Urlaub – sofern ich den aktuellen überlebte – eine Taschenlampe zu kaufen. Genau in dem Moment, als ich stumm den Wunsch nach einem Lichtschalter ausstieß, geschah ein Wunder. Vor mir erschien unter einem hellen Schein ein menschenähnlicher Schemen. Das Licht breitete sich in dem Raum aus und blendete mich so stark, dass ich blinzeln musste. Fast blind schritt ich im Vertrauen auf Hoffnung meinem Unverständnis entgegen. Wie konnte das Licht trotz Stromausfall leuchten? Der Schein war nicht natürlich, und er kam mir wie der eines himmlischen Boten vor. Eines Wesens, das in meiner größten Not zu mir geschickt worden war. Ein Engel, der seine helfende Hand nach mir ausstreckte, um mich in meiner dunkelsten Stunde ins Licht zu führen. Der Heiligenschein über seinem Kopf strahlte so hell wie meine hoffnungsvollen Augen.

»Cassiel?«, sprach die gütige Stimme zu mir. »Was machst du hier?«

»Ich habe mich verlaufen«, heulte ich und erblindete fast durch Isabellas Stirnlampe.

☆

Isabella war die einzige Person im Vergnügungspark, die eine realistische Weltanschauung besaß.

»Der ist verrückt«, sagte sie immer wieder. »Stellt der einfach den Strom ab.«

Meister Zweifel hatte das gesamte Personal heimgeschickt – außer sie. Als seine treue Freundin, Mentorin und Verbündete wusste er, dass Schwester Alfrieda (eigentlich Isabella) mit ihm Seite an Seite bis zum Tod gegen das Böse kämpfen würde. Daran bestand für ihn kein Zweifel, als sie ihn mit jedem gehässigen Wort ausschimpfte, das ihr spontan einfiel. Er wusste, dass das nur dazu diente, um ihn auf die vorausliegende Schlacht gegen etwas unaussprechlich Schlimmes vorzubereiten. Ihre Warnung, ihn wegen Mobbing anzuzeigen, interpretierte er als Vorbereitung auf die Versuche eines Dämons, seine Schwachstellen auszunutzen. Immerhin wusste das Böse über seine Schwächen Bescheid und darüber, wie viel ihm Schwester Alfrieda bedeutete. Dies stand alles in seiner öffentlich zugänglichen Biografie, die als Buch oder Hörbuch erworben werden konnte. Einem Bestseller, der von der dramatischen Geschichte einer loyalen Freundin erzählte, die für ihren Helden unersetzlich sei. Wegen dieser Falschaussagen wollte ihn Isabella ebenfalls verklagen. Nachdem sie mir davon, in einem durchgehenden Wutanfall – der zum Großteil aus Selbstgesprächen bestand – berichtete, verstand ich ihre Drohung, ihm ihre Kündigung ins Gesicht zu klatschen, wesentlich besser.

»Zumindest habe ich dich endlich gefunden«, äußerte sie erleichtert, als ob ich sie erlösen konnte.

Während wir uns gemeinsam auf dem Weg durch das Geheimversteck befanden, brachte sie mehrmals schonend ihre Empfehlung zum Ausdruck, dass ich bei der erstbesten Möglichkeit verschwinden sollte. Ein paar Mal habe sie es schon selbst versucht, aber er hatte sie so oft zurückgebracht, dass er ihr letztlich einen Peilsender ans Fußgelenk gebunden hatte, damit er sie schneller finden konnte, wenn sie sich wieder einmal verlief. Abgesehen davon arbeitete sie bereits so lange für ihn, dass sie mittlerweile schon alles gesehen hatte – auch jene Dinge, die sie in den Nächten verfolgten. Offenbar machten sich ein paar Angestellte öfter den Spaß, sich als Wölfe zu verkleiden und sie durch die Gänge zu jagen. Deshalb kannte sie jeden Winkel des Areals und sogar Räume, von denen nicht einmal er wusste – wie dem Geheimraum. Und als sie mir dies erzählte, ging mir beim Betreten der Abstellkammer und der Sichtung meines Koffers ein Licht auf, während sie ihre Stirnlampe auf dem Tisch ablegte. Wusste sie, wo sich das Schnurrding befand? Ich hielt es nicht mehr aus und fragte sie danach.

»Der Verrückte hat es weggesperrt.«

»Wieso das?«

»Weil es gefährlich ist.«

»Inwiefern?«

»Das weiß ich nicht. Er hat mir das gesagt.«

»Verstehe. Wo befindet es sich?«

»In seinem Schlafzimmer.«

»Dann kann es doch nicht gefährlich sein?«

»Das bedeutet nichts. Der Bombenleger wird von Explosionen angezogen.«

»Hä?«

»Er schläft bedenkenlos im Sprengmittellager.«

»Meister Zweifel?«

»Ja oder der Bombenleger.«
»Aber der warnt dich doch nicht davor?«
»O doch, wenn er andere fernhalten will.«
»Dann ist das Schlafzimmer doch der falsche Ort dafür?«
»Nein, es sieht anders aus, als du denkst.«
»Hat es keine Fenster?«
»Nein, und eine Stahltür mit Verriegelung.«
»Das ist ein Bunker!«
»Stimmt. Ich kann dich dorthin führen, wenn du willst.«

Ich nahm ihr Angebot an, bat sie aber, kurz zu warten, damit ich meine Getränkeflaschen im Koffer verstauen konnte. Nachdem ich mein aufgeladenes Smartphone an mich genommen hatte, folgte ich ihr mit meinem Gepäck aus der Abstellkammer.

Viele Abbiegungen später, gelangten wir vor eine graue Stahltür, die leicht offenstand. Isabella dachte keine Sekunde daran, anzuklopfen, und brach wütend in Meister Zweifels Schlafgemach ein. Sie griff zwischen den Spalt und zog und drückte die Tür auf. Quietschend schwenkte das dicke Metall an mir vorbei. Die Innenseite besaß ein Rad, das vier silberne Querstreben bewegte. In der dicken Mauer gab es dieselbe Anzahl an metallenen Öffnungen, in denen die Tür verriegelt wurde. Isabella schien dies nicht zu interessieren. Sie drang weiter in das Zimmer vor und leuchtete um sich.

»Wie ich es mir dachte«, äußerte sie in einem rauen Tonfall, »er ist nicht hier.«

Lässig nahm sie den Zahnstocher aus ihrem Mund, warf ihn auf den Boden und trat ihn aus – obwohl nur ihre Stirnlampe brannte. Anschließend stapfte sie in das Zimmer und betrachtete es wie einen Tatort. Langsam folgte ich ihr und bekam das Gefühl, beobachtet zu werden. Lag das an der Dunkelheit? Wir machten uns keine Mühe, nach einem Lichtschalter zu suchen, und befassten uns stattdessen mit den Gegenständen des Zimmers. Wie nicht anders zu erwarten, war es verdächtig ordentlich; fast schon zu sauber für meinen Geschmack. Wer ein so reines Zimmer besaß, hatte definitiv etwas zu verbergen – oder es lag daran, dass Isabella es täglich putzte. Ich erkannte einen Nachttisch, der neben einem Bett stand, über dem ein Holzkreuz an der Wand hing. An der anderen Seite stand ein Kasten, neben dem sich ein menschengroßer Eisschrank befand, auf dem ein Gefahrenhinweis für *infektiös* klebte.

»Nichts Ungewöhnliches«, dachte ich. »Moment! Was macht ein Eisschrank in seinem Schlafzimmer?«

Ich hatte das Gefühl, als wären wir auf etwas Großes gestoßen. Hatte Meister Zweifel etwa Leichen im Keller? Isabella wollte sich dessen vergewissern und griff nach der Eisschranktür.

»Komisch … normalerweise war da immer ein Schloss dran«, kommentierte sie und riss die Tür auf.

Verschiedengroße Schatten polterten aus dem offenen Gerät und rollten vor ihre Füße. Ein fürchterlicher Aufschrei erklang, als sie plötzlich eine Berührung an der Schulter spürte. Sie drehte sich um und lief in mich hinein. Wir hielten uns gegenseitig fest und schrien uns die Seele aus dem Leib … bis wir begriffen, dass überhaupt nichts passiert war. Mahnend sah sie mich an.

»Entschuldigung«, flüsterte ich leise und war danach mucksmäuschenstill.

Sie leuchtete nach unten und offenbarte die faustgroßen Eisbrocken, die herausgepurzelt waren.

»Er hat es mitgenommen«, teilte sie mir mit.

Sie stand vorm offenen Eisschrank und leuchtete wie ein Detektiv mit der Stirnlampe hinein. Ich sah über ihre Schulter und bemerkte, dass die Innenwände an allen Seiten vereist waren. Was hatte Meister Zweifel darin verwahrt?

»Weißt du was? Wir werden den Verrückten einfach fragen.«

»Wie willst du ihn fragen? Ich habe hier unten keinen Empfang.«

Sie verließ das Zimmer und ging zu einem in der Wand eingebauten Lautsprecher, der sich gegenüber befand. Ich lief ihr hinterher und bemerkte, dass sie einen grünen Knopf drückte. Augenblicklich hallte ein lautes Knacksen durch den Gang. Nach wenigen Sekunden meldete sich eine Stimme.

»Zweifel, hallo?«

»Hallo, Herr ...«

»Schwester Alfrieda! Gut, dass Sie anrufen! Wir werden angegriffen!«

Isabella sah mich genervt an und kreiste mit dem Zeigefinger über ihrer Stirn.

»Ja, schön«, antwortete sie, ohne sich für seine Lage zu interessieren. Schüsse und aufeinanderschlagende Schwerter erklangen im Hintergrund. Eine Explosion rauschte durch den Lautsprecher. Ich war froh, weit weg zu sein, und Isabella erschien es nicht anders zu ergehen. »Wo haben Sie das Schnurrding hingebracht?«

»Es befindet sich bei mir. Sie wollen es haben, Schwester Alfrieda!«

»Ich heiße Isa...«, schrie sie zurück und hielt inne, um durchzuatmen. »Ach, vergessen Sie's! Wo stecken Sie?«

»In der Tiefgarage. Schicken Sie Verstärkung!«

Isabella würgte ihn mit Betätigen des Knopfes ab und griff sich genervt an die Stirn. Ich stand daneben und gab ihr einige Zeit, sich zu beruhigen.

»Da hast du deine Antwort.«

»Kannst du mich zur Tiefgarage bringen?«

»Willst du dir das wirklich antun?«

»Ich benötige leider dieses Schnurrding.«

»Dann komm mit.«

Ich folgte ihr in die Untiefen eines verstrickten Konflikts, den ich noch immer nicht verstand.

☆

»Hier! Halt das, Schüler!«

Ängstlich starrte ich auf die vielen gelben Drähte, die in eine transparente Box verliefen. Sie bestand aus einem komplexen Netzwerk aus Schaltkreisen, die an eine schwarze Platine angeschlossen waren. Auf ihr befand sich eine digitale Anzeige, die in roten Ziffern von einer Minute hinabzählte. Bei jeder Sekunde blinkte ein gelbes Licht und es ertönte ein lautes Piepsen. Schwarze Kabelbinder fesselten sie an mehrere Packungen C4, die genug Sprengkraft hatten, um eine Wand zu durchbrechen – und genau das war das Problem.

»Warum soll ich die Bombe halten?«, schrie ich zurück.

Meister Zweifel interessierte sich nicht für meine Bedürfnisse, sondern zog in seinem Kampfanzug zusammen mit drei anderen gegen die Katzenmenschen. Ich schwitzte nicht nur wegen der Zeit, die mir davonlief. Die Packung in meinen Händen wog über zwanzig Kilogramm. Meine Arme sanken immer weiter zu meiner Hüfte, als sich mein Oberkörper nach vorn beugte. Langsam ging ich mit der Bombe neben meinem Koffer ein. Plötzlich schoss ein Krummschwert mit nachtblauer Klinge an meinem Kopf vorbei und bohrte sich in die Wand hinter mir. Sachmet sprang über mich hinweg, stieß sich von der Mauer ab und zog ihr Schwert heraus.

»Sachmet? Was machst du hier?«

»Wir holen zurück, was uns gehört.«

»Das Schnurrding?«

»Ja.«

»Ich hätte es euch wie abgemacht gebracht.«

»Die Abmachung ist hinfällig.«

»Wieso?«

»Der Orden hätte es dir nie überlassen.«

»Warum sollte ich es dann holen?«

»Das war ein Vorwand, damit du uns den Eingang zum Geheimversteck zeigst.«

»Ihr seid mir gefolgt?«

Ein Kämpfer, dessen Aussehen mich an Meister Zweifels Rüstung erinnerte, eilte auf sie zu. Er trug ein blaues Schild mit goldenen Erhebungen, die den Rand und das kreuzartige Wappen hervorhoben. Rote Stellen funkelten an seinen mechanischen Gelenken und in der Mitte des Brustpanzers. Bis auf die herausstehenden goldenen Ringe an den Schulterplatten und einzelne andere Stellen war sein Kampfanzug weiß. Der obere Teil seines Helms war so golden wie der Knauf seines Schwerts, dessen silberne Klinge auf Sachmet zuraste. Er stach über mir so schnell zu, dass mir die Haare zu Berge standen. Sachmet machte eine Parade und fing die Klinge mit der Krümmung ihres Schwertes ab. Noch während sie die Schneide an ihren Körper vorbeidrehte, schlug sie mit ihrem anderen Krummschwert zu. Gerade noch rechtzeitig zog ihr Angreifer sein Schild vors Gesicht. Die Schneide prallte scheppernd am Metall ab. Seine kolbenartigen Düsen glühten am Rücken, als er ihrem Druck standhielt. Sie sprang hoch, kreiste in der Luft und schlug mit beiden Schwertern zu. Wieder blockte der Kämpfer ihre Schläge mit dem Schild ab, ohne seine Position zu verändern. Der mechanische Ritter machte einen Hieb, der weit an ihr vorbeiging, als sie sich neben mir duckte. Am Ende der Bewegung setzte sie den Fuß an seinem Wappen an und trat ihn nach hinten. Weitere Angriffe erfolgten und drängten den Kämpfer zu einem anderen Katzenmenschen nach hinten. Aus der Ferne beobachtete ich, wie mein Umfeld immer unsicherer wurde, während die Zeit tickte.

»Halbe Minute!«, schrie ich aufgebracht die verbleibende Sekunden bis zur Explosion.

Panisch setzte ich die Bombe behutsam ab, schnappte meinen Koffer und lief danach, so schnell ich konnte, davon. Kurz sah ich zurück und erblickte Meister Zweifel, der auf Flügeln in ihre Richtung flog. Danach konzentrierte ich mich auf die Tür, die mich ins Geheimversteck bringen sollte.

Eine Druckwelle warf mich zu Boden, bevor ich mein Ziel erreichte. Meine Ohren schrillten, als Teile über mich hinweggeschleudert wurden. Jammernd drückte ich mich hoch. Hinter mir war die Tiefgarage verschüttet und herunterfallendes Geröll erzeugte Staubwolken. Licht flackerte auf einen beschädigten Kampfanzug, der vor mir lag. Ich sah genauer hin und erkannte im zersplitterten Helm Meister Zweifels Gesicht.

»Bring das hier weg, Schüler«, befahl er auf einmal und streckte den mechanischen Arm zu mir. »Sie dürfen es nicht bekommen.«

Seine Hand öffnete sich, und ein ovaler Behälter etwas größer als meine Getränkeflasche kam zum Vorschein. Eis hing an seinem silberglänzenden Metall und tropfte hinab.

»Das Schnurrding?«

»Ja …«, erklärte er und verstummte.

Als ich es an mich nahm, hatte ich das Gefühl, von tausend hungrigen Mäulern begehrt zu werden, die mich als Beute ansahen. Jäger der Dunkelheit gruben sich mit ihren kräftigen Tatzen durch den Geröllhaufen. Schnell schnappte ich meinen Koffer und lief zur Maschine, in der sich das Kreuzmobil befand, während Wasser über meine Arme floss. Ich drehte mich kurz um und sah viele Katzenaugen, die mich aus der Dunkelheit heraus anstarrten. Ihre Blicke drangen durch die freigegrabenen Stellen und folgten meiner Bewegung. Unvorsichtig lief ich gegen eine Säule und verlor meine Sachen. Das Schnurrding flog mir aus der Hand und schleuderte vor das Kreuzmobil. Mein Koffer zog mich nach rechts, und ich kippte um.

»Aua«, jammerte ich und erblickte zwei schwarze pelzige Beine vor mir.

Ein großer schwarzer Schatten breitete sich über mir aus. Sein muskulöser Körper bäumte sich vor mir so sehr auf, dass sein Kopf an der Decke anstieß. Ein langer Schemen wuchs aus seinem Körper und schlängelte hinter ihm. Grüne Augen sahen auf mich herab, während ich immer kleiner wurde. Licht flackerte auf und zeigte das schwarze Fell der Gestalt. Es war ein riesiger Katzenmann, dessen Körper eine grüne Kriegsbemalung zierte. Er trug keine Waffen, und das gab mir zu verstehen, dass er mich mit seinen Krallen zerfetzen konnte. Tiefschnaufend beugte er sich zu mir hinunter und musterte mich.

»Wer bist du?«, brummte er mit tiefer Stimme und bohrendem Blick.

»Ähm … mein Name ist Peter«, log ich und dachte an meinen Chef. »Wie heißt du?«

»Kema«, schnaufte er. »Wie ein Peter siehst du nicht aus.«

»Ach nein?«, stammelte ich. »Wie sonst?«

»Wie mein Abendessen.«

☆

»Ich bin ungenießbar, ehrlich!«, schrie ich um mein Leben.

»Meine Nase verrät mir etwas anderes«, widersprach mir der schwarze Katzenmensch und schnupperte an meinen Haaren.

»Ähm … ich arbeite für Bastet. Du würdest einen großen Fehler begehen, wenn du mich frisst.«

Ängstlich starrte ich in das sabbernde Maul seines Kampfanzugs – wieso konnten die das?

»Ach ja? Wie lautet das Geheimwort?«

Ich überlegte angestrengt, ob sie mir in unserem Gespräch eines verraten hatte. Zu spät bemerkte ich, wie er mit einer großen Tatze zum Angriff ausholte. Spontan hielt ich ihm den Koffer wie einen Schild entgegen. Seine Krallen zerrissen die Hülle, und meine Sachen flogen heraus. Hektisch fing ich auf, was ich erwischte.

»Bitte warte!«, schrie ich heraus, bevor er den nächsten Angriff ausführen konnte, und streckte ihm meinen Besitz entgegen.

Er umkreiste mich und genoss es, wie eine Katze mit seiner Beute (also mir) zu spielen.

»Worauf?«, fragte er mich neugierig.

»Also«, sprach ich so langgezogen wie möglich, damit ich mir in der Zwischenzeit einen Fluchtplan überlegen konnte.

»Halt! Was hältst du in der Hand?«

»Das?« Ich streckte ihm kurz die silberne Getränkeflasche entgegen. »Das ist das Schnurrding«, log ich und versteckte es zwischen meinen verschränkten Armen, damit er es nicht erkennen konnte.

»Hm. Das glaube ich nicht.«

»Wir haben es in Eis gepackt, damit du es nicht aufspüren kannst. Ich wollte es dir gerade anbieten, wenn du mich dafür nicht frisst.«

Zu meinem Glück wirkte er nicht wie der Schlauste.

»Was hält mich davon ab, dich zu fressen, und es dann an mich zu nehme?«

Vielleicht hatte ich ihn auch unterschätzt.

»Vorher werde ich es zerstören. Bastet wird bestimmt nicht begeistert darüber sein ...«

»Nein! Warte!« Er räusperte sich. »Ähm ... wir können uns bestimmt einigen.«

»Ich weiß nicht. Sehr vertrauenswürdig erscheinst du mir nicht. Ich glaube, ich zerstöre es besser, bevor du mich frisst«, drohte ich und täuschte vor, es zu zerdrücken.

»Stopp! Bitte! Tu das nicht!«

»Okay, aber das ist deine letzte Chance.«

»Sachmet will dieses Ding unbedingt haben. Mir wäre es egal, aber ich möchte mich mit ihr paaren.«

»So genau wollte ich das jetzt nicht wissen«, antwortete ich und dachte an einen Neandertaler.

»Sonst nimmt sie Setia zur Begattung«, erklärte er und erinnerte mich an den stärksten Kämpfer in ihren Diensten. »Und als ihren Gemahl. Das kann ich nicht zulassen.«

»Also gut«, brüllte ich, damit er aufhörte zu sprechen, »folgender Vorschlag. Du läufst in diese Richtung.« Ich nickte mit der Nase an ihm vorbei in die Finsternis. »Bis zum Ende. Danach stelle ich das Schnurrding ab.«

»Hm, ich weiß nicht ...«

»Sonst zerstöre ich es sofort«, drohte ich und simulierte brüllend einen so festen Druck, dass die Gewalt ihm den Schrecken ins Gesicht zeichnete.

»Okay, okay!«, brüllte er hektisch und lief auf allen vieren los.

Sofort eilte ich zum fallengelassenen Koffer und warf meine verstreute Kleidung hinein. Kurz erspähte ich die Route zum Kreuzmobil, bevor ich weiterpackte. Zuletzt schmiss ich noch eine Getränkeflasche und dieses Tagebuch in den Koffer. Ich klappte den Deckel zu und umschloss das Gepäckstück mit einem Arm. Dann schnappte ich mir die zweite Getränkeflasche und sprintete los. An der Säule vorbei, mit der ich zusammengeprallt war, und durch eine kleine Öffnung in der Maschine. Über unzählige Mechanismen gelangte ich in ihr Inneres und erreichte schließlich das Kreuzmobil. Gleichzeitig sahen der Katzenmensch und ich zurück und begriffen, dass sich keiner von uns an die Abmachung hielt. Als er mich dem angeblichen Schnurrding verschwinden sah, drehte er sofort um und eröffnete die Jagd; von der ich möglichst weit entfernt sein wollte. Hektisch zog ich die Autotür auf und warf den Koffer auf den Beifahrersitz. Ich drehte mich um und erschreckte an der Gewissheit, dass Kema nur noch wenige Meter fehlten, mich zu zerfleischen. Panisch nahm ich kurz Anlauf und schleuderte die silberne Getränkeflasche, so weit ich nur konnte, in die andere Richtung. Aufgeschreckt bog er ab und lief der Flasche hinterher. Im letzten Moment vor dem Aufschlag fing er sie in seinem Maul auf und biss ungewollt hinein.

»Geweihtes Wasser!«, brüllte er, während Rauch aus seinem Maul aufstieg.

Jaulend öffnete er sein Gebiss, um die Flüssigkeit auszuspucken. Ich nutzte die Ablenkung und drehte mich um. Schnell bückte ich mich nach dem Schnurrding und hob es vom Boden auf. Dann eilte ich zum Kreuzmobil und sprang in den Fahrersitz. Erschrocken sah ich, dass Kema schäumend vor Wut – und in seinem Mund – auf mich zu hetzte. Das Kreuzmobil schien sich daran allerdings nicht zu stören.

»Hallo, Eure Heiligkeit! Willkommen zurück! Heute ist ein herrlicher Tag! Ich empfehle, dass Ihr Euch die Zeit nehmt und die Umgebung genieß…«

»GABI, Zentralverriegelung aktivieren!«, schrie ich verzweifelt und zog an dem Griff der Innenverkleidung.

»Initiiere Zentralverriegelung!«, kommentierte GABI das klickende Echo.

Die scharfen Krallen des Katzenmenschen fuhren über die Karosserie. Das Kreuzmobil stand ruhig da und fing jeden seiner Schläge ab.

»GABI, bring uns hier weg!«

»Angriff erkannt! Evakuierung initiiert!«

In der Windschutzscheibe erschienen gelbe Leitlinien, die mir zeigten, in welche Richtung ich zu fahren hatte. Gleich übernahm ich das Steuer und setzte das Kreuzmobil mit quietschenden Reifen in Bewegung. Der Katzenmensch sprintete mir hinterher, bis ich zu einer Abbiegung gelangte und Vollgas gab. Sein Körper verschmolz mit der Dunkelheit, der ich davonfuhr, als mich das visuelle Leitsystem zu einer Wand führte. Obwohl ich in die Bremse stieg, wurde der Wagen schneller.

»Stopp!«, schrie ich verzweifelt und drückte mich ins Lenkrad.

»Evakuierungsplan eingeleitet!«, schnauzte mich GABI an, während ich meinem Ende entgegensah.

Plötzlich öffnete sich eine Stelle in der Mauer, die so breit, aber viel höher als das Kreuzmobil war. Knapp schoss das Auto hindurch und in tiefschwarze Dunkelheit. Im Rückspiegel konnte ich beobachten, dass sich die Wand kurz danach wieder verschloss. Der Wagen beschleunigte immer mehr, und ich hielt mich ängstlich an dem Schnurrding fest. Vor mir erschien eine Helligkeit, die sich über den Wagen ausbreitete. Das Auto gelangte in einen lichtgefluteten Tunnel, an dessen Steigung es sich nach oben kämpfte. Eine weitere Schleuse öffnete sich und ermöglichte eine Sicht auf den nachtblauen Himmel. Das Kreuzmobil schoss heraus und flog in einem weiten Bogen über die graue Landschaft. Unsanft landete es neben einer Straße, die es gleich danach befuhr. Ich warf über den Rückspiegel einen letzten Blick auf die Silhouette des Vergnügungsparks, den ich zurückließ, ohne ein *Auf Wiedersehen* zu wünschen.

»Evakuierung abgeschlossen! Steuerung freigegeben!«

DER FÜNFTE TAG

Ich hatte im Kreuzmobil übernachtet. Obwohl der Sitz bequem zurückgestellt werden konnte, wachte ich mehrmals auf. Meine Gedanken quälten mich so sehr wie Nachbarn, die in der Ruhezeit lärmten. Aber Kopfhörer oder Ohrstöpsel halfen in meinem Fall überhaupt nicht, denn sie waren lauter als die Polizei erlaubte, und zu leise, als dass es die Hausverwaltung oder Eigentümer in der anderen Stadt störte. Das Schnurrding lag auf dem Beifahrersitz, das Eis war gänzlich von dem ovalen Silbermetall abgetaut. Als ich das bemerkte, nahm ich es in die Hand und stieg damit aus. Behutsam legte ich es in die Wiese und begab mich dann wieder ins Auto.

»GABI, Sonnenlicht und Trocknung einschalten«, befahl ich und schloss die Augen.

»Initiiere Tageslicht und Trocknung!«, trällerte sie fröhlich vor sich hin und erhellte den Innenraum des Wagens.

Gut eine Minute später bat ich sie darum, das Licht wieder abzustellen, und tastete auf den Beifahrersitz. Zufrieden stellte ich fest, dass die Feuchtigkeit verschwunden war, und stieg aus. Mein Magen knurrte, aber anstatt mir etwas zu essen zu besorgen, betrachtete ich das Schnurrding genauer. Das Metall, das ich in den Händen schwenkte, war nicht mehr als ein undurchsichtiger Behälter. Er bestand aus einem oberen und einem unteren Teil, die miteinander verschraubt waren.

Neugierig öffnete ich den oberen Teil und legte den Inhalt frei. Sonderbar verschiedenfarbiges Licht strahlte mich an. Aus dem Behälter stand ein Stab heraus, der eine fellartige Oberfläche besaß und an dessen Ende zwei bunte Federn hingen. Vorsichtig zog ich daran und holte an einer silbernen Kette eine pelzige Kugel hervor. In ihrem Kern befand sich etwas, das in einem regenbogenartigen Lichterspiel die Farben wechselte. Seine Bewegung war vergleichbar mit Glühwürmchen, die sich unter einem weißen Lampenschirm aus Stoff in die Freiheit kämpften.

»Ist das ein Katzenspielzeug?«

Verwundert hielt ich den kurzen Stab und schwenkte die Lichtkugel vor dem Gesicht. Mir kam es vor wie ein Morgenstern in Kinderausführung. Ich dachte darüber nach, was ich mit dem Objekt anstellen sollte. Darüber, ob es mir etwas brachte, es mitzunehmen oder liegen zu lassen.

»Könnte Vlad es wollen?«, murmelte ich nachdenklich und tippte mit dem Finger gegen den Ball.

Ich kramte mein Smartphone aus der Hosentasche und öffnete das Kontaktverzeichnis. Tatiana hatte mir noch immer nicht geantwortet. Ich empfand es als unnötig, ihr eine weitere Nachricht zu senden. Wenn sie es schaffte, dann würde sie sich schon bei mir melden. Leider besaß ich auch Vlads Telefonnummer nicht, da ihn stets Tatiana anrief. Deshalb wählte ich Fionas Nummer und hoffte, dass sie abhob. Mehrmals läutete es, aber nach dem dritten Mal legte ich vor der Sprachbox auf. Ich machte ein Foto von dem Schnurrding und schickte es ihr. Danach legte ich es wieder in den Behälter und stieg damit in den Wagen.

»GABI, bitte fahre mich zu einem guten Restaurant.«

»Mehrere zutreffende Orte gefunden! Welche Küche bevorzugt Ihr?«

»Eine regionale.«

»Die Route wird berechnet! Abfahrt initiiert! Ankunft in siebenundzwanzig Minuten!«

Der Wagen fuhr los und brachte mich auf die Schnellstraße, über die wir in das Dorf Gruselheim gelangten. Ich wunderte mich schon gar nicht mehr über die schrecklichen Namen in der Umgebung – die sie ungewöhnlich gut präsentierten. Ich passierte mehrere verfallene Häuser, die schon lange keine Gartenarbeit mehr gesehen hatten. Viele waren so zerfallen, dass ihnen ein Dach fehlte und sie stattdessen von Pflanzen zugewuchert wurden. Das Kreuzmobil hielt vor einem Gebäude an, dessen Eingang wie der zu einem verwunschenen Schloss aussah. Ich nahm den silbernen Behälter, legte ihn unter den Beifahrersitz und stieg aus. Ein kaputtes Holzschild hing an dem Zaun herunter, von dem ich ablas:

»Zur schaurigen Küche.«

Ich wollte schon umdrehen, da hörte ich plötzlich einen geselligen Lärm durch die dichten Sträucher dringen. Langsam öffnete ich die Gartentür und erzeugte ein lautes Quietschen, als ich vorsichtig hineinspähte. Das Gasthaus war von einem verwilderten Garten umgeben, in dem sich Krähen, Ratten und Spinnen tummelten. Daneben standen viele ungedeckte grüne Tische, auf denen Teelichter in blauen Kerzengläsern brannten. Seitlich des Gebäudes stand eine Tür weit offen, durch die Gelächter bis in meine Ohren drang. Ich wurde neugierig und folgte den Stimmen bis zum Eingang.

»Vorsicht!«, wieherte mich ein genervtes, untotes schwarzes Einhorn durch geschlossene Zähne an, das mich fast aufgespießt hätte. »Ich kann es mir nicht leisten, noch jemanden zu verletzten.«

»Ja … äh … Entschuldigung«, antwortete ich unbeholfen.

Ich drehte mich nach ihm um, aber es zeigte mir nur noch den Hintern und dessen regenbogenfarbigen Schweif. Erneut wandte ich mich dem Eingang zu und betrat das Gasthaus. Offenbar gab es eine Kostümpartie, denn alle Gäste waren verkleidet. An der Bar saß ein Gorgo, dessen Schlangenattrappen sich unruhig um seinen Kopf bewegten. Gleich auf dem nächsten Hocker lehnte sich eine Mumie über den Tresen, die mit einem roten Stift Herzen auf eine Sammelkarte malte. Auch die anderen Karten, die um sie lagen, waren bereits mit vielen Herzen versehen. Sie zeigten ein Porträt von Anubis, der in goldener Kleidung mit einem Stab posierte. Die Kampfstärke der Sammelkarte besaß fünf von fünf Sternen und hatte einen hohen Seltenheitswert. Ich ging an der Mumie vorbei und wagte es nicht, sie bei ihrer Freizeitgestaltung zu stören. Ganz kurz drehte sie sich nur zu mir um und schnupperte in der Luft. Die Nasenlöcher waren die einzig freien Stellen der Vermummung. Dann aber drehte sie sich wieder zur Bar und malte weitere Herzen. Ich ging weiter und suchte nach einem freien Tisch. Das Gasthaus war nicht gut besucht, und deshalb entdeckte ich einige. Am Ende des Essbereichs saß ein Zombie, der mich mit komischer Grimasse ansah. Vor ihm stand ein schwarzes Getränk in einem silbergrauen Kelch. Vermutlich war er alkoholisiert und störte sich deshalb nicht an meinem Blick. Ich setzte mich an einen Tisch und wartete auf einen Kellner.

»Guten Tag, der Herr!«, grüßte mich jemand, der sich als das fliegende Spaghettimonster verkleidet hatte, »wissen Sie schon, was Sie trinken wollen?« Er übergab mir in seinen vielen dünnen Nudelhänden die Speisekarte.

Tomatensoße lief über das Papier und tropfte auf den Tisch, den er sofort mit einem Tuch reinigte. Angewidert betrachtete ich meine Hand und danach wieder den Kellner.

»Na ja … eigentlich schon, aber ich habe eine Frage. Was trinkt der Gast dort drüben?«, erkundigte ich mich und zeigte auf die als Zombie verkleidete Person.

Der Kellner drehte den Oberkörper – es sah aus, als würden zu viele Spaghetti auf eine Gabel aufgerollt werden – und wandte sich mir wieder zu.

»Leichensaft«, antwortete er mir gelassen.

»Das klingt ja ekelhaft!«

»Nun, es ist für jeden Geschmack etwas dabei«, argumentierte er und deutete auf die Karte. »Bitte überzeugen Sie sich selbst.«

»Ich nehme einen Kamillentee.«

»Sehr gerne. Wünschen Sie auch zu frühstücken? Wir hätten ein wunderbares Morgenmenü in unserem Angebot.«

»Ja, bitte.«

»Alles klar, wollen Sie sonst noch etwas?«

»Nein, danke. Das wäre dann alles.«

Der Kellner lächelte mit seinem Nudelgesicht und nahm mir die Karte ab. Dann verschwand er aus dem Essbereich und zog eine tomatensoßenartige Spur nach.

☆

Das Kostüm des Kellners war schon bemerkenswert. Ignorierte man die Tatsache, dass er den ganzen Boden mit seinem Tomatensaft verunreinigte, dann war es richtig gut gemacht. Sogar so gut, dass ich nicht mal seine Beine sah, als er sich durch den Raum bewegte. Der Gorgo empfand das allerdings nicht so, denn sein Schlangenkopf machte fauchende Laute. Schwerfällig drückte er den Körper hoch, schleppte sich zu einem Wischmopp und fing an, den Boden zu reinigen. Die Tür schnappte, als der Spaghettimann (ein Spitzname, den ich ihm gegeben hatte) sich hindurchbewegte und in die Küche begab. Der Zombie sah mich noch immer an und sabberte auf den Tisch. Darüber würde sich die Belegschaft bestimmt nicht freuen.

»Hey! Hör auf den Tisch anzuschlabbern!«, mahnte der Gorgo ihn. »Ich muss das putzen!

Der Zombimann (ein weiterer Spitzname von mir) reagierte mit einem kauenden Grollen.

»Beim letzten Mal war dein Leichenschmaus überall! Sogar auf den Sitzbänken!«

Der Kellner kam herbei, um die Situation zu klären und den Kollegen zu beruhigen.

»Beruhig die, Stheno. Er ist ein Stammkunde und zahlt gut.«

»Seine Knödel bringen mir nichts, wenn ich ihm ständig hinterherputzen muss, Pastafar.«

»Na gut, ich spreche mit ihm«, versprach der Kellner und schwebte zum Zombiemann.

Der Gast begrüßte ihn mit beißenden Lauten, bei denen er sein Gebiss verlor.

»Hallo, Stinker. Du hast Stheno gehört, nehme ich an?«

Der Zombiemann setzte sich sein Gebiss wieder ein und antwortete mit einem Grollen. Danach folgten grunzende und schnalzende Töne, die in einem tiefen Kettensägenlaut endeten.

»Ja, ich weiß«, antwortete Pastafar. »Er ist nur genervt, weil er für Ophis einspringen musste. Das ist nichts Persönliches gegen dich.«

Stinker antwortete mit einem verächtlichen Schnaufen und einem kreischenden Ton, der sich leicht ... nach lachen anhörte? Pastafar musste kurz darauf so sehr prusten, dass ihm der Käse aus den Augen lief.

»Du hast recht«, antwortete er und wischte sich die Tränen weg, »er sollte das nicht so todernst nehmen«, sagte er noch, ging an Stheno vorbei und klopfte ihm solidarisch auf die Schulter.

Genervt beobachtete Stheno, wie ihm die Tomatensoße über die Brust lief. Pastafar nahm seine Nudelhände von ihm herunter und ging peinlich berührt an ihm vorbei. Als der Zombie das beobachtete, grunzte und schüttelte er sich so stürmisch, dass er vor Freude den Kopf verlor. Das Körperteil schlug auf den Tisch auf, rollte durch die Tomatensoße und neben meine Füße. Ich stand auf und bückte mich nach seinem Kopf, um ihn zurückzugeben. Meine Hände griffen in seine grauen Haare, als mir der Unterkörper freudig zuwinkte, das fehlende Körperteil zurückzuwerfen. Ich drehte ihn um, damit ich einen besseren Griff hatte, und erstarrte.

Rotverschmiert fletschte der Zombiekopf die Zähne, bevor er mich in meinen Unterarm biss und sich mein Blut mit dem Tomatensaft vermischte.

»So! Einmal Kamillentee und Augäpfel mit Innereien!«, verlautbarte Pastafar, als er das Zimmer mit einem Teller und eigenartigen Speisen wieder betrat.

Er stand so starr wie ich, während Stinkers Kopf neben mir auf dem Boden lag und ich mir mit der Hand die offene Wunde abdrückte.

»Was ist hier passiert?«, fragte er und sah Stinker an, der aufgebracht mit den Zähnen nach meinen Beinen schnappen wollte.

Sein Körper kletterte auf den Esstisch, griff mit den Händen nach Halt und stürzte ungebremst über die Stuhllehne auf den Fußboden.

»Er hat mich gebissen!«, ärgerte ich mich laut und begriff, dass der Kopf unabhängig vom Körper lebte. »Wie ist das möglich?«

»Was sagst du? Er ist ein Mensch?«

Plötzlich wurde die Umgebung anders. Ich glaubte nicht an Übernatürliches wie Auren, aber müsste ich die Veränderung beschreiben, dann fühlte es sich so an, als würde ich ein tiefes Loch gezogen. Nicht ein solches, wie man es aus Science-Fiction oder Dokumentationen kannte, sondern eines, das sich wie Treibsand verhielt. Aber anstatt, dass es mich nach unten zog, trieb es mich nach hinten. Mein Instinkt riet mir, mich fortzubewegen, und machte das so deutlich, dass er die Beine für mich bewegte. Mühsam drehte ich mich um und stapfte mit dröhnenden Ohren auf ein Fenster zu. Fauchende Schlangen klangen mir nach, deren offene Münder und leuchtendgrüne Augen ich in der Spiegelung der Scheibe sah. Der Unterkörper von Stinker verschmierte den Tomatensaft am Fußboden, während er mir nachfolgte. Ich stieg auf die Sitzbank, öffnete das Fenster und quälte mich auf den braunen Fensterrahmen. Auf einmal verlor ich das Gleichgewicht und rutschte mit dem Knie über den Sims. Mein Körper kippte nach vorn und ich flog aus dem Fenster. Ich landete mit dem Bauch auf etwas, das ich nicht sehen konnte.

»Hey!«, wieherte das Einhorn zornig.

Plötzlich wurde es sichtbar und wollte mich anschnauben, schaffte es aber nicht, den Kopf so weit zu drehen, dass es mir Angst machen konnte. Mehrere Spaghetti hingen aus seinem Mund, mit dem es genüsslich an einem Fleischbällchen kaute.

»Klepto! Du hast schon wieder meine Spaghetti gestohlen!«, beschwerte sich Pastafar, als er ein paar seiner Körperteile wiederfand.

»Entschuldigung …«, brummte das Pferd reumütig und schluckte.

»Na ja, sie wachsen eh schneller, als ich sie abschneiden kann«, murmelte er seine Selbsterkenntnis heraus. »Trotzdem, wenn du Hunger hast, dann sag mir das. Kannibalismus ist hier nicht erwünscht!«

Diese Ansicht schienen nicht alle zu teilen, wie ich bei einem kurzen Blick in seine Richtung feststellte. Stinkers Körper zog sich an ihm vorbei und kam Klepto näher. Ich wollte mich schon aufrichten, da stand das Einhorn auf und schüttelte mich ab. Geschwächt lag ich auf dem Boden, als mich Stinkers kalte Hände betasteten, denen es an dem notwendigen Verstand fehlte, dass sie ohne Kopf nichts von mir abbeißen konnten. Seine Finger drückten verzweifelt meine Muskeln und kneteten sie wie ein Masseur durch. Die kurze Behandlung erinnerte mich an ein Wellnesshotel und verlieh mir neue Kraft, aufzustehen. Ich wankte zum Gartenzaun, öffnete das Tor und stieg in das Kreuzmobil ein.

»GABI, bring mich hier weg!«

Das Kreuzmobil fuhr los und ließ das Dorf hinter sich zurück.

☆

»Ich verrate es keinem, versprochen!«

GABI nervte mich wiederholt, ihr von dem Restaurant zu erzählen. Nachdem ich ihr mitgeteilt hatte, dass es schrecklich gewesen war, wollte sie jedes Detail wissen. Mir kam es so vor, als entwickelte das System ein Eigenleben; denn es quatschte ununterbrochen. Unser Gespräch wurde so persönlich, dass wir die höflichen Umgangsformen ablegten.

»GABI, mir geht es gerade nicht so gut. Können wir bitte später reden?«

»Das tut mir leid zu hören! Was fehlt dir? Vielleicht kann ich dir helfen?«

»Mir ist heiß und schwindelig. Mich hat vorhin jemand … etwas gebissen.«

»Das klingt nach einer Infektion! Sie muss sofort behandelt werden! Route geändert!«

»GABI, wo bringst du mich hin?«

»Zu einer Heilerin! Ankunft in zehn Minuten!«

Schweiß lief mir über die Stirn, und ich fühlte mich leicht fiebrig. Mehrmals flogen mir die Augen zu und ich wusste nicht für wie lange. Ich schwor mir, mich das nächste Mal mit menschlicheren Leuten abzugeben. Je öfter ich die Augen öffnete, desto weniger Häuser gab es, bis ich schließlich nur noch saftige Gräser sah.

»Ziel erreicht!«

Ich öffnete die Lider und sah mir das Haus an, vor dem das Kreuzmobil hielt.

»Das ist nicht dein Ernst, GABI?«

Das Grundstück stand sehr verlassen auf einer weiten Wiese. Ein weißer Zaun umgab einen gepflegten Garten, durch den ein kleiner Bach floss. Von der Gartentür führte ein Pfad über eine kleine Holzbrücke. Der Rasen war mit allerlei Zeug geschmückt, aber das wohl Auffallendste war für mich das Lebkuchenhaus, aus dessen Schornstein zuckerwatteartige Wolken aufstiegen.

»Ich meine das sogar sehr ernst!«, widersprach mir GABI mit einer mütterlichen Strenge. »Steig aus und geh zu ihr!«

»Muss ich wirklich?«

»Ja, sonst aktiviere ich den Schleudersitz!«

Vielleicht hätte ich GABI doch nicht den Vorschlag machen sollen, auf einer persönlicheren Ebene miteinander zu agieren. Genervt drückte ich mich aus dem Sitz, öffnete die Tür und stieg aus.

»Ist ja gut. Ich geh schon«, jammerte ich und ärgerte mich, dass ich als Erwachsener bevormundet wurde.

Zögerlich drückte ich gegen die Gartentür, deren Stangen aus Lakritz bestanden. Ich entdeckte einen kleinen schulterhohen Baum mit Marzipanblättern. Ein Weg aus Keksen führte an ihm vorbei und zu einem Blumenbeet aus Bonbons. Dahinter gab es einen kleinen Teich mit Vanillesoße, in dem orangene Fische aus Gelee schwammen.

»Was für ein eigenartiger Garten«, dachte ich laut und ging über die Brücke.

Ihr weißes Holz bestand aus Zuckerstangen, die mein Gewicht – zu meiner Verwunderung – problemlos trugen. Sie brachte mich zu einem Schaukelstuhl aus Krokant, auf dem weiße Kissen aus Marshmallows lagen. Daneben stand ein Korb aus Schokolade, der mit pinken Pralinen angefüllt war. Dahinter blubberte eine rosa Flüssigkeit in einem schwarzen Kessel und verteilte einen angenehm süßen Geruch. Ich wankte daran vorbei und auf eine graue Treppe zu, die aus einem Kuchen bestand, der von einer Zuckerglasur überzogen war. Das Geländer bestand aus weißer Schokolade mit Karamellspitzen, die eine schmale Veranda einzäunte. Auf ihr befanden sich Blumenkästen, aus denen bunte Lollis herausstanden. Die Fußmatte bestand aus einer braunen Schokoladentafel, die auf der Oberfläche mit Kokosraspeln verziert war. Skeptisch betrat ich sie und stellte fest, dass ich problemlos an ihr meine Schuhe abstreifen konnte. Dann drückte ich die Klingel, die aus einem größeren dunkelblauen Gummibärchen bestand, das laut quietschte, als ich meinen Finger in seinen Bauch presste.

»Ich komme!«, sang eine fröhliche Stimme durch die Tür und den offenen Fensterspalt daneben.

Eine zu schöne Frau mit roten Haaren machte mir auf, die ein Kleid mit weißen Blumen trug.

»Also, dich habe nicht erwartet«, äußerte sie ihre Verwunderung und lächelte mich an.

Ich biss die Zähne zusammen und bemühte mich, ihr die Situation zu erklären.

»Hallo … ich … bin Cassiel«, sprach ich langsam und konzentriert, »und brauche … Hilfe.«

Sie musterte mich und erkannte schnell, warum ich mir den Arm mit der Hand abdrückte.

»Du liebe Güte!«, äußerte sie ernst und stieß die Tür auf. »Schnell, komm herein!«

Ich wankte in ihr Haus und bemerkte, dass das Vorzimmer aus einer hellen Holzeinrichtung bestand. Langsam rutschte ich über die beigen Fliesen, als sie an mir vorbeihuschte und mir die nächste Tür aufmachte.

»Setz dich auf einen Stuhl. Ich komme gleich zu dir.«

Kaum hatte sie mir die Anweisung gegeben, ging sie zu einer weißen Treppe und verschwand im Obergeschoss. Das Zimmer bestand aus einer Wohnküche in deren Mitte ein weißes Sofa vor einem Glastisch stand. Die Kücheneinrichtung bestand aus cremefarbenen Möbeln mit Marmorplatten und einer Kochinsel. Davor stand ein Tisch derselben Farbe, um den sich vier Stühle befanden, auf denen gelbkarierte Sitzpolster lagen. Ich zog einen von ihnen nach hinten und setzte mich. Gleich darauf sank mein Oberkörper auf den Tisch und mein Kopf legte sich auf meinen Oberarm.

»Tut mir leid«, sagte die Gastgeberin und stapfte die Stufen hinunter, »ich habe etwas gebraucht, die richtige Medizin zu finden.«

Ich beobachtete, wie sie ein schwarzes Köfferchen schleppte, das mich an einen Nähkasten erinnerte. Darauf standen zwei runde Glasfläschchen mit Korken, in denen eine grüne Flüssigkeit umherschwenkte.

»Cassiel, bleib munter!«, rief sie, als sie das Werkzeug auf dem Tisch abstellte und mir die Augen zufielen.

☆

Eine Stimme drang in meine Ohren, deren Worte ich nicht verstand, als ich die Augen öffnete. Sie kam von meiner Gastgeberin, die neben mir auf einem Stuhl saß und mich kritisch beäugte.

»Das war ziemlich knapp«, teilte sie mir mit. »Wärst du nicht sofort zu mir gekommen, dann hätte ich die Verwandlung nicht mehr aufhalten können.«

Ich hing an einer Infusion, über die grüne Flüssigkeit in meinen Arm floss. Der Schlauch ging zu einer transparenten

Packung, die auf einem Garderobenständer hing. Aus ihr verlief ein dünnes Rohr zu einer Destillationsanlage, die mit einer blauen Flamme befeuert wurde.

»Welche Verwandlung?«, fragte ich müde.

»Die zu einem Zombie.«

»Einem Zombie?«

»Ja. Ich hatte unterschätzt, wie fortgeschritten der Prozess schon war. Normalerweise bekommen Gebissene Blutergüsse um die Augen. Bei dir war aber gar nichts zu sehen. Fast, als wärst du für das Übernatürliche besser empfänglich. Hattest du damit schon Kontakt?«

Verdutzt sah ich sie an und stellte fest, dass ich mich an einem seltsamen Ort befand. Die Umgebung war dämmrig, und ich erkannte hauptsächlich Schatten, die mein Verstand interpretierte. Ich sah Schemen von Regalen mit großen Einmachgläsern, in denen merkwürdige Inhalte schwammen. Manche besaßen die Form von Augäpfeln, andere sahen aus wie Krallen oder Echsenbeine. In der Ecke lehnten einige Besen, von deren Stiel bunte Bänder hingen mit verknoteten kleinen Kärtchen. Ich konnte ihre Beschriftung nicht lesen, sie kam mir vor wie Gekritzel. Davor saß eine schwarze Katze und leckte sich so genüsslich die Pfote, dass ich dachte, es wäre Eiscreme. Gegenüber saß ein anderes Tier mit gleichem Aussehen und gelborangen Augen. Sie befand sich halb unter einem Hexenhut, um dessen Krone eine blumige Schlaufe gebunden war. Dieses Kleidungsstück lag auf einem Tisch, auf dem sich ein aufgeschlagenes Buch mit Einband befand. Vor ihm saß oder lag eine Kristallkugel auf einem Haufen von Stofftüchern. Neben dem Tisch stand ein dunkelgrüner Polstersessel, über dessen Lehne ein schwarzer Umhang hing, der bunt glitzerte. Davor stand eine rote Kerze, deren Wachs auf den Boden über eine weiße Kreidezeichnung floss. Sie bestand aus einer Spitze und verlief in immer weiterer Entfernung zu weiteren Zacken. Fasste man die Zeichnung zusammen, dann bildete sie ein Pentagramm, in dessen Zentrum ich mich befand.

»Warum liege ich auf einer Folterbank?«, fragte ich aufgebracht, als ich die offenen Hand- und Fußschellen erblickte.

»Das war zu meiner Sicherheit, falls die Prozedur nicht mehr gewirkt hätte. Du warst nur so lange gefesselt, bis ich deinen Zustand unter Kontrolle hatte.«

»Was für eine Kontrolle? Wer bist du überhaupt?«

»Oh, tut mir leid, das habe ich ganz vergessen. Ich heiße Hilda und bin eine Haushexe.«

»Was ist eine Haushexe?«

»So nennt man Hexen, die bei einem Standortwechsel ihr Haus mitnehmen.«

»Du lässt dein Haus jedes Mal übersiedeln?«

»Nein, ich zaubere es an einen anderen Standort.«

»Was meinst du mit zaubern?«

»Das ist verschieden. Manchmal wechsle ich das Haus mit einem magisch gleichwertigen Objekt. Der Zauber heißt dann Haustausch. Wenn ich noch nicht dort war oder wenn ich nicht hin und herfahren möchte, dann schrumpfe ich das Haus und nehme es in der Tasche mit.«

»Du nimmst es in der Tasche mit?«

»Ja, aber ich mache das nicht so gern. Wenn ich nicht aufpasse und es zu stark schüttle, muss ich hinterher ein ziemliches Chaos aufräumen. Das gilt auch für den letzten Zauber.«

»Was für einen Zauber?«

»Auf eigenen Beinen stehen.«

»Hä?«

»Ich habe ihn spaßeshalber so genannt, weil der ursprüngliche Name so lang war, dass ich ihn vergaß. Damit bekommt ein Ding oder Lebewesen Beine verpasst, sodass es stehen kann.«

»Und was passiert dann?«

»Dann läuft es so schnell, wie es seine Beine tragen können zum neuen Standort, zu dem ich es führe. Mit dem Zauber habe ich übrigens den Tisch nach unten gebracht und dich nach oben.«

Litt ich an einer Überdosis oder hatte Hilda zu viel von ihrer eigenen Medizin genommen?

»Verstehe«, antwortete ich und berührte den Schlauch der Infusion. »Eine andere Frage. Kannst du mich von dem losmachen? Ich fühle mich schon viel besser.«

»Noch nicht.«

»Wie, noch nicht?«

»Zuerst musst du das hier trinken.« Sie hielt mir einen Becher vor die Nase, in dem eine braune Flüssigkeit schwamm, aus der etwas herausstand, das wie ein Froschschenkel aussah.

»Muss ich wirklich?«

»Keine Widerrede. Trink.«

Angeekelt sah ich das Zeug an, von dem ein Geruch in meine Nase stieg, der an eine Mülldeponie erinnerte. Mehrmals würgte ich, als ich es mir vor dem Mund hielt. Dann schloss ich die Augen, hielt mir mit der anderen Hand die Nase zu und schluckte das ekelhafteste Zeug, das ich bisher in meinem Leben getrunken hatte, herunter.

»Na, siehst du, war ja gar nicht so schlimm ...«

Mein Würgereflex reagierte so stark, dass ich ihr nicht antworten konnte.

»Froschhintern mit Kräutergülle hat schon jedem geholfen.«

Ich wünschte, ich hätte ihre Worte überhört und quälte meinen Verstand, an etwas Schönes zu denken.

»Jetzt kann ich dich losmachen.«

☆

»Nein, du verstehst das falsch. Hexen gibt es wirklich. Ich bin keine Ärztin.«

Die Haushexe Hilda und ich saßen auf der Veranda und aßen gemütlich einen Lebkuchen-Ziegel bei einem Kaffee. Zuvor hatte ich mit ihr zu Mittag gegessen. Sie hatte einen Lammbraten mit Kartoffeln im Rohr gehabt, den sie mit mir teilte.

»Also, eine Zauberin?«

»Nein, die besitzen magische Kräfte. Hexen bedienen sich nur daran.«

»Das verstehe ich nicht.«
»Hexen stehen zwischen dem Übernatürlichen und Menschlichen. Zauberer sind magische Wesen. Das sind aber Formalitäten. Letztlich ist alles nur Hokuspokus.«
»Aber wenn es Hexen tatsächlich gibt, dann gibt es auch Zombies?«
»Das hast du richtig erkannt. Und fast wärst du einer geworden.«
»Ja … danke, dass du mich gerettet hast.«
»Na ja, gerettet bist du noch nicht.«
»Wie meinst du das?«
»Der Prozess ist angehalten. Aber du bist an der Grenze zwischen lebend und untot.«
»Was bedeutet das?«
»Du wirst wahrscheinlich Veränderungen an deinem Körper feststellen.«
»Die merke ich jetzt schon. Mir tut alles weh.«
»Das sind die Nachwirkungen der Prozedur. Ohne den Froschhinternsaft mit …«
»Danke, ich hab's verstanden. Ohne den wäre es noch schlimmer.«
» So ist es. Aber das geht vorbei. Spätestens morgen geht es dir wieder besser.«
»Das tut gut zu hören. Welche Veränderungen meintest du eigentlich sonst?«
»Wahrscheinlich wirst du etwas stärker sein oder schneller laufen können …«
»Das Flüchten habe ich schon gemeistert.«
»… aber das passiert erst, wenn die Wirkung der Prozedur nachlässt.«
»Verstehe. Die hält das alles auf.«
»So ist es. Die Infusion hat die Verbreitung der Infektion gestoppt. Ich kann aber nicht sagen, welche Teile davon betroffen sind und welche nicht. Dein Verwandlungsprozess war sehr ungewöhnlich. Es kann auch sein, dass du deinen Verstand verlierst.«
»Ich glaube, das habe ich schon.«

»Wobei, das ist relativ unwahrscheinlich, weil das Gehirn meist zuletzt betroffen ist. Das habe ich bis heute nicht verstanden, warum das so ist. Vielleicht hat es etwas mit dem Geist zu tun, der sich gegen die Verwandlung wehrt ...«

»Weil du das erwähnst ... ist dieser Garten eigentlich natürlich oder auch einer deiner Zauber?«

»Nein, der ist nicht natürlich.« Sie lachte kurz. »Das ist eine Dekoration von mir. Ein Gestaltungszauber, den ich ausprobiert habe. Was sagst du dazu? Ich wollte mein Haus einladender gestalten. Glaubst du, es würde Kindern gefallen?«

»Ja, ich glaube, die wären begeistert davon. Aber die würden bestimmt abbeißen wollen.«

»Das können sie gerne machen. Es ist alles natürlich, zuckerarm und essbar. Aber der Zauber sorgt für einen verführerischen Geschmack. Ich möchte später umziehen, damit man mich leichter findet. So richtig weiß ich aber noch nicht wohin. Ein Ort macht mich aber neugierig, und deshalb werde ich ihn wahrscheinlich auswählen.«

»Welcher?«

»Ich möchte in ein Waldstück umziehen. Wenn mich Kinder finden, dann dürfen sie von meinem Haus naschen.«

»Irgendwie habe ich ein ungutes Gefühl bei der Idee. Das erinnert mich an ein Märchen, das für die Hexe nicht gut ausging.«

»Na ja, die Alternative wäre ein anderes Land in der Nähe eines Sees.«

»Das würde ich dir eher empfehlen. Nimm besser das.«

»Cassiel, danke.« Sie kicherte fröhlich, stand auf und fing damit an, das Geschirr wegzuräumen. »Du hast mir bei meiner Entscheidung geholfen. Morgen ziehe ich um.«

»Kein Problem. Das war das Mindeste, um mich bei dir zu bedanken. Eine andere Frage. Wie wird man eigentlich eine Hexe?«

»Meistens über die Geburt. Die Familie zieht dich auf und lehrt dich, was du benötigst, um im Leben allein zurechtzukommen. Wir verlassen das Elternhaus schon in unserer Jugend, musst du wissen.«

»Wieso das?«

»Weil es ein Teil unserer Ausbildung ist. Von unserer Familie bekommen wir das erste Haus. Aber das enthält nur das Nötigste. Ein Bett, eine kleine Küche und die Basis für das Hexenhandwerk. Deshalb müssen wir uns in der Welt nützlich machen. Über unsere Dienste bekommen wir Geld, das wir in den Ausbau unseres Hauses stecken. Dann suchen wir einen Partner, gründen eine Familie, und der ganze Prozess beginnt von Neuem.«

»Das heißt, ich schulde dir Geld?«

»Du schuldest mir gar nichts, Cassiel. Ich bin so alt und habe das alles hinter mir. Du könntest mir nichts geben, das ich haben wollen würde. Mir reicht es, anderen zu helfen und ihnen eine Freude zu machen.«

»Wie, alt? Du siehst … ähm … jung aus.«

»Danke, Cassiel. Aber du musst wissen, dass der Schein manchmal trügt. Ich bin über zweihundert Jahre alt. Und das nur, weil ich jeden Tag Froschhinternsaft …«

»Ich will es nicht hören!«

Lachend verschwand sie mit dem Geschirr im Haus, als ich mich an den ekelhaften Geschmack zurückerinnerte.

☆

»Als Hexe kannst du doch bestimmt irgendwelche Tricks?«

»Haushexe, bitte. Wir sind keine gemeinen Hexen.«

»Tut mir leid, ich habe mich versprochen.«

»Das nächste Mal verwandle ich dich in einen Frosch«, scherzte sie und amüsierte sich über mein angewidertes Gesicht.

Irgendwie erinnerte mich sogar schon das einfache Wort an den ekelhaften Saft. Bei der Vorstellung, selbst darin zu schwimmen, wurde mir regelrecht schlecht. Sie merkte zu weit gegangen zu sein.

»Keine Sorge, das war ein Witz. Und um deine Frage zu beantworten: Ja, ich kann zaubern.«

»Das würde ich gerne sehen.«

»Nun gut. Siehst du den Besen dort in der Ecke?«

Sie zeigte auf einen Besen mit braunem Griff und dicken Büscheln aus schwarzen Borsten. An seinem verbeulten und zerkratzten Stiel hingen rote und blaue Papageifedern.

»Ja?«

»Gut. Hey! Borstenkopf! Aufgewacht!«

Der Besen zuckte wie ich, als sich der obere Stiel in unsere Richtung drehte und dann wieder in die Ecke lehnte.

»Er ist noch müde«, erklärte mir Hilda, »wir sind gestern ziemlich lange herumgeflogen. Er war mein erster Besen, den ich bekam. Er ist nur etwas störrisch und faul.«

»Der hat ein Eigenleben?«

»Natürlich. Besen sind wie Haustiere, nur etwas anders. Sieh her, ich zeig es dir. Borstenkopf! Sieh, was ich habe«, sagte sie und streckte ihm mit der Hand eine Bürste entgegen.

Der Besen reagierte und flog so schnell auf ihren Schoß, dass ich nicht einmal zum Blinzeln kam. Entspannt sank sein Stiel wie eine sehr lange Nudel von ihren Beinen zum Boden. Sie setzte die Bürste an und strich seine Borsten entlang.

»Ist das Teil des Zaubers?«

»Nein, das macht er nur, weil er weiß, dass es nicht wichtig ist. Du musst wissen, dass der Charakter von Besen zwischen denen von Hunden und Katzen liegt. Richtig erzogen, sind sie loyal und folgen einer Hexe überall hin, aber sie sind auch schlau und eigenwillig. Jeder von ihnen ist anders.«

»Wie viel Besen hat eine Hexe eigentlich?«

»So viele sie haben will. Sind dir die anderen vorhin aufgefallen?«

»Ähm …«

»Pass auf, ich zeig es dir. Wirbelwind! Purzel!«

Zwei Besen schossen kurz hintereinander aus der offenen Eingangstür. Der erste besaß einen leichtgebogenen saphirblauen Stiel, der von gelben Bändern umwickelt war. Silberne Kügelchen hingen an ihnen, die eine goldene Gravur mit einem Kreis besaßen, in dem sich ein Blitzsymbol befand. Seine Borsten waren blau mit türkisen Strähnen, die knapp unter dem Stiel mit rotbraunen Schnüren wie Haarbänder zusammengehalten wurden. Der Besen flog eine kleine Schleife und schwebte danach ruhig neben uns. Der andere war viel verspielter und kindlicher. Er tollte im Garten, machte einen Looping, flog durch die Gitter der Brücke hindurch … und blieb darin stecken. Sein hellbrauner Stiel und die bunten Bänder erinnerten mich an ein farbenfrohes Kulturfest. Zweimal probierte er, sich hindurchzuquetschen, bis er verstand, dass seine sonnengelben Borsten mit orangenfarbenen Akzenten zu breit waren. Hilda lachte über seine Unbeholfenheit.

»Das ist Purzel. Er ist der Jüngste, wie du siehst. Deshalb kann er seinen Körper noch nicht so richtig einschätzen.«

»Wie ein Welpe?«

»Genau. Oder wie ein Kätzchen, das sehr neugierig ist.«

»Und mit Erziehung kannst du dann auf ihnen … ähm … reiten?«

»Richtig. Durch Neugierde und viele Übungen sammelt er Erfahrung. Deshalb habe ich ihn noch nicht magisch verstärkt.« Sie berührte die silbernen Kügelchen, die an Wirbelwinds Stiel hingen. »Sonst hätte er das Geländer durchbrochen.«

»Also beschränkst du ihre Kraft?«

»Nein, sie können sich natürlich entfalten. Aber ich schütze sie vor sich selbst. Ohne Weisheit ist zu viel Macht gefährlich. Für sie und für andere.«

»Das ist schon beeindruckend. Ich meine, normalerweise würde ich annehmen, dass die Besen an Schnüren hängen, aber ich glaube nicht« – ich bewegte einen Arm über Wirbelwind, als wollte ich mit der Hand die nicht vorhandenen Fäden abtrennen – »dass das ein Trick ist.«

»Wenn du es noch immer nicht glaubst, dann sieh nach unten.«

»Ich schwebe!«

»Aber nicht lange«, erläuterte Hilda und lachte. »Du wirst gleich wieder auf dem Sessel sitzen.«

»Trotzdem! Das ist unglaublich! Wie hast du das gemacht?«

»Mit einem Zauberspruch.«

»Aber ich habe dich nicht zaubern gesehen?«

»Das liegt daran, dass du dich in einem magischen Bereich befindest.«

»Du kannst zaubern, ohne zu sprechen?«

»Wenn der Zauberspruch gesprochen wird, dann oftmals nur, um die Dramatik zu erhöhen. Notwendig ist das nicht.«

»Und deiner war nicht dramatisch?«

»Ich finde nicht.«

»Kannst du ihn für mich laut wiederholen?«

Hilda machte eine kreisende Bewegung mit den Armen und streckte dann die Hand mit gespreizten Fingern in meine Richtung.

»Parimpan, der Sessel beißt Cassiels Hintern. Lass ihn schweben, um seine Qualen zu lindern. Ihn nichts merken, aber ihn verstärkt erinnern, an den wunderbaren Geschmack, des Froschhintern. Napmirap.«

»Igitt!«

☆

In dem zauberhaften Garten von Hilda kamen bei mir richtige Urlaubsgefühle auf. Ich fühlte mich leicht und unbeschwert. Wir saßen auf der Veranda und beobachteten, wie die Sonne langsam unterging. Ein laues Lüftchen fegte an uns vorbei und erzeugte aufgrund eines bunten Windspiels einen tief beruhigenden Ton. Ich war so entspannt, dass mir augenblicklich die Augen hätten zufallen können ... wäre nicht der bittere Nachgeschmack gewesen. Aufgrund von Hildas Zauberspruch schmeckte ich den Froschhintern immer noch in meinem Mund. Nur deshalb hoffte ich, dass ihr Zauber bald endete. Sonst fand ich es echt beruhigend, mich durch die Luft treiben zu lassen. Kein Verlangen zu empfinden, den Boden wieder unter den Füßen zu spüren. Fast so, als läge ich auf einer Luftmatratze und schwämme in der Mitte eines menschenleeren Sees. Sie hatte mich von der schweren Last der Unwissenheit befreit und meinem Geist eine neue Welt gezeigt. Endlich begriff ich alle Erlebnisse und dass ich weder den Verstand verloren noch geträumt hatte.

Plötzlich läutete mein Telefon und weckte in mir die Hoffnung, dass Tatiana mich anrief. Augenblicklich kramte ich das Gerät aus der Hosentasche hervor und starrte auf die Anzeige.

»Rufnummer unterdrückt«, murmelte ich und überlegte.

Bereits vor einigen Wochen war ich zum Opfer von Betrügern geworden. Spoofing nannte sich das Verfahren, das die Kriminellen anwandten. Dabei wurde die Identität des Opfers übernommen und für gezielte Angriffe verwendet. Aufgrund der geringen Kosten, die Telefonate über das Internet benötigten, konnten die Verbrecher leicht einen Gewinn erzielen. Aus diesem Grund war ich vorsichtig geworden, wenn mich Telefonnummern anriefen, die ich nicht kannte oder erwartete.

»Er soll mir auf die Box sprechen«, äußerte ich und drückte den Anruf weg.

»Vielleicht ist es wichtig?«, erwähnte Hilda und kicherte unbekümmert.

Sie saß seitlich auf ihrem Besen namens Wirbelwind und schwebte auf gleicher Höhe neben mir.

»Höchstwahrscheinlich nicht. Das ist vermutlich nur wieder ein sinnloser Frageanruf.«

»Bevorzugen Sie roten oder weißen Wein?«

»Genau die!«

»Und welchen Wein bevorzugst du, Cassiel?«

»Keinen. Aber das Problem ist, dass die das nicht in ihrem System eintragen.«

»Wieso nicht?«

»Weil die entweder gar nichts machen oder weil sie in ihrem System nur eins von beiden auswählen können.«

»Hm. Lass uns in der Kristallkugel nachsehen, was von beiden zutrifft«, scherzte sie, hüpfte vom Besen und verschwand im Haus.

»Das kannst du?«, fragte ich in Wirbelwinds Richtung, der mich ignorierte.

Kaum war sie im Haus verschwunden, klingelte mein Telefon erneut. Wieder rief mich eine unterdrückte Telefonnummer an. Wenig später kam Hilda mit einer hellblauen Kristallkugel und einem zartroten Pölsterchen zurück. Sie legte das Textil auf den Tisch und platzierte die Kugel darauf, die durch das Sonnenlicht glitzerte.

»Damit willst du das herausfinden?«

»Ja, durch die Kristallkugel kann ich jeden überwachen. Ich bin die große Schwester«, witzelte sie und lachte.

»Das will ich sehen!«

Sie grinste und bewegte ihre Hand über die Kristallkugel. Die Kugel strahlte so hell, dass wir einen hellblauen Gesichtston erhielten. In ihr bewegte sich ein pflaumenblauer Nebel, dessen Wolkendecke aufbrach und einen schwarzen Schatten zeigte.

»Wenn er dich weiter nervt, können wir ihn verfluchen«, erwähnte Hilda beiläufig, während sie mit der Hand kreiste.

»Mit was?«

»Zum Beispiel, dass er dauerhaft eine piepsende Stimme bekommt, als ob er Helium eingeatmet hätte.«

»Wäre das nicht gemein?«

»Nur ein Scherz«, antwortete sie lachend und erklärte grinsend: »Das machen nur böse Schwarzhut-Hexen.«

»Da bin ich beruhigt. Sonst hätte ich die Sorge gehabt, dich zu verärgern.«

»Haha, nein, bei mir gibt es keine Sorgen. So, und jetzt lass uns nachsehen, wer der Anrufer ist.«

Ihr Zauber brach und ließ mich sanft auf den Sessel plumpsen – nur mein Staunen blieb bestehen. Das Bild in der Kugel manifestierte sich immer mehr. Ich erkannte die Silhouette einer Person, die vor einem blauen Bildschirm saß. Sie trug Kopfhörer und schaute mit dem Rücken zu uns. Die Gestalt erinnerte mich an einen Darknet-Hacker, der in einem dunklen Keller operierte. Nach einem Meister der anonymen Cyberkriminalität. Ich wollte mir nicht vorstellen, zu wie vielen Netzwerken er sich schon Zugang verschafft hatte. Welche

Geheimnisse er schon gelüftet hatte, nur um sie an Interessenten zu verkaufen. Was hatte mich zum Ziel dieses kriminellen Genies gemacht? Auf einmal drehte er sich um und sah uns an.

»Das ...«, stotterte Hilda und rutschte nach hinten, »ist ...«

»Wer ist das?«, fragte ich laut und rückte näher an die Kugel.

Langsam wurde das Gesicht klarer, als ich meines an die Glaskugel presste.

»Vlad Dracula!«, äußerten wir gemeinsam unser Erstaunen über den Anrufer.

»Wieso ruft er dich an?«, fragte sie mich aufgebracht und fügte, ohne meine Antwort abzuwarten, hinzu: »Heb ab!«

Ich stand vor einem trüben Sumpf, der aus Verwunderung, Erklärungsbedürftigkeit und Unwillen bestand. Während Hilda mich drängte, das wertvolle Ding herauszufischen, fragte ich mich, ob es mich glücklich machen würde. Ich wollte mir keine unnötige Hoffnung machen, dass Vlads Anruf eine Bedeutung hatte. Andererseits wünschte ich mir, dass er mir half, wieder mit Tatiana zusammenzukommen. Da ich sie schon verloren hatte, konnte ich nur noch gewinnen. Schließlich entschied ich mich und hob ab.

»Hallo?«, beantwortete ich das Gespräch mit sandgestrahlt trockener Stimme.

»Du unwürdiges Menschlein wagst es nicht abzuheben, wenn dich der große Vlad Dracula anruf...«

Ich legte auf, da mich seine Unhöflichkeit nervte. Hilda sah mich mit geweiteten Augen schockiert an.

»Wenn er etwas will, dann soll er mir denselben Respekt entgegenbringen, wie ich es bei ihm tue. Diesen Ton lasse ich mir von ihm nicht mehr bieten.«

Nachdem ich das gesagt hatte, öffnete sich bei Hilda auch noch der Mund. Ich rätselte, ob dies an ihrem Staunen oder blanken Entsetzen lag. Ja, ich wollte wieder mit Tatiana zusammenkommen, aber das bedeutete nicht, dass ich mich von ihm erniedrigen lassen musste. Dass sie mich nicht mehr kontaktierte, lag bestimmt an ihm, und das nahm ich ihm richtig übel. Außerdem hatte ich nicht vergessen, wie grob er mich behandelt hatte, nachdem ich Bastet befreit hatte. Und offenbar hatte er mich auch nicht vergessen, denn mein Telefon läutete kurz darauf erneut.

»Ja?«

»Niemand legt bei mir auf. Wenn du das noch einmal tust, dann werde ich …«

Genervt drückte ich ihn wieder weg. Selbst wenn er ein Vampir war, war es höchste Zeit, dass er lernte, dass man mit anderen nicht so umgehen konnte. Wegen der großen Distanz war das der beste Zeitpunkt für mich, ihm das beizubringen. Wieder klingelte mein Smartphone und bevor ich abheben konnte, griff Vlad in unsere Richtung. Auf einmal drang ein großer Schatten aus der Kristallkugel, der das Aussehen eines Arms besaß. Überrascht schaute ich zu, wie er mir mein Telefon wegnahm und auf den Lautsprecher tippte. Dann schwenkte er über die Kristallkugel und ich starrte in Vlads miesgelauntes Gesicht. Seine Mimik erinnerte mich an einen Kollegen, wenn die Videokonferenz in die Mittagspause hineinreichte.

»Cassiel …«

Seine Stimme war so laut, dass ich erstarrte. Oder es lag daran, dass er zum ersten Mal meinen Namen ohne Gemeinheiten oder Zorn aussprach. Ich hörte mir an, was er zu sagen hatte.

»… wo befindet sich der Gegenstand von dem Foto, das du Fiona geschickt hast?«

»Der ist bei mir.«

»Gut, ich will, dass wir uns treffen.«

»Nur wenn ich Tatiana sehen kann.«

»Das wird nicht passieren.«

»Dann haben wir keine Abmachung.«

Er machte eine kurze Pause. »Okay, sie kommt mit. Wir treffen uns auf der Blutwiese.«

»Hä?«

»Du kannst froh sein, dass ich keine Zeit habe, zu dir zu fliegen. Außerdem lege ich mich nur ungern mit Hilda an. Fiona würde mir das richtig übelnehmen.«

»Ihr kennt euch?«

»In einer Stunde. Sei pünktlich.«

☆

Auf einmal hatte es Hilda sehr eilig, ihre Übersiedelungspläne umzusetzen. Ganz spontan beschloss sie, noch am selben Abend damit anzufangen. Hastig räumte sie das Geschirr weg und befahl allen Besen außer Borstenkopf ins Haus zu fliegen. Dann hing sie sich eine Tasche über die Schulter und drängte mich vom Grundstück herunter. Wir standen vor der Gartentür, als sie mir mitteilte, dass es Zeit für ihre neue Variante des Hauspackzaubers wurde.

»Kalanben, Haus, man will dich fangen. Packe deinen Garten zusammen und schrumpfe auf die Größe einer Biene. Reduziere dein Gewicht zu dem einer Rosine und lasse keine Unordnung entstehen, handle schnell ohne Versehen, zum Besten meines seelischen Wohlergehens. Nebnalak!«

Mehrere Stellen leuchteten um das Grundstück grünblau auf. Ihr Licht verband sich und zeichnete ein riesiges Viereck. Die Form duplizierte und drehte sich in entgegengesetzte Richtungen zu einem Stern mit acht Spitzen. Auf ihnen erschienen Kreise, in denen sich verschiedene Runen befanden. Ganz außen zogen sich zwei parallele Kreise um die vorhandenen Formen, in denen andere Symbole erschienen. Sie drehten sich in entgegengesetzte Richtungen, als zwischen den Sternspitzen kleine Dreiecke erschienen. Innerhalb der Sternform entstand eine weitere, die von einem Kreis umrahmt wurde. Hilda streckte den Arm aus, und ihre Handfläche begann in verschiedenen Farben zu leuchten. Sie drehte ihr Gelenk, sodass die Finger in die Richtung des Himmels zeigten. Während sie die Hand hob, duplizierten sich die äußersten Magiekreise nach oben und zäunten das Grundstück ein. Rings um sie wirbelten grünrote Farben an ihrem Kleid vorbei, die noch in der Nähe verschwanden. Der Zauber wuchs zu einem runden Turm, als sie die Hand weiter hob, bis sie eine hohle Faust machte, bei der sich nur die Fingerspitzen berührten. Die Magie wurde zu einer Kuppel und dann einer Kugel, die von vielen Spitzen umkreist wurde. Einem riesigen Stern, mit mehr Zacken, als ich in der kurzen Zeit seines Bestehens zählen konnte. Kleine Kugeln erschienen an seinen Ecken, in denen sich kleinere Tetraeder befanden. Farbige Blitze schossen auf sie ein und trieben sie energisch an, sich zu drehen. Sie drehten sich so schnell wie unser Planet, und dann noch schneller. Wurden zu Bällen aus Energie, aus denen sich Runen formten. Plötzlich schrumpfte die Magie mitsamt dem Garten und dem Haus zusammen. Formte sich zu einer leuchtenden Perle, die Hilda aus der Luft pflückte. Die zauberhafte Aura verschwand und eine abgegraste Fläche blieb zurück. Hilda klemmte zwischen den Fingern eine durchsichtige kleine Kugel ein und hielt sie vor mein Gesicht. Konzentriert sah ich sie an und erkannte in ihrem Inneren den Garten und das Haus. Sie schwebten im Zentrum der perlenartigen Kugel, die Hilda in ihre Tasche steckte.

»Du solltest das« – sie zeigte auf das Schnurrding in meiner Hand – »schnellstens loswerden.«

Sie schnippte mit den Fingern und Borstenkopf flog hinter ihr Gesäß, sodass sie sich auf ihn setzen konnte. Dann erhob sie sich durch ihn in die Lüfte und winkte mir eifrig zu.

»Warum fliegst du weg?«

»Wir Haushexen mischen uns nicht in die Angelegenheiten der anderen ein!«

»Welchen anderen?«

»Mach's gut Cassiel!«, schrie sie, als sie über mir schwebte.

»Alles Gute, Hilda!«, rief ich verwirrt und winkte ihr eifrig nach. »Und vielen Dank für alles!«

Sie verschwand in der Weite des Horizonts, in dem die Sonne versank. Entspannt sah ich ihr nach und atmete ruhigen Herzens erleichtert auf. Endlich verstand ich, warum mir Tatiana und ihre Familie so viel vorenthalten hatten. Obwohl jeder logische Mensch bei übernatürlichen Erfahrungen verstört gewesen sein musste, fühlte ich mich befreit.

»Aber warum ist das so wichtig?«

Nachdenklich starrte ich das Schnurrding an und bewegte seine pelzige Leuchtkugel. Nach einer kurzen Überlegung schob ich es in den silbernen Behälter zurück. Ich setzte den Deckel darauf und schloss ihn zu. Dann bewegte ich mich zum Kreuzmobil, öffnete die Autotür und stieg ein.

»Guten Tag, Cassiel! Willkommen zurück!«, lärmte GABI. »Geht es dir besser?«

»Ja, danke GABI. Du hast mich gerettet.«

»Gern geschehen! Es freut mich, dass ich dir helfen konnte! Kann ich sonst noch etwas für dich tun?«

»Weißt du, wo die Blutwiese ist?«

»Suche Blutwiese! Einen Ort gefunden! Möchtest du dorthin fahren?«

»Ja, bitte.«

»Starte Fahrt zu drei, zwei, fünf, acht, vier, Blutwiese! Ankunft in einer Stunde und siebenunddreißig Minuten!«

Das Kreuzmobil fuhr los, und ich machte mir Gedanken darüber, wie ich Vlad begegnen sollte. Ich bereitete mich darauf vor, ihm gegenüberzutreten und mir keine seiner Gemeinheiten gefallen zu lassen. Er war für mich nicht mehr als eine Blockade, die mich von Tatiana fernhielt. Eine große und furchterregende Mauer mit Stacheln … die mich beim ersten falschen Kontakt zerfetzte. Ich hoffte, dass er nicht auch noch zu einem Störfaktor wurde. Akzeptierte Tatiana seine Einmischung in unsere Beziehung? Wir hatten nicht miteinander Schluss gemacht, nur ihre Eltern hatten über unsere Trennung entschieden. Aber letztlich oblag es uns beiden, nach dem Glück zu streben, das wir verspürten, wenn wir einander berührten. Aber wenn eine Seite nicht die Hälfte des Weges ging, so ergab es für den anderen keinen Sinn, bis zur Erschöpfung hinterher zu laufen. Obwohl ich mich danach sehnte, Tatiana wieder zu sehen, stellte ich mich trotzdem darauf ein, dass es zum letzten Mal sein konnte.

»Wir haben das Ziel erreicht!«

Die Blutmondnacht

Nervös nahm ich den silbernen Behälter und machte die Autotür zu. Die Sonne war verschwunden und die Nacht hereingebrochen. Ein blutroter Vollmond leuchtete am Himmel, der die Umgebung in einen rubinroten Schein hüllte. Das Mondgesicht wirkte, als ob es sich schämte – oder wurde es rot vor Zorn? Ich hatte vor meinem Urlaub einen Artikel über das Naturphänomen vorbereitet. Darum wusste ich, dass dies bei einer totalen Mondfinsternis passierte. Nur noch langwellige rote Strahlung konnte den Himmelskörper dann erreichen. Die Farbintensität hing von dem Zustand der Erdatmosphäre ab; und die befand sich offenbar im Blutrausch.

Vorsichtig kämpfte ich mich durch das Dickicht und suchte nach Vlad. Er hatte mir nicht gesagt, wo wir uns genau trafen, und ich hatte vergessen, danach zu fragen. Das Dorf war nicht sonderlich groß und hatte nur einige Häuser. Deshalb hatte ich das Kreuzmobil außerhalb geparkt, damit es nicht auffiel und ich notfalls damit flüchten konnte. Der Ort war menschenleer und viele Einwohner hatten sich verbarrikadiert.

»Hat das etwas mit dem Blutmond zu tun?«

Ich betrachtete kurz den roten Himmelskörper und ging dann weiter. Abgesehen von ein paar Einbahnstraßen führte nur ein Weg durch das Dorf. Bei jeder Einfahrt blieb ich stehen und sah mich kurz um. War ich zu früh erschienen? Ich konnte

Vlad nirgends sehen, und meine Suche brachte mich schnell zum Ende des Dorfs.

»Vielleicht sollte ich Fiona kontaktieren.«

Ich ging an der Ortstafel vorbei und sah in die Richtung, aus der er kommen müsste. Im Wald funkelten zahlreiche grüne Lichter, die mich an Augenpaare erinnerten. Als ich sie bemerkte, wurde mir etwas mulmig, und ich beschloss, wieder umzudrehen. Ich lief in eine schwarze Gestalt, deren Körper so hart wie eine Mauer war und nicht nachgab. Sie trug eine pechschwarze Rüstung mit einigen kurzen Stacheln an den Schulterplatten. Am Waffengurt hing ein fehgraues Schwert mit braunolivem Griff und goldenen Verzierungen, das violettrot flammte. An der anderen Seite hing ein beiger Stoffbeutel an einer braunen Schnur. An ihren Schulterplatten wehte ein roter Umhang, der das goldene Wappen der Familie Dracula trug. Die Gestalt griff mit den Händen nach dem Helm und nahm ihn ab.

»Hast du es dabei?«, fragte mich Vlad und sah auf mich herab.

Intuitiv trat ich einen Schritt zurück und sah ihm in die rotleuchtenden Augen. Erneut erinnerte ich mich daran, dass er ein echter Vampir war.

»Ja, habe ich.« Ich zeigte ihm den silbernen Behälter und hielt ihn anschließend wieder in der Armbeuge.

»Sehr gut. Wir haben keine Zeit. Gib ihn mir bitte.«

»Zuerst möchte ich Tatiana sehen.«

»Sie kommt gleich.«

»Gut. Dann werde ich so lange warten.«

»Wir haben dafür keine Zeit, Cassiel. Bitte gib mir das Schnurrding.«

»Nein.«

»Letzte Chance. Gibt mir das Schnurrding oder ich hole es mir.«

Ich schluckte, aber blieb meiner Überzeugung treu. Auf einmal fing er an, so lauthals zu lachen, dass ich mit einem verwirrten Gesicht antwortete.

»Ich hatte nicht gedacht, dass dir so viel an meiner Tochter liegt. Aber ich muss dich enttäuschen, sie wird nicht kommen.«

»Was soll das bedeuten? Wir hatten eine Abmachung!«

»Glaubst du ernsthaft, ich lasse es zu, dass ein Verräter, jemand, der Teil des heiligen Ordens ist, an meine Familie herankommt? Du bist schon sehr naiv, das zu glauben.«

»Ich gehöre nicht zum Orden!«

»Meine Kundschafter haben mir etwas anderes berichtet. Du scheinst engen Kontakt mit Pater Zweifel zu pflegen und sein Schüler zu sein. Deshalb hatte er dich bei unserem Duell auch gehen lassen. Nur so konntest du an das Schnurrding gelangen. Und nun hast du ihn auch noch hintergangen.«

»Das ...«

Plötzlich spürte ich einen Wind und merkte, dass ich von einer Last befreit wurde. Ich sah nach unten und sah, dass ich nicht mehr den Behälter hielt. Erstaunt spähte ich in das Dorf und drehte mich um, als Vlads Stimme hinter mir erklang.

»Endlich gehört es mir«, freute er sich und hielt das Schnurrding in den Händen. Tiefschwarzer Rauch stieg zwischen den Fingerstücken seiner Rüstungshandschuhe auf. »Du kannst dich glücklich schätzen. Damit sind wir quitt. Ich lasse dich gehen. Verschwinde und komme nie wieder zurück. Sollten wir uns noch einmal begegnen, dann werden ich dich töten.«

Felsenfester Überzeugung blieb ich stehen und sah dem Bösen ins Angesicht. Hocherfreut öffnete Vlad den Behälter und stellte zu seinem Ärger fest, dass er leer war. Lauthals fing ich an zu lachen – ich musste wahnsinnig geworden sein, einen Vampir so reinzulegen. Aber die Schadenfreude überkam meine Vernunft und äußerte sich in einem gehässigen Kommentar.

»Anscheinend bin nicht nur ich naiv.«

Vlad wurde zornig und schmiss die Teile des Behälters meterweit in entgegengesetzte Richtungen. Unbewusst demonstrierte er mir in seinem Ärger seine entfesselte Kraft, als die Teile schnurgerade wegflogen.

»Wo hast du es hingetan?«

»Was denn?«

»Spiel nicht den Dummen! Das Schnurrding.«

»Ich weiß nicht, was du meinst. Du hast es gerade zerstört.«

Wegen des Fotos wusste ich, dass er mir nicht glauben würde. Das hielt mich aber nicht davon ab, ihn zu provozieren. Von einem Moment auf den anderen packte er mich am Kragen und hob mich hoch.

»Letzte Chance«, drohte er mir und zog sein Schwert.

»J... jetzt erinnere ich mich«, hustete ich und griff nach hinten.

Ich zog mein Hemd hoch und atmete ein, um den Gürtel zu lockern. Gleichzeitig griff ich an den Rücken und zog das längliche Ding hervor. Nach einem kurzen Dreh schnellte ich damit nach vorn, und schüttete Vlad das geweihte Wasser meiner Getränkeflasche ins Gesicht. Ganz genau wie bei der Werkatze Kema verbrannte es ihm den Körper. Aufgeschreckt ließ er mich fallen und drehte sich von mir weg. Sein Körper rauchte, als er das Wasser von sich abstreifte. Meister Zweifel hatte Recht behalten, als er mich lehrte, dass geweihte Dinge dem Bösen etwas anhaben konnten. Das Wasser vom geweihten Ordensgebiet des Freizeitparks reichte offenbar aus. Ich hetzte durch das Dorf und an mehreren Häusern vorbei. Schnell kam ich dem Kreuzmobil näher. Eilte an der Ortstafel vorbei und zum Gestrüpp, hinter dem ich parkte. Plötzlich musste ich so stark abbremsen, dass ich mich fast überschlug.

»Was sollte das, Menschlein?«, fragte mich Vlad zornig.

Er stand vor mir und hielt sich mit einer Hand das Gesicht. Immer weniger Rauchschwaden drangen von seinem Körper nach oben.

»Verdammt!«

So knapp war ich dran gewesen, das Auto zu erreichen und ihn hinter mir zurückzulassen.

»Dachtest du wirklich, das könnte mich besiegen?«

Mir fiel keine passende Antwort ein.

»Den Leichtsinn wirst du mir büßen«, drohte er ruhig und verschwand ohne weitere Worte vor meinen Augen.

Ein Schmerz durchzog meine Schulter, als seine Klinge durch mein Fleisch schnitt. Bevor ich aufschreien konnte, zwang mich eine weitere Verletzung an meinen Waden in die Knie. Vlad erschien vor mir und mit ihm die Klinge, von der mein Blut tropfte.

»Das ist nur ein Vorgeschmack darauf, was dich erwartet, wenn du mir das Schnurrding nicht gibst.«

»Verflucht! Wir hatten eine Abmachung! Ich wollte nur Tatiana sehen!«

»Du bist nicht in der Position, irgendwelche Forderungen zu stellen. Tatiana kämpft im Namen der Familie gegen die Werkatzen, deren Königin du befreit hast. Sie hat keine Zeit für einen Versager wie dich.«

»Deshalb wollte ich das Schnurrding hergeben. Zur Wiedergutmachung.«

»Das Schnurrding gegen dein Leben, Cassiel.«

»Ich werde Tatiana nicht aufgeben!«

»Damit ist es entschieden.«

☆

Vlads erster Schlag traf mich unerwartet schnell und mitten ins Gesicht. Die Knochen meiner Nase splitterten – oder es war mein Selbstbild als Möchtegernmodel. Ich wankte kurz zurück und blieb nach wenigen Schritten stehen. Kurz darauf folgte der zweite Schlag, der mich im Magen traf. Ich knickte ein und hielt mir schmerzverzogen den Bauch. Ein dritter Schlag traf mich im Rücken und schickte mich zu Boden.

»Wo ist das Schnurrding?«, fragte mich Vlad zornig, während er mich am Kragen packte.

Seine Stimme kam von allen Seiten und stieß meinen Geist an, ihm zu antworten.

»Wenn du mich tötest, wirst du es nie erfahren!«

Meine Aufmüpfigkeit machte ihn so zornig, dass er mich meterhoch in die Luft warf. Schreiend stürzte ich nach unten, wirbelte umher und landete mit den Füßen voran auf dem Betonboden. Die Knochen meiner Beine brachen und ließen mich schmerzvoll aufschreien. Obwohl sie es mir verwehrten aufzustehen, robbte ich in die Richtung des Kreuzmobils. Ich zog mich nur mit den Armen und Knien die Straße entlang. Mein Körper war von Beulen und Schnitten übersät, die eine blutige Spur hinterließen. Plötzlich stand Vlad vor mir, packte mich an der Schulter und bohrte die Finger in mein Fleisch. Dann hob er mich nur mit einem Arm vor das Gesicht. Blut floss an allen Seiten meines Körpers hinab.

»Ich hatte dich gewarnt«, verkündete er, zog sein Schwert und stach mir in den Bauch. »Es gibt für dich nur noch zwei Möglichkeiten. Sag mir, wo es sich befindet und überlebe. Oder stirb schweigend.«

Ich gab nicht auf, mich zu wehren. Das Schnurrding war das einzige Druckmittel, das ich hatte, um Tatiana wiederzusehen. Würde ich es verlieren, dann verlor ich auch sie. Noch wollte ich nicht aufgeben … ich konnte es nicht.

»Lieber sterbe ich«, hustete ich, »als mit der Gewissheit zu leben, Tatiana nie mehr wiederzusehen.«

»Was tust du?«, hörte ich plötzlich ein dumpfes Echo erklingen.

»Verschwinde, du hast hier nichts zu suchen.«

»Das werde ich nicht!«

Überrascht ließ Vlad von mir ab. Auf einmal kniete ich vor ihm und begriff langsam, dass nichts geschehen war.

Mein Körper besaß keine Verletzungen, aber mein Kopf dröhnte unheimlich. Er fühlte sich so an, als würde mein Gehirn ohne Körper den Mond sehen wollen. Als ob er sich an einen Stuhl gefesselt in einem Verhörzimmer befand. Rebellisch wehrte er sich gegen die Einschüchterungsversuche der brutalen Schläger. Kassierte von der rechten und dann wieder von der linken Seite eine. Wurde mit dem Stuhl umgeworfen und getreten. Erfolgreich hielt er den Versuchen, ihn zu brechen, stand … doch für wie lange noch? Keuchend stützte ich mich vom Boden ab und mühte mich, die Augen zu öffnen.

»Eine Halluzination?«

Mit beiden Händen fasste Vlad mein Gesicht und sah die unbekannte Person mit seinen rotleuchtenden Augen an. In der Reflexion der Metallplatten konnte ich sie erkennen. Die Gestalt trug eine grauschwarze Rüstung, deren Helm und Brustpanzer goldene Ränder besaß. An ihrem Waffengurt hing ein schwarzes Schwert, das einen goldbraunen Griff hatte. Von ihrer Hüfte hing eine rote Schürze, und verdeckte eine Seite ihrer schwarzgrauen Beinrüstung, die ebenfalls goldene Ränder zierte. Sie griff sich an den Kopf und zog den schwarzgoldenen Helm herunter. Der Wind wehte in den roten Umhang, der von ihrer Schulter hing, und präsentierte mir das Wappen der Familie.

»Tatiana?«

»Nein, Vater. Das kann ich nicht zulassen«, keuchte sie ihn schwertatmend an. »Ich kann nicht zulassen, dass du Cassiel etwas antust!«

»Tochter, wähle deine Worte weise. Er ist ein Verräter.«

»Wenn es Verrat ist, Cassiel zu lieben, dann bin ich dessen schuldig.«

»Er hat unsere schlimmste Feindin befreit. Ist dir das egal?«

»Das hat er bestimmt nicht mit Absicht getan.«

»Und er war beim Orden des Zweiflers. Er könnte beauftragt worden sein, dich zu benutzen, damit er bei uns Zugang bekommt.«

Tatiana erschrak bei der Meldung und dachte kurz darüber nach.

»Selbst wenn das wahr ist …« – sie hielt kurz inne und sah mich dann liebevoll an – »ich vertraue ihm. Ich würde ihm mein Leben anvertrauen.«

Vlad seufzte und sah mir wieder in die Augen. Sein Blick durchbohrte den Spiegel meiner Seele. Zerbrach ihn, nur um den Scherbenhaufen danach wieder zusammenzusetzen.

»Er empfindet genauso«, informierte er sie und ließ von mir ab. »Ich wünschte, es wäre anders … aber dieses Menschlein ist würdig.«

»So ein Glück …«

»Trotzdem muss er uns das Schnurrding geben, um seinen Fehler gutzumachen. Sonst bleibt er ein Verräter.«

»Es befindet sich im Auto«, krächzte ich mit trockenem Hals, »das sich Kreuzmobil nennt.«

Tatiana eilte zu mir und half mir auf die Beine. Wir sahen kurz einander in die Augen und dann umarmten wir uns.

»Vorsicht ... du zerquetschst mich«, jammerte ich, als ich mich wie in einer Dosenpresse fühlte.

»Oh, Entschuldigung«, antwortete mir Tatiana und lockerte ihren Griff. »Ich freue mich nur so, dich wieder zu sehen.«

Vlad stand daneben und spähte in die Richtung des Waldes. Dann setzte er sich den Helm auf.

»Sie kommen. Macht euch bereit.«

☆

Zwar hatte Vlad uns vorgewarnt, aber ich wusste nicht, inwiefern ich mich auf das vorbereiten sollte, was auf uns zukam. Unzählige Schatten liefen aus dem Wald in unsere Richtung und drangen in das Dorf ein. Graziös sprangen sie über die Dächer der Häuser und umkreisten uns schließlich. Grüne Augen leuchteten von allen Seiten in unsere Mitte.

»Es sind zu viele«, äußerte Tatiana und drehte sich im Kreis.

»Ich weiß. Wir haben nur noch eine Chance«, antwortete Vlad und fasste nach seinem Beutel.

Er öffnete ihn und zog einen kleinen pelzigen Stiel hervor. An seinem Ende befand sich ein pelziges Kügelchen. Am anderen hingen zwei rote und blaue Federn.

»Hier, nimm das«, befahl er und drückte mir das sonderbare Ding in die Hand, »wir verschaffen dir Zeit.«

»Ähm, wofür?«

»Damit du das Schnurrding anwenden kannst.«

»Ich soll es anwenden?«, fragte ich ihn, doch er hatte Besseres zu tun und wandte sich der Bedrohung zu.

»Hem?«, erklang auf einmal eine bekannte Stimme aus der Menge an Schatten.

»Bastet?«

»Was mache ich hier?«

»Das fragst du mich?«, reagierte ich verwirrt. »Du bist auf das Dach geklettert!«

Verdutzt wandte sie sich ihren löwenartigen Leibwächter zu, der ihr sogleich ins Ohr brüllte.

»Ach, so ist das!«, äußerte sie überrascht, und bedachte Vlad mit einem ernsten Blick. »Es ist mir eine Ehre, dich wiederzusehen.«

»Um ehrlich zu sein, hatte ich gehofft, dass unsere Verabschiedung endgültig sein würde«, antwortete er ihr gelassen.

Drei ihrer Krieger versammelten sich um sie, darunter auch ihr stärkster namens Setia. Genauso, wie sie es prophezeit hatte, war sein Schweif wieder nachgewachsen. Irgendwie tat es mir leid, dass ich ihm den ungewollt abgetrennt hatte. Er schien das auch nicht vergessen zu haben, denn er durchlöcherte mich mit seinem zornigen Blick.

»Typisch Vlad Dracula. Immer für einen Scherz zu haben, selbst wenn es nichts mehr zum Lachen gibt«, antwortete Bastet und verwandelte sich mit einem Fingerschnippen zu jemandem, den ich nur allzu gut kannte.

»Sachmet?«

»Hallo, *Hem*.«

»Das verstehe ich nicht. Du bist deine Schwester?«

»Ja, ihre Halbschwester.«

»Wie jetzt?«

»Wir teilen uns denselben Körper, sind aber wie Tag und Nacht.«

»Bedeutet das, du hast zwei Persönlichkeiten?«

»Ja, wir sind ein Herz und eine Seele.«

»Faszinierend.«

»Sie ist die Nachfahrin der zweiten Tochter des Drachen, *Hem*«, ergänzte einer ihrer Krieger, »Zolle ihr Respekt und knie nieder.«

»Cassiel, lauf los«, flüsterte mir Tatiana plötzlich zu, »wir halten sie auf.«

»Ja … ich meine, nein. Wartet! Das ist die beste Gelegenheit, euch auszusprechen!«

Alle sahen mich an, als ob ich zu viel Zeit in Meister Zweifels Geheimversteck – der Putzkammer – verbracht hatte.

»Gut, dann gebt uns das Schnurrding«, forderte Sachmet (oder Bastet?), »und wir verschwinden.«

»Auf keinen Fall«, unterbrach Vlad die Verhandlung.

»Wieso nicht?«, fragte ich hartnäckig.

»Wenn sie das Schnurrding bekommt, dann kann sie alle Werkatzen-Klans vereinen«, erklärte Tatiana. »Dann kann sie niemand mehr stoppen, die Menschheit zu versklaven.«

»Sie will uns versklaven?«

»Na ja, eigentlich nur dich und andere deiner Art.«

»Ja, aber …« – ich wandte mich an Sachmet – »wieso willst du uns versklaven?«

»Damit ihr mir schöne Spielzeuge baut, *Hem*«, erklärte sie mir lachend. »Wie damals vor tausenden von Jahren.«

»Vor tausenden Jahren?«

»Du kennst sie als Pharaonen. Tatsächlich waren es Werkatzen, welche die Menschen versklavten«, erzählte Tatiana. »Nicht zu verwechseln mit gewöhnlichen Hauskatzen.«

»Sie sind unsere kleinen Geschwister«, ergänzte Sachmet. »Ich finde es interessant, dass du diesem *Hem* von unseren Taten erzählst, aber eure verschweigst, Vampir.«

»Hä?«

»War es nicht eure Vorfahrin Apep, die aus Zorn die Menschheit fast ausgelöscht hat? Jene, die beinahe den letzten Tropfen menschlichen Bluts trank?«

»Das war vor Ewigkeiten. So sind wir schon lange nicht mehr.«

»Ja, jetzt seid ihr nicht mehr so. Aber was gibt uns die Gewissheit, dass ihr nicht wieder so werdet? Unsere Historie belehrt uns eines Besseren. Die unverfälschten Schriften, die ihr nicht ändern konntet, wie die der Menschen.«

»Was meinst du mit ändern?«

»*Hem*, glaubst du, dass die Vampire wollen, dass ihr wisst, dass es sie gibt?«

»Ähm …«

»Nein, sie wollen es nicht und setzen alles daran, dass es so bleibt, damit sie sich von euch ernähren können.«

»Hm, Vlad hatte schon einmal erwähnt, dass wir nur Nahrung für ihn sind. Aber es gibt zahlreiche Filme und Bücher über Vampire. Das ergibt doch keinen Sinn?«

»In der Geschichte gab es immer wieder vampirische Vorfälle. Zur Sensibilisierung füttern sie euch mit Erzählungen, die ihr für Märchen halten sollt. Damit nehmt ihr das Thema nicht mehr ernst.«

»Das kann doch nicht funktionieren!«

»*Hem*, du hast bestimmt von UFOs gehört? UAPs nennt ihr sie, glaube ich, jetzt.«

»Ja, wer hat das nicht?«, antwortete ich und lachte.

»Sie sind Engel.«

»Was?«

»Du weißt, dass es Vampire und Werkatzen gibt, aber glaubst nicht an Engel?«

»Na ja, wissen … ich habe erst vor kurzem gelernt, dass es so etwas überhaupt gibt. Es fällt mir schwer, das alles zu verstehen. Es gibt Engel?«

»Ja, deine Vorfahren haben es richtig erkannt und aufgeschrieben. Doch dank der vampirischen Agenda glauben die meisten Menschen weder an das eine noch das andere. Sie füttern euch mit mehr Informationen, als ihr verarbeiten könnt. Und die Informationen, die ihr von ihnen bekommt, sind nur solche, die ihr erhalten sollt. Euer Weltbild entsteht durch Vampire. Eigentlich könnte man meinen, dass ihr bereits ihre Sklaven seid.«

»Tatiana, ist das wahr?«

»Wir haben das zum Schutz der Spezien getan. Für das Gleichgewicht. Vampiren ist nicht erlaubt, sich direkt von unbeteiligten Menschen zu ernähren oder gar einen von ihnen zu töten. Jeder Vampir muss Regeln befolgen. Verstößt er gegen das Gesetz, drohen ihm Konsequenzen.«

»Ungerechte Regeln sind das. Wir wollen das ändern und eine neue Ordnung erschaffen.«

»Hm, aber eine Sache verstehe ich nicht. Wieso teilt ihr euch die Herrschaft über die Menschheit nicht einfach, Sachmet? Sie könnte euer Sklave sein und die Vampire könnten sich trotzdem von ihnen ernähren.«

»Ich finde die Idee gut«, unterstützte mich Vlad plötzlich und lachte gehässig.

»Cassiel«, flüsterte Tatiana mir zu.

»Ja?«

»Sei lieber still.«

»Wieso denn?«

»Du arbeitest an deiner eigenen Versklavung.«

☆

»Wir werden niemals den Zugriff auf unsere Nahrungsquelle abgeben. Besonders werden wir sie sicher keiner zu großgeratenen Hauskatze überlassen!«

Die Verhandlungen waren schnell eskaliert und führten dazu, dass sich Sachmet und Vlad anschrien. Mein Vorschlag einer friedlichen Lösung – der die Versklavung der Menschheit bedeutete, sodass sie als Blutkonserve diente – wurde nicht von allen Seiten positiv aufgenommen. Ganz besonders nicht von mir, als ich begriff, was ich gesagt und angerichtet hatte.

»Dann habt ihr euer Schicksal besiegelt. Ihr wisst, dass ihr selbst mit dem Blutmond nicht genug Kraft habt, eine ganze Armee von uns zu bekämpfen. Händigt das Schnurrding aus, oder wir holen es uns ohne Rücksicht auf euch.«

»Tatiana, mach dich bereit.« Vlad zog sein Schwert, das daraufhin violettrot aufflammte.

»Ja, Vater. Cassiel …«

Ich zuckte kurz, als Tatiana meinen Namen sagte und hoffte, dass sie es dabei belassen würde.

»… lauf so schnell du kannst, und verwende das Schnurrding.«

»Wäre es nicht besser, wenn ihr es holt?«

»Wir können nicht ins Kreuzmobil. Das kannst nur du.«

»So ein Glück ...«

»Angriff!« Setia sprang als Erster vom Dach; die anderen Werkatzen folgten ihm nach.

»Vorsicht!«, schrie Vlad und blockte einen Pfeil ab, dessen Spitze auf meine Brust zuflog.

Keine Sekunde später griffen ihn zwei Katzenmenschen von der Seite an. Er wehrte sie ab, nur um gleich danach Tatianas Rücken vor einem anderen Angreifer zu schützen. Metalle funkelten über mir wie Blitze. Flinke Schatten regneten herab. Ich kam mir vor wie ein Vogel in einem Unwetter. Machtlos im Baum sitzend und darauf hoffend, nicht getroffen zu werden.

Schläge und Hiebe hagelten auf die beiden herunter, während ich loslief. Immer wieder versuchten Werkatzen, an ihnen vorbeizukommen, doch Tatiana und Vlad holten sie alle aus der Luft. Meine Neugierde, die aus Sorge entstand, machte mich langsamer, als ich eigentlich sein sollte. Alle paar Meter sah ich nach hinten, um mir ein Bild von der Lage zu machen. Klingen trafen auf Krallen und Mäuler, die sich an ihnen die Zähne ausbissen.

»Nur noch ein Stück«, keuchte ich, als ich das Gestrüpp bemerkte, hinter dem ich das Auto geparkt hatte.

Ich freute mich schon darauf, abzubiegen und ins Kreuzmobil zu gelangen, da drang auf halber Strecke ein breiter Schatten aus dem Gebüsch. In den Händen hielt er eine Kette, die er sofort um seinen Körper schleuderte. In tanzenden Bewegungen näherte er sich mir und ließ die Klingenspitze seiner Kettenpeitsche an ihm vorbeisausen. Setias grüne Augen gaben mir zu verstehen, dass er nicht vergessen hatte, was ich seinem pantherartigen Körper angetan hatte. Er machte eine Drehung, sprang hoch und schleuderte die Spitze der Waffe in meine Richtung. Erschrocken starrte ich auf die zufliegende Klinge und zählte meine letzten Sekunden. Plötzlich sprang Emilia dazwischen und wehrte den Angriff so ab, dass sie ihr Schwert gegen die Kette schlug. Überrascht schaute ich ihren Rücken an und fragte mich mit unendlicher Dankbarkeit, was sie hier tat.

»Hallo, Frischblut«, grüßte sie mich mit gewohnter Wertschätzung.

»Danke, Emilia«, keuchte ich und begriff mein Glück. »Was machst du hie…«

»Beweg dich endlich, ich kann ihn nicht ewig aufhalten!«, keifte sie mich an und richtete die Spitze ihres blutroten Langschwerts auf ihn.

Ihre Augen leuchteten so bedrohlich rot, dass ich mich allein schon aus Angst vor ihr in Bewegung setzte. Sie schnellte auf den Gegner zu und schlug einen Angriff seiner Kettenpeitsche zur Seite. Fast hätte es mich meinen Kopf gekostet, wäre ich nicht über eine Wurzel gestolpert und hingefallen. Ich richtete mich auf und sah, wie Emilia auf unseren Gegner zuschnellte. Sie richtete die Schwertspitze nach vorn und stach zu. Ich dachte, der Kampf sei schon entschieden, da zog Setia mit der linken Hand ein Schwert hervor. Die mit Hieroglyphen gravierte Klinge stieß Emilias Langschwert zur Seite. Setia drehte sich an ihrem Angriff vorbei und trat sie in meine Richtung. Emilia flog wie ein Geschoss und benutzte meinen Magen als Trampolin, um den Schlag unseres Gegners zu kontern. Ich beugte mich unter der scharfen Klinge der Kettenpeitsche hindurch, als würde ich professionell ausweichen. Setias Schweif schnellte in der Drehung auf mich zu und traf mich unerwartet an der Schulter. Augenblicklich schleuderte ich wie bei einer Freizeitparkattraktion zur Seite und überschlug mich mehrmals beim Bremsen.

»Das Kreuzmobil«, jammerte ich, während mein Kopf zwischen meinen Knien lag und mein Hintern in die Luft schaute – keine sehr bequeme Position möchte ich anmerken.

Mühsam rollte ich mich zur Seite, da sprang Setia vor mich und schleuderte seine Kettenpeitsche von oben herab. Reflexartig wollte ich aufstehen, da kam Emilia dazwischen und trat mir in die Seite.

Ich wurde unsanft in das nebenstehende Gebüsch geschleudert und war mir sicher, dass ich nicht nur zahlreiche Schnitt-,

Schürf- und Stichverletzungen hatte, sondern auch ein paar gebrochene Knochen. Nur seltsamerweise spürte ich nichts davon – offenbar war ich so schockiert, dass ich nichts merkte.

»Jetzt beweg dich endlich mal, Cassiel!«, motivierte Emilia mich, noch flinker das Kreuzmobil zu erreichen.

Ich wusste nicht, wer mich schneller erledigte, sie oder Setia. Gestresst kroch ich aus dem Gestrüpp und klaubte den sonderbaren Stiel auf, den mir Vlad überreicht hatte. Er war mir auf halber Flugstrecke aus der Hand gefallen, und ich freute mich, ihn wieder zu halten – auch wenn ich nicht wusste, was ich damit anfangen sollte. Auf einmal sprang Emilia über mich, blockte einen Angriff von Setia und verpasste mir nach einer Drehung einen ordentlichen Arschtritt. Mein Körper wurde zu einer menschlichen Kanonenkugel, die ein schnelles Ende an der Autotür des Kreuzmobils fand. Ich schlug mit dem Kopf so hart dagegen, dass wir beide eine Beule hatten. Und wir beide spürten keinen Schmerz. Geschafft fasste ich am Boden liegend nach dem Türgriff und kämpfte mich ein weiteres Mal nach oben. Anschließend öffnete ich sie und setzte mich in das Auto.

»Willkommen zurück, Cassiel!«, trällerte GABI fröhlich. »Möchtest du das neue Lied *Nächstenliebe* von *Kreuzsänger der Keuschheit* hören?«

Angespannt beobachtete ich den Kampf zwischen Emilia und Setia.

»Nein, GABI«, antwortete ich und griff unter den Beifahrersitz. »Was weißt du über das Schnurrding?«

»Suche! Ein Eintrag gefunden! Das Schnurrding ist ein mächtiges Relikt der Werkatzen!«

»Okay, und wie aktiviere ich es?«

»Kein weiterer Eintrag!«

»Das darf nicht wahr sein!«

Verzweifelt bemühte ich mich zu verstehen, was es mit den zwei Teilen auf sich hatte. Ich hielt den Atem an, als ich mit dem runden Ende gegen den pelzigen Energieball schlug. Gebannt beobachtete ich, wie er aufstieg, nach unten schwang … und nichts tat.

»Wie soll ich das bitte verwenden?«, jammerte ich und tastete den Stab ab.

Ich spürte, wie sein Ende zu einer dicken Spitze wurde. Mehrmals fuhr ich darüber und berührte dann die andere Seite.

»Ich hab's!«

☆

Ich befand mich noch immer im Kreuzmobil und dokterte an dem Schnurrding herum. Endlich verstand ich, was es mit den zwei Teilen auf sich hatte. Mit dem Abstreifen des Fells legte ich ein Gewinde frei, das sich auf dem kleinen Stiel befand. Ich nahm den anderen Teil in die Hand und tastete an der Unterseite herum. Ich fühlte eine Öffnung, in die das Gewinde verschraubt werden musste. Sogleich riss ich das Fell nach oben und steckte die beiden Teile zusammen. Als ich sie drehte und spürte, dass sie ineinandergriffen, begriff ich, dass ich recht hatte. Ich schraubte den Stiel mit dem kugeligen Ende auf Vlads Teil und vervollständigte das Schnurrding.

»Und was jetzt?«

Der Stiel war doppelt so lang und konnte angenehm gehalten werden. Die pelzige Kugel schwenkte vor meinem Gesicht, und ich starrte sie an, als ob es sich bei ihr um nukleares Material handelte. Bastelte ich an einer Bombe? Das Licht der pelzigen Kugel wurde immer heller, und ich konnte schon gar nicht mehr hineinsehen. Ihr Verhalten war mir unheimlich, und ich wollte mir nicht vorstellen, wie viel Energie sich in ihrem Inneren befand. Mir wurde so mulmig, dass ich ausstieg und beschloss, Unterstützung zu suchen.

»Emilia, kannst du mir bitte helfen? Ich weiß nicht, wie ich das verwenden soll«, klagte ich und schwenkte den pelzigen Ball in ihre Richtung.

Sie befand sich weit von mir entfernt und kämpfte gegen Setia außerhalb des Dorfs. Offenbar war es ihr gelungen, ihn weiter von mir wegzutreiben. Stattdessen standen zwei andere

Krieger vor mir und starrten mich gebannt an. Ich bekam ein sehr ungutes Gefühl und befürchtete das Schlimmste, als sie sich nicht mehr bewegten.

»Sei vorsichtig, *Hem*«, sprachen sie und schnurrten. »Lass es nicht fallen.«

»Wieso?«, heulte ich verzweifelt auf. »Was halte ich hier in den Händen?«

»Das Schnurrding«, antworteten sie nur noch gemeinsam und sahen es mit großen Augen an.

Ich ging weit an ihnen vorbei und verstand, dass ich eigentlich gar nichts begriff, außer dass ich das sonderbare Ding als Druckmittel verwenden konnte. Konzentriert transportierte ich das Schnurrding und fühlte mich, als ob ich mit einem starken Magneten durch ein Minenfeld ging. Alle Werkatzen, denen ich begegnete, erstarrten sofort, als sie das Schnurrding sahen – auch jene, die mich unbedacht angegriffen hatten. Die Szene erinnerte mich an den Film *Zweihundert,* einem Meisterwerk, das die epischen Schlachten der spartanischen Krieger stark in Szene setzte. Die raffinierte Kameraführung ließ selbst die einfachsten Sprünge überwältigend erscheinen – und auch diverse künstliche Muskeln. An eine Stelle des Films erinnere ich mich nur allzu gut. Nämlich an jene, als der König – nackt wie er war und nur bewaffnet mit Schwert und Schild – vom Vorsprung des Tempels in die gegnerischen Horden sprang. Sein Flug dauerte ewig, bis das Kinopersonal in den Saal kam und uns mitteilte, dass sich der Film aufgehängt hatte.

»Tatiana!«, rief ich, als ich das erste Haus des Dorfs erreichte.

Sie wich mehren Pfeilen aus und bog ihren Körper so stark nach hinten, dass sie mich ansehen konnte. Ihre Haltung erinnerte mich an den Film *Matrizen.*

»Cassiel?«, antwortete sie verblüfft und beobachtete, wie ich panisch aufschreiend den Geschossen auswich.

»Was mache ich damit?« Ich streckte ihr das Schnurrding entgegen und beendete unbewusst den Kampf. Die Werkatzen standen nur noch in der Gegend und taten nichts anderes, als das Relikt anzusehen.

»Sehr gut, Cassiel«, lobte mich Vlad plötzlich und riss mir das Schnurrding aus der Hand, »damit ist deine Schuld beglichen.«

Verdutzt sah ich zu, wie er damit wegspazierte und es Sachmet vor die Nase hielt. Dann lachte er sie aus und befahl ihr, ein Kunststück zu machen. Wenn mich jemand fragte, wie Schadenfreude aussah, dann würde ich Vlads Namen nennen. Wie ein guterzogener Hund folgte sie seinen Anweisungen, rollte über den Boden, machte Männchen und drehte sich im Kreis. Danach befahl er den restlichen Kriegern im Umfeld sich neben und hinter sie aufzureihen. Er hob die Hand, wartete auf den richtigen Moment und ließ sie nach seiner Pfeife tanzen. Mit offenem Mund verfolgte ich das Schauspiel, während sich Tatiana für sein Verhalten in Grund und Boden schämte. Und als ich dachte, es würde nicht mehr schrecklicher werden können, begann er zu singen.

»Im Schatten geboren, durch Sünde verloren. Den Vater belogen, die Liebe verborgen. Dem Gemach entflohen, um den Prinzen zu finden. Im Dunkeln zu treffen, um die Sehnsucht zu lindern. Ihn wieder zu sehen und mit ihm zu verschwinden. Mit einem einfachen Menschen, einem Krieger und Helden. Einem Mann vollen Mutes, doch unreinen Blutes …«

»Ähm, was macht er da?« Regungslos stand ich da und schaute dem Schauspiel zu.

»Das ist Papas Musical«, erklärte mir Tatiana zurückhaltend.

»Was denn für ein Musical?«

»*Tanz der Vampirin*. Es handelt von der verbotenen Liebe zwischen Mama und ihm. Außerdem davon, wie sie meinem bösen Großvater entflohen.«

»Aha?«

»Es ist der dritte Akt, glaube ich.«

»Welchen Großvater?«

»Vlad.«

»Das ist doch dein Vater?«

»Nein, der Vater von Mama hieß auch so. Erinnerst du dich nicht? Das war zu der Zeit der beliebteste Name für männliche Neugeborene. Das war einer der Gründe, warum er Papa nicht mochte.«

»Ein sehr dämlicher Grund.«

»Sie trafen sich auf einem königlichen Ball. Die Liebe zu Mama passierte einfach so. Ungewollt und ungezwungen. Sie konnten nichts dagegen machen. Aber mein Großvater lehnte den König ab, weil dieser der mächtigen Kirche angehörte. Er und Oma folgten der Einladung nur deshalb, um ihre Natur zu verbergen. Zu seiner Zeit war es für Vampire gefährlich, sich mit einem Menschen zu vereinen. Hätte man einen von ihnen erwischt, wären sie hingerichtet worden.«

»Das klingt ja grausam.«

»War es auch.«

»Ich meinte eigentlich die Gesangsstelle.«

»Ach so. Papa übt noch. Es war am Anfang viel schlimmer.«

»Seit wann singt er denn schon?«

»Er hat vor ein paar Jahren begonnen, das Musical zu schreiben. Seitdem singt er. Zu Beginn klang es, als ob jemand gefoltert werden würde.«

»Die Schreie kamen bestimmt von den Zuhörern. Aber eben klang es wieder ganz gut.«

»Ja, er wird immer besser. Jetzt kann er die Töne schon halten. Der neue Gesangslehrer hilft ihm sehr.«

»Wie viele hatte er den davor?«

»Ich glaube hundert…«

»So viele?«

»…siebzig waren es.«

»Die waren alle nicht gut?«

»Na ja, nachdem sie Kritik geäußert hatten, verschwanden sie spurlos.«

»Ich bin schon still. Vlad singt so gut wie ein Opernsänger.«

»Beim Neuen geht er regelmäßig in den Kerker.«

»Wieso das?«

»Damit Papa nicht in der Nähe von Mama singt und der Lehrer den Unterricht überlebt. Außerdem kann er so jederzeit üben.«

»Das klingt sehr unmenschlich, geradezu entwürdigend.«

»Keine Sorge, Mama ist eine Philanthropin. Sie achtet auf eine artgerechte Haltung.«

»Menschen sind doch keine Tiere!«

»Ach, nicht?«

»Nein.«

»Seltsam, warum verhaltet ihr euch dann wie welche?«

☆

Ich hielt Tatiana im Arm, als wir dem Schauspiel (oder sollte ich Trauerspiel schreiben?) zusahen. Vlad machte ein Theater, ohne uns, sondern mit anderen, die er zwang mitzuspielen.

»Ich kann mir das nicht mehr ansehen.«

»Verstehe ich, Cassiel, aber gleich kommt der Marsch.«

»Was denn für ein Marsch?«

»Der Angriff auf das Schloss meines Großvaters, den Papa anführte.«

»Und das bedeutet?«

»Kein Gesang, aber Getrommel.«

»Das macht es nicht besser. Sachmet und ihr Volk sind Vlad noch immer ausgeliefert!«

»Ja … richtig schlimm …«

»Wieso habe ich das Gefühl, dass du mich auf den Arm nimmst?«

»Ich weiß nicht … Schau, er geht los!«

Vlad setzte sich mit einer Armee von Werkatzen in Bewegung. Neben ihm lief Sachmet und folgte ihm auf Schritt und Tritt.

»Wieso machen die überhaupt, was er von ihnen verlangt?«

»Das Schnurrding hält jede Werkatze in seinem Bann. Seine magische Wirkung macht sie gehorsam.«

»Okay, aber die Wirkung hält doch bestimmt nicht ewig?«

»Stimmt, sobald der Kontakt weg ist, hört die Hypnose nach einiger Zeit auf.«

»Und was hat Vlad dann damit vor?«

»Wahrscheinlich werden wir es bei uns aufbewahren. Sollten sie uns wieder angreifen, dann werden wir es gegen sie einsetzen. Die Werkatzen sind in der Überzahl, weil wir Vampire nur selten Nachwuchs bekommen.«

»Mit *bei uns* meinst du doch hoffentlich nicht in dem neuen Gebäude, in das wir ziehen sollen?«

»Doch, genau das meinte ich.«

»Herr, bewahre!«

»Das wird er nicht können.«

»Wieso?«

»Er befindet sich gerade auf Sommerurlaub. Zumindest nach dem, was ich gehört habe.«

»So meinte ich das eigentlich nicht ... ach, vergiss es. Mir wird das hier zu komisch. Ich geh zum Auto zurück.«

»Komisch ist gut. Lachen ist gesund.«

»Ich bin mir unsicher, ob es nicht schon Menschen gab, die sich totlachten.«

»Aber das Kreuzmobil kannst du stehen lassen. Wir fliegen zurück.«

»Na ja, mein Koffer ist noch da drin«, stellte ich klar, dass ich meinen Besitz gerne behalten würde, und ging los. »Außerdem sollte Emilia noch irgendwo sein.«

»Sie ist hier?«

Nach wenigen Schritten drehte ich mich wieder zu Tatiana um und ging langsam rückwärts.

»Ja, sie hat mich vor dem schwarzen Panther, der sich Setia nennt, gerettet.«

Ein Schatten machte sich auf dem Hausdach hinter ihr bemerkbar. Als ich ihn erspähte, wurde er lebendig. Bevor ich ihn klar erkennen konnte, sprang er zu uns hinunter. Er stürzte auf Tatiana zu!

»Vorsich...«, schrie ich und lief zu ihr hin.

Schneller als ein Wimpernschlag sprang sie neben mich und drehte um. Der Schatten landete vor uns. Ich gaffte in Emilias unbeeindrucktes Gesicht.

»Setia ist schon längst besiegt«, erklärte sie und gähnte. »War ein ziemlich langweiliger Gegner.«

»Musst du mich so erschrecken?«

»Das liegt uns Vampiren im Blut. Aber wenn dich das schon erschreckt, Frischblut, dann willst du nicht wissen, was dich nach unserem Umzug erwartet.«

Sie hatte wahrlich ein Talent dafür, mir Angst zu machen. Tatiana nahm die Anwesenheit ihrer Schwester sehr gelassen.

»Schön dich zu sehen, Emilia. Aber was machst du hier?«

»Ich habe gesehen, wie sie dir gefolgt sind. Deshalb bin ich nachgelaufen. Ich kam gerade rechtzeitig, um das Frischblut zu retten.«

»Dafür hat er dich aber oft herumgeschleudert«, antwortete ich unbeabsichtigt im Affekt und erntete einen bösen Blick.

»Sie macht mir keine Angst. Ich kann es mit jedem Vampir aufnehmen«, dachte ich nur, nachdem ich Vlad getrotzt hatte. Selbstüberschätzung ist schon faszinierend.

»Wieso bist du dann nicht gleich zu uns gekommen?«

»Ich habe gewartet, bis Papa sein Theater beendet hat. Sonst hätte er mich vielleicht wieder eingespannt und mir eine Rolle zugewiesen. Deshalb habe ich mich hier versteckt.«

»Kann ich verstehen …«

»Wo sind die anderen?«

»Die verteidigen das Schloss. Eine kleinere Gruppe Werkatzen befindet sich noch im Wald. Deshalb müssen wir vorsichtig sein.«

»Sag das lieber mal Papa.«

»Ja, wir sollten in seiner Nähe bleiben.«

»Nein, nicht notwendigerweise. Wir sollten ihn vorgehen lassen, damit er die andere Gruppe im Wald ablenkt. Dann können wir von der anderen Seite zum Schloss fliegen.«

»Alles klar, ich lauf schnell zum Auto.«

»Du kannst es stehen lassen, Cassiel.«

»Ich hole nur schnell meinen Koffer«, antwortete ich, ohne mir Gedanken über meine Zukunft zu machen.

☆

»Höher! Höher! Höher!«, schrie ich, als ich auf die Baumspitze zuraste.

Ich hing mit einer Hand an meinem Leben und Tatiana, die mich durch die Lüfte wirbelte. Sie flog ohne Flügel und trug mich trotz meines Gewichts problemlos umher. Leider hatte sie mir verschwiegen, dass sie noch nie einen Menschen transportiert hatte. Deshalb kämpfte sie damit, die zappelnde Last (mich) auszubalancieren. Die Situation rief Erinnerungen unserer gemeinsamen Autofahrt in mir wach. Als sie hinterm Steuer saß und ich auf dem Beifahrersitz um mein Leben bangte. Trotzdem flog ich lieber mit ihr als mit Emilia. Denn obwohl Emilia Erfahrung im Transport von … sie nannte es »Altblut« … besaß, drohte sie mir, dass ich den Flug niemals vergessen würde, wenn sie mich trüge. Die Frage, was oder wen sie mit Altblut meinte, ersparte ich mir an dieser Stelle. Beim jahrzehntelangen Pflegekräftemangel war man schließlich um jede helfende Hand dankbar – auch wenn sich die Lage seit kurzem verbesserte. Viel mehr dachte ich darüber nach, ob es pensionierte Vampire gab, die jüngst zu den Verantwortlichen reisten. Sozusagen Leben gegen Altersversorgung – oder Schutzgelderpressung in Form von Gesundheitsleistung. Eventuell spielte Emilia eine Rolle dabei?

»Tiefer! Tiefer! Tiefer!«, schrie ich verzweifelt und wich einer Eule aus.

Mein Koffer war mit Schnüren zugebunden, die Emilia zuvor aus der Umgebung gewonnen hatte – für mich waren es Einbruch und Diebstahl gewesen. Jedenfalls hielt ich das gute Stück in der anderen Hand, als ich es an einer Nachtigall vorbeischwenkte. Meine Einwirkung riss Tatiana zur Seite, und wir machten eine Rolle, bei der ich aufkreischte. Die Geschwindigkeit riss uns auseinander. In jenem Moment fragte ich mich, warum ich Emilia nicht meinen Koffer überlassen hatte. Schnell verloren wir (der Koffer und ich) an Höhe, während Tatiana über – unter – uns flog. Ich machte so viele Drehungen, dass ich nicht mehr wusste, wo sich Himmel und Erde befanden. Das Schloss war schon in Sichtweite und wurde genauso wie der Blutmond herumgewirbelt. Deshalb war es für mich unmöglich, mich in der kurzen Zeit zu entscheiden, wo ich landen wollte. Ich war mir jedenfalls sicher, dass der spitze Fels, auf den ich zuraste, kein geeigneter Platz war.

»Hilfe!« rief ich nach Rettung, wurde aber vom Flugdienst erwischt.

Kurz bevor ich aufschlug, packte mich Tatiana am Fuß. Sie zog mich so schnell nach oben, dass ich mich wie in einem Kampfjet fühlte, während mir das Blut in den Kopf schoss. Natürlich hinderte mich auch das nicht daran, unseren Flug musikalisch zu begleiten, indem ich lauthals um mein Leben schrie.

»Lieber Fluggast, wir bewegen uns derzeit durch ein Gebiet mit starken Turbulenzen. Bitte bewahren Sie Ruhe und warten Sie, bis das Anschnallzeichen erlischt. Wir tun unser Bestes, Ihnen den Flug so angenehm wie möglich zu machen. Wir danken Ihnen für Ihre Aufmerksamkeit und Kooperation.«

»Das ist nicht komisch!«, brüllte ich Tatiana an. »Wir müssen uns nachher dringend über Menschlichkeit unterhalten!«

Erneut stiegen wir nach oben und überflogen mehrere Äste. Meine Arme und der Koffer baumelten über meinem Kopf – wenn man jedoch bedachte, dass ich verkehrt herum hing, sonst unterhalb. Blätter peitschten in mein Gesicht, als Tatiana wieder an Höhe gewann. Ich zog den Koffer an meine Brust und umschloss ihn bibbernd mit den Armen. Das konnte mich zwar nicht retten, aber mir fiel zu dem Zeitpunkt nichts Besseres ein. Im Hintergrund hörte ich Emilias Gelächter, die sich über meine Angstzustände nur allzu gut amüsierte.

»Ich glaube, das überlebe ich nicht!«, kreischte ich verzweifelt.

»Wir sind gleich da!«, erwiderte Tatiana und gab mir neue Hoffnung.

»Zum Glück!«

Nur mit wenig Zentimetern Abstand schnellten die Zaunspitzen des Schlossareals an meinem Gesicht vorbei. Genauer beschrieben, flog ich zwischen zwei messerscharfen Metallen hindurch. Auf die eine oder andere Art und Weise verlor ich dabei fast den Kopf.

»Werter Fluggast, wir werden in Kürze landen. Bitte machen sie sich bereit zum Absprung.«

»Welcher Absprung?«, fragte ich, da befand ich mich schon im freien Fall.

Ich landete sanft – mit dem Gesicht voran – in einem riesigen Haufen Blutspendebeutel. Einige platzten auf, andere schlängelten an meinem Körper vorbei. Obwohl ich nichts spürte, wurde es ziemlich blutig für mich. Meine Haltung erinnerte an einen Besuch beim Chiropraktiker. Zum Glück hatte der widerwärtige Froschschenkelsaft meine Nerven abgetötet … oder es lag an meiner gekrümmten Wirbelsäule. Dennoch tat ich mich schwer, mich aus dieser verzwickten Lage zu befreien. Nachträglich wünschte ich mir, ein Stuntman hätte die Landung für mich übernommen. So oder so, ich sah aus, als hätte ich im Blut meiner Feinde gebadet. Neun von zehn Vampire liebten diesen Trick. Aber das machte nichts, denn ich dachte positiv:

»Hauptsache wieder festen Boden unter den Händen … ähm, Füßen.«

Mein Koffer lag irgendwo, und das traf ebenso auf dessen Inhalt zu. Mühsam wandte ich mich aus dem blutrünstigen Haufen und sammelte meine Sachen ein. Unter anderem erhielt ich mein Tagebuch und einen Stift. Ich kletterte an die Spitze des Blutgipfels (ein Name von mir, um den grotesken Haufen zu beschreiben), und überlegte, wie ich meine restlichen Gegenstände finden konnte. Da mir nichts Besseres einfiel, notierte ich meine Erlebnisse und stellte Beobachtungen an. Außerdem war ich sauer auf Tatianas Transportmethode, und nahm mir die Zeit, um mich abzuregen. Ich machte mir einen großen Vermerk, nie wieder mit ihr zu fliegen, solang nicht mein Leben davon abhing.

Regelmäßig kamen schwarze Ritter zum Blutgipfel und nahmen einen Beutel mit. Überzeugte Frauen sowie Männer, die sich auf einen Kampf vorbereiteten. Unterschiedlichster Herkunft und bereit, ihr Dasein für den Schwur zu opfern. Sie trugen Umhänge verschiedenster Symbole und Farben. Schwarze, dunkelblaue und grüne Stoffe mit Zeichen, die das Wappen der Familie Dracula beinhalteten. Nur deren Mitglieder besaßen rote Umhänge mit weißen oder goldenen Symbolen. Die Rüstungen waren überwiegend Schwarz, unterschieden sich allerdings in ihrer Formung und Verzierung der Platten. Auch die Waffen konnten verschiedener und gefährlicher nicht sein. Ich sah normale Schwerter, Schilde, Streitkolben, Speere. Außerdem erblickte ich Kusarigama, sichelförmige Waffen, Äxte … aber keine Gewehre oder Pistolen. Bewegten sich Schattenwesen schneller als Projektile flogen? Eventuell sollte das irgendjemand Meister Zweifel mitteilen – ich bestimmt nicht. Die Vampire hatten aber alle gemeinsam, dass sie mich kurz mit ihren roten Augen anstarrten. Danach leckten sie sich genüsslich über die Lippen und zuckten zusammen, als sie feststellten, dass mich Tatiana zum Anbeißen gernhatte. Ihre leuchtend bernsteinfarbenen Augen konnten jedem Vampir Angst machen … ich wurde davon allerdings nur noch mehr verzaubert.

Eine weibliche Perspektive

Wahrscheinlich wirst du dich wundern, ob das deine Handschrift ist. Nein, du fantasierst nicht, dieser Text stammt tatsächlich von mir, Tatiana. Ich möchte erzählen, was du nicht kannst.

☆

Ich hatte dich zuerst sanft abgesetzt, dann landete ich neben Emilia. Verwundert beobachteten wir, was du mit unserer Feldration anstelltest.

»Was macht Cassiel dort oben?«, bat ich meine Schwester um eine Erklärung.

»Sieht aus, als würde er etwas suchen?«

»Meinst du?«

»Ja ... nein, warte. Ich glaube, er schreibt.«

»Aber das kann er doch im Schloss machen?«

»Vielleicht inspiriert ihn die frische Luft?«

Ich erinnerte mich an einen Besuch in deinem Büro. Du musstest Überstunden machen, und ich traf keinen Menschen außer dich. Die Luft war stickig und die Fenster waren verdunkelt. Kein Lichtschalter funktionierte, da du mir erklärtest, dass diese an dem abgeschalteten Stromkreis hingen. Nur dein Computer lief, wegen der Großzügigkeit deines Chefs. Die Umgebung war totenstill und mit dir in meiner Nähe definitiv einer meiner Lieblingsplätze.

»Nein, ich glaube, der Kerker würde ihn mehr beflügeln.«

»Meinst du?«

»Ich werde ihn holen und ihm den zeigen.«

»Warte, Tatiana! Vielleicht ist es etwas anderes. Vielleicht hat er Höhenangst?«

»Dann werde ich ihn schnappen und herunterfliegen.«

»Ich meine, mich zu erinnern, dass das die Angst vergrößern könnte.«

»Aber er würde schnell wieder zu Boden gelangen.«

»Vielleicht hat er auch Flugangst.«

»Hast du ihm das vorhin angemerkt?«

»Nein, Tatiana. Die Menschen schreien immer so«, log Emilia, obwohl sie es schon besser wusste – woher eigentlich?

»Ein Glück! Ich fürchtete schon, ich hätte mich falsch an Papas Lektion erinnert.«

»Das wäre kein Wunder, Menschen sind sehr kompliziert.«

»Cassiel ist anders.«

»Das glaube ich nicht.«

»Doch, wir verstehen uns problemlos.«

»Hm. Dann weißt du bestimmt, wann seine Füße wieder den Boden erreichen werden?«

»Ja, er klettert bestimmt jeden Moment hinunter.«

»Wann genau?«

»In spätestens zehn Minuten.«

»Würdest du darauf wetten?«

»Wie?«

»Ich habe hier frischgezapftes Blut der Gruppe Rh-Null.« Sie zog eine kleine Ampulle hervor.

»Goldenes Blut? Das kommt auf der Welt nur in vierzig Menschen vor. Woher hast du das?«

»Ach, ich habe meine Quellen.«

»Du hast doch nicht?«

»Nein, der Mensch lebt. Wir haben eine Abmachung. Er hat mir sein Blut freiwillig gegeben und bekommt dafür Flugstunden.«

»Unfassbar! Der Geschmack ist bei Vampiren sehr begehrt. Er könnte einzelne sogar in Versuchung führen, das Gesetz zu brechen.«

»Deshalb halte ich meine Quelle geheim.«

»Schon ein Tropfen könnte den Geschmack des Bio-Bluts einzigartig machen.«

»Dafür müsstest du nur die Wette annehmen.«

»Zu welchen Bedingungen?«

»Wenn du recht hast, dass Cassiel innerhalb von zehn Minuten hinunterklettert, gehört sie dir. Aber wenn du falschliegst und er länger benötigt, gewinne ich das Buch.«

»Doch nicht ...«

»O ja. Genau das.«

»Omas Rezeptbuch. Handgeschrieben und signiert von ihr.«

»Du weißt, das ist sehr begehrt bei Sammlern.«

»Aber sie hat es mir vermacht. Wieso willst du es haben? Ich kann es dir doch borgen?«

»Man sagt, die Liebe geht durch den Magen. Du und Cassiel haben davon schon profitiert.«

»Aber er trinkt doch kein Blut!«

»Außerdem enthält es viele Lebensweisheiten und geheime Zauberformeln.«

»Die du alle kopieren kannst.«

»Und seine Aura soll Vampirmänner folgsam machen.«

»Darum geht es dir also ... um Breda.«

»Ja.«

»Du willst das Buch ständig bei dir tragen?«

»Nur so lange bis er Manieren entwickelt.«

»Das wird vermutlich nie passieren.«

»Also, nimmst du an?«

»Goldenes Blut soll schon vampirisch gut sein. Aber dafür Omas Buch einzusetzen … nein, das kann ich nicht.«

»Das heißt, du glaubst nicht an Cassiel?«

»Wie meinst du das?«

»Na ja, du hast anfänglich behauptet, dass du Cassiel verstehst. Wenn du nicht bereit bist, die Wette anzunehmen, dann bedeutet das für mich, dass du ihm doch nicht vertraust.«

»Aber ich vertraue ihm doch.«

»Tja, dein Handeln verrät mir etwas anderes.«

Sie schwenkte die Ampulle knapp vor meinem Gesicht. Ein süßlich anziehender Geruch drang in meine Nase.

»Nein, warte …«

»Ja?«

»Ich nehme die Wette an.«

»Du darfst ihm aber nichts davon sagen. Auch keine Hinweise geben.«

»Okay.«

»Damit ist es beschlossen!« Emilia drehte sich zu einigen Hausdienern um. »Ihr habt Tatiana gehört. Sollte sie verlieren, dann bekomme ich das Buch. Also, wer von euch möchte in die Wette einsteigen? Bezahlt wird mit Blut.«

☆

Viele Diener, aber auch einige Adelige und Soldaten, die sich ausgeruht hatten, kamen herbei. Sie setzten Blutampullen von Schauspielern, Sportlern oder einfachen Menschen mit einzigartigem Geschmack. Manche verwetteten sogar speziell angefertigte Waffen, für oder gegen dich. Die Wette machte schnell die Runde, und so versammelten sich immer mehr Vampire neben uns, die dir siegeshungrig zusahen. Aber ich wusste, dass dich das nicht stressen konnte.

»Schneller, Cassiel!«, rief ich dir zu. »Lass das liegen! Ich schenke dir einen neuen Vampirroman!«

Andere begannen damit, dich anzufeuern. Du schautest kurz nach unten und lächeltest mich liebevoll an. Dann erblicktest du Emilia und die aufgebrachten Horden an Vampiren. Kopfschüttelnd widmetest du dich wieder deiner Suche. Dein Koffer wurde immer voller, und meine Ungeduld stieg mit jeder Minute.

»Sieh nur, Cassiel klettert hinunter! Ich habe gewonnen!«

»Nicht so schnell, Tatiana. Das sieht für mich eher danach aus, als würde er weiter unten suchen.«

Sie hatte recht, und du hattest dich gebückt, um eine Socke aufzuheben. Entspannt stopftest du sie in eine andere und gabst sie in den Koffer. Eigentlich mochte ich deine ordentliche Seite ... aber warum musstest du die außerhalb unserer Wohnungen haben?

»Cassiel«, rief Emilia plötzlich, »das ist die falsche Socke!«

Verwundert sahst du sie an, nahmst das Sockenpaar wieder in die Hand und löstest es voneinander. Nach mehreren Betrachtungen erkanntest du, dass die eine Socke dunkler als die andere war.

»Das ist unfair, Emilia!«, beschwerte ich mich bei ihr.

»Wieso? Du feuerst ihn schon die ganze Zeit an. Es ist nur gerecht, wenn ich ebenfalls dazu beitrage.«

»Cassiel, ganz oben liegt noch eine Zahnbürste von dir!«, schrie plötzlich ein Hausdiener.

Vampire kannten die Bedeutung schöner Zähne – genauso wie Menschen.

»Nein, das stimmt nicht. Die liegt ganz unten!«, rief ein Soldat gleich danach.

Du sahst nach unten, dann nach oben, und dann wieder zu Emilia. Erneut schütteltest du den Kopf. Weiter grubst du dich durch die vielen Blutbeutel, um deine Sachen zu finden. Mittlerweile ignoriertest du sämtliche Rufe, Schreie und Drohungen – die, wie ich wusste, Emilia nicht ernst meinte.

»Er hat nur noch eine Minute, Tatiana. So schnell ist er bestimmt nicht fertig. Du kannst dich vom Buch verabschieden.«

»Oje, das sieht wirklich nicht gut aus. Ich fürchte, du hast recht ...«

Du bist eine Schräge entlang geklettert und hattest den halboffenen Koffer neben dir liegen. Immer wieder hast du angehalten und verschiedene Sachen eingesammelt. Deine Zahnpasta, Sonnenbrille, Unterhose ... konntest du den restlichen Urlaub nicht ohne auskommen? Ich glaubte schon, verloren zu haben, da hattest du dich auch schon erneut in Bewegung gesetzt. Deine Füße verloren den Halt, rutschten weg und du stürztest ab.

Viele Überschläge später und in der letzten Sekunde, bevor ich die Wette verloren hätte, kamst du auf dem Boden an. Dein Koffer rutschte hinterher, landete auf deinem Kopf und verstreute seinen Inhalt. Emilia und die anderen hatten dich unterschätzt. Ich hingegen vertraute auf die Schwerkraft ... ich meine, dich.

»Ich habe gewonnen!«

»Ja, Tatiana. Das hast du ...«

»Ich habe keine Sekunde an Cassiel gezweifelt.«

»Hier!« Emilia hielt mir die Ampulle vors Gesicht.

»Wir können sie uns teilen.«

»Nein, nimm sie nur. Ich habe noch weitere.«

Ich nahm meinen Preis entgegen und erfreute mich. In der Zwischenzeit begann Emilia damit, den Wetteinsatz aufzuteilen. Im Hintergrund vernahm ich dein Klagen und Stöhnen. Ich brach auf, um dir bei der Suche deiner Sachen zu helfen.

»Wir haben gewonnen!«, rief ich, als ich auf dich zueilte.

»Was?«, antwortetest du verständnisvoll auf meine Freude.

Wir nahmen uns gegenseitig in die Arme, und ich bekam das Gefühl, dass du dich nicht nur über mich, sondern über die Landung ebenso stark freutest.

Auf einmal warfst du mich zur Seite!

»Hä?«, stieß ich von deiner unmenschlich impulsiven Kraft überrascht aus.

Sogleich drehte ich mich um und sah dich verwirrt an. Noch nie zuvor hattest du so etwas gemacht. In der Bewegung erkannte ich den Grund, warum du das getan hattest. Warum du mich zur Seite gestoßen hattest; dass deine Aktion meinem Schutz diente.

Hinter dir befand sich ein breiter Schatten, der über deinen Körper hinauswuchs.

»Kema?«, sprachst du zu der pantherartigen Werkatze.

Seine grünen Augen fixierten meine, als er zum Schlag ausholte und ich aufschrie.

Emilia und ich eilten sofort zu dir ... doch wir erreichten dich zu spät.

Ein schwarzes astartiges Etwas stand aus deinem Rücken heraus. An seinem Ende befanden sich Finger, deren Krallen in meine Richtung schauten. Sie schleuderten ein dunkelrotes faustgroßes Ding auf mich. Schockiert lernte ich auf eine grausame Art und Weise, wie es aussah, wenn du dein Herz an mich verlierst. Dein Blut spritzte mir ins Gesicht, als ich verzweifelt aufschrie und er seinen Arm mitsamt deinem Körper anhob. Zahlreiches Gebrüll hallte aus dem Wald, das seinen Triumph feierte. Er drehte sich mit dir wie ein Gladiator in einer Arena, der seine Gefolgschaft zu sich ruft. Horden von Werkatzen stürmten auf unser Schloss zu, als sich unsere Wachen und Soldaten ihnen entgegenstellten. Ich sprang an dir vorbei und trat deinen Angreifer so fest, dass sein Arm augenblicklich in deinem Körper verschwand. Du fielst zu Boden, und ich schaute mir an, was er angerichtet hatte.

»Sieht es schlimm aus?«, fragtest du mich und sahst deine Verletzung an.

Tränen überkamen mich, bevor ich dich anlügen konnte. In deiner Brust war ein großes Loch. Ich griff nach deinem

Kopf und streichelte dir übers Haar, als Emilia den Angreifer, den du Kema nanntest, festhielt. Und dann ... starbst du.

Ich dachte immer, man würde darauf vorbereitet werden oder den Tod kommen sehen. Tatsächlich schleicht er sich so leise an, dass man ihn erst wahrnimmt, wenn er schon wieder weg ist. Wahrscheinlich wirst du dich jetzt fragen, warum ich das alles schreibe, jetzt, da du ja gestorben bist. Vielleicht will ich nur das ganze Erlebte verarbeiten. Dass, egal wie weit ein Mensch auch reist, er nicht dem Tod entkommen kann. Selbst für uns Vampire geht es irgendwann zu Ende, wenn wir nicht aufpassen. Ich benötigte einige Sekunden, meine Gedanken zu ordnen. Wusste nicht, was ich in dem Moment überhaupt tun sollte. Du lagst einfach da, und meine Tränen flossen über deine Wangen. Ich hielt deine Hand, flüsterte deinen Namen und schüttelte dich dann – aber du gabst keine Reaktion von dir. Schon nach wenigen Sekunden wollte ich nur noch Blut sehen.

»Das wirst du bereuen!«, schrie ich Kema an.

Er antwortete mir mit einem zornigen Fauchen. Ich stopfte ihm daraufhin das Maul mit deinem Koffer. Er spuckte ihn mit einigen Zähnen aus, als ich ihm die Visage polierte. Ich trat ihm so fest in den Hintern, dass ich glaubte, ihn in die ewigen Jagdgründe zu schicken. Emilia hielt mich auf, bevor das passieren konnte, und die Wachen nahmen ihn gefangen. Sie sagten mir, dass sie noch keine Werkatze so winseln gehört hatten. Obwohl sie mich aufmuntern wollten, war die Situation für mich nur zum Heulen. Ich kniete mich neben dir hin und presste die Stirn auf deine. Regen setzte ein und wusch meine Tränen zu einer Miene blanker Verzweiflung. Worte konnten nicht die Trauer beschreiben, die mein Herz zerriss.

»Wieso hat er das getan?« Jammernd hielt ich deine Hand und wollte sie nie mehr loslassen.

»Es tut mir leid, Tatiana.« Emilia versuchte, mich zu trösten, und tätschelte mir die Schulter.

»Tochter, weine nicht!«, rief Mama plötzlich hinter mir.

Ich drehte mich um und sah, dass sie in einem blutroten Schwarm aus Fledermäusen flog. Sie landete neben mir und aus zahlreichen Rauchwolken erschienen ihre Soldaten. Mama ging zu mir und gab mir erste Hoffnung.

»Er lebt noch, Tatiana.«

»Was?«, gab Emilia staunend von sich.

Neben ihr stand ein Soldat unserer Leibgarde, der den Kopf neigte, um Mamas Befehl entgegenzunehmen. Er trug eine goldene Rüstung mit rotem Umhang und einen Helm, dessen offenes Visier von seinen Augen vertikal über seine Wangen verlief. In den Händen hielt er eine Hellebarde, deren Klinge rot leuchtete.

»Vertreibt die Angreifer. Ich bleibe hier«, befahl Mama ihm und wandte sich mir zu.

»Wie Ihr wünscht, Hoheit.« Er verbeugte sich und schritt davon.

»Mama, wie kann Cassiel noch leben? Er atmet nicht mehr ... und ... und sein Körper ist fast zweigeteilt.«

»Deine Gefühle für ihn trüben deinen Verstand. Konzentriere dich und du wirst erkennen, dass ich recht habe.«

Angestrengt bemühte ich mich, deinen Herzschlag zu spüren, bis ich begriff, dass ich dein Herz in den Händen hielt.

»Seinen Puls wirst du nicht spüren. Er lebt, aber nicht so, wie du denkst.«

☆

Wir sammelten deinen verletzten Körper auf und schafften dich ins Ärztezimmer neben dem Schloss. Die Hausdiener halfen uns dabei, und obwohl es uns nicht an Stärke mangelte, so gewährten dir die vielen fleißigen Hände einen sicheren Transport. Blitze fuhren in das Gebäude ein, dessen Aussehen an eine Kirche erinnerte. Statt einem Kreuz saß eine riesige Metallkugel auf dem Dach.

Sie zog die Entladung der schwarzen Gewitterwolken wie magisch an. Die Elektrizität fuhr in sie hinein und landete in riesigen Spulen, die sich seitlich des Gebäudes befanden. Wir drangen durch ein schwarzes Tor in das Gebäude ein. Die hölzerne Öffnung krachte an die dahinterliegende Mauer. Unsere Schritte wurden vom Donner begleitet.

Wir gelangten in eine große Halle, in der sich der erste Unterschied zu einer Kirche zeigte. Der Raum war gefüllt mit allen möglichen Apparaturen, von denen Schläuche und Drähte weggingen.

»Legt ihn dorthin«, wies Doktor Schrankenbein an und zeigte auf eine Holzfläche, die zwischen runden Apparaturen stand.

Er ist ein mittelgroßer Mann mit weißen Haaren und einer goldenen Brille mit getönten runden Gläsern. Doktor Schrankenbein ist unser Hausarzt, musst du wissen, und ist nicht mehr der Jüngste. Das ist nämlich sein Lehrling, der sofort zu uns eilte und mithalf. Beide sind Monster derselben Abstammung, Ghule, nennen wir sie. Bis auf ihre grüne Haut und gelbleuchtenden Augen, sehen sie aus wie Menschen. Aber statt menschlichem Fleisch essen sie nur biologisches, das sie selbst gezüchtet haben. Die unabhängige Lebensart frei von der Bevormundung der Lebensmittelindustrie ist ihnen sehr wichtig. Sie behaupten, beide Sautaria zu sein, eine Verbindung zwischen Synthetik und Autarkie. Übrigens entstand der Lehrling auf diese Art der Fleischherstellung. Vor vier Jahren ging Doktor Schrankenbein in den Urlaub und hatte eine Anzüchtung vergessen. Als er zurückkam, erwartete ihn ein hungriger Ghul, der zu seinem Lehrling wurde. Weil er künstlich erschaffen war, kam er als Erwachsener aus dem Labor. Der Nachteil dieses Wachstumsschubs war allerdings, dass er alles erst lernen musste. Das Aussehen glich dem des Doktors, da er sein eigen Fleisch und Blut großzog. Du hättest sie vermutlich für Brüder gehalten ... oder wärst panisch davongelaufen.

»Hilf mir«, bat der Doktor und zog sich seine roten Handschuhe an.

Der Lehrling kam herbei und schnürte den roten Arztkittel zu. Wahrscheinlich wirst du dich jetzt fragen, warum sie rote Kleidung anhatten, wenn doch die Farben Blau und Grün den besten Kontrast zu Blut bieten. Das liegt daran, dass sie seit Ewigkeiten nicht mehr mit Menschen zu tun hatten. Auch wir Vampire kommen nur sehr selten zu ihnen, denn wir heilen unsere Verletzungen selbst. Deshalb lassen wir sie in ihrem Labor meist allein und besuchen sie nur, wenn wir ihre Hilfe benötigen. Im Gegenzug dürfen sie alle Experimente durchführen, nach denen es ihnen verlangt. Bei so viel Erfahrung und Praxis würden sie schon wissen, was in deinem Fall zu tun ist, dachte ich. Der Doktor gab schnell eine erste fachliche Diagnose ab:

»Der ist kaputt.«

»Was?«

»Sein Körper sieht aus wie der meines letzten Patienten.«

»Hat er überlebt?«

»Nein, der war schon tot.«

»Also?«

»Mir war nicht bewusst, dass man einen Körper dermaßen aufbrechen kann. Interessant.«

»Könnt Ihr etwas tun?«, fragte ihn Mama ernst.

»Ja, wir könnten ihn essen.«

»Ich meinte etwas, um ihm zu helfen.«

»Das kommt darauf an, was ihr erreichen wollt. Aber einen kleinen Moment. Ich benötige Unterstützung, um mich zu konzentrieren. Lehrling, spiel Musik.«

»Sehr gerne, Herr Doktor. Was wollt Ihr hören?«

»Etwas Flüssiges und Mitreißendes.«

»Also Bach?«

»Ja, spiel unser Lieblingslied.«

»Wie Ihr wünscht.«

Der Lehrling ging zur Orgel, die sich in der Ecke auf einem roten Teppich eines flachen Podests befindet. Er zog sich die weißen Handschuhe an, die auf dem schwarzen Stuhl bereitlagen, und öffnete die Klappe. Dann spreizte er die Finger, legte sie auf den Tasten ab und spielte BWV fünfhundertsechsundneunzig in D-Dur.

»Der junge Mann ist in einem Zwischenzustand gefangen«, erklärte mir der Doktor.

»Ein Zwischenzustand?«

»Er ist weder ein Mensch noch ein Zombie. Er ist ein ...«

»Wieso sollte Cassiel ein ...«

»Halbzombie! Das Wort habe ich gesucht!«

»Könnt Ihr ihm helfen?«

»Nein.«

»Nein?«, antworteten wir überrascht.

»Dieses Stück! Lehrling! Du spielst das falsch!«

»Aber ich tue mein Bestes, Doktor.«

»Fang von vorne an. Und danach spiele BWV fünfhundertdreiundneunzig.«

»Wie Ihr wünscht.«

»Ich kann ihm helfen, aber nicht ohne eure Hilfe.«

»Sagt mir, was Ihr braucht«, antwortete ich ihm sofort.

»Euer Blut.«

»Nein, das geht nicht, Herr Doktor. Tatiana darf ihr königliches Blut nicht vor einer Vermählung weitergeben.«

»In dem Fall ist sein Schicksal besiegelt.«

»Mama, ich muss es tun. Ich kann ihn nicht einfach sterben lassen.«

»Keine Sorge, er wird nicht sterben.«

»Nicht?«

»Nein, er wird zu einem hirnlosen Zombie und nichts mehr tun, außer fressen.«

»Furchtbar!«

»Können wir das Blut eines anderen Vampirs nehmen?«

»Nein, nur das Blut eines Reinblüters ist für die Behandlung wirksam. Jenes der Halbblüter ist zu schwach«, erklärte er und deutete auf dein bleiches Gesicht. »Aber ihr müsst euch beeilen. Die Verwandlung zu einen Zombie hat schon begonnen.«

»Was ist mit meinem Blut?«

»Hoheit, Euer Blut wäre zu stark. Bereits ein Tropfen würde ihn entmenschlichen. Außer Ihr wollt, dass er ein Vampir wird ...«

»Nein, das muss er selbst entscheiden.«

»Seid Ihr Euch sicher, Hoheit? Er würde bei einer Verwandlung Teile Eurer Macht erlangen. Ihr könntet über sein Blut gebieten, und er würde ein willenloser Sklave sein.«

»Tatiana, wie fändest du es, wenn dir Cassiel auf ewig gehorcht?«

»Furchtbar! Das können wir ihm nicht antun!«

»Es bleibt uns offenbar keine andere Wahl. Ich kann meinen Töchtern nicht erlauben, ihm zu helfen, aber ich kann auch nicht mitansehen, wie einer von ihnen das Herz gebrochen wird. Tatiana, ich erlaube dir, ihm zu helfen.«

»Danke, Mama!«

»Aber es gibt eine Bedingung.«

»Welche?«

»Sollte Cassiel nicht bis heute Abend freiwillig ein Vampir geworden sein, musst du ihn töten.«

Ich überlegte kurz, aber eigentlich wusste ich meine Antwort schon die gesamte Zeit.

»Ich mache es.«

»Gut, ich überlasse die Prozedur Euch, Doktor. Ich muss nach meinen Soldaten sehen.«

☆

»Die Kehrseite ist, dass er damit einen Erinnerungsverlust erleiden wird«, erklärte uns Doktor Schrankenbein.

»Wie stark wird der sein?«

»Vermutlich werden ihm die letzten paar Tage fehlen.«

»Das ist überhaupt kein Problem, Herr Doktor!«, antwortete ich und hoffte, dass du alle negativen Tage unseres Urlaubs vergessen würdest. »Benötigt Ihr eigentlich das?« Ich hielt die Hand auf und zeigte ihm dein Herz.

»Nein, er hat es Euch anscheinend geschenkt, also gehört es Euch.«

»Wie Sie meinen. Emilia, kannst du es bitte für mich halten? Ich möchte es später in ein Einmachglas geben.«

»Wir haben eines hier«, erwähnte der Lehrling und hörte auf zu spielen, um in einem Kasten zu kramen. Nach wenigen Sekunden zog er ein sauberes Glas heraus, das mit einer kristallklaren Flüssigkeit gefüllt war. Ich nahm es entgegen, schraubte den Deckel ab und gab das Organ vorsichtig hinein.

»Danke, das werde ich später hübsch anmalen. Sein Herz hat einen besonderen Platz in meinem.«

Emilia sah mich an, als sei ich verrückt geworden, das Glas anmalen zu wollen, obwohl sie selbst eine Organsammlung besaß. Aber nach kurzem Blickkontakt verstand sie, was es für mich bedeutete.

»Die Prozedur wird ihn komplett regenerieren und ihn so wiederherstellen wie es seine DNA, der Bauplan seines Körpers, vorgesehen hat.«

»Das klingt gut, Herr Doktor.«

»Prinzessin Tatiana, bitte legt Euch hier hin. Ich bereite die Bluttransfusion vor.«

Ich folgte den Anweisungen des Arztes und legte mich auf die Liege neben deiner. In der Zwischenzeit steckte er mehrere Nadeln in deinen Körper, aus denen Schläuche zu einer eigenartigen Maschine verliefen. Sie besteht aus fünf verglasten Kammern, mit mehreren Pumpen und einem angeschlossenen Kanister. Aus ihm floss eine grüne Flüssigkeit in die Maschine. Über ihr befinden sich zwei Metallkugel, um deren Stiele sich unzählige Drähte wickeln.

»Wartet! Eine wichtige Sache habe ich noch vergessen. Die Prozedur ist gefährlich für einen Menschen. Aber wegen seines zwischenmenschlichen Zustands schätze ich, dass sie funktionieren wird.«

»Ihr wisst nicht, ob es funktioniert?«

»Nicht mit Sicherheit. Bei der falschen Dosierung könnte es seine Verwandlung beschleunigen und an anderen Stellen begünstigen.«

»Was meint Ihr damit?«

»Im besten Fall wird er gerettet.«

»Und im schlimmsten?«

»Könnte er zu einem Ghul werden ... wenn ich so darüber nachdenke, finde ich das gar nicht schlimm.«

»Herr Doktor!«

»Na ja, ich meinte, er kann sich anders als Zombies darüber Gedanken machen, was er isst. Damit würde er sich schon einmal von den Menschen unterscheiden... wenngleich er sich dann höchstwahrscheinlich von seiner Art ernähren würde. Die meisten Jungen heutzutage wissen doch gar nicht, woher sie ihre Nahrung bekommen.«

»Das ist kein Trost!«

»Bitte verzeiht mir, aber ich finde es wichtig, realistisch zu bleiben.«

Er ging zur Maschine, drückte ein paar Knöpfe und schaltete sie ein. Walzen setzten sich in Bewegung, die sich in den verglasten Kammern befinden. Eine von ihnen wurde mit der grünen Flüssigkeit des Kanisters gefüllt. Violette Blitze schossen von den von der Decke herabhängenden Metallen in die runden Köpfe der Maschine und in die Lampen der Zimmerdecke. Einige zersprengten dabei, andere flackerten wild auf.

»Ihr habt recht. Lasst uns anfangen.«

»Nun gut, ich werde die Prozedur jetzt starten. Bitte macht Euch bereit für den Stich.«

Der Arzt kündigte einen Schmerz an, den ich nicht spürte. Er hatte die letzte Nadel kaum in meinen anderen Arm gestochen, da floss mein Blut schon in die Maschine. Ich beobachtete, wie sie von einer Kammer zur nächsten immer heller wurde, bis sie wie stark verdünnter Himbeersaft aussah und in deinen Körper lief.

»Das wird jetzt ein paar Minuten dauern. Prinzessin, hier habt Ihr etwas zu trinken.«

Er überreichte mir eine Dose meines Lieblingsblutgetränks: Bio-Blut.

»Artgerecht und frei gespendet. So wie Ihr es hoffentlich mögt.«

Gleichzeitig konnte ich sehen, wie der Heilungsprozess einsetzte. Zuerst schloss sich dein Rücken, ausgehend von deiner Wirbelsäule. Dann bildete sich dein neues Herz und alle anderen Organe, bis schließlich deine Brust verheilte. Von der einstigen Verletzung sah man fast nichts mehr, bis auf viele Narben. Ein paar Minuten später sah sich Doktor Schrankenbein das Ergebnis an und gab ein erstes Urteil ab.

»Er sieht wieder aus wie ein Mensch. Und schmeckt auch so.«

»Da kann ich zustimmen, Herr Doktor.«

»Hört auf, an meinem Freund zu knabbern!«

»Verzeihung. Das verheilt gleich wieder.«

»Danach geht es ihm gut?«

»Ja, für die nächsten drei Tage.«

»Wieso nur drei Tage?«

»Die Prozedur muss spätestens in drei Tagen wiederholt werden«, erklärte er und drehte die Maschine ab, »oder die Verwandlung zum Zombie beginnt erneut.«

Der große Tag

Ich habe gerade mein Tagebuch zurückerhalten und erkannt, dass jemand hineingeschrieben hat. War das Tatianas Handschrift? Obwohl ich es seltsam fand, dass sie sich ungefragt an meinen Sachen vergriff, wollte ich mich nicht allzu lang damit aufhalten. Ich musste loswerden, was mir durch den Kopf ging; aber der Reihe nach.

☆

Ich erwachte in meinem Zimmer, und es geschah etwas Seltsames. Tatiana lag neben mir im Bett und hielt meine Hand. Gleich nachdem ich die erste Regung machte, schnellte sie hoch und rief freudig: »Cassiel! Heute Abend heiraten wir!«

»Was? Wie kann das sein? Wir sind doch gestern erst angekommen?«

Doch das war nicht alles, und es reihte sich eine Merkwürdigkeit an die andere.

»Meine Eltern haben deinen Antrag akzeptiert!«, teilte sie mir mit und sprang aus dem Bett. »Ich bin so aufgeregt!«

»Welchen Antrag?«, fragte ich noch, als sie aus dem Zimmer hetzte.

Hatte ich Tatiana im Suff einen Antrag gemacht? Mein Gesicht lief rot an, als ich daran dachte, wie ich mich eventuell aufgeführt haben konnte. Ich hoffte, dass ich nichts Ungebührliches getan hatte oder etwas anderes, das sich nicht schickte. Grübelnd griff ich mir ins Gesicht und saß ratlos im Bett … bis mir meine Arme auffielen.

»Was trage ich für Klamotten?«

Ich zog an den Chiffonärmeln, die mich an Tatianas Kleidungsstil erinnerten. Anschließend warf ich die Bettdecke zur Seite und betrachtete meine Hosenbeine. Ich steckte in einer kleidertechnisch falschen Zeit.

»Wann habe ich mir das angezogen?«

Mein Blick fiel auf eine schwarze neoviktorianische Bekleidung, durch die goldene Verzierungen verliefen.

»Ist das ein Schlafanzug?«

Der Look erinnerte mich an den von Vlad. Hatte ich mir die Kleidung von ihm ausgeborgt und konnte mich nicht mehr erinnern? Mein Kopf schmerzte, wenn ich mich mühte, an den vergangenen Anreisetag zu denken. Erinnerungsfetzen vom gemeinsamen Abendessen lagen verstreut in meinem Bewusstsein. Doch die wichtigen Puzzleteile, um das Gesamtbild zusammenzusetzen, fehlten. Hatte ich so viel getrunken? Mühsam quälte ich mich aus dem Bett und bestaunte den Zustand meines Koffers.

»Was ist mit dem passiert?«

Das Gepäckstück war in der Mitte aufgebrochen, und der abgerissene Deckel lag einfach darauf. Seine Oberfläche wurde von zahlreichen Kratzern und Rissen durchzogen, die von Wildtieren stammen konnten. Meine Kleidung hing an allen Seiten heraus und verdeckte zur Hälfte ein cremefarbenes spitzes Etwas, das herausstand.

»Ist das ein Zahn?«

Geschockt sah ich das Gepäckstück an und bemühte mich nochmals, mich erneut zu erinnern. Aber weiter als bis zum Abendessen mit Tatianas Eltern reichte es nicht. Alles danach war aus meinem Gedächtnis gelöscht.

»Was habe ich gestern getan?«

Ich kroch aus dem Bett und bewegte mich wie ein Zombie zum Koffer. Irgendwas war seltsam, aber ich wusste nicht, was. Lag es an mir oder der Umgebung, dass ich so fühlte? Aber genau das war einer der Gründe für meine Verwirrung, denn ich spürte nichts mehr. Weder, dass ich den Koffer berührte, noch mich selbst.

»Habe ich gestern Betäubungsmittel getrunken?«

Mehrmals zwickte ich mich in den Unterarm, nur um festzustellen, dass ich nichts empfand. Ich griff in mein Gesicht, und es fühlte sich einfach nach Nichts an. Irritiert stellte ich mich vor den Spiegel und betrachtete mich. Obwohl ich befürchtete, schrecklich auszusehen, wirkte mein Körper jugendhaft und kraftvoll. Ich sah einen Mann, der nur so vor Glück strahlte, und keine Sekunde mit Zweifeln verschwendete. Einen Kerl, der über Nacht einen völlig neuen Haarschnitt bekommen hatte.

»Wird schon nicht so schlimm sein«, entschied ich schließlich und ging schulterzuckend zum Koffer, um das Chaos zu beseitigen.

Ich fand einen abgebrochenen Pfeilschaft, der in der Seite des Gepäckstücks steckte. Er war dicker als jeder andere, den ich zuvor gesehen hatte. Ich zog das Geschoss heraus und rätselte, ob es von einer Balliste stammte.

»Was ist gestern nur geschehen?«

Litt ich an einer kognitiven Verzerrung? Ich glaubte noch, klar denken zu können. Aber meine Wahrnehmung war gestört und meine Erinnerung verloren. Und das Urteilen? Ich war mir noch nicht sicher, was ich davon halten sollte. Je mehr ich darüber nachdachte, desto mehr verstand ich nichts. Vielleicht lag dies aber daran, dass nichts einen Sinn ergab. Und je mehr ich nach Antworten suchte, umso mehr Fragen kamen auf.

Ich zog mir das Gewand aus und machte eine Entdeckung an meiner Brust. Eine lange Narbe zog sich über ihre Innenseite, die von einer anderen gekreuzt wurde. Sofort drückte ich darauf, um festzustellen, ob es sich um einen schlechten Scherz handelte. Der Schmerz antwortete mit der erschreckenden

Wahrheit. Zumindest diese Stellen fühlte ich. Bestürzt trat ich vor den Spiegel, um mir das Ausmaß anzusehen. Die horizontale Narbe verlief über meine Seite bis zu meinen Rücken. Ich drehte mich leicht und sah noch zwei weitere an meiner Schulter. Was verursachte nur solche Verletzungen?

»Das kann unmöglich von gestern stammen«, äußerte ich verzweifelt aus Angst, den Verstand zu verlieren.

Der Heilungsprozess war viel zu fortgeschritten, als dass die Verletzung vom vorigen Abend stammen konnte. Ihre Dimension verwies aber auf eine erhebliche Wunde, die bis ins Körperinnere gehen musste.

»Ich muss Tatiana fragen. Sie muss mir das erklären.«

Wieder ging ich zum Koffer und zog mir die erstbeste Kleidung an, die ich fand. Die Sachen waren alles andere als ordentlich oder sauber, aber mir blieb nichts anderes übrig, als zu nehmen, was ich in die Finger bekam. Nachdem ich mich umgezogen hatte, schloss ich den Koffer und verließ mit ihm das Gästezimmer.

☆

»Was? Du hast es ihm noch nicht gesagt?«

»Nein, ich habe es nicht übers Herz gebracht.«

»Du bist viel zu weich, Tatiana. Mama hat nur wegen dir das Gesetz ignoriert.«

»Ich weiß, Emilia, aber ich … ich konnte es ihm einfach nicht sagen.«

»Emilia, sie hat noch Zeit.«

»Ja, Viviane. Aber du weißt am besten, dass Menschen oft überreagieren. Seine läuft währenddessen ab.«

»Ich habe Angst, dass er mich dafür hassen wird.«

»Wieso sollte er das tun, Tatiana? Er ist dir bis hierher gefolgt.«

»Ja, aber sein Zustand … es ist meine Schuld … hätte ich …«

»Das bringt dich nicht weiter. Diese Gedanken, was hätte sein können. So denken eigentlich nur Menschen. Du hast schon zu viel Zeit mit ihnen verbracht. Ihr Verhalten färbt auf dich ab.«

»Viviane hat recht. Menschen lassen Chancen vorbeiziehen und verlieren die Fähigkeit, über ihr eigenes Leben zu bestimmen, weil sie nicht handeln. Wir Vampire sind anders.«

»Ja … aber was ist, wenn er nein sagt? Wenn er sich von mir abwendet und weigert, muss ich … ihn töten.«

»Ja, so verlangt es das Gesetz.«

Tatiana musste jemanden töten? Was hatte das zu bedeuten? Ich drückte den Kopf an die Tür zum Wohnzimmer und lauschte weiter. Mein Koffer stand dicht neben mir, und die Rollen quietschen, als ich ihn ein Stück bewegte.

»Seid still, ihr beiden. Die Wände haben Ohren.«

Hatten sie mich entdeckt oder sagte die Frau namens Viviane das nur zur Vorsicht? Eigentlich wollte ich gar nicht so lange zuhören, sondern nur in Erfahrung bringen, ob ich die Tür öffnen konnte, ohne zu stören. Nachdem ich das halbe Schloss abgesucht hatte, wollte ich endlich Antworten. Mein Körper fühlte sich immer fremder für mich an. Und die Narben fühlte ich auch nicht mehr. Noch seltsamer war für mich, dass ich trotz der Mittagszeit keinen Kohldampf verspürte. Aber ich hatte das Gefühl, dass in mir ein schlimmer Hunger heranwuchs.

»Tatiana?«, rief ich und öffnete die Tür, als ob ich das Zimmer erst erreicht hätte.

Ich betrat den Wohnbereich und zog meinen Koffer nach.

»Cassiel, freut mich, dich wiederzusehen.«

»Psst, Viviane.«

»Ähm … tut mir leid, aber ich kann mich nicht erinnern, dich schon einmal gesehen zu haben.«

»Das macht nichts, Cassiel. Sie hat gestern nur kurz vorbeigesehen. Sie ist unsere ältere Schwester.«

»Ach so. Freut mich, dich kennenzulernen.«

»Ganz meinerseits.«

»Tatiana, hast du kurz Zeit? Ich wollte mit dir etwas besprechen …«

»Wir lassen euch allein.«

Die Schwestern verließen das Zimmer und gaben mir die Möglichkeit, mit Tatiana unter vier Augen zu reden.

»Tatiana, ich kann mich nicht mehr an gestern Abend erinnern. Kannst du mir sagen, was vorgefallen ist?«

»Nichts. Wir haben zu Abend gegessen und sind dann zu Bett gegangen.«

»Aber ich habe Narben auf meinem Körper. Und mein Koffer ist kaputt.«

»Ja, das … wir waren gestern noch im Wald.«

»Okay … Aber davon bekommt man nicht solche Narben. Sieh dir das an.«

Ich zog mein gelbes T-Shirt nach oben und zeigte ihr die Spuren meiner Verletzungen.

»Du hast gegen einen Bären gekämpft und wurdest bewusstlos geschlagen!«

»Gegen einen Bären?«, wiederholte ich, um herauszufinden, ob sie mir einen aufband.

»Ja, und dein Koffer wurde dabei beschädigt.«

»Das würde zumindest die Verletzungen erklären, aber nicht, warum sie so schnell verheilt sind. Außerdem ergibt das keinen Sinn, dass ich meinen Koffer in den Wald mitgenommen habe …«

»Das ist schon vor einigen Tagen passiert.«

»Vor Tagen?«

»Du lagst im Koma.«

»Im … wow! Das würde erklären, wieso die Verletzungen verheilt sind. Und warum ich mich so komisch fühle. Aber nicht, warum ich meinen Koffer mitgenommen habe.«

»Das weiß ich leider selbst nicht. Du wolltest ihn unbedingt mitnehmen.«

»Außerdem habe ich noch das hier gefunden.« Ich zeigte ihr den abgebrochenen Zahn, den ich aus dem Koffer gezogen hatte. »Das ist unmöglich von einem Bären.«

»Nein, das ist der Zahn eines Wolfes.«

»Was für ein Wolf?«

»Der hat uns nach dem Bären angegriffen.«

»Sind wir durch mehrere Zoogehege spaziert?«

»Nein, der Wald ist ein Naturschutzgebiet. Wir haben die Tiere aus Versehen aufgeschreckt.«

»Ein Bär und ein Wolf ... Wie konnten wir das nur überleben?«

»Du hast dich ihnen mutig entgegengestellt.«

»Ich kann mir das nicht so wirklich vorstellen«, erwähnte ich den Zweifel an meine Überlebenskünste. »Aber wenn du es sagst, wird es schon stimmen. Aber woher kommt dann das?« Ich nahm den Pfeilschaft aus dem Koffer und zeigte ihn ihr.

»Wir wurden danach von Ureinwohnern angegriffen.«

»Von Ureinwohnern? Hier?«

»Ja, die waren auf der Jagd und hinter dem Bären her.«

»Und was hatte der Wolf damit zu tun?«

»Der gehörte zu ihnen.«

»Wie gefährlich ist die Gegend hier, bitte? Aber trotzdem verstehe ich nicht ...«

»Sieh nur ...« Tatiana zeigte plötzlich auf ihr bloßes Handgelenk. »... es ist schon so spät!«

Gleich stand sie auf, umarmte mich und ging zur Tür. »Ich muss mich auf die Hochzeit vorbereiten.«

»Warte, bitte. Ich hätte noch ...«

Die Tür flog zu, und sie verschwand aus dem Zimmer.

»... Fragen.«

Was war nur in sie gefahren?

☆

»Wieso sieht es hier aus wie auf dem Friedhof?«

»Fiona hat ihren Illusionszauber vergessen zu erneuern.«

»Ihren was? Sind das Leichen?«

»Aber das macht nichts. Du wirst dich gleich daran gewöhnen.«

»An was gewöhnen? Die trübe Stimmung?«

Mir war etwas mulmig, als ich Vlad nachfolgte. Wir betraten einen Höhleneingang, der sich neben dem Schloss befand. Er wurde von zwei schwerbewaffneten Soldaten bewacht, die mich an die schwarzen Rüstungen neben den Gästezimmern erinnerten. Sie trugen Hellebarden, in deren Klingen rote Mineralien glitzerten. Einer von ihnen sperrte uns ein schweres Metallgitter auf, durch das wir tiefer hineingelangten. Wir betraten einen leichten Abhang, der uns in ein Labyrinth aus Schatten führte.

»In ein paar Stunden wird meine kleine Prinzessin heiraten. Ich bin so aufgeregt. Du weißt hoffentlich, was das bedeutet?«

»Ähm, ich werde ihr Ehemann?«

»Genau. Und du wirst dafür sorgen, dass sie niemals weinen muss. Weil sonst werde ich dich dazu bringen.«

»Aber was ist, wenn sie sich verletzt?«

»Niemals, habe ich gesagt!«

»Okay … ich werde mein Bestes geben.«

»Und dass sie immer lacht.«

»Ich bin doch kein Pausenclown!«

»Immer, habe ich gesagt!«

»Okay, okay, ich sorge dafür!«

Wir drangen so tief in das Gewölbe ein, dass ich dachte, Vlad wollte mich unter die Erde bringen. Auf einmal hörten wir ein lautes Schluchzen, das schnell zu einem verrückten Lachen wurde. Da ich kein Bauchgefühl mehr hatte, musste ich mich auf meinen Verstand verlassen. Hoffentlich verlor ich den nicht so wie diese arme Kreatur, an deren Gefängnis wir vorbeigingen. Sie befand sich in einem vergitterten Raum, an dessen Wänden mehr Knoblauch hing, als ich in meinem gesamten Leben gesehen hatte. In der Mitte stand eine verglaste Säule, durch deren Kammern eine wasserartige Flüssigkeit floss. Im Zentrum stand ein Sarg, um den sich mehrere schwere Eisenketten wickelten. Vom Sarg aus verlief ein dünner Schlauch durch die Säule und in einen Blutspendebeutel, der auf einem Ständer stand. Daneben befand sich ein Tisch mit einem Holzbrett, auf dem eine aufgeschnittene Knoblauchzehe halb unter einem Küchenmesser lag.

»Warum hängt dort drinnen so viel Knoblauch?«

»Ich mag den Geruch. Er erinnert mich an eine Schwefelkammer.«

»Gruselig.« Ich antwortete im Reflex, ohne großartig darüber nachzudenken, was ich sagte.

»Danke, ich habe mich wirklich bemüht.«

Obwohl ich mich über meine Wortwahl ärgerte, fasste Vlad sie wie ein Kompliment auf. Ich freute mich darüber, dass er mir meine Vorverurteilung nicht übelnahm ... bis das Gespräch weiterging.

»Dort drinnen ist doch hoffentlich kein Mensch gefangen?«

»Nein, eine Ratte.«

»Hä?«

»Jetzt, wo ich es mir recht überlege ... Eigentlich ist es besser, wenn du es erfährst.«

»Wenn ich was erfahre?«

»Das ist Sorin, ein ehemaliger Anbeter.«

»Was macht ihr mit ihm?«

»Er wollte dich töt... Ich meine ... Er wollte meiner kleinen Prinzessin das Herz brechen ...«

»Das ist schrecklich, aber deshalb kannst du ihn nicht einfach so einsperren.«

»... darum habe ich das mit seinen Knochen gemacht.«

Plötzlich wollte ich, dass mir Vlad gar nichts mehr erzählt. Schweigend ging ich an ihm vorbei und ließ dieses Gespräch in der Versenkung schlechter Erinnerungen verschwinden. Auf keinen Fall wollte ich so knapp vor der Hochzeit wie diese arme Seele enden. Vielleicht konnte ich nachher etwas für ihn tun?

»So, da wären wir«, verkündete Vlad und sperrte mit einem Eisenschlüssel eine Tür auf, die sich in einem hölzernen Rundbogen befand.

Wir traten hindurch, und er zündete mit einem Fingerschnippen eine Schüssel an, die auf einer Brüstung stand. Eine schwarze Flüssigkeit entflammte, und ein Feuer schoss über das Geländer in die Wand. Es drang durch das Gemäuer und erhellte die Halle. Das Feuer stieg vom Boden bis zur Decke, als ob die Hölle auf Erden käme. Die Flammen beleuchteten eine riesige Halle, deren Raum aus goldenen Bergen bestand, in denen ein Drache hausen konnte. Mehrere Kisten standen auf den vielen Hügeln, die aus Juwelen, Münzen, Schwertern und Gegenständen bestanden, für die ich keinen Namen hatte, die mich aber zum Staunen brachten.

»Ist das eine Schatzkammer?«

»Nein, das sind unsere Rücklagen. Alte Familienrelikte und anderer Plunder.«

Ungläubig starrte ich ihn an und wunderte mich, was für ihn ein Vermögen darstellte.

»Natürlich ist das eine Schatzkammer, Cassiel«, erklärte er mir schließlich und lachte. »Und wenn du jemandem etwas davon erzählst, dann werfe ich dich in den Kerker.« Irgendwie waren seine Aussagen viel schlimmer, wenn er sie beiläufig erwähnte und dabei lachte. »Jetzt komm mit. Die Kleidung befindet sich ganz hinten.«

Wir wanderten über Berge von Schätzen, deren Wert mich so blendete, dass ich nicht sehen wollte, worauf ich trat. Viele Minuten später gelangten wir über einen steilen Abhang zu einem goldenen Schrank, dessen Türen das Wappen der Familie prägte. Vlad öffnete ihn und griff nach einem schwarzen Kleidungsstück, durch dessen Stoff sich goldene Fäden zogen. Er gab mir das Oberteil, dessen Material aus schwarzen Mustern bestand, die bis zum Abschluss verliefen, der in Chiffonärmeln endete. Am Oberarm glänzte das Wappen der Familie in goldenen Verzierungen.

»Probiere, ob dir das passt.«

Ich zog es mir an und richtete den hohen Kragen, dessen schwarze Federn über mein Gesicht streiften.

»Das ist ziemlich weit.«

»Wir haben keine andere Wahl.«

»Was ist das für ein Gewand?«

»Meine alten Sachen. Damals bin ich darin vor den Traualtar getreten, um Fiona zu heiraten.«

»Und die willst du mir wirklich borgen?«

Er war so nett, dass es fast unheimlich war. Ich konnte mich noch sehr gut an seine letzte Drohung beim Abendessen erinnern. Dass er mir jetzt anbot, Kleidung von ihm auszuborgen, machte mir direkt Angst. Oder wollte er mir seelisch beistehen?

»Mir bleibt keine andere Wahl.«

Er überreichte mir eine schwarze Hose, die goldene Knöpfe und verzierte Seiten besaß. Ich zog sie mir an und nahm danach zwei schwarze Stiefel entgegen. Zuletzt zog ich mir eine blutrote Weste an. Mir gefiel das Outfit, das nicht meinen eigentlichen Stil widerspiegelte.

»Bei euch ist alles in Ordnung?«

Viviane stand plötzlich neben uns. Wie hatte sie so schnell hierher gelangen können? Sie bedachte ihren Vater mit einem ernsten Blick. Ich wusste nicht wieso, aber ich fand sie plötzlich äußerst sympathisch.

»Ja … natürlich, Viviane. Cassiel und ich sind fast fertig«, informierte er und ergriff freundschaftlich meine Schulter.

Natürlich war ich nicht fertig, und das lag daran, dass mir sein Gewand nicht passte. Aber er zitterte so stark, dass er sich das offenbar nicht zu sagen traute.

»Mir sind die Sachen leider zu weit«, erklärte ich und spannte meine Kleidung wie ein Zelt auf.

»Das ist kein Problem. Mein Schneider wird sich darum kümmern.«

Vlad schrie auf – oder war das der Gefangene? Nein, ich konnte ihn leise wimmern hören und verstand schließlich, warum er das Gewand in der Schatzkammer und nicht im Schloss aufbewahrte. Ich sah es als meine Pflicht, ihn von seiner zu erlösen – außerdem wollte ich ehrlichweise später nicht im Gefängnis des Verrückten landen.

»Können deine Schneider nicht neue Sachen aus meiner Kleidung nähen? Ich habe einen Anzug mitgebracht, der leider die Fahrt nicht überstanden hat.«

»Das könnten sie machen. Aber willst du kein magisches Gewand haben?«

»Magisch?«

»Entschuldigung, ich meinte … äh … traditionell.«

»Ich glaube, ich passe sowieso nicht in euer Muster. Damit meine ich, wenn es euch nicht stört, dann ist mir das nicht so wichtig.«

»Cassiel, du hast mich auf eine Idee gebracht!«

☆

»Wir sind fertig. Ihr könnt damit aber nicht fliegen.«

»Kein Problem. Ich steige in keinen Helikopter.«

Der Schneidermeister sah mich verdutzt an und wusste nicht, ob ich einen Scherz machte. Er gab ein kurzes Lachen von sich, das mit einem Husten verstummte. Ich bewunderte sein Werk, das aus meinem alten Anzug bestand. Er hatte die roten Ketchup-Flecken aus meinem Hemd herausbekommen, indem er es gewaschen und danach in einer Schüssel schwarz gefärbt hatte – den Trick musste ich mir merken. Nach dem Trocknen kümmerte er sich um die Risse – sie stammten wahrscheinlich vom Kampf im Wald – und nähte sie zu. Jene Stellen, die zu stark beschädigt waren, überdeckte er mit schwarzen Stoffen und nähte dann einen goldenen Faden hinein. Das fertige Hemd war von vielen Symbolen bedeckt, die mich an die Säulen beim Eingang erinnerten. Sie verliehen der Kleidung einen Hauch von Mystik und Exotik. Der Kragen bestand aus goldenen Rillen, deren Form sich auch an den Schultern finden ließ. Es sah ein wenig so aus, als würde ich eine breite Halskette tragen. Ich griff an die neuen Knöpfe, die nicht aus Plastik bestanden. In sie war das Wappen der Familie eingraviert, das sich auch auf meinem schwarzen Jabot wiederfand.

»Ist das Gold?«

»Nur die Knöpfe, der Rest ist Brokat.«

»Brokat? Davon habe ich noch nie gehört.«

»So wird ein Stoff genannt, der mit wertvollen Fäden durchwoben ist. In Eurem Fall Gold, aber nicht gänzlich.«

Darüber trug ich eine Weste, die ebenfalls mit vielen goldenen Symbolen bedeckt war. Das Kleidungsstück gehörte nicht mir, sondern wurde mir fertig von einem Gehilfen übergeben. Genauso wie meine schwarze Hose, die mir seltsamerweise passte. Auch über deren Stoff verliefen goldene Symbole, die in mir die Vermutung weckten, dass es sich um eine geheime Botschaft handeln könnte.

»Das sieht fantastisch aus!«, äußerte Viviane und überreichte mir meine schwarze Anzugjacke, auf der sich nach der Anpassung ebenfalls dieselben Symbole befanden.

Außerdem hatte der Schneidermeister die Schultern mit dem Wappen der Familie versehen.

»Es freut mich, dass es Euch gefällt, Prinzessin Viviane. Wir haben nach Eurem Entwurf gearbeitet.«

»Für diese Leistung habt Ihr Euch einen freien Tag verdient.«

»Das ist sehr großzügig von Euch.«

»Was ist eigentlich das?«, fragte ich und zeigte auf einen Namen, der auf einem silbernen Metall stand, das am Kragen steckte. »Blutique?«

»Nur der Name meiner Modekette«, antwortete Viviane. »Betrachte die Werbung als Gegenleistung für das Flicken.«

»Ich verstehe, danke.«

Ich zog mir das letzte Kleidungsstück an und trat anschließend vor den Spiegel. Mein Körper glänzte in unterschiedlichen Symbolen, von denen ich wünschte, sie wären nicht so auffällig gewesen. Ich leuchtete so stark wie ein weihnachtlicher Garten, bei dem Lichtfanatiker bestrebten, die Astronauten in der Erdumlaufbahn zu blenden. Eventuell war das auch der Grund, warum zu uns kein Weihnachtsmann mehr kam. Vermutlich war er davon erblindet, hatte sich zu einem anderen Planeten verflogen und nie wieder zurückgefunden. Schnell merkte ich in lächerliche Gedanken abzuschweifen und konzentrierte mich wieder auf die bevorstehenden Ereignisse.

»Hoffentlich entdecken mich die Ureinwohner nicht, wenn ich so strahle ...«

»Keine Sorge, ich mache alle Feinde platt«, versicherte mir Emilia, als sie mit zwei geschulterten Bazookas ins Zimmer kam.

Auf ihrem Kopf saß ein Helm mit goldener Spitze, der mich an eine Pickelhaube erinnerte. Hektisch sah sie um sich, als sie meine Mimik erkannte, bei der die Kinnlade weit offenstand. »Ich sehe mal nach Tatiana«, verkündete sie, drehte sich um und hetzte aus dem Zimmer.

»Sie ist ein richtiger Waffennarr.« Viviane lachte, als ich noch immer staunte.

»Hoffentlich sprengt sie nicht die Hochzeit.«

»Keine Sorge, Cassiel. Sie ist übermotiviert, aber würde so etwas nie tun.«

»Dann bin ich beruhigt.«

»Übrigens habe ich eine Überraschung für dich.«

»Was für eine Überraschung?«

»Eine Flasche selbstgemachten Kirschlikör.«

»Ich glaube, mir wird übel.«

»Lass uns auf einen guten Ablauf anstoßen.«

☆

Wir gingen – ich wackelte ein wenig – aus dem Zimmer. Viviane führte mich durch mehrere Flure in den hinteren Bereich des Schlosses. Ihr Vater folgte als Beistand nach und vermittelte mir das Gefühl, dass es kein Zurück mehr für mich gab. Über mehrere Stufen einer langen Terrasse gelangten wir schließlich aus dem Schloss. Die Umgebung glich einem Irrgarten, und ich war froh, dass Viviane mir den Weg zeigte. Als wir eine offene Stelle erreichten, erblickte ich eine Hecke in einer sonderbaren Form. Sie erinnerte mich an ein schreiendes Gesicht mit einem weit offenen Mund. Als ich sie kurz ansah, überkam mich ein schläfriges Gefühl.

»So ein Schwachsinn!«, dachte ich mir nur, »Hecken können nicht gähnen.«

Schnell wandte ich mich von meiner Wahnvorstellung ab und eilte Viviane nach. Die Gebüsche zu unseren Seiten wurden immer dichter. Ihre offenliegenden Wurzeln sahen aus wie gruselige Hände, die nach mir greifen wollten. Ich bemühte mich, ihnen so gut wie möglich auszuweichen.

»Hier sollte dringend wieder ein Gärtner vorbeisehen«, kommentierte ich meinen Hindernislauf.

Ungewöhnlicherweise wichen die Wurzeln Vivianes Schritten aus. Trat ich an dieselbe Stelle, streckten sie sich in meine Richtung. Gab es Büsche, die sich bewegen konnten? Ich wusste nur von fleischfressenden Pflanzen, reaktiven Mimosen und der faszinierenden Kugelalge Volvox. Meine Augen spielten mir offenbar einen Streich. Die Abenddämmerung machte es für mich nicht leichter, Klarheit zu erlangen. Vergeblich suchte ich nach der Sonne und entdeckte viele kleine Schatten, die über unseren Köpfen kreisten.

»Sind das … Fledermäuse?«

»Nein, Blutsauger«, meldete sich Vlad zu Wort.

»Das ist doch …«

»Deine zukünftige Verwandtschaft.«

»Meine was?«

Litt Tatianas Vater an einer Wahrnehmungsstörung oder hatte er nur zu viel Fantasie?

»Sieh nur, dort ist Edler Trockensauger!«

»Bitte wer?«

»Ich gab ihm diesen Titel, nachdem er eine Reinigung überfiel und alle leersaugte.«

Vlad wollte mich offenbar testen oder verunsichern. Darauf ließ ich mich nicht ein.

»Sehr witzig.«

»Das waren noch Zeiten! Damals konnte ich noch hemmungslos trinken.«

War Vlad früher dem Alkohol verfallen gewesen? Hatte er deshalb am vergangenen Abend nur seine Medizin zu sich genommen? Verhinderte Fiona, dass er seinem Verlangen erneut erlag? Wie dem auch sei! Das Ende meiner Unklarheiten rückte näher. Ein asphaltierter Weg führte aus dem Labyrinth zu einer Allee. Mittlerweile war es schon dunkel geworden, und ich konnte nur noch spärlich etwas erkennen. Viviane machte eine Handbewegung, woraufhin sich mehrere Kerzenständer entlang des Weges entzündeten. Steuerte sie die mit einer Fernbedienung? Das Licht verlief einen Weg entlang und wurde von der Ferne verschluckt.

»Und Cassiel, bist du aufgeregt?«, fragte mich Vlad von der Seite.

»Wegen der Hochzeit?«

»Nein, wegen deinem Umzug.«

»Welchen Umzug?«

»Dass du es weißt, ich dulde keinen Lärm zwischen null und vierundzwanzig Uhr.«

»Wann soll dann jemand arbeiten?«

»Ich brauche meine Ruhe.«

»Soll mir recht sein, wir wohnen sowieso woanders.«

»Nicht mehr lange.«

»Vater!«

Vlad zuckte zusammen, als Viviane ihn ermahnte – ich mochte sie immer mehr.

Zwischen den Leuchten versammelten sich Personen, die schwarze Mäntel anhatten. Manche von ihnen trugen Kerzen, andere hielten farblose Blumensträuße. Waren das alles Ministranten? Wie Hochzeitsbesucher sahen sie jedenfalls nicht aus. Wir standen und warteten, bis sie sich angeordnet hatten. Rote Lichter leuchteten unter ihren Kapuzen hervor, die mich an Augen erinnerten. Spielten mir meine Augen wieder einen Streich? Immer mehr Fremde kamen aus der Dunkelheit hervor und stierten in unsere Richtung. Nach mehreren Minuten setzten wir uns wieder in Bewegung. Ein wenig kam ich mir vor, als würde ich auf meine eigene Beerdigung gehen. Und als ich daran dachte, bekam ich das Gefühl, dass sich meine Gedanken wiederholten.

»Stimmt, du weißt nichts mehr davon«, flüsterte mir Vlad zu.
»Wovon?«
»Von deiner Wiederg…«
Ich wurde Augenzeuge von dem bösesten Blick, den Viviane ihrem Vater je gab. Es stellte ihm bildlich die Haare auf. Stotternd rang er um weitere Worte.
»…g…g…gutmachung von Sorgen, die ich hatte, wenn Viviane mich so ansieht, als wolle sie mich wieder in die Mülltonne stopfen.«
»Hä?«, antwortete ich nur. »Was soll ich gemacht haben?«
»Beachte ihn nicht, Cassiel. Er übertreibt es manchmal mit seinen Späßen. Nicht wahr, Vater?«
»Du hast so recht, meine Prinzessin. Ich bin ein schändlicher Schelm. Bitte bestrafe mich nicht wieder. Sieh her, ich vertrag mich sogar mit Cassiel.«
Plötzlich zog er an meiner Schulter und umarmte mich. Mein Gesicht steckte so tief in seinem Gewand, dass es mir schwerfiel zu atmen. Ich wusste nicht, ob ich mich freuen, oder ersticken sollte.
»Siehst du, wir sind wie eine Familie«, verkündete er und ließ mich wieder los.
»Aha, und was ist dann das?«, erwiderte Viviane streng.
Ich spürte, wie sie etwas von meinem Rücken zog. Dann streckte sie ihm einen Aufkleber entgegen.
»Ein Scherz?«, erklärte er unsicher.
»Frischblut …«, las sie laut vor.
»Weil er jetzt zur Familie gehört?«, stotterte er weiter.
»… nur noch kurz verfügbar!«, beendete sie den Satz.
Plötzlich zischte es und Vlad verschwand lachend in einer Rauchwolke.
»Als ob du deiner Strafe entkommen könntest, Vater!«, drohte Viviane und erklärte: »Bei der Trauung sehen wir uns wieder!«
»War das ein Zaubertrick?«, fragte ich mit vorgestrecktem Zeigefinger und wartete auf Vlads Erscheinen.

»Komm, Cassiel, wir gehen ohne ihn weiter.«

»Aber wo ist er hin?«

»Er fährt gerade zur Hölle.«

Ohne auf meine Reaktion zu warten, drehte sie sich um und schritt den Weg entlang. Ich eilte ihr nach und durch die Schneise, welche die Fremden vor uns bildeten. Kaum hatten wir sie passiert, folgten sie uns in weitem Abstand nach. Zu einem großen würfelartigen Schemen, auf die Viviane direkt zusteuerte. Ich dachte sofort an ein Gebäude, aber als ich schließlich davorstand, wusste ich nicht, was ich betrachtete.

»Warum hat die Kirche kein Dach?«

»Damit die Gäste von oben zusehen können.«

»Wo oben? Die gesamte Dachschräge fehlt!«

»Ja, damit ihr eine romantische Vermählung habt. Unter Sternen und Mondlicht. Findest du es nicht schön, die Nacht zu sehen?«

»Das schon, aber aufziehende Gewitterwolken trüben meine Freude. Ohne Dach regnet es bei einem Unwetter doch rein.«

»Keine Sorge, die Kirche wird von einer magischen Barriere geschützt.«

»Einer was?«

»Oh ... Entschuldige ... Ich habe Vaters Musical noch nicht verdrängt. Ich meinte, es befindet sich ein Glasdach darüber.«

»Und darauf sitzen die Gäste? Dann werden die doch nass?«

»Nein, keine Sorge, über ihnen befindet sich auch ein Glasdach.«

»Noch eines?«

»Ja, genau.«

»Ihr habt wohl einen ziemlich guten Statiker beauftragt.«

»Natürlich, Cassiel. Wir engagieren nur die Besten.«

»Aber worauf stehen die?« Ich zeigte auf ein Paar, das neben der Kirche auf der siebten Wolke schwebte.

»Ähm ...« Viviane schaute sie an, als wollte sie ihre Namen von der Gästeliste streichen. »Auf einem Glasturm.«

»Beeindruckend!«

»Das ist es«, antwortete sie und öffnete die große Kirchentür. »Aber wir sollten jetzt hineingehen, die anderen warten schon auf uns.«

☆

»Und wollt Ihr, Cassiel, Prinzessin Tatiana zur Frau nehmen?«

»Ja, ähm … aber sollten wir nicht warten, bis sie da ist?«

»Die Braut ist nicht hier? Eine Katastrophe!«

Ich stand neben einem düsteren Priester, der aussah wie ein Klappergestell und sich genauso verhielt. Er erinnerte mich an einen Pensionisten, der aus dem Altersheim geflohen war und einen Bankautomaten um eine Wegbeschreibung zum Flughafen bat. Er trug ein Gewand, das so blutrot wie das Getränk in seinem Goldkelch war, von dem er regelmäßig trank. Seinen Körper stützte er mit einem Stock, der ursprünglich ein Kerzenständer gewesen war, bis Fiona dessen Funktion und Form verändert hatte.

»Ja, es hat noch nicht angefangen. Das solltet Ihr als Priester doch wissen?«

»Sollte ich das?«

Ich beantwortete seine Frage mit erschöpftem Schweigen. Nachdem ich ihm das schon mitgeteilt hatte, sparte ich es mir, mich zu wiederholen.

»Auch ein Schluck?« Er hielt mir seinen Kelch vor die Nase.

»Nein, danke«, wies ich angewidert mit Würgereiz ab.

»Na gut, also … wollt Ihr Prinzessin Viv…«

»Sie ist noch immer nicht da! Außerdem heirate ich Tatiana!«

Der Priester hatte die Augen geschlossen, und ich wunderte mich, wie er überhaupt etwas sehen konnte. Er wirkte müde und wie eine Person, die man aus einem tiefen Schlaf gerissen hatte. Ich verglich seinen Zustand mit meinem Verhalten, wenn ich tagsüber schlief und plötzlich jemand läutete. Nach dem Öffnen der Tür drangen Worte aus meinem Mund, die kein Sprachwissenschaftler interpretieren konnte. Sein geistiger Zustand wurde aber eher durch das regelmäßige Nippen am Goldkelch herbeigeführt.

»Ähm ... wollt Ihr vielleicht nicht etwas weniger trinken? Zumindest bis nach der Zeremonie?«

»Das ist meine Medizin!«

Ich wusste nicht, ob er die Wahrheit sprach, aber sein Zustand wurde mit jedem Schluck schlimmer. Zusätzlich hickste er regelmäßig, und die Abstände dazwischen wurden kürzer. Wie wollte er in so einem Zustand eine Hochzeit begleiten? Auf dem Altar, der nach ... ach, was schreibe ich? Der Altar sah aus wie eine rituelle Opferbank! Überall Kunstblut, Knochen und Schädel, deren menschliche Form ich zu ignorieren versuchte. Blutartiges Wasser floss aus seiner steinigen Form und in eine Rinne, die bis vor meine Füße verlief. Der Priester stand breitbeinig dazwischen und bückte sich regelmäßig, um sich aus dem sonderbaren Wasser nachzuschenken. Danach trank er den nächsten Kelch, ohne auch nur einmal abzusetzen, aus.

»Wer bist denn du?«

»Cassiel!« Ich wandte mich von dem Irrsinn ab, bevor ich meinen Verstand verlor. »Fiona, sollten wir nicht einen anderen Priester nehmen?«

Tatianas Mutter stand auf einer der zwei kleinen Schatzinseln, um die rotes Wasser lief, das ich immer weniger für solches hielt. Sie legte ein großes juwelenbesetztes Zepter darauf ab, das natürlich – wie konnte man es anders vermuten – ebenso aus Gold bestand. Waren das Hochzeitsgeschenke? Anstatt auf meinen Einwand zu reagieren, lächelte sie mich nur an und ging dann zu den Bänken. Wenigstens die sahen aus wie in einer Kirche und gaben mir etwas mehr Zuversicht. Fiona setzte sich neben Emilia, die zwischen den Beinen eine Bazooka mit vielen Stickern aufgestellt hatte. Zusätzlich schliff ihre Tochter mit einem Wetzstein über ein blutrotfunkelndes Schwert mit goldverziertem Griff.

»Emilia, was machst du mit den Waffen?«

»Wenn ein Feind auftaucht, blase ich ihn vom Himmel.«

»Warum klebt dann ein Sticker auf der Bazooka, der lautet … *Sei nicht schüchtern?* Willst du einen Feind nicht vertreiben, anstatt ihn zu dir zu locken?«
»Nein, wenn er näherkommt, kann ich besser zielen.«
»Aber so trifft dich der Sprengkopf!«
»Und dann ziehe ich ihm mit dem Rohr eins drüber.«
»So funktioniert eine Bazooka nicht!«
Auf einmal setzte ein tiefes Summen eine, das uns beide verstummen ließ. Der Laut stammte vom Priester und wurde von der Masse an Gestalten wiedergegeben, die der Reihe nach in die Kirche eindrangen. Sie trugen verschiedenste Masken und verhüllten ihre Körper mit Kapuzenmänteln, die sie nach hinten streiften, um sich auf die Bänke niederzusetzen. Schnell wurde das Summen zu einem Lied, das alle bis auf mir sangen.

Verse 1:
Eine Tochter wird heut vermählt,
damit der Blutschwur beginnt.
Ihre Liebe ist rein, sie hat den einen erwählt,
mit dem sie ihr Leben verbringt.
Unsterblich ist der Schwur, einzig, was zählt,
wie es in unserem Lied erklingt.
Damit die Sehnsucht uns nicht im Sarge quält
und die Einsame mit dem Schlafe ringt.

Chorus:
Seid bereit für die Bluthochzeit,
in der heutigen Nacht.
Für den Schwur gemeinsamer Ewigkeit,
der Liebende stärker macht.
Seid bereit für die Bluthochzeit,
während der Mond uns zulacht.
Für endlose Liebe, bis die Sonne entzweit,
und unser Körper entfacht.

Verse 2:
Ein Bruder wird sich heute binden,
und dafür sein Blut geben.
Trotz vieler Schatten konnte er seine Liebste finden,
und wahre Liebe erleben.
Den größten Feind, sich selbst überwinden,
ohne sich zu vergeben.
Und ihr Vertrauen und Herz erringen,
um nach Einigkeit zu streben.

Chorus:
Seid bereit für die Bluthochzeit,
in der heutigen Nacht.
Für den Schwur gemeinsamer Ewigkeit,
der Liebende stärker macht.
Seid bereit für die Bluthochzeit,
während der Mond uns zulacht.
Für endlose Liebe, bis die Sonne entzweit,
und unser Körper entfacht.

Bridge:
Jeder hat mal die Phase oder den Moment,
in dem er sich nicht mehr im Spiegel erkennt.
Bekannte Gesichter, aber alles ist fremd,
während die Sehnsucht im Herzen brennt.
Nur Mut!
So leben wir närrisch eine sinnlose Scharade,
um unsere goldene Maske zu wahren.
Und bestreben stets vor anderen zu glänzen,
ohne ein Wort von Bedeutung zu sagen.
Seid frei!
Abseits vom Schein erkunden wir die funkelnde Nacht,
entdecken mit Freude, was das Leben lebenswert macht.
Hier finden wir andere, die uns verstehen,
und entfernen die Masken, damit uns unsere Liebsten sehen.

Outro:
Macht euch bereit für die Bluthochzeit,
in der heutigen Nacht.
Für den Schwur gemeinsamer Ewigkeit,
der Liebende stärker macht.
Wir sind bereit für die Bluthochzeit,
während der Mond uns zulacht.
Für endlose Liebe, bis die Sonne entzweit,
und unser Körper entfacht.

☆

Das Lied endete, als die Kirchentüren aufgestoßen wurden und die Einleitung begann. Nervös schaute ich vom Podest über die Köpfe hinweg. Der letzte Gast trat ein und ging zwischen den Bänken den Weg zum Traualtar. Ein geisterhaftes Vorkommnis spuckte schwarze Blätter um seinen Körper und verstreute sie entlang des Weges.

»Ich bin kein Quälgeist!«, schrie es in meine Richtung und verstummte anschließend.

Was auch immer das für ein Vogel war, es flitzte an den Gästen vorbei und landete auf Fionas Schoß. Mit großen traurigen Augen sah es sie an, diese sonderbare Mischung aus Hundeblick und transparentgrünem Hasenkörper.

»Nein, das bist du nicht«, tröstete Fiona und streichelte es anschließend.

Und dann war es so weit! Vlad erschien und führte Tatiana über den roten Teppich zu mir. Er trug wie Emilia und Fiona einen Mantel, ohne den Kopf mit einer Maske oder Kapuze zu verbergen. Aber Tatiana … sie war bezaubernder als jemals zuvor. Sie trug eine herrliche Frisur ineinander verflochtener Haare, deren Locken über ihren Nacken glitten. An den Ohren hing goldglitzernder Schmuck, in dem sich kleine Jadekristalle befanden. Sie hatte ein rotes Kleid an, durch das sich goldene Verzierungen zogen und das einen Rüschenkragen besaß. Um ihren Hals hing eine Kette, an deren Ende taubenblutrote Rubine in ihren weiten Ausschnitt reichten. Ich konnte ihre Schultern sehen, aber nicht ihre Oberarme, die vom gleichen Stoff umgeben wurden, der bis zu ihren Handgelenken verlief. Über ihre Hände hingen schwarze Chiffonärmel. Der rote Stoff des Kleids reichte über ihre Hüfte, endete wie ein Rock und überdeckte einen schwarzen Stoff, der sternartig funkelte. Dasselbe Textil bedeckte ihre Taille. Sie sah aus wie eine wahre Prinzessin. Mir stockte der Atem, als sie sich elegant zu mir bewegte.

Vlad umarmte sie stolz und flüsterte ihr etwas ins Ohr. Dann ging er in die erste Reihe und setzte sich neben Fiona und seine anderen Töchter. Er hatte sich kaum hingesetzt, als er sich über das Gesicht wischte. Weinte er etwa? Fiona streichelte über seinen Oberschenkel und drehte anschließend ihre Hand um. Ohne hinzusehen, griff er danach und Fiona schmiegte sich an ihn.

Tatiana zog ihr Kleid hoch und stieg das Podest zu mir nach oben. Sie nahm meine Hand auf halbem Weg entgegen und stellte sich vor den Geistlichen ... der wie ausgewechselt war.

»Wer sind Sie?«, fragte ich den gutaussehenden Mann mit schwarzem Haar und roten Augen, der vor mir stand.

Der zuvor gebrechliche Mann musste aus einem Jungbrunnen getrunken haben.

»Der Priester«, antwortete er hicksend und schloss mit der Bewegung beider Arme die Kirchentore mit einem Knall.

»Und wer bist du?«

»Cassiel ... der Bräutigam ...«

Wollte er mich auf den Arm nehmen oder gehörte das Schauspiel zur Zeremonie?

»Wir können anfangen«, informierte Tatiana und strahlte mich an.

»Wie ihr wünscht, Prinzessin.« Der Priester streckte die Arme aus und begann die Ansprache: »Werte Brüder und Schwestern, wir haben uns heute hier versammelt, weil ich mich darüber beschweren möchte, dass ihr mich nicht schlafen lasst! Ich hatte so süße Träume und habe gerade von Emilias Küss...«

Ein silberbraunes Ding flog pfeilschnell zwischen Tatiana und mir vorbei.

»Die Bazooka hat den Priester erschlagen!«

Der Priester lag halb auf dem Altar, bereit, seine Existenz für die Fleischeslust zu opfern. Seine Beine und Arme standen zur Seite weg. Die Bazooka verdeckte seinen Rumpf und das Gesicht. Alle sahen in Emilias Richtung, deren Gesicht rot anlief.

»Was? Dort war ein Feind!«

Der Priester stellte die Waffe zur Seite und machte die nächsten Schritte, als ob sie seine letzten sein könnten. Dann stellte er sich wieder vor uns, als ob nichts geschehen wäre.

»Alles okay?«, fragte ich ihn und hoffte, dass wir weitermachen konnten.

»Danke, geht schon«, flüsterte er mir zu und räusperte sich. »Prinzessin Emilia, meine Worte tun mir ausgesprochen leid, aber die Vergangenheit lässt mich nicht los. Niemals werde ich den Anblick Eures zarten Bus…«

Eine Sitzbank flog schnurgerade zwischen mir und Tatiana hindurch und schleuderte den Priester nach hinten. Das Holz zersplitterte im Angesicht einseitiger Sehnsucht, die den Priester erneut in die Opferrolle beförderte.

»Ich hatte dich gewarnt, das zu erzählen, Breda!«, schrie Emilia mit blutrotem Schädel den Priester an.

Schockiert sah ich, wie sie ihr Schwert zog und auf uns zumarschierte.

»Halt, Emilia! Ich bereue, ich bereue!«, schrie der Priester, als sie über ihm am Altar stand und ein Blutopfer darbringen wollte.

Wie konnte er sich nach diesen Treffern noch bewegen? Auch verstand ich nicht, wie es Emilia gelang, eine ganze Sitzbank zu werfen. Breda lag reumütig am Opferaltar, und sie stand über ihm, bereit, ihr Schwert in sein Herz zu bohren.

»Emilia … bitte verschone ihn. Wir wollen doch heiraten.«

»Du hast recht, Tatiana. Zumindest aus dem Blickwinkel betrachtet …«

Breda dachte kurz darüber nach, öffnete die Augen und gab Tatiana recht. »Der ist gar nicht so schlecht!«

Plötzlich erschien Fiona neben uns und verdeckte die Sicht auf den Opferaltar. Eine Welle roten Wassers floss durch ihre Beine hindurch, als hinter ihr Bredas Schreie erklangen.

»Gut seht ihr aus«, sagte sie uns und musterte mich. »Keine Sorge, es geht gleich weiter.«

»Danke, aber was pass...«

»Cassiel, was sagst du zu deiner neuen Garderobe? Findest du nicht auch, dass Viviane einen ausgesprochen guten Geschmack hat?«

Irgendwie kam es mir so vor, als wollte sie mich von einem Gewaltverbrechen ablenken.

»Ja ... schon«, antwortete ich und wollte an ihr vorbeisehen.

»Ich bin fertig«, verkündete Emilia und stapfte mit ihrer geschulterten Bazooka sowie ebenso blutbesudeltem Schwert vorbei.

Mir kam es so vor, als ob die Zuseher etwas erlebt hätten, dass sie nur allzu gern wieder verdrängen wollten. Ich erkannte aber nicht viel mehr als die guten Mienen vieler Masken zum bösen Spiel. Erneut trat der Priester vor uns und ... Moment, der war doch gealtert! Er hatte grauweise Haare und wirkte gebrechlicher als zuvor. Und was war mit seiner Kleidung geschehen? Die war komplett zerfetzt! Wieder bückte er sich nach dem roten Wasser und trank zwei Kelche davon.

»Es gibt nichts Besseres als Eigenblut nach dem Aufstehen.«

»Hä?«, erwiderte ich nur, weil ich seinen Witz nicht verstand.

»Beginnen wir die Zeremonie! Werte Verlorene, wir haben uns heute hier zu gespenstisch schrecklicher Stunde versammelt, um dem Schwur zwischen Prinzessin Tatiana und ... wie hieß der nochmal?«

»Cassiel«, flüsterten Fiona und Viviane wie Souffleusen, während Vlad lachte.

Sein Sinn für Humor verging ihm, als sie ihn mit einem mahnenden Blick bedachten.

»Ach ja … um dem Schwur zwischen Prinzessin Tatiana und Cassiel beizuwohnen. Den beiden Verlorenen, die sich dazu entschlossen haben, verflucht noch mal, die Ewigkeit miteinander zu verbringen! Nun gibt es die einen, die behaupten, dass das Leben ohne den Tod keinen Sinn haben würde. Ich sage euch, das ist Schwachsinn! Das Leben macht als Gesamtes keinen Sinn, wenn es nur daraus besteht, zu existieren! Unendliche Gier kann nicht durch zügellose Leidenschaft gestillt werden. Egal, wie viel wir auch trinken, wir bleiben durstig. Die Liebe allerdings, sie ist das einzig Beständige in unserem endlosen Dasein. Sie kennt keine Grenzen, die uns der Tod auferlegt. Der Schwur des Blutes vereint die Kräfte zweier Liebender und macht sie stark. Stirbt der eine, dann stirbt auch der andere. Dies wollen sich Prinzessin Tatiana und Cassiel heute schwören. Zu streiten in guten und sich zu lieben in schlechten Zeiten. Darum frage ich Euch, Prinzessin Tatiana Tepes Dracula, wollt Ihr Cassiel zu Eurem blutig angetrauten Ehemann nehmen? Ihm ihn die Kehle beißen und an ihm saugen?«

»Ja, ich will.«

»Und Ihr Cassiel? Wollt Ihr Prinzessin Tatiana zu Eurer blutig angetrauten Ehefrau nehmen? Sie lieben und ehren, bis dass die Sonne oder andere Gewalten euch trennen? Ihr so viel Leidenschaft schenken, wie ich es gerne bei Emilia tun würde? Ihr die Kleider vom Leib reißen und …«

»Ja! Ja, ich will!«

»Dann erkläre ich Euch hiermit zu Mann und Frau. Ihr dürft jetzt machen, nach was Euch verlangt.«

Auf einmal standen die Gäste auf und applaudierten, als wir uns küssten. Zwei Männer in grünen Kostümen, die sich ähnelten und gelbleuchtende Augen hatten, wurden von elektrischem Licht beleuchtet. Der eine saß auf einem Klavier und der andere stand daneben und spielte eine Geige. Sie leiteten das Lied RV hundertsechzig des Musikers Vivaldi ein, während die Gäste ihre Mäntel ablegten und die Bänke wie magisch zur Seite schoben. Dann fassten sich Mann und Frau die Hände und begannen zu tanzen. Auch Fiona und Vlad tanzten in dem Gemenge, in dem sie durch ihre schwarze Kleidung kaum auffielen. Viviane fand einen einsamen Mann, verbeugte sich wie er und schloss sich dem bunten Treiben an. Nur Emilia schritt an uns vorbei, als Breda hoffte, einen geheimen Ausgang auf der Rückseite der Kirche zu finden. Freudig sah ich Tatiana an.

»Jetzt sind wir endlich verheiratet.«

»Ich mach dich kalt, Breda!«

»Ja. Ich bin so glücklich, Cassiel.«

»Du wirst noch bereuen, mich beim Umziehen gesehen zu haben!«

»Ja, das bin ich auch. Willst du tanzen?«

»Zu gerne«, antwortete Tatiana, als die Schmerzschreie hinter uns den Takt vorgaben.

Wir drehten uns zu den Gästen um, und ich begriff, dass die Mehrheit aus der Kirche verschwunden war.

»Wo sind denn alle?«

»Dort oben«, informierte Tatiana und zeigte auf die tanzenden Schatten im Nachthimmel.

Die tanzten doch nicht am Dach? Hingen die an Drähten?

☆

Es war unsere Hochzeitsnacht. Tatiana und ich standen im Eingangsbereich eines gruseligen Hotels. Es war für uns von Fiona und Vlad gebucht worden. Ein Fünf-Geister-Hotel – was auch immer das bedeutete. Vielleicht war damit der Zustand der gruseligen Rezeption gemeint? Jedenfalls befand es sich am Rand der nächsten Stadt namens Folterfest und damit leicht zu erreichen. Die Ausstattung war so modern, dass sich die Eingangstüren wie von Geisterhand öffneten.

»Willkommen Prinzessin Tatiana, Prinz Cassiel.«

Uns begrüßte eine blasse Gestalt, die einen großen Schlüsselbund um den Hals trug. Dass sie mich mit »Prinz« ansprach, war mir unangenehm, weshalb Tatiana das Reden übernahm.

»Guten Abend! Für uns wurde ein Zimmer reserviert.«

»Ja, natürlich. Unsere schönste Suite. Mit einem speziell blutigen Thema. Für das frisch vermählte Paar. Darf ich Euch um ein Zeichen bitten?«

Er schob ein beiges Blatt und eine silberne kleine kuppelartige Glocke über den Tresen und vor Tatiana.

»Moment«, stoppte ich Tatiana und sah ein zweites Mal hin, »da steht nichts drauf.«

»Das ist kein Problem«, versicherte sie mir und drückte den Zeigefinger auf die Glocke.

»Aber dann kann nach deiner Unterschrift alles draufgeschrieben werden«, argumentierte ich und entdeckte das Fehlen eines notwendigen Gegenstands zur Zeichnung. »Wo ist der Kugelschreiber?«

Tatiana nahm den Finger von der Glocke und drehte ihn um. Blut quoll aus dessen Kuppe hervor und tropfte auf den Tresen. Wieder bewegte sie den Arm und drückte ihren verletzten Finger auf das Papier. Sorgend nahm ich ihre Hand und wollte die Wunde begutachten.

»Da ist ja nichts«, staunte ich und sah auf ihre heilen Finger.

»Nein, es war ein Trick«, versicherte sie mir lächelnd. »Das gehört zur Attraktion des Hotels.«

»Das will ich auch probieren«, verkündete ich und drücke den Daumen auf die Glocke.

Tatsächlich spürte ich nichts und Blut strömte aus meiner Fingerkuppe heraus. Mir kam zu dem Zeitpunkt nicht in den Sinn, dass ich kein Gefühl mehr besaß.

»Ja, du solltest das aber besser nicht machen.«

»Wieso denn?«

»Sonst geht das Kunstblut zu schnell aus.«

»Verstehe«, äußerte ich und sah den Portier an. »Tut mir leid, falls ich Euch Umstände gemacht habe.«

»Keine Sorge, Prinz Cassiel, das habt Ihr nicht. Euer Zimmer befindet sich im obersten Stock. Hier sind die Schlüssel.« Er überreichte uns einen Eisenschlüssel von seiner Halskette und deutete einer anderen armen Gestalt, unsere Koffer auf einen Wagen zu stellen. »Ich wünsche einen gruseligen Aufenthalt.«

Tatiana und ich folgten dem Hotelangestellten in einen Gang, der aussah, als wäre er für eine Halloweenparty dekoriert worden. In der Ecke saßen zwei Skelette an einem Tisch, auf dem sich ein Schachbrett befand. Daneben stand eine Uhr zum Schalten der Züge, deren Zeiger sich nicht mehr bewegten. Viele Kerzen leuchteten uns den Weg, als ob jemand die Stromrechnung nicht bezahlt hätte. Wir passierten drei alte Telefonzellen, von denen eine benutzt wurde. Eine rothaarige Frau in weißem Kleid war in einem Gespräch vertieft und stand mit dem Rücken zu uns.

»Wenn ich es dir doch sage, Hilda! Das Hotel ist erstklassig! Ich fühle mich um zweihundert Jahre jünger!«

Der Hotelangestellte drückte auf den Knopf und holte den Lift herbei. Tatiana griff nach meiner Hand und drückte sie sanft. Dann erklang eine Glocke und die Lifttür öffnete sich. Zu dritt zwängten wir uns mitsamt den Gepäckwagen in die Kabine. Als alle drinnen waren, drückte der Angestellte den Knopf neben der Zahl dreizehn. Die Türen schlossen sich, und wir fuhren los.

»Frisch vermählt, was?«, fragte er uns.

»Ja, vor einer Stunde war die Trauung«, erklärte ich ihm.

»Eine Vampirin und ein Halbzombie. Liebe kennt wahrlich keine Grenzen.«

»Hä?«

Ein Glockenschlag erklang und die Lifttür öffnete sich. Der Hotelangestellte schob den Gepäckkoffer voran, und wir folgten ihm nach. Schließlich standen wir vor einer schwarzen Tür, die mit Leder überzogen war. Auf ihr war ein Pentagramm mit weißer Farbe aufgemalt.

»So, da wären wir. Die Schreckenssuite.«

Er öffnete uns die Tür und verneigte sich mit einer einladenden Geste, bei der seine Hand in das Zimmer zeigte. Tatiana und ich betraten den Raum und staunten nicht schlecht, als wir die Ausstattung sahen. In der Mitte stand ein breites Himmelbett für zwei Personen, auf dem zwei rote Decken und Polster lagen. Auf der Decke stand ein kleines offenes Kuvert mit herzlichen Botschaften. Am vorderen Teil des Geländers funkelte eine goldene Fledermausform. Der hintere und obere Teil sah aus, als ob ein Monster mit spitzen Zähnen uns fressen wollte. Nebenbei bemerkt sah unser Bett aus wie ein Sarg für zwei Personen. Daneben standen schwarze Nachttischchen mit goldenen Griffen.

»Ich wünsche viel Spaß.« Der Hotelangestellte schloss die Tür und ließ uns mit unseren zwei schwarzen Koffern zurück.

Ich ging an einer Stufe vorbei, die zu einem eingelassenen Jacuzzi führte, der aussah, als ob ein finsteres Seeungeheuer die Badegäste verschlingen wollte. Seine Ränder schlängelten sich um die Wanne, über die ein drachenartiger Kopf ragte. Rubine glänzten aus der dunklen Erscheinung, deren Maul eine Öffnung für das Wasser besaß, welches durch seine Zähne floss. Als ich die Leitung kurz öffnete, erklang ein lautes Zischen, bei dem ich mir nicht sicher war, ob es tatsächlich vom Wasser stammte. Dahinter befand sich eine schwarze Glaswand, auf der mehrmals die Wappen der Familie Dracula golden abgebildet waren. Hinter ihr befand sich das düstere Badezimmer mit einem Waschbecken, einer Dusche und Toilette.

»Wir wünschen schaurige Nächte!«, las ich von einem kleinen Schild am runden Tisch ab. »Humor haben sie.«

»Ja ...«, antwortete Tatiana und lachte kurz.

»Aber es sieht wirklich schön aus. Na ja, wenn man von den Möbeln und Gegenständen absieht, die uns fressen oder erschlagen wollen.«

»Cassiel ...«

»Ja, Tatiana?«

Ich kam ihr näher und griff nach ihrer Hand. Unsere Blicke trafen sich wie zwei Radfahrer, die sich nicht um Verkehrsregeln scherten. Ich griff um ihre Hüfte und berührte sanft ihre Wange. Ein Moment der Stille, bei dem unsere wildschlagenden Herzen für uns sprachen. Mit Daumen und Zeigefinger drückte ich ihr Kinn sanft hoch. Ihr Kopf neigte sich nach hinten und brachte meinen Mund näher an ihren heran. Nur wenige Augenblicke fehlten, damit sich unsere Lippen trafen.

»Wir könnten uns Flug- und Stromkosten sparen«, argumentierte Tatiana plötzlich und wies mich ab.

Sie verhielt sich wirr und setzte mehrmals an, um mir etwas zu sagen, was ihren Mund in einem Flüstern verließ. Ich dachte, sie machte einen Spaß, und kam ihr mit meinem Ohr nahe, um sie zu verstehen, doch sie drückte mich erneut weg.

»Weil du dann mit mir fliegen kannst.«

Ich wusste zuerst nicht, wovon sie sprach, war noch ein wenig betrunken von der Feier und hatte eigentlich ganz andere Sachen im Kopf.

»Und Licht benötigst du auch keines mehr danach.«

Behutsam ergriff ich ihre Schultern, um sie zu beruhigen, und sah ihr tief in die Augen.

»Was ist los, Tatiana?«, fragte ich sie sanft und schaffte es tatsächlich, dass ihre Nervosität verschwand. »Du kannst mir alles sagen, das weißt du doch.«

»Ich muss etwas tun … weiß aber nicht, wie du darauf reagierst.«

»Du kannst mir sagen, was du tun musst, und ich verspreche, nicht überzureagieren.«

»Also gut … ich … ich muss dich … zu einem Vampir machen.«

»Zu einem was?«

»Einen Vampir.«

»Der Scherz ist gut! Deshalb hast du das Zimmer ausgesucht. Das ist zwar ein etwas spontanes Rollenspiel, aber ich bin bereit …«

Ich verstummte, als ich Tatianas spitze Fangzähne in ihrem offenen Mund sah. Wann hatte sie das falsche Gebiss eingesetzt?

»Wir sind hier nicht beim Zahnarzt!«, reagierte ich, wie für uns Männer typisch, mit einem blöden Witz und lachte.

Doch dann verstand ich, was Tatiana meinte, und dass es alles andere als ein Scherz war. Sie zeigte mir, mit welcher Leichtigkeit sie ihr Gebiss wieder in ein menschliches verwandeln konnte. Einmal standen ihre Fangzähne heraus und einmal nicht. Wie hatte ich das nur übersehen können? Dann fuhr sie die Vampirzähne nochmals aus, bekam blutrot leuchtende Augen und sah mich mit einem Blick an, den ich aus Situationen kannte, in denen sie nicht sie selbst war. Mir fiel es schwer, ihre Mimik zu beschreiben, aber sie war unbeholfen und suchend nach emotionalem Halt. Aber ihre Verwandlung erschreckte mich so sehr, dass ich mich von ihr distanzierte.

»Tut mir leid, mir wird schlecht«, log ich und floh ins Bad.

Ich lief weniger vor ihr davon als vor mir selbst. Als Mann hatte ich Angst, meinen Gefühlen schutzlos ausgeliefert zu sein. Ich konnte mit ihnen nicht umgehen, da die Gesellschaft von mir Stärke erwartete. Sich verletzlich zu zeigen, bedeutet schwach zu sein. Deshalb neigen viele Männer zur Selbstüberschätzung. Uns wird beigebracht, sich im Kampf zu opfern, aber nicht, wie wir unsere Wunden versorgen. So lernen wir erst, dass uns Gefühle verletzen können, wenn wir sie spüren. Viele wissen nicht, wie sie darauf reagieren sollten. Uns sagt niemand, dass es okay ist, sich von anderen helfen zu lassen. Jeder hat einmal eine schwache Zeit – spätestens im hohen Alter. Und seine eigenen Schwächen zu kennen, bietet die Möglichkeit, an sich zu arbeiten. Trotzdem kann uns das nicht vor allem beschützen. Die tiefsten Wunden fügen uns jene zu, die uns am nächsten stehen. Denn je größer die Liebe, desto eher sind wir dazu bereit, die Schmerzen zu ertragen. Nur manche Verletzungen reichen so tief, dass wir uns von ihnen erholen müssen – wenn wir das überhaupt noch können.

☆

Manche Menschen neigen leider dazu, sich selbst aufzugeben, um jemanden zu lieben, der ihre Gefühle nicht erwidert. Das

Leben lehrt sie auf eine grausame Art, dass es nicht ihren Wünschen entspricht. Aber sie selbst sind es, die ihr Schicksal besiegeln. Sie können es akzeptieren oder nach jemanden suchen, dem sie dasselbe bedeuten. Es ist unsinnig, auf etwas anderes zu hoffen. Reine Liebe lässt sich nicht erzwingen. Sie ist die höchste Form und führt, beidseitig vorhanden, zu einer tiefen und beständigen Beziehung. Solche Paare setzen das Glück ihres Geliebten stets an erste Stelle.

»Brauchst du Hilfe?«, fragte mich Tatiana zurückhaltend.

Diese, ihre liebevolle und fürsorgliche Art, war der Grund, warum ich mich in sie verliebt hatte.

»Danke, geht schon.«

Zitternd drückte ich auf das Hörersymbol und hielt das Telefon ans Ohr. Nach zweimaligem Läuten meldete sich eine weibliche Stimme.

»Eheberatung, guten Abend!«

»Hilfe, meine Frau beißt!«, schrie ich hinein und legte gleich danach auf. »Was mache ich hier?«

Tatiana hatte mir offenbart und demonstriert, dass sie eine Vampirin war. Ich konnte es noch immer nicht glauben. Oder wurde ich verrückt? Nein, das konnte nicht sein, denn ich hatte ihre Verwandlung gesehen. Kein Mensch konnte so schnell die Zähne verändern oder sich rote Kontaktlinsen einsetzen. Nun bekamen die Worte des Priesters »bis dass die Sonne oder andere Gewalten euch trennen« eine völlig andere Bedeutung für mich. Vielleicht sollte ich damit anfangen, seltsame Aussagen ernst zu nehmen. Dabei hatten mich meine engen Freunde vor der Heirat gewarnt. Einer meinte sogar, ich sei irre – was auch immer das bedeutete – so spät noch anzurufen. Deshalb war es nicht verwunderlich, dass sie mir zur spontanen Trauung absagten. Sie müssten am nächsten Tag arbeiten, meinten sie. Das war ihnen offenbar wichtiger, als den halben Tag in ein anderes Land zu fliegen, um meiner Hochzeit um Mitternacht beizuwohnen. Jedenfalls war es für mich nach wie vor ein schöner Liebesbeweis, der in unserem Fall in einer verfallenen Kirche ohne Dach durchgeführt worden war. Begleitet von Gästen, die nach der Trauung in den Wolken schwebten oder tanzten. Basierend auf den Informationen, war ich mir sicher, mich in einem Hotel voller Monster zu befinden. Aber was meinte der Hotelangestellte mit »Halbzombie«? War das der Grund, warum ich nichts mehr spürte und Narben auf meinem Körper hatte? Es ergab für mich keinen Sinn, denn für mich war erst eine Nacht vergangen – selbst wenn Tatiana mir etwas anderes erzählt hatte.

Meine Gedanken schossen umher, als würde ich versuchen, alle gesellschaftlichen Probleme der Welt zu lösen. Auf einmal erklang ein schleifendes Geräusch bei der Tür. Darunter schob sich ein offenes Buch mit schwarzem Einband hindurch. Auf dem Deckel befand sich eine Schlaufe, in der ein dunkelroter Kugelschreiber steckte. Ich ging zur Tür und hob das zugeschobene Ding auf.

»Mein Tagebuch?«

Auf der aufgeschlagenen Seite stand ein Text, der nicht von mir stammte. Das bemerkte ich sofort aufgrund der anderen Farbe und der Handschrift. Sorgsam las ich die geschriebene Stelle:

Hallo, mein Schattenprinz,

ich habe deine Aufzeichnungen entdeckt und mir erlaubt, sie zu ergänzen. Ich habe einen schrecklichen Fehler begangen und dir etwas verschwiegen, das ich nicht übers Herz brachte, dir zu sagen. Am besten nimmst du dir die Zeit und liest dir durch, was du erlebt hast. Ich werde so lange auf dich warten.

Liebevoll Tatiana.

»Was hat das zu bedeuten?«

Warum erfand sie Probleme, die nicht existierten? Sie sprach von einem Fehler, den ich so interpretierte, mir nicht die Wahrheit gesagt zu haben. Natürlich war ich geschockt darüber, dass sie allem Anschein nach eine Vampirin war. Aber ich wusste zu dem Zeitpunkt noch nicht, wie tief der Schreck dessen sitzen würde, der in dem Buch auf mich lauerte. Ich blätterte nach vorn und bemerkte sofort, dass wesentlich mehr in meinem Tagebuch stand, als ich mich erinnerte, geschrieben zu haben. Aber es war meine Handschrift, die bis auf wenige Seiten fast das gesamte Buch ausfüllte. Ich blätterte bis zur Ankunft und begann zu lesen. Manche Stellen las ich zweimal, dann noch einmal, und ein viertes Mal, aber konnte den Inhalt nicht glauben. Die Gefühle meiner Erlebnisse spiegelten sich in zitternder und unordentlicher Schrift wider. Das, wovon ich las, musste tatsächlich so geschehen sein. Auch Tatianas Fähigkeiten sprachen zusammen mit den unnatürlichen Vorkommnissen des Tages dafür: Vampire gab es wirklich!

»Ich glaubs nicht!«

Im Laufe unserer Beziehung hatte es dutzende Anzeichen dafür gegeben, die ich alle ignorierte. Zum einen waren da die Dosen und Gläser an Medizin, die Tatiana täglich trank. Die Konsistenz und das Aussehen hatten mich anfangs an Blut erinnert. Tatiana konnte mir das angebliche Medizinprodukt aber so gut verkaufen, dass ich meiner Intuition nicht mehr vertraute. Dann waren da noch die vielen Abende, an denen wir etwas unternahmen. Am Tage schliefen wir meistens, um in der Nacht aktiv zu sein. Die Orte, die wir besuchten, waren mehr als sonderbar für normale Menschen. Wer verbrachte schon einen ganzen Tag im Zoo in der Fledermaushöhle?

»Moment! Das bedeutet, dass sie wirklich mit den Tieren gesprochen hat! Waren das ihre Verwandten?«

Auch unsere Kinobesuche waren mehr als seltsam gewesen. Wir sahen uns nur Filme an, in denen Vampire vorkamen oder die irgendwie damit zu tun hatten. Nach unserem ersten Besuch suchte ich Filme aus, in denen die Protagonisten gegen sie kämpften und meistens gewannen. Tatiana vergoss während der Vorstellung eine Träne nach der anderen. Nach einem weiteren Kinobesuch, bei dem der Protagonist gegen eine Armee von Vampiren gekämpft hatte, ließ ich sie die Filme aussuchen. Deshalb sahen wir uns nur noch solche an, in denen niemand starb oder von denen die Handlung so absurd war, dass ich sie nur schwer öffentlich wiedergeben konnte. Von Titeln wie *Vampir gegen Alien, Rückkehr der Vampirziege, Bis zu Zwei Stunden Werbung, Warum tust du dir das an?, Bridget Blood, Selbst schuld, wenn du dafür zahlst* und *Fifty Vampires Of Clay* war all das vertreten, das ich mir nicht nochmals ansehen wollte. Und das waren nur einige der vielen Kinovorstellungen, bei denen wir allein im Saal saßen. Der Letzte war besonders schrecklich. Meistens freute ich mich mehr darüber, die Vorstellung überstanden zu haben, als auch nur über einen Überlebenden in dem Film.

Je mehr ich darüber nachdachte, desto mehr begriff ich, wie viele Warnschilder ich ignoriert hatte.

»Liebe Güte!«

Wieso hatte ich das nicht bemerkt? Bin ich mit einer rosaroten Brille durchs Leben gewandelt? Tatiana hatte mir zwar eine geschenkt, aber ich hatte sie nur getragen, wenn sie darauf bestand. Oder jedes Mal, wenn meine Sehstörung auftrat und ich rote Augen sah. Tatiana hatte mir echt den besten Augenarzt und Optiker empfohlen.

»Das ist nicht wahr!«

Es gab so viele Zeichen, und ich habe sie alle übersehen! Wie liebestrunken bin ich nur gewesen?

Aber es half nicht, darüber zu sinnieren, denn ich hatte meine Entscheidung schon vor langer Zeit getroffen. Nicht nur, dass ich mit Tatiana den Rest meines Daseins verbringen wollte, sondern auch, dass ich dafür bereit war, mein Leben als Mensch aufzugeben. Für mich war es nur eine Frage der Zeit, bis ich zu einem Zombie wurde. Der Prozess konnte hinausgezögert, aber nicht mehr gestoppt werden. Ich war bereit, für was immer folgen würde. Überzeugt stand ich auf, ging zur Tür und öffnete sie.

»Tatiana?«

Das Zimmer war leer und das Fenster weit offen. Der Wind bewegte die roten Vorhänge wie alle warnenden Flaggen, die ich bewusst ignoriert hatte. War sie davongeflogen?

»Tatiana, es ist okay! Ich verstehe, warum du mir nichts gesagt hast! Nichts, davon würde ich anders wollen oder machen, wenn ich es gewusst hätte! Ich bin froh, dass wir geheiratet haben! Ich liebe dich! Ich habe dich schon immer geliebt!«

Kurz lauschte ich nach einer Reaktion. Als keine erfolgte, drehte ich mich um und wollte nach ihr suchen. Auf einmal stand sie vor mir und sah mich mit tränenden Augen an.

»Du hast dich entschieden?«, fragte sie mich leise.

»Ja, das habe ich«, antwortete ich ihr ruhig.

»Du bist mir nicht böse?«

»Nein, das bin ich nicht.«

»Wie lautet deine Entscheidung?«

»Ich will für immer bei dir bleiben.«

Wir umarmten und küssten uns. Die Minuten, in denen wir uns nahe waren, vergingen flüchtig wie ein Augenblick, der meine letzte Stunde als Mensch einläutete. Wir sahen uns tief in die Augen, als mich Tatiana auf die nächsten Momente vorbereitete. Sie war viel vorsichtiger als jene brutalen Charaktere, die ich in Filmen hatte sehen dürfen und bemühte sich darum, mich nicht zu verletzen.

»Es geht ganz schnell.«

»Davon bin ich überzeugt.«

»Es wird nur ein wenig wehtun.«

»Ich habe nur noch Gefühle für dich.«

»Es kann sein, dass du ...«

»Tatiana ...«

»Ja?«

»Ich vertraue dir.«

Sie fuhr die Fangzähne aus und biss sich in die Lippe. Blut floss über ihr Kinn und tropfte auf ihre Kleidung. Ihr Gesicht kam mir näher, und ich schloss die Augen. Plötzlich spürte ich einen Schmerz in meiner Lippe. Sie lehrte mich, wieder zu fühlen. Ich spürte, wie sie mich küsste, und ich öffnete die Lider. Ich berührte ihre Wangen und streichelte mit meiner Handfläche sanft über ihren Kopf. Sie erwiderte meine Gefühle und schlang die Arme um mich. Mir kam es so vor, als würde die Welt aufhören, sich zu drehen. Als befände ich mich in einer Leere, die nur sie füllen konnte. Blut floss meine Kehle hinunter, als die Vorhänge an uns vorbeiwehten und uns samtig wie die Nacht einhüllten. Der abnehmende Vollmond schien hinter unseren Schemen. Sein strahlendes Gesicht bezeugte die Erfüllung unseres Schwurs.

GLÜCKLICH VERHEIRATET

Ich erwachte im Dunkeln; zumindest nahm ich das an. Meine Umgebung war graubläulich, aber ich konnte trotzdem alles erkennen. Sie erinnerte mich an jene einer totalen Sonnenfinsternis. Ich lag neben Tatiana im Bett. Sie schlief wie eine Mumie im Boxring. Kurz beobachtete ich ihren verträumten Kampf gegen einen ungreifbaren Feind. Ein innerer Friede überkam mich, als ich ihren Bewegungen zusah. Was dachte ich hier? War ich verrückt? Unser Bett war alles andere als gewöhnlich! Wir lagen im Schlund einer Maschine, die sich auf Knopfdruck verschloss. Einem mechanischen Sarg, der kein einziges Luftloch besaß.

»Ich will hier raus!«, jaulte ich.

Tatiana schien ebenso zu empfinden, denn sie verpasste dem Deckel mehrere tiefe Spuren mit den Fingern. Eine gefährliche Form des Schlafwandelns für Menschen in ihrer Nähe. Hatte sie das zuvor schon gemacht? Ich dankte dem Herrn der Träume, dass er stets auf der anderen Seite mir ihr kämpfte. Unter normalen Umständen hätte ich Panik empfunden. Aber die Zeiten waren alles andere als gewöhnlich. Genaugenommen besaßen sie die Härte des kuscheligen Totenbetts, in dem ich lag. Der Seelenfrieden, den ich verspürte, war vergleichbar mit dem eines Mönchs, der mit seinem Leben und der körperlichen Unversehrtheit abgeschlossen hatte, um hemmungslos und ungehindert ums Überleben zu kämpfen.

»Zum Glück bin ich untot«, beruhigte ich mich selbst und belustigte mich über meine Dummheit.

Ich musste mir keine Sorgen mehr machen. Meine Seele war verdammt und mein Körper unmenschlich dahingeschieden.

»Kein Grund hysterisch zu werden«, murmelte ich.

Doch warum atmete ich noch? War das für Vampire normal? Machte das Tatiana auch? Ich wollte näher an sie heranrücken, um ihre Atmung festzustellen, hielt es aber angesichts ihres Kampfstils und ausgeführten Schläge für eine äußerst schlechte Idee. Aus diesem Grund überlegte ich, ob ich es bei ihrer Schwester oder woanders beobachtet hatte. Ich erinnerte mich an den Vampirfilm *Zwanzigtausend Meilen unter Blut* und daran, dass der Protagonist erst am Ende auftauchte.

»Vermutlich ist das normal.«

Ganz plötzlich, bevor ich meine Frage beantworten konnte, überkam mich ein unheimlicher Durst. Nach Wasser strebend betätigte ich den Schalter auf Höhe meiner Hüfte und öffnete den Sarg. Währenddessen wurden Tatianas Bewegungen zu Schlägen einer Frau, die glaubte, sie könne in die Saiten einer Luftgitarre schlagen, die jemand anderes hielt. Sofern das möglich war, hatte ich mich allein wegen der Beobachtung noch mehr in sie verliebt ... oder ich entwickelte ein Stockholmsyndrom. Irrsinnigerweise war ich mir nicht mal sicher, ob ich die Gefahr überhaupt verstand, während ich mir von der Sichtung belustigt den Bauch hielt. Der Sarg öffnete sich wie das Maul der hungrigen Kreatur, die gähnend aus seinem Inneren stieg. Abschließend rastete der Deckel mit einem ähnlichen Geräusch ein, das auch mein knurrender Magen machte – weshalb ich froh war, aus dem Bett zu kommen.

Vereinzelte Sonnenstrahlen schienen vor der Mittagshitze in unser düsteres Hotelzimmer zu flüchten. Ich saß an der Bettkante und beobachtete, wie sie mein Fußgelenk so stark erhellten, dass ich glaubte, es würde Feuer fangen.

»Komisch«, murmelte ich schlaftrunken und roch den Duft von angebranntem Fleisch.

Während ich darüber nachdachte, was es wohl als Tagesmenü gab, stand ich auf und torkelte durchs Zimmer. Vorbei an dem unheimlichen Seeungeheuer, das darauf wartete, dass man in seinem Inneren landete, damit es einen fressen konnte. Tatiana hatte mich zwar vor dem zu Bett gehen gedrängt, dass wir den Jacuzzi ausprobierten, aber ich bat sie darum, es erst am nächsten Tag zu benutzen. Immerhin hatte ich die Hoffnung, dass meine Verwandlung mir die Angst vor sonderbaren und unheimlichen Dingen nehmen würde. Irgendwie starb ich und erwachte zum Leben, bevor sich dieser Wunsch erfüllen konnte. So widerlegte ich die bekannte Redensart und bestrebte die Hoffnung wiederzubeleben.

»Boah, habe ich einen Durst!«

Ich bekam das Gefühl, dass mein Magen jeden Moment ein Eigenleben entwickeln würde und sich auf die Suche nach etwas Trinkbarem machte. Gehetzt ging ich zum Kühlschrank, bückte mich und riss dessen Tür so weit auf, dass sie nicht mehr geschlossen werden konnte. Verdutzt starrte ich auf das Bauteil in meiner Hand, das ich unbeschwert hob und wieder senkte.

»Das wird teuer …«

Mit der Präzision einer Wettervorhersage stellte ich die Tür neben dem Kühlschrank ab und lehnte sie an. Ich machte einen Lärm, der sogar Tote aufwecken konnte, aber meine untote Frau schlief seelenruhig weiter. Dann griff ich nach dem ersten Getränk und zersprengte die Weinflasche, bevor ich sie anheben konnte. Die traubensaftartige Flüssigkeit floss über meine Hand und verteilte sich im Kühlschrank.

»Was?«, äußerte ich mein entsetztes Unverständnis mit einem Luftausstoß.

Erneut griff ich nach einer Flasche, aber diesmal nach einer grünen. Konzentriert umfasste ich sie mit der offenen Hand und bemühte mich, nicht die anderen Getränke zu berühren. Für die kurze Zeit hatte ich schon genug Schaden angerichtet.

»Dafür wird dich Papa bestrafen!«, erschreckte mich Tatiana mit einem Aufschrei.

Reflexartig schlossen sich meine Hände, und ich zerstörte die nächste Flasche. Zornig auf mich selbst betrachtete ich den angerichteten Scherbenhaufen. Keine Sekunde später griff ich wütend nach den nächsten Flaschen und schaffte es diesmal, dass sie schon bei der ersten Berührung splitterten. Schweratmend gaffte ich in den Kühlschrank und erfreute mich an dem im Blutrausch angerichteten Schaden.

»Das habt ihr nun davon«, belehrte ich mich selbst.

Überall tropften die Reste der zerstörten Weinflaschen herunter. Nur die Flasche im untersten Fach blieb von meiner Zerstörungswut verschont.

»Bio Blut«, flüsterte ich, »Tatianas Medizin ... Was rede ich? Das ist keine Medizin, sondern echtes Blut!«

Je länger ich die Flasche und deren Flüssigkeit ansah, desto durstiger wurde ich. Ich roch seinen süßen Duft, der mich dazu verleitete, nach ihr zu greifen. Die Erinnerung des bitteren Nachgeschmacks der zerstörten Flaschen und sämtlicher Kostproben von Tatianas Medizin waren verschwunden. Teile meines Gesichts spiegelten sich in der Glasflasche, die meine rotleuchtenden Augen fixierten. Immer mehr bekam ich die Gewissheit, dass es sich nicht nur um ein Getränk handelte. Nein, es war die Essenz des Lebens. Sein Anfang und sein Ende. Ich musste höchst behutsam vorgehen, damit ich die Kostbarkeit nicht beschädigte. Mein Bestreben wurde zu präzisen Bewegungen, bei denen ich mir sehr viel Zeit nahm, die Hände zu positionieren, ohne die Flasche zu berühren. Nur noch Minuten, und meine Finger würden sanft auf den Seiten des Schraubverschlusses landen. Wie bei der behutsamen Annäherung eines Mondfahrzeugs zum Trabanten. Gestresst zischende Laute drangen aus meinem Mund, der Schubdüsen imitierte, während meine Finger zurückwichen und sich dann nochmals annäherten.

☆

»Was machst du da?«

Ohne dass ich es gemerkt hatte, hockte Tatiana plötzlich hinter mir und sah über meine Schulter. Konzentriert hielt ich die Arme in Position und fokussierte mein Ziel, als ob ich einen Getränkeautomaten wartete. Dies lag bestimmt nicht an der Tatsache, dass ich mir keine Gedanken um den Wert der Flaschen machen wollte, die ich umweltfeindlich entsorgt hatte.

»Wieso hast du das Blut mit Geschmack zerstört?«, fragte sie mich erneut.

Mir fehlten nur noch Millimeter, um den Schraubverschluss zu berühren. Die Flüssigkeit rief mich ununterbrochen zu sich, als würde ihr Leben davon abhängen. Ihre Töne veranlassten mich, genüsslich über meine Lippen zu lecken. Tatiana stand auf und beugte sich über mich, sodass ihr Kopf mir die Sicht raubte.

»Bitte …«, keuchte ich und wollte sie ersuchen, zur Seite zu gehen.

»Jetzt verstehe ich«, erwiderte sie nur und knickte meine Arme ein, als wäre ich eine Actionfigur. »Warte, ich helfe dir. Setz dich an den Tisch.«

Ihre Worte drangen zwar in meine Ohren, aber sie erreichten nicht meinen Verstand. Zu groß war meine Gier nach der Flüssigkeit, die sich im Kühlschrank befand. Und mit jeder Sekunde, die verging, wurde nicht nur mein Wille, sondern auch meine Kraft immer größer.

»Cassiel?«, wiederholte Tatiana meinen Namen, als ich meine Arme wieder nach dem Getränk ausstreckte.

Ich spürte, wie sie mich von meiner Versuchung abhalten wollte. Ihr Widerstand fühlte sich für mich an, als wollte ich einen schweren Kasten nach vorne schieben. Zu Beginn bewegte er sich kaum, aber war ich erst einmal in Bewegung, musste ich nur noch wenig Kraft aufwenden, um voranzukommen.

»Wie ist das möglich?«, flüsterte Tatiana erstaunt in mein Ohr.

Ihre Brust lag auf meinem Rücken und ihre Arme hielten seitlich die Meinigen fest. Meine blutroten Augen glühten vor Überzeugung, das gleichfarbige Getränk in die Finger bekommen zu müssen.

»Cassiel!«, schallte es plötzlich von allen Seiten.

Ich hörte den Ruf, als ob ich mich im Zentrum einer großen und dunklen Halle befände, von deren Decke nur ein Lichtkegel herabschien. Die Situation schien mir vertraut, und ich fürchtete mich davor, dass jede Sekunde Vlad um die Ecke kam.

»Cassiel, stopp!«, befahl mir die Stimme erneut.

Diesmal traf mich ein Gefühl, das mich wie eine unerwartet eisige Schneeböe in der Bewegung festfror. Lag das an der Kühlung vom Gefrierfach?

»Zieh die Hände vorsichtig heraus und leg sie auf deinem Schoß ab.«

Ich gehorchte und folgte ihren Anweisungen, ohne meinen Körper bewusst zu steuern.

»Mich hat schon gewundert, warum du nach der Verwandlung keine Reaktionen gezeigt hast. Deine Pupillen waren zwar rot, aber sonst warst du mir zu normal.«

Sie führte ein Gespräch mit einer Person, die nichts anderes tun konnte, als ihr zu lauschen. In gewisser Weise konnte man es als Selbstgespräch bewerten, wäre nicht mein hartnäckiges Bestreben nach Freiheit gewesen, das ich durch Knurren äußerte.

»Cassiel, aus!«

Irgendwie machte es ihr pazifistisches Anliegen nicht besser, denn mein Magen rebellierte nach wie vor.

»Sehr gut. Steh auf und setzt dich an den Tisch.«

Erneut tat ich, was mir befohlen wurde, und setzte mich neben dem Möbelstück auf den Boden. Keine Ahnung, warum mein Körper in diesem Moment unfähig war, sich wie ein Mensch zu verhalten … nein, eigentlich wusste ich es.

»Deine Kraft ist äußerst ungewöhnlich«, merkte Tatiana an und nahm die letzte heile Flasche aus dem Kühlschrank.

Sie ging zur Anrichte der Minibar und zog einen metallenen Strohhalm aus der Besteckladе hervor.

»Eigentlich sind die für Blutcocktails«, murmelte sie, drehte sich um und sah mich verwirrt an. »Warum sitzt du nicht auf einem Sessel?«

So war das eben mit ungenauen Angaben, die mein gedankenloser Körper strikt ausführte. Achselzuckend nahm Tatiana meinen sitzenden Protest hin und ließ sich neben mir nieder.

»Pass auf, ich halte die Flasche und du trinkst.«

Ich wollte nicken, aber mein Magen kam mir zuvor und akzeptierte knurrend ihren Vorschlag. Sie drehte den Verschluss ab, und ich zog den süßen Duft des Getränks ein, als schnupperte ich an betörenden Blumen. Dann steckte sie den Strohhalm in die Flasche und hielt ihn mir vor den Mund. Ich kam mir vor wie ein Kleinkind, das noch keine Zähne hatte. Hoffentlich würde ich nicht für immer so hilflos bleiben.

»Trink«, befahl sie mir ruhig.

Unter normalen Umständen wäre mir schon beim ersten Schluck schlecht geworden. Aber, wie bereits erwähnt, war ich schon längst abnormal. Ich saugte am Strohhalm, als handelte es sich bei dem Getränk um Eiskaffee, und ich wollte dadurch eine ganze Eiskugel in meinen Mund bekommen.

»Langsam«, mahnte mich Tatiana und erteilte mir damit einen unmöglichen Befehl.

Unschuldig wie ein in der Nacht auf die Fahrbahn geratenes Reh schaute ich ihren leuchtenden Augen entgegen und hoffte, dass ich nicht verhungern würde. Ein Blick, den manche Ehefrauen kannten, die ihren Gatten für einige Wochen allein zu Hause lassen mussten. Keine grundlose Sorge, wie ich an dieser Stelle anmerken möchte, sondern sie begründete sich durch Erfahrung. Als unsere Vorfahren vor Jahrtausenden das Feuer erfanden, machten die Frauen dieser Zeit eine weitere Entdeckung: Es gab Männer, die kochen konnten, und es gab jene, die niemals selbst kochen sollten. Letztere hofften darauf, dass sie nie von ihrer Frau allein gelassen wurden, denn sie wussten, dass die Folgen ihnen ihr Leben kosten konnten. Schließlich hatten manche Männer seit Menschengedenken nur deshalb das Feuer beherrscht, weil es Frauen gab, die sie daran hinderten, vor lauter Faszination das Heim abzufackeln.

»Schon besser?«, fragte mich Tatiana, nachdem ich das Getränk geleert und meinen brennenden Durst gelöscht hatte.

Mein Gemütszustand hatte sich beruhigt und die graubläuliche Umgebung erhielt wieder Farbe. Tatianas Augen hörten auf zu leuchten, und ich erhielt die Kontrolle über meinen Körper zurück.

»Ja, danke«, antwortete ich und wischte mir mit dem Handrücken über den Mund, »aber jetzt hast du nichts mehr zum Trinken.«

»Keine Sorge. Wir können nachher ins Restaurant gehen. Oder wir bestellen uns etwas aufs Zimmer.«

»Okay.«

»Sehr ungewöhnlich ...«, reagierte sie und kam meinem Gesicht ganz nah.

»Was meinst du?«, fragte ich überrascht.

»Normalerweise sollte deine Verwandlung nicht aufhören, wenn du Blut trinkst.«

»Sollte sie nicht?«

»Nein, das Trinken müsste deine Vampirkräfte eigentlich verstärken. Deine unbändige Gier nach Blut ist nur eine Auswirkung der kürzlichen Verwandlung. Deshalb ist es so wichtig, dass junge Vampire beaufsichtigt werden, da sie sonst jedes Lebewesen leersaugen, das sie finden.«

»Auch Quallen? Oder Regenwürmer? Ich möchte ungern an denen saugen.«

»Cassiel ... jedes Lebewesen, das bluten kann.«

»Ein Glück.«

»Aber spürst du irgendetwas?«

»Na ja ... ich habe noch ein wenig Hunger.«

»Ich meinte, ob du etwas von deinen Vampirkräften spürst.«

»Nein, ich fühle mich wie immer ... wie als Mensch.«

Sie griff nach meiner Hand und umschloss sie. »Drücke so fest du kannst zu.«

Behutsam verstärkte ich meinen Griff, um ihr keinen Schmerz zuzufügen.

»Drückst du schon?«

Immer fester drückte ich ihre Hand, ohne dass sie eine Reaktion zeigte.

»Konzentrier dich und versuche, deine innere Kraft zu aktivieren.«

Ich schloss die Augen und entspannte alle Muskeln. Meine Augenbrauen wanderten auf und ab, als ich etwas suchte, dessen Erscheinung ich nicht kannte.

»Nichts«, äußerte ich und öffnete die Augen, »da ist nichts.«

»Hm, vielleicht dauert es bei dir nur etwas. Die Umstände deiner Verwandlung waren alles andere als gewöhnlich.«

»Ja, mag sein.«

»Wie auch immer. Geben wir dem Ganzen noch etwas Zeit.«

»Klingt gut.«

»Und während wir warten, möchte ich gern das tun, was wir gestern besprochen haben.«

»Hä?«

»Du weißt schon, du hast mir versprochen, es auszuprobieren.«

»Was auszuprobieren?«

Noch während ich fragte, ging Tatiana zum Jacuzzi und öffnete den Wasserhahn. Ein Zischen erklang, bei dem ich mir sicher war, dass es nicht vom ausdringenden Strahl herrührte. Mit gemischten Gefühlen beobachtete ich, wie sie sich bückte und den Verschluss der Wanne drehte, damit sich die schwarze Flüssigkeit darin sammelte. Dann stieg sie freudig hinein, als ich hätte schwören können, dass sich der Rand um sie herum wie eine Schlange in Bewegung setzte.

»Kommst du?«

Auf die ein oder andere Weise wollte ich das, aber es widerstrebte mir, mich in diese sonderbare Wanne zu setzen. Eigentlich wollte ich Tatiana vor der Gefahr warnen, aber ungewöhnlicherweise bewegte sich mein Körper schon wie von selbst. Irgendetwas stimmte definitiv nicht mehr mit mir, denn ich setzte mich ohne Widerrede in die sumpftrübe Wanne.

»Du wirst es lieben«, versicherte mir Tatiana mit strahlenden roten Augen.

Hatte sie mich mit ihren Kräften dazu verleitet? Eigentlich dachte ich, dass sie meine Vorlieben besser kannte, denn als ich spürte, dass sich etwas um meine Beine schlängelte, wurde ich starr vor Angst. Immer weiter vereinnahmte es meinen Körper, bis tentakelartige Glieder meinen Hals umschlossen und sich immer enger zuzogen. Ich wollte schon schreien, als plötzlich die Ganzkörpermassage begann und ich nie mehr aus der Wanne steigen wollte, um ewig an Tatianas Seite zu bleiben.

Und so begann es also, mein gruseliges Leben als Untoter in einer Welt voller Schrecken … und meine Existenzkrise, ja, die fing damit erst an.

NACHWORT

Vielen Dank fürs Lesen! :D

Ich hoffe, dass dir die Geschichte gefallen hat, und freue mich über deine Meinung. ^_^

Aus rechtlichen Gründen kann ich die Kurzgeschichte/ Vorgeschichte leider nicht in meinem Buch veröffentlichen. Du kannst sie (und zukünftig weitere) gratis auf
Storyban (https://storyban.de/app/?u=18829)
oder auf
Patreon (https://www.patreon.com/chancenlos)
lesen. Außerdem findest du dort die Zeitraffer-Videos meiner Bilder. :-)